Narrative

Valeria Galante

La casa dei ritorni

I Morelli, una famiglia napoletana

ROMANZO

MONDADORI

Dello stesso autore in edizione Mondadori

La casa delle sirene
La casa della colpa

mondadori.it

La casa dei ritorni
di Valeria Galante
Collezione Narrative

ISBN 978-88-04-79997-9

Pubblicato in accordo con Piergiorgio Nicolazzini Literary Agency (PNLA)
I edizione luglio 2025

La casa dei ritorni

NINA
1946-1960

1946

Centinaia di donne sono cadute perché non risorga il fascismo
perché non ritorni la guerra
per dare una vita migliore alle famiglie italiane
Continuiamo la loro lotta!
VOTIAMO per chi difende:
il lavoro dei nostri uomini
il pane dei nostri figli
il progresso delle donne
la libertà del paese
VOTIAMO per chi difende la pace

"NOI DONNE", *n. 15, marzo 1946*

Novembre

Nina si sentiva triste, spenta, stanca e spaventata.

Sul davanzale c'erano due piccole gocce di sangue. Alzò lo sguardo e vide un piccione sulla cornice superiore con le piume del ventre sporche di rosso.

Chissà cosa lo aveva ferito, si chiese, poi provò a sporgersi per toccarlo, sollevandosi sulle punte. Si aggrappò allo stipite della finestra ma perse l'equilibrio e dovette tenersi al bordo per non cadere giù, mentre il piccione volava via.

In casa erano troppo impegnati per accorgersene.

Stavano cercando di cambiare tutto.

E non era giusto.

«Non è giusto!» disse a voce alta, ma non si girò. Rimase con i gomiti appoggiati al davanzale della finestra aperta.

Almeno così poteva contare le auto.

In strada ne passavano poche, qualche camionetta, un paio di carri.

Da qualche giorno però si era accorta che più lontano guardava e più il mondo appariva confuso. La realtà era diventata sfocata, e lei se ne vergognava, non lo aveva ancora detto a nessuno perché non voleva mettere gli occhiali.

Sulla Riviera ancora riusciva a mettere a fuoco le persone, le donne strette nei cappotti scuri, gli operai con i giacconi da lavoro, tre soldati americani in divisa e pastrano marrone.

Ma già la Villa Comunale le appariva come una macchia verde, indistinta. E oltre, via Caracciolo sembrava una fascia grigia. Il mare poi era un foglio blu, senza onde e senza riflessi.

Eppure non c'erano nuvole e Nina sarebbe voluta correre fuori, lontano dalle parole soffocanti dei suoi familiari.

«Non è giusto!» ripeté.

«Stai zitta e chiudi» disse Gietta. «C'è vento.»

Nina sbuffò senza obbedire.

«Tua madre sta male» aggiunse sua zia. «Si raffredda.»

Lei scivolò con riluttanza via dal davanzale, e chiuse l'anta.

Fuori, il mare piatto di novembre sembrò subito più lontano.

«Siediti a tavola, che non abbiamo ancora finito» disse suo padre per il quale, più di ogni altra cosa, contava il *mangiare*. Nonostante la guerra e le difficoltà del dopoguerra, i razionamenti, la penuria che ancora si faceva sentire, lui diventava sempre più robusto, quasi tondo.

«Il caffè non me lo fate bere» rispose lei. «Che vengo a fare?»

Da qualche tempo, grazie alla borsa nera, nella loro cucina era tornato il vero caffè, non il surrogato d'orzo che faceva schifo. Sua madre glielo faceva assaggiare di nascosto, Gietta invece diceva che lei era troppo giovane, però poi lo dava a suo fratello Italo.

«Poi non dormi» disse sua zia.

Nina la guardò: ridicola, grassa e bassa, con la crocchia grigia da cui i capelli sfuggivano sul collo, sempre con la stessa espressione di finta bontà sulla faccia e le dita piene di anelli d'oro. Comandava a bacchetta tutti, ma solo perché i suoi genitori glielo permettevano.

La stanza da pranzo – anzi il tinello, come lo chiamavano adesso nella casa nuova – era ancora spoglio. Alla parete c'era un quadro di un veliero recuperato dalle macerie della palazzina crollata quasi due anni prima e al centro c'era il tavolo di mogano che un tempo stava nella vecchia cucina e che il falegname aveva rimesso a posto.

Il resto era stato comprato per poco prezzo da famiglie cadute in disgrazia a causa della guerra.

A Nina sembrava tutto brutto e vecchio, e pensava che i suoi ci avessero messo pochi soldi e zero attenzione.

Si avvicinò al tavolo e sedette, ma con lentezza, in modo che capissero che obbediva solo per educazione.

Per fortuna lei era bella e non grassa come il resto della famiglia. Aveva un busto elegante, le gambe lunghe, il naso piccolo. *La mia bambolina*, come la chiamava la mamma, con una nuova tenerezza che non le aveva mai sentito.

La tovaglia bianca era sporca di briciole. Sua madre, seduta di fronte, le sorrise, un sorriso distratto, senza significato.

Da un po' stava spesso male. Il volto era pallido, magro, segnato da rughe che prima non c'erano, gli occhi più grandi. Anche di carattere era cambiata, adesso era più arrendevole e sempre stanca.

Per fortuna sarebbe tutto passato, con delle medicine speciali dall'America. Nina ci credeva e perciò evitava di preoccuparsi troppo.

«Lasciala stare, Raffaele» disse. «Ha preso pure un bel voto al compito sulla repubblica, ieri.»

Suo padre scrollò le spalle. «Tanto a che serve.» Le lanciò un'occhiata come a dire "ne abbiamo già parlato".

Lei strinse le labbra e scosse la testa piano.

Nina sentì di nuovo la paura. Da quando la mamma si era ammalata l'atmosfera in casa peggiorava ogni giorno di più.

Sbatté i piedi contro le gambe della sedia, tre, quattro volte.

«Maddalena lo vuoi un altro scialle?» chiese Gietta e intanto gettò un'occhiata a Nina. Tanto per far intendere che lei, aprendo la finestra, aveva rischiato di peggiorare la salute della mamma.

«Volevo solo vedere se gli inquilini stavano arrivando!» si giustificò.

Nessuno rispose. Suo padre sospirò.

Ma che avevano?

«Io sono contenta se la casa si riempie.» Anche lei aveva le sue opinioni. Non si sentiva più una bambina. Tredici anni compiuti da un bel po' e aveva passato gli esami per la quarta ginnasiale.

«Sì, come no.» Gietta si alzò per portare via il vassoio con le tazzine. «Gli estranei in casa portano solo fastidio.»

«Però ci servono i soldi.» Suo padre la fermò con un gesto della mano. «Genoveffa, fai fare a Nina. Meglio se comincia a rendersi utile in casa.»

"Ma io con voi non ci resto" pensò Nina alzandosi. "Farò la professoressa o la dottoressa, e avrò tre cameriere." Riempì il vassoio, facendo sbattere i piattini.

Poi non riuscì a trattenersi.

«Perché a Italo non lo dici mai di sparecchiare? Perché?» Si accorse di avere un tono alto, ma l'ingiustizia la faceva arrabbiare.

«Perché lui è uomo e gli uomini non si alzano per levare i piatti» disse Gietta.

Suo padre annuì con soddisfazione.

Nina non rispose, non aveva parole per esprimere l'odio che provava per tutti e due, Gietta e suo padre. E anche per suo fratello, con quell'espressione da pesce lesso dietro gli occhiali.

Mentre andava in cucina sentì la madre chiedergli qualcosa e quando rientrò Italo stava ancora parlando della differenza tra monarchia e repubblica. Lei aveva preso dieci mentre lui, che stava una classe sopra, soltanto otto.

«Ma che stai dicendo» intervenne. «Lo sanno tutti che qui a Napoli avrebbe vinto il Re.»

«Tutti chi?» fece suo padre con il tono di quando voleva mostrarsi severo, anche se Nina non aveva mai avuto paura di lui.

«Tutti» rispose sollevando il mento con sfida. «Il fruttivendolo, la parrucchiera, e pure la signora Russo.»

«Te la raccomando, quella» mormorò Gietta, che aveva sempre da dire sulle vicine ma poi spettegolava con tutte.

«Sei troppo piccola per capire, Nina.» Sua madre si alzò in piedi con difficoltà. «Penso che stiano per arrivare e io sono un po' stanca.»

«Ci penso io Maddale', tu vatti a stendere.» Gietta la prese per un braccio. «Poi li invitiamo a casa domani, prendo anche le paste.»

«Le paste?» chiese sua madre. «Forse è meglio se fai un dolce tu, per risparmiare.»

Nina odiava la parola *risparmiare*.

Se l'era sentita ripetere per tutti gli anni della guerra ogni volta che si lamentava della roba da mangiare che faceva schifo.

Sentiva ancora in bocca il sapore delle uova in polvere e delle altre fetenzie che le mettevano nel piatto.

Come se loro fossero stati poveri.

Ma non erano poveri, e avevano pure ricostruito la casa, addirittura nello stesso posto di prima, di fronte al mare. Solo che era moderna, più bella e più grande, diceva suo padre, anche se tutti sapevano che non era vero.

Il vecchio edificio in pietra sue due livelli, crollato dopo gli ultimi bombardamenti, era stato sostituito in fretta da una palazzina di quattro piani in cemento. Però suo padre non aveva speso una lira per i lavori. Era riuscito a fare un contratto col costruttore, il commendator Porzio, che si era preso il pianterreno e l'attico, mentre il primo e il secondo livello erano rimasti di proprietà Morelli.

Gli appartamenti al primo piano erano stati destinati al fitto, in quelli al secondo invece vivevano loro. Da una parte la sua famiglia e dall'altra Gietta, in due case uguali ma opposte e simmetriche.

Per come la vedeva Nina, comunque, sua zia stava sempre piazzata a casa loro.

Però era bello avere un appartamento moderno, il caffè vero, le uova vere, il pane bianco e il pesce di venerdì, la carne il martedì e la domenica. E potevano pure permettersi di comprare i dolci alla pasticceria Fusco di piazza Amedeo che, col rientro dalla Russia del titolare, aveva riaperto più splendida di prima.

«Compra i dolci, Gietta, ti prego!» strillò avvicinandosi a sua madre, che le fece una carezza sulla testa.

«Va bene» disse. «Tua zia domani prende i dolci, e tu fai la brava. Però solo otto paste assortite, che bastano.»

«E la signora Trovati?» chiese Gietta. «Che facciamo Maddale'? Pare brutto se non la invitiamo?»

Tra di loro passò uno sguardo che Nina non seppe interpretare e che le interessava poco.

Si comportavano sempre così. Si guardavano, facevano occhiate, scuotevano la testa, sempre come se avessero chissà quali segreti tra di loro. Erano solo vecchi.

«Stanno arrivando» disse Italo affacciato alla finestra. L'aveva aperta, ma a lui nessuno aveva detto nulla, non stava facendo ammalare sua madre, lui!

«Stupido» gli disse Nina senza motivo e corse lungo il corridoio.

Li avrebbe conosciuti lei per prima.

Aprì la porta, infilò le scale scendendo i gradini a due a due, per non farsi acchiappare. Alle sue spalle sentì la voce di suo padre e quella di Gietta che le gridavano qualcosa, ma non se ne curò.

La scala girava attorno a un piccolo pozzo dentro cui un domani, coi soldi, avrebbero potuto costruire l'ascensore. Era larga, tutta in marmo giallo, con il corrimano d'ottone e le lampade sui pianerottoli.

Nina si aggrappò alla ringhiera per fare la girata a piedi uniti e andò a sbattere contro qualcosa che le fece uscire tutto il fiato dal corpo. Un attimo dopo stava rotolando per le scale abbracciata a un corpo che era duro e morbido, gomiti e stoffa, naso, braccia e ginocchia.

Urtò uno spigolo e cacciò uno strillo.

Poi atterrò su un oggetto che si piegò sotto di lei con un rumore che le fece battere i denti.

Si rialzò sulle ginocchia.

«Nina! Nina!» Sentì le urla correre giù per le scale insieme ai passi dei suoi familiari.

Le faceva male dappertutto, ma non c'era niente di rotto, solo un lamento basso nelle orecchie.

«Nina, ma che è successo?» Gietta le era addosso.

Nina si strinse al suo seno morbido, pronta a mettersi a piangere.

«Ma che hai fatto?» La zia la scostò bruscamente. «Ma si' tutta scema?»

Nina sentiva il lamento basso e anche gli strilli acuti di una donna accompagnati dalla voce arrabbiata di un uomo.

Sul pianerottolo erano in tanti.

La donna che strillava era una signora ben vestita e con il rossetto. «Fabrizio! Fabrizio!» continuava a dire come un disco rotto, senza fare niente di utile.

L'uomo invece aveva il cappello in mano e continuava a farlo sbattere sul palmo. Suo padre era fermo sull'ultimo gradino con lo sguardo aggrottato, e Italo, il vigliacco, si nascondeva dietro di lui.

La voce di sua madre, dall'alto, arrivò soffocata: «Che è successo?».

Gietta alzò la testa. «Niente, Maddalena, tutto a posto!» gridò.

A Nina girava la testa, fece un passo di lato per sfuggire al trambusto.

Il gemito però c'era sempre, e veniva da terra.

La cosa che lei aveva investito si lamentava.

Nina si inginocchiò vicino al ragazzo – perché era un ragazzo con i capelli scuri, più o meno della sua età, ma con i pantaloni lunghi – e lo guardò.

«Ti fa male?» gli chiese. «Mi dispiace.»

Avrebbe voluto toccarlo ma non osò. Il suo braccio sinistro era piegato in una maniera strana sotto al corpo.

Il ragazzo alzò la testa verso di lei e Nina vide due occhi verdi, di un verde magico che non poteva esistere.

Lui la fissò mentre le guance da rosse diventavano pallide e poi bianche.

«Non ti preoccupare, non mi sono fatto niente.»

Lo disse con un sorriso, poi girò gli occhi e svenne.

Dicembre

«Ma quando li invitiamo a mangiare le paste?»

Ancora una tavola senza dolci.

Nina non ci poteva pensare. Erano già passate due domeniche e l'invito ai loro inquilini non era ancora partito. I signori Della Monica restavano sconosciuti. Però lei dalla finestra di camera sua li vedeva entrare e uscire in continuazione.

Il ragazzo si chiamava Fabrizio. Aveva il braccio al collo, ingessato, ma a parte questo sembrava alto e in salute, pure bello.

Non alzava mai lo sguardo, e per questo Nina temeva fosse arrabbiato con lei, anche se non era stata colpa sua.

Chi davvero era arrabbiato era suo padre, che aveva dovuto pagare la visita dal dottore e l'ingessatura. E a nulla erano valse le parole di sua madre il giorno dopo l'incidente: «Non l'ha fatto apposta, Raffaele. È ancora una bambina, e i bambini corrono».

«No, non è più una bambina.» Il papà era in piedi. La mamma

seduta sembrava stranamente piccola. Nina li spiava dal disimpegno della cucina, perché aveva capito che parlavano di lei. «All'età sua mia madre sapeva cucinare e fare i servizi, e guadagnava il pane per la famiglia.»

Nina vedeva le gote con le venuzze rosse e gli occhiali sulla punta del naso. A suo padre, quando era arrabbiato, tremava la pappagorgia, ma per fortuna lei assomigliava alla mamma, con i riccioli neri e il corpo magro.

«Tua madre apparteneva ad altro ceto, Raffae'» rispose lei. «E per favore.»

«Mia madre era una grande donna.»

«Come no.» Sua madre continuava a fissare il muro di fronte a lei, stanca. «In ogni caso Nina fra poco andrà al liceo e la disciplina la calmerà.»

«Quella si deve sposare presto, senti a me, Maddalena.» Agitò la testa. «Un marito, un uomo, che la tenga sotto controllo.»

«Con me questi discorsi non permetterti di farli.» La voce di sua madre si alzò. «E che siamo tornati indietro?»

«Maddalena, non ti agitare.» Questa era Gietta. «Andiamo di là a riposare un pochetto.»

«Nina andrà all'università» disse sua madre facendosi portare via. «E si sposerà quando vorrà lei, ricordatelo!»

La voce si fece lontana, soffocata dalle porte che si aprivano e si chiudevano e che la tenevano sempre più imprigionata.

L'invito a mangiare i dolci non era ancora stato fatto perché le due famiglie non si erano conosciute nella situazione migliore, Nina lo sapeva e le dava fastidio pensare che tutti dessero la colpa solo a lei.

Anche l'altra inquilina del primo piano, la signora Trovati, la misteriosa, elegante e profumata signora Trovati, con i suoi due barboncini chiassosi e ugualmente profumati, non era stata ancora ammessa in casa.

«Perché?» aveva chiesto Nina, sostenuta da Italo, che era altrettanto interessato.

«Non è ancora il momento» aveva sentenziato Gietta.

Però doveva essere curiosa anche lei visto che appena sentiva aprirsi la porta dell'appartamento correva in punta di piedi a spiare dall'apertura delle scale.

La famiglia di Fabrizio abitava sotto di loro.

La signora Trovati invece sotto Gietta, e dalla sua casa spesso provenivano musica, risate e voci di gente allegra. E ogni volta che sua zia si affacciava alla finestra per guardarla uscire con i barboncini Nina la vedeva sbuffare.

Nemmeno il nuovo portiere, Domenico, che era stato assunto da poco e abitava con sua moglie Carmela al piano terra in uno sgabuzzino di due stanze dietro ai negozi, la sopportava.

Quando la Trovati passava nell'androne del palazzo lui faceva una smorfia nascosta.

Forse, pensava Nina, dipendeva dal fatto che la signora era sempre ben vestita, in un periodo in cui tutti si sentivano invece poveri e straccioni. Indossava lunghi cappotti dall'aria costosa, cappellini colorati e scarpe bellissime col tacco alto.

Si faceva portare gli acquisti direttamente a casa, anche la spesa. Un giorno veniva il garzone del fruttivendolo, un altro quello del salumiere. E il macellaio si premurava di consegnarle la carne addirittura di persona.

Però dai Morelli non era stata ancora invitata.

«Avrai i dolci quando io avrò finito di scontare l'ingessatura» aveva detto suo padre il giorno prima, e Gietta si era messa a ridere col doppio mento che sobbalzava.

Adesso erano tutti a riposare.

La controra era legge in casa. Suo padre si metteva il pigiama, chiudeva le imposte e non si poteva fare chiasso per due ore. Italo lo imitava.

Nina aprì la porta d'ingresso cercando di essere il più silenziosa possibile. Scese le scale in punta di piedi.

Forse Fabrizio non riposava. Forse, se lei avesse bussato, lui sarebbe uscito. Nina gli avrebbe chiesto scusa per il braccio e magari avrebbero potuto diventare amici, parlare un po'.

Forse lui l'avrebbe guardata di nuovo con quegli occhi colore verde magico.

Non mi sono fatto niente, aveva detto. Non era arrabbiato.

Nina si sedette sul penultimo scalino prima del pianerottolo, come faceva da un paio di giorni, e guardò le porte, da un lato quello della signora Trovati, dall'altro quella dei Della Monica.

«Che pazienza» sussurrò aspettando che succedesse qualcosa.

E qualcosa accadde. Ma non quello che sperava lei.

Una porta, comunque, si aprì. Ne uscì il garzone del fruttivendolo camminando all'indietro.

Nina lo conosceva di vista. Era alto e robusto, si chiamava Pasquale, aveva gli avambracci coperti di peli e rideva sempre, anche se quasi non sapeva parlare.

La signora Trovati si affacciò.

I capelli erano sciolti, lunghi, morbidi e chiari. Indossava una vestaglia dorata con larghi fiori viola.

Allungò la mano verso il ragazzo e gli carezzò il viso.

Nina si fece piccola contro il muro, anche se loro non potevano vederla.

Pasquale allungò la mano verso la vestaglia della signora Trovati, la aprì.

Una mammella bianca e rotonda, con un bocciolo rosa al centro, venne fuori come se lei si stesse sporgendo.

Nina si alzò e salì di sopra.

In bagno si guardò nello specchio a lungo, mentre il calore sulle guance iniziava ad attenuarsi.

Continuava a vedere la mammella perfetta come le mozzarelle che suo padre portava da Agerola.

E la mano dentro la cintura dei pantaloni di Pasquale.

Nina guardò in basso verso la sua camicetta.

Non c'era quasi niente. Niente di paragonabile a quello che aveva visto. Trovò solo la punta del suo capezzolo, che non era rosa e bello come quello della Trovati.

Lo pizzicò.

Una sensazione strana le salì su per il corpo. Si guardò nello specchio con gli occhi spalancati, sorpresa.

«Nina!»

Il colpo sulla porta e la voce di Italo la fecero sussultare di vergogna.

«Esci!» strillò. «Devo andare in bagno.»

Nina si riassestò la camicetta dentro la gonna.

«E che fretta c'è?» gli rispose aprendo la porta. Aveva le gote rosse e per mascherarlo si mise le mani sui fianchi, con aria di sfida. «Te la fai sotto?»

«Stupida.» Italo le passò di fianco urtandola. «Fabrizio, quello del piano di sotto, è venuto a chiamarmi per andare a giocare da lui.» Mentre le chiudeva la porta in faccia aggiunse: «E tu non sei invitata».

1947

L'Italia è una Repubblica democratica, fondata sul lavoro. La sovranità appartiene al popolo, che la esercita nelle forme e nei limiti della Costituzione. La Repubblica riconosce e garantisce i diritti inviolabili dell'uomo, sia come singolo sia nelle formazioni sociali ove si svolge la sua personalità, e richiede l'adempimento dei doveri inderogabili di solidarietà politica, economica e sociale. Tutti i cittadini hanno pari dignità sociale e sono eguali davanti alla legge, senza distinzione di sesso, di razza, di lingua, di religione, di opinioni politiche, di condizioni personali e sociali.

COSTITUZIONE DELLA REPUBBLICA ITALIANA, *27 dicembre 1947*

Ottobre

Faceva freddo e pioveva.

La cappa di umidità che veniva dal mare levava la voglia di fare qualsiasi cosa.

Dalla finestra entravano rumori di sirene. Era un camion militare che stava prelevando i resti di una nave affondata durante la guerra. Tirata da catene giganti, adesso andava via in grandi pezzi arrugginiti.

Nina aveva finito le letture di Mitologia e adesso non sapeva come passare il tempo.

Dopo pranzo suo padre e Gietta si rintanarono come sempre nelle rispettive camere da letto, contenti di abbandonarsi al sonno e smettere di vivere per un po'.

Da quando la mamma era morta, due mesi prima, sembrava che vivere, scherzare o parlare ad alta voce fosse diventato peccato.

In casa Morelli si camminava in punta di piedi e perfino il naso veniva soffiato senza fare rumore.

Nina non ce la faceva più.

Lei voleva vivere.

Ma questo non significava che non pensasse a sua madre. Però là dentro si sentiva soffocare, come se stesse per morire anche lei.

Era arrabbiata, però poi si sentiva cattiva e ingiusta, e per questo ancora più arrabbiata.

«Come sta la mamma?» Lo aveva chiesto ogni giorno, dopo il ricovero all'ospedale Cardarelli, il più moderno e grande di Napoli, e quindi il migliore.

Suo padre e Gietta le avevano detto che stava meglio, ogni giorno, e lei ci aveva creduto, finché non era morta.

E adesso era molto arrabbiata con loro, ma anche con sé stessa per essersi fatta ingannare. Ma soprattutto con sua madre, che l'aveva lasciata in quella situazione.

Senza farsi sentire da Italo, che ormai se ne stava ore chiuso in camera senza studiare, aprì la porta d'ingresso e scivolò fuori.

Dal finestrone del pianerottolo tra il primo e il secondo piano poteva vedere un palazzo vicino, con tutte le luci accese e le persone che si muovevano da una stanza all'altra, felici.

Nina aveva preso l'abitudine di spiarle immaginando di essere una prigioniera da salvare, come nei libri di Delly o della Baronessa Orczy, con la copertina rosa o celeste, che erano stati della mamma. Quando li leggeva le pareva di scappare in un altro mondo, più reale di quello triste dei suoi familiari con cui era obbligata a stare.

All'improvviso sentì aprirsi e poi sbattere il portone d'ingresso al piano di sotto.

Nina si preparò qualcosa da dire nel caso fosse stato Fabrizio. Adesso non era più tanto amico di Italo, come all'inizio dell'estate, ora preferiva ragazzi sportivi come lui, con cui giocare a calcio, almeno a sentire suo fratello.

Comunque continuava a non degnare lei di attenzione e se si incontravano per le scale la salutava a stento.

Nina fantasticava su di lui e sui suoi occhi verdi quando si perdeva tra le pagine dei libri romantici, ma solo perché non conosceva nessun altro. La sua era una scuola femminile e i compagni di Italo erano come lui, brutti e stupidi.

Fabrizio sembrava invece diverso, ma irraggiungibile come se vivesse sulla Luna invece che al piano di sotto.

Dal ticchettio dei tacchi sulle scale capì che non era lui.

Infatti comparve la testa e poi l'intera signora Trovati, impacciata tra l'ombrello di seta rosa che stava chiudendo e un grosso pacco, ma ben vestita, anche per una semplice camminata sotto la pioggia.

Nina, in cima al pianerottolo, fece per ritrarsi perché Gietta le aveva detto di non rivolgerle la parola e neanche di salutarla se l'avesse incrociata nel palazzo. *Mai e per nessun motivo*, e lei non aveva mai raccontato a nessuno di quello che aveva visto l'inverno precedente.

«Mi aiuti?» La voce della donna risuonò chiara alle sue spalle.

Nina si girò verso l'inquilina.

Era la sua prima occasione di rivolgerle la parola.

La signora Trovati era bella. O forse no. Nina non riuscì a decidersi, incantata dal rossetto vivace, dagli occhi larghi e chiari truccati con abilità, dalle ciglia lunghe e colme di mascara. Aveva i capelli mossi, dorati e un po' rossi, costretti in una banana alta le creavano una nube luminosa attorno al viso triangolare, già segnato da qualche ruga.

Somigliava alle attrici del cinema, forse ad Assia Noris.

Nina non pensava che le persone normali potessero truccarsi così, e le sembrò la donna più affascinante del mondo.

«Mi aiuti?» chiese di nuovo la donna, sorridendo, ma senza dolcezza, con un po' di impazienza.

«Sì» rispose subito Nina provando goffamente a prendere il pacco.

«No, no, non questo.» La signora Trovati agitò la mano che reggeva l'involucro da sotto e le fece vedere la chiave che stringeva tra le dita. «Aprimi la porta.»

«Ah.» Nina prese la chiave e aprì.

Nella saletta d'ingresso, tenuta con ganci alle due pareti opposte c'era una tenda di seta su cui era impressa una fantasia rosa e nera.

La donna accese la luce e Nina vide che la fantasia rappresentava una tigre tra le foglie di una foresta esotica, buia.

La signora Trovati la attraversò e Nina respirò il profumo che la stoffa aveva assorbito nel tempo. Sigarette, colonia, effluvi e olezzi.

Le sembrò l'odore della libertà.

«Grazie!» La voce giunse dall'altro lato della tenda ma lei non se ne andò. Rimase nell'ingresso come se il suo compito in quella casa non fosse finito.

Sperava che non fosse finito.

Dopo un attimo la signora Trovati smosse la tenda e le fece cenno di entrare.

«Vieni.»

Aveva una sigaretta nera con il bocchino dorato tra le dita ed emise uno sbuffo di fumo aromatico dalle labbra.

Nina la seguì oltre la seta rosa e nera, e le parve di tuffarsi in un mondo nuovo. Si lasciò carezzare il viso dal tessuto, poi passò dall'altro lato.

Si trovò in un salottino con due poltrone in velluto rosa, un tappeto orientale e un tavolino col piano di marmo grigio.

Negli angoli due vetrine triangolari, sulla parete di centro un quadro. Nel quadro una bambola.

Sul piano c'era un posacenere con le cicche di tante sigarette nere e oro.

«Mi dispiace per tua mamma» disse la signora Trovati.

«Grazie.» Nina abbassò lo sguardo verso il pacco sul piano di marmo. Non voleva parlare del suo lutto con la signora, e forse neanche la signora con lei. Per fortuna.

Dopo un attimo di silenzio Nina rialzò la testa, e vide che la Trovati la fissava. I suoi occhi erano fermi, immobili.

Non era abituata a essere guardata così. Suo padre non la vedeva nemmeno, Gietta aveva occhi che sfuggivano da tutte le parti, mentre Italo non sollevava i suoi da terra da quando la mamma era morta.

Solo sua madre aveva avuto uno sguardo pieno e intenso per lei, l'unica che l'avesse davvero osservata con attenzione, cercando di capire cosa le passasse per la testa.

E adesso che se n'era andata Nina non voleva più ricordarla, non serviva a nulla.

Le cose tristi non servivano a nulla.

«Mi sono fatta un regalo.» La signora Trovati indicò il pacco col mento. Soffiò via il fumo. «Un vaso, lo vuoi vedere?»

«Sì» rispose lei.

Avrebbe fatto di tutto per prolungare la sua presenza in quel posto.

«Allora lo apro. Vieni.» La signora passò nel disimpegno ed entrò in cucina.

L'appartamento era identico al loro, perciò Nina sapeva esattamente dove stava andando.

Di fianco alla cucina c'era un piccolo sgabuzzino. La signora Trovati lo aprì, accese la luce e cercò in fretta qualcosa sulle mensole di legno.

«Che puzza qui dentro» disse prendendo un paio di forbici.

Chiuse la porta e tornò in salotto, Nina dietro.

Si sedette sulla poltrona e provò a tagliare lo spago, senza successo.

«Queste non tagliano» disse con fastidio. «Vai tu a prendere le altre? Sopra la mensola nello sgabuzzino, però col manico rosso.»

Nina non se lo fece ripetere.

Si girò e, servizievole come non era mai a casa sua, tornò in cucina.

Aprì la porta piccola e massiccia e accese la luce.

Nello stanzino ci stava giusto una persona, e non c'era aria.

Nina ci entrò con riluttanza. La lampadina nuda emetteva una luce gialla. Rovistò tra gli attrezzi sul piano, sempre più nervosa, in cerca delle forbici buone, finché non le trovò e tornò in salotto.

La signora Trovati tagliò lo spago in un colpo solo, e aprì il pacco.

Il vaso era verde e aveva la forma curva di un'onda.

Nina non sapeva giudicare se era bello o brutto, ma se stava lì, in quella casa, con quella donna, allora voleva dire che era bello.

«Bello» disse.

«L'ho visto in vetrina, m'è piaciuto e l'ho preso» disse l'altra. «Io sono così: quel che mi piace mi prendo.»

Nina non seppe cosa rispondere. Anche a lei piacevano un sacco di cose ma le avevano insegnato giusto l'opposto: quel che ti piace non puoi averlo, *non puoi prenderlo.*

Così era la vita.

Si sentì addosso gli occhi della signora Trovati, e con un po' di esitazione ricambiò lo sguardo.

«Io mi chiamo Lucia» disse la donna facendole segno di sedersi sulla poltrona di fronte.

«Nina» rispose lei sedendosi.

«Lo so.» La Trovati continuò a fissarla con i suoi occhi da diva di prima della guerra, fumando e sorridendo. «Sei proprio bellina.»

Nina non osò parlare.

Sul divano di velluto morbido, di fronte a quella donna così moderna, così diversa da Gietta, ma anche da sua madre e dalle zie che aveva conosciuto da piccola, fu colta da un'emozione che le salì dal centro del corpo e che non riuscì a trattenere.

Un attimo dopo stava piangendo.

Nina si vide attraverso lo sguardo della signora Trovati, una ragazzina di quattordici anni, orfana, con un padre noioso e confuso, una zia grassa, tanto ridicola quanto severa, e un fratello timido e silenzioso.

Una ragazzina sola e infelice.

Ma bellina.

Le lacrime che aveva risparmiato per la morte della madre salirono di colpo tutte assieme verso l'alto. Però, anche mentre singhiozzava, Nina sapeva che la sua pena era per sé stessa e per la sua giovane vita, più che per la mamma.

La signora Trovati si alzò e le venne vicino, ma non la toccò.

Si sedette sul braccio della poltrona, continuando a osservarla e a fumare.

Per Nina quella presenza bastò. Si sentì consolata dal suo sguardo silenzioso.

Smise subito di piangere. Voleva dimostrare qualcosa alla signora.

Non era bellina, lei.

Era bella. E non era più una bambina.

«La cose brutte capitano» disse la signora Trovati. «Ricordalo Nina, ciononostante la vita è bella. E se non è bella la devi trasformare tu.»

«E come?»

«Come si fa col trucco per sembrare più giovani.» La signora Trovati soffiò via il fumo, spense il mozzicone nel posacenere già pieno.

«Io non mi so truccare.»

«Non ne hai bisogno.»

«Però mi piacerebbe.»

«Vuoi imparare?»

Nina non rispose, ci pensò. Si vide davanti la faccia di sua zia Genoveffa che diceva la parola: "No!", ma senza suono.

«Vuoi diventare più bella?»

Certo che voleva diventare più bella.

Chi non voleva diventare più bella?

1948

> The passing of the Mahatma Gandhiji shot at 4 times in stomach at six-foot range. The light has gone out of our lives, but let us hold together, says Nehru.
>
> "THE NATIONAL STANDARD", *Bombay, gennaio 1948*

Marzo

Lo studio del notaio Carcamo puzzava di vecchio, come lui.

Vecchie erano le tende pesanti. Vecchie erano le sedie e i tavoli con i piedi intagliati, vecchie le pareti di legno tarlate.

Vecchi erano i commessi che entravano e uscivano e si muovevano lungo il corridoio da una stanza all'altra, portando mucchi di carte da cui a Nina sembrava di veder sollevarsi nuvolette grigie.

Lei e Italo sedevano in disparte su una panca in fondo allo studio mentre i grandi discutevano.

Dio quanto discutevano!

Gietta aveva sempre qualcosa da chiedere, aggiungere o puntualizzare. Suo padre rispondeva con pazienza, e il commendator Porzio aveva ancora più pazienza di lui.

Si era sporto in avanti: «Lascia che glielo spieghi io, Raffaele» aveva detto posandogli una mano sul braccio.

E aveva ricominciato daccapo.

Le stesse parole di prima, noiose, ripetitive, e sempre senza significato per Nina: "Usufrutto alla famiglia Morelli, parte spettante, nuda proprietà al costruttore, eccetera eccetera".

Una serie di chiacchiere che sua zia Gietta ascoltava con attenzione dalla bocca del commendatore, per poi annuire, come se avesse finalmente capito.

E invece, ecco che faceva un'altra domanda inutile e la tarantella delle spiegazioni ricominciava. Suo padre, Porzio, l'avvocato di Porzio.

L'unico che stava zitto, con gli occhi bassi, era proprio il notaio che, secondo Nina, era quello che avrebbe dovuto parlare più di tutti e dire *basta*, mettere d'accordo, farli firmare e mandarli via, a casa.

Dopotutto era il suo lavoro.

E invece il vecchio Carcamo sembrava addormentato, morto e mummificato. Unico segno di vita, le dita della mano sinistra che strofinavano lentamente quelle della destra.

«Secondo te quando ce ne andiamo?» chiese Nina al fratello seduto vicino sulla panca.

Italo non rispose. Si era portato un libro e non sembrava annoiato.

Nina sbirciò il titolo, un'antologia di carmi greci e latini con la traduzione di fianco.

«Ma che leggi?» Diede un colpetto alla copertina e Italo sussultò. «Riesci a studiare?»

«Non sto studiando.» Scosse la testa. «Me lo sono comprato perché mi piace.»

«Ti piace il latino?»

«Mi piacciono le poesie.»

«Le poesie d'amore?»

«Scema.»

A sedici anni Italo era tutto strano e anche con i calzoni lunghi, la camicia e la giacchetta non sembrava un vero uomo. Aveva la faccia da bambino e nemmeno un pelo di barba. Allampanato, con le orecchie grandi, il naso lungo e gli occhiali. Però Nina gli voleva bene.

«Sei un secchione senza speranza.»

«Stupida» disse lui a bassa voce.

«Ebreo.» Era una cattiveria. Dalla compagna di banco, il cui fratello era in classe di Italo, aveva saputo che gli altri studenti del liceo Bianchi lo perseguitavano. Gli nascondevano i libri e gli scrivevano "ebreo" su foglietti che gli azzeccavano sulla schiena, cose così.

Nina si vergognava molto di suo fratello, ma per fortuna lei stava al Suor Maria Ausiliatrice e non ci aveva troppo a che fare.

All'improvviso si stavano alzando tutti in piedi e le sedie grattarono per terra.

Ci furono strette di mano, qualche pacca sulle spalle, sorrisi.

Nina non capiva bene che era successo, ma sembrava una cosa buona che aveva a che fare con gli appartamenti e con il loro palazzo. E dalle facce contente del padre e della zia immaginò che si trattasse di soldi.

Non erano così sorridenti da quando era successo il fatto della mamma.

«Torniamo a casa» disse Gietta, mettendo una mano sulle spalle sue e di Italo come se fossero due bambini da guidare. «E prima di prendere il tassì ci fermiamo a comprare le paste da Fusco.»

Per l'occasione si era vestita con una gonna di lana nera e una giacca nera un po' rigida che la comprimeva tutta, facendola apparire ancora più grassa.

Nella vettura Nina tenne il vassoio di dolci sulle ginocchia, mentre sua zia continuava a fare domande inutili.

«Sei sicuro Raffaele? Sei proprio sicuro?» Lo ripeteva come un disco rotto. «I negozi no? Nemmeno l'attico?» Ma gli occhi le brillavano e si capiva che voleva solo sentirsi rassicurare.

E suo padre lo fece.

«Certo che sono sicuro Genoveffa.» Agitò le braccia. «È tutto sotto controllo.»

«Noi non ne capiamo, però.»

«Io ne capisco.»

«Raffae', l'unica che ci capiva qualcosa era la buonanima di Maddalena.»

«Così mi offendi. Statti serena.»

«E speriamo. Ma questa cosa della proprietà che è *nuda*...» Gietta incespicò sulla parola. «Che vuol dire?»

Lui sorrise con un'aria da esperto del mondo che, finché c'era stata la mamma, non aveva mai mostrato.

«Nuda, perché non è nostra, stai serena. Noi siamo coperti.» Si chinò in avanti e le batté una mano sul ginocchio. «Ti fidi di me?»

E Gietta si fece rossa, come se lui le avesse fatto qualche complimento.

Nina trovò la scena divertente, ma era anche un po' disgustata.

Fuori dal finestrino del tassì la città scorreva veloce.

Era un sabato grigio di marzo, ma non faceva davvero freddo.

Su via Toledo le vetrine avevano di nuovo mercanzia in mostra. Non come prima della guerra, ma quasi. Gli scaffali erano pieni di pacchi, barattoli colorati, scatole, sacchi, e c'era pure tanta merce arrivata dall'America, con nomi strani. Tutto stava cambiando in meglio. I vestiti, le cose da mangiare, i profumi, le canzoni. Ovunque manifesti pubblicitari, edicole piene di giornali e persone che camminavano di fretta.

La guerra, che per Nina era stata piena di inutili privazioni, di rinunce, di noia e miseria, stava finendo per davvero.

Pure loro, i Morelli, parevano più nuovi e più pieni di vita.

Magari dipendeva solo dal fatto che prima Nina era una bambina, mentre adesso si sentiva quasi una donna. E le pareva che i ragazzi, gli uomini fatti, la guardassero con un'attenzione diversa.

Le piaceva.

Avrebbe voluto poter stare in giro da sola, o con le amiche, come facevano le ragazze poco più grandi di lei, ma non glielo permettevano ancora.

La città non è ancora sicura, diceva suo padre. *Colpa degli americani*, aggiungeva Gietta, *dei negri*.

Nina non ne poteva più di sentire di quando, bambina, quasi – quasi – era stata rapita da quei soldati stranieri con denti bianchissimi giunti in camionetta. Quando cercava di ricordare, i militari americani non le destavano alcuna paura. Più che altro era la faccia di suo padre, bianca di terrore, e le grida mentre Nina correva verso di lui, l'unica parte sgradevole di quell'episodio che, probabilmente, i suoi avevano sopravvalutato. Come facevano del resto con tutti gli avvenimenti insignificanti della loro vita.

La strada era libera e l'automobile percorse veloce via Chiaia.

Le vetrine di negozi di abbigliamento e scarpe scorrevano lungo la strada stretta.

«Il mio cappotto si è fatto troppo corto» disse rivolta al padre. «Me ne compri uno nuovo? Come quello» e indicò col dito una vetrina che scorreva.

«Come no» disse Italo.

«Pure il cappello» aggiunse Gietta.

«Mi serve» disse lei, rivolgendosi al padre, che sollevò gli occhi al cielo.

La signora Trovati aveva sempre cappotti bellissimi. Una volta gliene aveva offerto uno che non metteva più, ma Nina aveva avuto paura di accettare. L'amicizia con la vicina era un segreto prezioso che lei stava ben attenta a preservare con la sua famiglia.

«Come cresci in fretta» disse suo padre con un sospiro. Però non sembrava contento, e non le disse di sì.

Nina si chiuse in un silenzio indispettito. Mica era un peccato crescere.

Sapeva di essere alta per la sua età. Forse era un po' magra, anche se mangiava tanto. Ma le gambe erano lunghe, le caviglie sottili, i piedi piccoli. E di viso era bella, non della *bellezza del ciuccio,* che era il modo dispregiativo con cui Gietta indicava tutte le ragazze belle e giovani.

A Nina non mancava nulla.

Ed era anche intelligente e brava a scuola, però non le avrebbero comunque fatto continuare gli studi. Italo sarebbe andato all'università. Lei no, era già deciso.

E alla prima difficoltà l'avrebbero ritirata da scuola, le era stato fatto capire bene all'inizio dell'anno scolastico. Non per punizione e nemmeno per necessità. Suo padre si era fissato che il troppo studio, oltre a essere inutile, era nocivo per la salute mentale di una donna.

«Guarda le tue zie» le aveva detto un giorno. «Gietta e Angela hanno studiato tanto e non si sono mai sposate.»

«Che c'entra, papà?»

«E quell'altra, Adelaide, ha studiato dalle suore e non ne parliamo proprio di quello che ha fatto.»

Della zia Adelaide in casa non si parlava quasi mai.

«E mamma, invece?» aveva chiesto Nina. «Lei era istruita, ha fatto carriera e si è sposata. E ha avuto pure i figli.»

«Mamma è stata l'eccezione che conferma la regola, Ninuccia.» Suo padre aveva scosso la testa. «Quando mai mia madre ha studiato.»

«Ma che dici?» Nina si era offesa. «Quella era una donna dell'Ottocento, povera e ignorante.» Fece una smorfia. «*Esposito Annunziata,* basta il nome per farsi un'idea di tua madre, papà! Che c'entra con me!»

Suo padre non aveva risposto.

Però lei si sforzava di prendere buoni voti, di fare attenzione in classe e di fare bella figura con tutte le insegnanti. Anche se non le sarebbe servito, a meno di un miracolo.

Non che ci tenesse tanto allo studio, la verità.

Però andare all'università significava uscire di casa tutti i giorni, incontrare gli altri studenti, maschi e femmine. Sentirsi libera.

Il tassì si fermò davanti casa. Domenico uscì dal portone del palazzo e tenne aperta l'anta per farli passare.

Nina salì le scale del palazzo ma con voluta lentezza, dietro gli altri, e sul pianerottolo del primo piano addirittura si fermò, fingendo di doversi allacciare una scarpa.

La porta di casa della signora Trovati non si aprì.

Invece la raggiunse Fabrizio, che era entrato di corsa dal portone.

«Ciao» le disse, e la guardò con un'espressione stordita, che Nina non seppe definire. Come se non l'avesse mai vista prima.

«Ciao» rispose lei, e siccome si sentiva arrossire se ne scappò al piano di sopra.

Novembre

«Sei bella» disse Fabrizio. «Ecco. Te l'ho detto.»

Lei lo guardò negli occhi verdi e le venne da ridere, ma non rise. Meglio essere seria, per una volta.

Fabrizio era alto e bello. Impacciato. Il cappotto nero era troppo largo, forse era stato di suo padre o di chissà chi.

Nina si guardò attorno per sfuggire al suo sguardo che sembrava chiederle qualcosa e che per questo l'agitava e le metteva allegria allo stesso tempo.

Il mare sembrava così vicino da poterlo toccare e quasi veniva voglia di tuffarsi, nonostante fosse ormai arrivato il freddo.

Però non c'era vento. Le persone, a coppie o in gruppi, passavano per via Caracciolo senza fare caso a loro, fermi vicino a uno dei parapetti.

Nina non li distingueva bene. Le cose lontane sembravano stare dietro un vetro un po' appannato.

Ma a volte andava bene così perché la vita era qui, adesso, e non bisognava spingere lo sguardo troppo avanti, e neppure troppo indietro. La guerra, l'infanzia, sua madre erano tutte cose perdute che ogni giorno diventavano più sfocate, così come lo erano il futuro, lo studio, il matrimonio.

In ogni caso mai – mai! – avrebbe messo gli occhiali. Mai.

Quel giorno Nina era uscita da scuola un'ora prima perché era mancato un insegnante. Aveva passeggiato senza meta per poi trovarsi davanti al liceo Umberto. Lì, come già le era successo in precedenza, gli studenti, tutti maschi e ben vestiti, l'avevano seguita con lo sguardo senza trovare il coraggio di rivolgerle la parola. Tranne Fabrizio, che aveva lasciato un gruppetto di amici per raggiungerla.

«Nina» aveva detto un po' affannato.

«Ciao, Fabrizio» aveva risposto Nina, cercando di non mostrare lo stupore e la contentezza.

«Che fai?»

«Torno a casa.» Lei lo aveva guardato. «Tu pure?»

«Sì» aveva risposto lui. «Passiamo dal lato del mare?»

«Va bene.» Era un giro più lungo, ma Nina non aveva fretta.

«È una bella giornata e non ho voglia di rinchiudermi subito a casa» aveva detto Fabrizio.

«Va bene.»

«Ma se non vuoi facciamo l'altra strada.» Sorrideva ma sembrava intimidito.

«No, no. Va bene.» Nina aveva voglia di ridere.

E così si erano avviati lungo il marciapiede, verso piazza Vittoria e poi su via Caracciolo. Lì erano proprio soli, di fronte al mare, in mezzo a una marea di gente sconosciuta.

Nina provò un brivido, come quando giocava a moscacieca con la mamma e Italo da piccola. Scosse la testa per scacciare altri pensieri indesiderati, e anche l'eccitazione svanì.

Alzò gli occhi per guardare il suo accompagnatore che era proprio alto, e lei doveva piegare il collo.

«Sei bella» le disse Fabrizio di nuovo.

Nina non rispose subito. Strinse i libri al petto per coprire il davanti del cappotto marrone di sua madre che Gietta le aveva adattato e che era irrimediabilmente fuori moda.

«Grazie» disse poi, educata.

E lui era bello? Se lo chiese con curiosità.

Sì, le piacevano i suoi occhi che la guardavano sempre con una specie di meraviglia e le piacevano i capelli mossi, il viso magro, la bocca grande.

«Veramente» aggiunse lui.

«Grazie» ripeté lei strusciando il marciapiede con la punta delle scarpette di vernice. Erano nuove, lucidissime. Nina era riuscita a farsele regalare da suo padre, che per una volta aveva ceduto senza troppe storie.

Continuarono a guardare il mare in silenzio.

«Ti piace la scuola?» chiese Fabrizio dopo un po'.

«Ma no.» Lo guardò: che domande faceva? «Certo che no.»

«Ah, no?»

«A chi piace?»

«A me» rispose lui serio. «Mi piace studiare, approfondire.»

«Beato te.»

«Andrò all'università.»

Aveva un profilo netto, il naso diritto, il mento deciso. Nina desiderò che si girasse per avere ancora quegli occhi verdi su di lei, ma Fabrizio guardava davanti a sé, il mare, o forse il cielo.

«L'università?» chiese lei.

«Sì. Giurisprudenza.»

«Anch'io farò l'università» inventò Nina, ma solo per attirare di nuovo la sua attenzione.

«E che vuoi fare?»

Nina abbassò la testa e si guardò le scarpe nuove.

E che voleva fare? Non se lo era mai chiesto.

«Lettere» disse.

«Tutte le ragazze che fanno l'università scelgono Lettere» sospirò Fabrizio.

Sembrò deluso. Lei era come tutte le altre ragazze.

«Studierò per cultura» disse cercando di sembrare sicura. «Ma poi farò l'attrice.»

«L'attrice?» Fabrizio la guardò di nuovo sorridendo.

«Sì, certo.»

«Ti ci vedo a fare l'attrice.»

Nina sperò che dicesse di nuovo che era bella, ma non lo fece.

«Giurisprudenza, per fare cosa? L'avvocato?» chiese Nina. L'avvocato di famiglia era vecchio e noioso, con i baffi bianchi e l'aria polverosa. «Ma sei sicuro?»

«Mi piacerebbe fare il giudice, forse.»

«Ti piace giudicare gli altri?» Si vedeva che ragionava molto sulle cose. Forse pure troppo. «E chi ti credi di essere?»

«Nessuno. Però mi piacciono le cose giuste.»

Nina non seppe che rispondere. Che voleva dire *le cose giuste*? Per lei le cose si dividevano in belle o brutte, allegre o noiose, nitide o sfocate.

E adesso, all'improvviso, si sentì in ansia ed ebbe paura che lui la trovasse noiosa, oppure ingiusta. Brutta.

«Sei noioso» gli disse, per fare prima lei.

Lui abbassò la testa.

Passò qualche secondo. Nina strusciò la punta di una scarpetta sull'altra.

«Sono noioso perché non so cosa dirti» rispose Fabrizio.

«E come mai?» chiese lei, ma sentiva sulle labbra spuntare un sorriso.

Lui la guardò come la guardavano gli amici di suo fratello, con paura.

Magari adesso Fabrizio le avrebbe preso la mano e poi avrebbe provato ad avvicinare il viso, ma lei si sarebbe ritratta guardandolo fisso.

Forse le avrebbe detto quelle cose che sentiva per radio o leggeva nei libri rosa. *Ti amo. Sei mia.*

Il cuore iniziò a batterle più veloce. Però si stava divertendo, avrebbe voluto ridere forte.

«Perché?» chiese di nuovo, inclinando la testa all'indietro e guardandolo con gli occhi spalancati e la bocca socchiusa, come le attrici sulle copertine.

Fabrizio si girò bruscamente. «Fa freddo» disse. «Meglio se torniamo a casa.»

1949

> Un 8 marzo celebrando la pace.
> La meravigliosa e travolgente avanzata dell'Armata popolare di Mao Tse-tung ha dato la possibilità a milioni di donne cinesi di festeggiare quest'anno per la prima volta l'8 marzo. E per loro questa data non è solo un simbolo di diritti conquistati ma un impegno per continuare la lotta sino alla liberazione totale.
>
> "NOI DONNE", *marzo 1949*

Maggio

«Ma insomma che hai?» Fabrizio girò la testa per non mandarle lo sbuffo di fumo in faccia.

A Nina piaceva l'aroma delle Balkan Sobranie, le sigarette nere e dorate che tanto le erano sembrate esotiche la prima volta che era entrata in casa della signora Trovati.

«Niente.»

«Però non parli.»

Non parlava perché si stava scocciando, tutto qui. Era tanto difficile da capire?

«Se sentono l'odore di fumo nei capelli è la fine» disse agitando la mano. «Sta' attento.»

Lui posò il mozzicone nel barattolo.

Da qualche settimana lei e Fabrizio si davano appuntamento il mercoledì pomeriggio. Lui la chiamava piano dalla finestra di sotto. Lei, che aveva la sua spalancata, si affacciava e faceva cenno di sì.

Poi, senza far rumore, prendeva le chiavi appese dietro la porta d'ingresso e usciva sul pianerottolo, dove Fabrizio già la aspettava.

Il mercoledì era il giorno in cui Gietta andava in visita dalle sorelle Casaburi, due vicine particolarmente pettegole che allestivano un paio di tavolini di canasta insieme ad altre signore già dal primo pomeriggio. Suo padre invece dormiva, di solito dalle due alle cinque, e suo fratello Italo se ne stava chiuso in camera.

Anche a casa di Fabrizio a quell'ora non c'era nessuno. Il padre lavorava, la madre era dalle amiche.

Insieme salivano assieme nell'attico.

L'ultimo piano del palazzo era composto da un appartamento arretrato rispetto al fronte principale e da un terrazzo. Non era stato ancora completato dal costruttore per mancanza di soldi, e per loro era diventato un rifugio di libertà.

Fabrizio aveva scoperto che sul pianerottolo dell'ultimo piano c'era una porticina di legno con un lucchetto rotto. Bastava spingerla per passare oltre e accedere allo spazio incompleto, ma senza fare rumore perché Domenico e Carmela, i portieri, erano sempre attenti a tutto, neanche fossero i guardiani del Banco di Napoli.

L'attico era composto solo dallo scheletro in cemento e dal terrazzo, ricoperto ancora da teloni.

Non c'erano parapetti, infissi, pavimenti né porte.

Adesso che iniziava a fare più caldo loro avevano preso l'abitudine di sistemarsi nella stanza più grande che dava sul mare, al centro della costruzione. Si sedevano su due blocchi di mattoni davanti a un tavolato di legno sporco. Fabrizio tirava fuori le preziose sigarette nere di cui Nina gli aveva parlato e che lui aveva iniziato a comprare con regolarità per offrirgliele.

Lei aveva finto di saper già fumare, ma in realtà non aspirava. Teneva il fumo nella bocca come se fosse una caramella e poi lo soffiava fuori lentamente.

Anche quel pomeriggio Nina si lasciava scorrere il fumo sul viso e intanto guardava il mare.

Vide gli occhi verdi di Fabrizio puntati sul suo mento e si spostò con il busto in avanti, prima di tirarsi indietro raddrizzando la schiena.

Era una mossa di cui era ormai diventata padrona e che le sembrava molto sensuale per una donna.

Lui però non fece nulla, forse neanche se ne accorse.

La settimana precedente aveva portato le carte francesi per insegnarle il Poker, e Nina aveva finto di divertirsi.

Oggi però non aveva cercato di dissimulare la noia nemmeno per un attimo. C'era tanto altro da poter fare.

«Che fai, passi?» chiese Fabrizio.

Giocavano sul tavolato posto di fronte allo squarcio della balconata, tra le macerie e i sacchi di calce dimenticati da mesi.

A Nina divertiva solo il fatto che facevano cose proibite. Fumare, giocare a carte, stare lì da soli. Fabrizio però parlava poco e a volte non la guardava neanche negli occhi, e ogni giorno che passava sembrava più imbranato del giorno precedente.

Nina aspettava un'iniziativa qualunque.

Non sapeva nemmeno bene lei cosa, ma aspettava.

E intanto si annoiava.

«Allora?» domandò di nuovo Fabrizio. «Passi?»

«Ma sì, passo e chiudo» rispose lei gettando le carte sul piano polveroso. «Basta.»

«Che hai?» Lui le raccolse, poi la fissò negli occhi.

Nina chinò il capo, lo scosse.

«Niente.» Tanto non avrebbe capito. «Lasciami in pace.»

«Voglio solo sapere che hai.»

«E che devo avere?» Neanche lei si capiva.

Era come se una forza interiore le chiedesse qualcosa, ma lei non sapeva cosa.

Anche nei romanzi che le piaceva leggere c'era sempre questo qualcosa che l'eroina non sapeva individuare, ma lo voleva. Però, sui libri, l'uomo di cui si innamorava sapeva sempre cosa fare, e a un certo punto la baciava, e poi finiva il capitolo.

Scosse di nuovo la testa. Fabrizio invece non sapeva che fare e non faceva mai niente.

«Niente» ripeté. «Non ho niente.»

Si raddrizzò, si pettinò i capelli con le dita, alzando le braccia e lasciando che i suoi seni premessero contro il tessuto della camicetta. Fabrizio gettò un'occhiata come un lampo verde.

Lei rabbrividì.

«Scendiamo» disse. «Ho freddo.»

«Come vuoi.» Fabrizio guardò per un'ultima volta il mare dall'alto, deluso ma accondiscendente.

Scesero lentamente la rampa di scale in marmo, Nina strusciando con la mano sulla balaustra, fino al pianerottolo di casa. Si affacciò dal parapetto.

La porta della signora Trovati non era chiusa.

Anche quello era un posto dove andava spesso, sempre di nascosto.

Gietta e suo padre pensavano che tutti i pericoli del mondo la aspettassero appena oltre la soglia del palazzo. La loro immaginazione non arrivava oltre, o forse non erano in grado di guardare più vicino, e lei si prendeva quello che poteva. Scendeva, bussava e la donna l'accoglieva, sempre disponibile e allegra.

Nina si era chiesta più volte perché la signora Trovati si divertisse a stare con lei. Forse le piaceva che fosse così giovane, e magari voleva insegnarle la vita.

Una scuola di modernità.

Una volta Nina le aveva chiesto dell'amore in senso pratico, carnale, visto che non avrebbe saputo a chi altro fare quella domanda. Certo non a Gietta, e nemmeno forse, se fosse stata ancora viva, a sua madre. Ma la Trovati aveva sollevato le spalle.

Non c'era nulla da sapere e nulla da imparare, meno ci pensava e meglio era, le aveva detto.

Sarebbe capitato al momento giusto, e nel modo naturale.

Nina avrebbe voluto capire di più della vita della signora, ma lei non amava parlare di sé. Una sola volta, in un momento di nostalgia, le aveva raccontato del suo grande amore, un ragazzo siciliano senza un soldo, prima della guerra.

«Si ama solo una volta con tutto il cuore» le aveva detto.

Si era persa un attimo nel ricordo, ma poi si era alzata di scatto ed era andata ad aprire l'armadio per tirare fuori una bracciata di vestiti.

«Ti va di travestirci?» aveva chiesto con una gaiezza che a Nina era sembrata forzata.

«E dopo? Non vi siete innamorata mai più?» aveva insistito lei.

«Ci sono stati altri amori, ma diversi.» La Trovati si stava appoggiando un abito di un tessuto scintillante sul corpo.

«Diversi come?»

L'altra l'aveva guardata, ma con distrazione.

«Diversi» ripeté. «Ci sono stati due tedeschi. Poi un americano. Ma sei troppo giovane per capire.»

«Non è vero, capisco benissimo.» Nina si era infastidita. «Non erano amori veri. Vi erano utili.» Lei sapeva che grazie a quegli uomini la Trovati aveva comprato una casa a Roma, dove intendeva trasferirsi da vecchia. «Vi facevano bei regali?»

La signora rise, una risata cristallina che la fece apparire più giovane. «Certo. Regali e viaggi e cose belle» disse. «Ma non è che non li ho amati.»

«Li avete amati?»

«Sì, ma in modo diverso.»

«E cioè?»

«Senza pensarci troppo.» Poi aveva aggiunto: «La vita è brevissima».

Questa era una cosa che diceva spesso. E Nina se la sentiva addosso quella brevità della vita, come una frenesia che la spingeva a fare qualcosa, una cosa qualsiasi, senza ancora sapere perché, e neanche cosa.

Fabrizio non era mai entrato nell'appartamento della sua dirimpettaia, però lei gliene aveva parlato spesso.

«Vuoi vedere la casa?» gli chiese quel pomeriggio afferrandogli la mano e tirandolo lungo la rampa verso il piano di sotto. «Si può entrare. Vieni.»

«Adesso?» Fabrizio abbassò la voce e scese un po' riluttante. «Ma se è impegnata?»

«E che ce ne importa.»

«E se sta con qualcuno?»

La porta era socchiusa. A volte la Trovati lasciava così per dimenticanza, altre volte perché stava aspettando qualcuno. Nina lo aveva capito, e ogni volta che la trovava semiaperta entrava, anche solo per raccomandare alla signora di stare attenta.

«Vieni» disse. «Non succede nulla.»

«È colpa tua se poi si arrabbia.»

«Ma dài!» fece lei sbuffando.

Oltrepassarono la grande tenda rosa e nera che odorava di sigarette e furono nel salottino. Fabrizio si guardò attorno, in silenzio, forse in imbarazzo.

Poi sentirono la voce della Trovati provenire dalla camera da letto. Era con qualcuno.

Fabrizio le fece cenno di andare via, Nina invece lo spinse in cucina.

«Aspettiamo qui» sussurrò.

«Ma perché?»

«Te la faccio conoscere.»

«Ma no, che non voglio conoscerla.» Fabrizio abbassò la voce. «Ce l'ho di fronte da anni.»

«È simpatica.»

«Ma sta con qualcuno, Nina!»

Nina si mise un dito sulle labbra per intimargli il silenzio.

Poi sentirono i passi.

La Trovati stava venendo in cucina.

Nina prese Fabrizio per mano e lo tirò verso l'andito sul retro.

«Qui ci vede» disse Fabrizio a bassa voce.

«No» rispose Nina indicando lo sgabuzzino. «Entra.»

Lei si stava divertendo.

Aprì la porta della stanzetta angusta ed entrò, portandoselo dietro.

La porta non aveva maniglia interna così Nina afferrò con le unghie il traverso del battente e tirò.

Rimasero nel buio completo.

La signora Trovati entrò in cucina in quel momento.

Nina la immaginò. Alta, bella ed elegante nella sua vestaglia preferita, nera e piena di merletti, ma sempre un po' distratta, come se nulla fosse davvero importante.

La sentì riempire un bicchiere d'acqua, poi uscire di nuovo.

In tanti mesi di frequentazione era la prima volta che incrociava una presenza maschile in casa, però la cosa non la preoccupava.

Forse l'uomo era entrato e aveva dimenticato di chiudere la porta lasciata aperta proprio per lui, o forse era solo una provocazione della signora verso i vicini di casa e il portiere.

Forse Nina e Fabrizio sarebbero dovuti rimanere chiusi nello stanzino per un sacco di tempo.

Nell'oscurità mancava l'aria, e non si vedeva niente. Si sentiva solo il respiro di Fabrizio.

Nina mosse appena il viso e sfiorò il collo di lui col naso. Avvertì il suo odore di pulito.

Le dita di Fabrizio si intrecciarono alle sue.

E all'improvviso Nina sentì il cuore battere forte mentre i loro corpi si toccavano, incollati l'uno all'altra.

Fu colta da una improvvisa paura.

Rimase immobile, senza spostarsi di un millimetro, come se qualsiasi mossa fosse sbagliata.

Il buio attorno si gonfiò e lo spazio divenne più stretto e caldo, e lei fu contenta di non poter vedere il viso di Fabrizio, i suoi occhi. Però lo sentiva, avvertiva come un'onda di energia che andava da lui verso di lei e passava attraverso le dita intrecciate.

Anche lui aveva smesso di muoversi.

Respiravano.

Rimasero così per un tempo che le sembrò lunghissimo.

Nina alzò la testa e dischiuse le labbra, con gli occhi ben spalancati nell'oscurità.

Lui le lasciò la mano di colpo. «Nina» sussurrò.

«Fabrizio» disse lei piano, ma non concluse la frase.

Si girò verso la porta, ci appoggiò la mano perché all'improvviso sentiva il bisogno di uscire. Lì dentro si soffocava, non solo per lo spazio angusto ma anche per la responsabilità di dover rispondere.

Il battente non si mosse. L'oscurità restò compatta. Lei batté con la mano sul legno una volta, due, tre.

Durò solo qualche secondo, poi la porta dello stanzino si aprì, e un torrente di luce e aria entrò di colpo, facendole sbattere le palpebre.

«Che state combinando?» chiese la signora Trovati.

Teneva in una mano dei nastri di seta nera. Nina pensò che forse voleva le forbici. Aveva lo sguardo serio, quasi preoccupato. Fissava Fabrizio.

«Fuori» sussurrò.

Il rossetto era sbavato da un lato, ma per il resto era in ordine, con la vestaglia nera allacciata e i capelli in piega.

«Ho trovato la porta socchiusa» si giustificò Nina a voce bassa. «E siamo entrati.» Indicò Fabrizio. «Gli volevo far vedere casa.»

La Trovati scosse la testa e fece cenno col dito davanti alla bocca di non parlare.

«Scusi» sussurrò Fabrizio.

«È colpa mia» aggiunse Nina.

Ma la Trovati non rispose e li guidò in silenzio fuori dalla cucina e lungo il corridoio.

Nina e Fabrizio non si guardavano, avevano vergogna come due bambini sorpresi a fare qualcosa di sbagliato.

Poi l'uomo chiamò da dentro la camera da letto.

«Lucia? E quanto mi vuoi far aspettare?»

Fabrizio si fermò di colpo.

Si girò.

Anche Nina si era fermata.

Pure lei aveva riconosciuto la voce.

«Vengo» disse la signora Trovati con tono tranquillo. «È entrato un gatto. Lo faccio uscire.»

«Fai presto» disse ancora l'uomo. «Devo tornare in ufficio.»

La voce allegra del padre di Fabrizio riempì il silenzio.

La donna li guidò nel salotto, oltre la tenda, li spinse fuori, senza guardarli, senza parlare.

Poi chiuse la porta dietro di loro.

Sul pianerottolo, finalmente Fabrizio la fissò.

I suoi occhi verdi erano pieni di stupore, di paura e di rabbia.

Nina non sapeva cosa dire.

Allungò una mano per toccare quella di Fabrizio. Lui se la scrollò di dosso e corse giù per le scale.

Nina sentì sbattere il portone, forte.

1950

OBESITÀ
La Tisana Kelemata riattiva le funzioni gastrointestinali, depura e decongestiona, e perciò evita l'obesità.
La Tisana Kelemata, vincendo la stitichezza, porta naturalmente a un miglioramento del ricambio e può quindi esercitare un'azione efficace contro l'obesità.
La Tisana Kelemata è il vero rimedio naturale per combattere l'obesità.
OBESI!
Il rimedio che ci vuole per voi è la Tisana Kelemata.

"LA DOMENICA DEL CORRIERE", *settembre 1950*

Aprile

Se volevano giocare a chi alzava di più la voce, per Nina non c'era problema.

«Io me ne vado da questa casa!»

«Zitta, che strilli?» Gietta si mise un dito sulle labbra come se non fosse stata lei quella che aveva urlato di più fino a quel momento. «I vicini ti sentono.»

«E che me ne importa.»

Invece le importava, eccome, perché non voleva la compassione di Fabrizio. Lui sarebbe andato all'università, sarebbe diventato un avvocato, e lei invece?

«Ho preso il diploma di maturità classica con i voti più alti della mia classe» ripeté. «Meglio di quello che ha fatto Italo l'anno scorso.» Riprese fiato. «Però lui ci è andato, a Medicina addirittura. Non ha dato ancora nemmeno un esame, e io devo restare in casa? A fare cosa?»

«Non è per cattiveria» intervenne suo padre con fare rassicurante. «È una questione di logica.»

«Sì? E che logica è? Solo perché sono femmina?» Si girò verso il padre, lei non si faceva ingannare. «È questa la tua logica?»

Italo, che spiava come sempre dalla soglia, borbottò qualcosa a bassa voce.

«Raffaele, ma senti come ti manca di rispetto.» Gietta si lasciò cadere su una sedia, che sobbalzò sotto il suo peso. «E basta.»

Da seduta non perdeva imponenza, anzi. Con le gambe un po' allargate e la faccia corrucciata sotto i capelli grigi come un caschetto di acciaio, era l'ostacolo invalicabile tra Nina e l'università.

Tra Nina e la vita.

«Non esagerare» disse suo padre cercando di apparire severo. «E poi tu non hai mai dimostrato tutto questo interesse per lo studio, Ninuccia. E basta.»

«Voi non capite niente.»

«Ancora!» strillò Gietta.

Nina guardò suo padre, disperata.

A volte riusciva a convincerlo a farsi comprare un vestito o una collanina, oppure otteneva il permesso di andare al cinema e a prendere un gelato con le amiche. Ma sulla zia non riusciva a esercitare alcun potere.

«Papà, ti prego.» Si aggrappò al suo braccio con entrambe le mani. «Ti prometto che darò tutti gli esami in tempo. Mi cercherò anche un lavoretto per pagare la retta.»

«Questo mai.» Lui alzò il dito per mostrare quanto la proposta fosse offensiva, e lei dovette fare un passo indietro. «Ma-i.»

«Un lavoretto?» Gietta agitò le mani come se Nina si fosse offerta di fare chissà cosa. «Semmai da commessa o da cassiera? Questo ti piacerebbe fare. *Facciatosta!*»

Facciatostona era l'insulto riservato alle sue amiche più vivaci, quelle che si truccavano già dal primo liceo, e semmai avevano anche il fidanzato.

«E allora me ne vado di casa.» Mentre lo diceva Nina sapeva che era un'assurdità.

Dove sarebbe potuta andare? Aveva diciassette anni e non sapeva fare niente. Non aveva soldi e nemmeno tante amicizie.

Il suo mondo era tutto lì, tra quelle mura, tra quelle persone che non la capivano.

«Ma che dici?» Italo era rimasto in silenzio per tutto il tempo a leggere piegato sul vecchio tavolo della cucina che proveniva dalla casa vecchia.

Suo fratello era sempre benintenzionato, ma ogni volta che interveniva risultava goffo e inopportuno.

Si alzò e le prese le mani. «Ascolta papà e zia» disse. «E statti tranquilla che a te l'università non serve.»

«Come non serve, che dici?»

«Mica devi lavorare.»

«Ah no? E che faccio!»

«Ti sposi» disse Gietta.

«E con chi?» rispose lei in tono di sfida. «Me lo trovi tu?»

«E allora puoi fare il concorso e insegnare alle elementari.» Gietta era imperturbabile. «Col diploma che hai lo vinci sicuro. Però con calma, tra un po' di tempo. Mica adesso che sei bambina.»

«Esattamente» aggiunse suo padre soddisfatto. «Tra un paio d'anni, quando diventi più matura.»

Nina scosse la testa e non rispose. E che poteva fare?

Afferrò la borsetta sul tavolo.

«Dove vai?»

Non rispose.

«Dove vai?» richiese Gietta.

«A prendere aria!»

In realtà voleva scendere a sfogarsi dalla signora Trovati.

Dall'anno precedente il loro rapporto era cambiato.

Dopo aver sorpreso il padre di Fabrizio in casa sua, Nina l'aveva evitata per un po' e con Fabrizio non aveva mai avuto il coraggio di parlare di quell'argomento. Si era sentita in colpa, anche se la responsabilità era solo della signora Trovati. Pure dell'incomprensione tra lei e Fabrizio. Dopotutto i suoi familiari avevano ragione, era una poco di buono, una *facciatosta*. Una *facciatostona*, come diceva Gietta quando una donna esagerava davvero.

Anzi, peggio: una *zoccola*. Anche se Nina si vergognava anche solo a pensarla, una parola così. Ma più per abitudine che per pudore. In casa c'era un'atmosfera da parrocchia e bastava un niente per venire immediatamente guardata con rimprovero, perfino da Italo.

«Zoccola» disse a voce bassa per protesta, poi scese al piano di sotto.

Poco prima di Natale, con la scusa di farle gli auguri, aveva bussato di nuovo alla porta della signora Trovati, che l'aveva accolta come se non fossero affatto passati mesi dall'ultima volta, però aveva cominciato a trattarla come una ragazza più grande.

Aveva perfino iniziato a confidarsi con lei.

Le aveva detto che a volte si sentiva sola, e che perciò aveva fatto qualche errore con uomini sposati.

Adesso mai più, aveva giurato.

Del padre di Fabrizio non aveva parlato, però a lei era bastata quella specie di ammissione per perdonarla immediatamente.

Anche Nina aveva iniziato a raccontarle i suoi dispiaceri di diciassettenne, perché le sembrava che Lucia Trovati fosse l'unica che la capisse per davvero e che potesse darle un consiglio sensato.

A volte, fumando, le diceva tutto ciò che aveva dentro, in maniera confusa e piena di parole non dette. Eppure la donna sapeva risponderle con la cosa giusta, sempre.

Bussò, e mentre aspettava si girò verso la porta di Fabrizio.

Giugno

«Che fai, sei amico della papera?»

Nina e Fabrizio stavano parlando sul pianerottolo. Lei lo aveva visto per strada con Maria Iorio, una di scuola.

«Non sono amico.» Fabrizio sollevò le spalle. «L'ho incontrata e la stavo accompagnando. Tutto qui.»

«Vi vedo bene assieme.»

«E dài, Nina.»

«Che c'è? Ti vedo bene con lei, il gallo e la papera.»

«Siamo solo amici.» Fabrizio la guardò. «Come lo siamo io e te.»

All'improvviso Nina si arrabbiò davvero, anche se non seppe spiegarsi il motivo. È vero, tra loro non era successo niente, però non erano affatto amici.

«Sei proprio un fesso» gli disse.

Lui negli ultimi mesi era diventato più alto e sembrava più sicuro di sé, ma bastava che Nina lo guardasse negli occhi per imbarazzarlo. In fondo era sempre lo stesso, un ragazzo pieno di idee, sensibile, impacciato.

Quel pomeriggio però, all'improvviso, si avvicinò come se volesse abbracciarla. Nina si scostò.

«Sei gelosa?» chiese Fabrizio.

«E di cosa? Del nulla?»

Fabrizio fece per avvicinarsi di nuovo, ma lei gli diede una spinta e fuggì sul pianerottolo verso la porta della Trovati, che era socchiusa.

Corse dentro e lui la seguì, con riluttanza. Non era più entrato in quella casa dal giorno in cui era successo il pasticcio col padre.

Lei si girò e gli sorrise per provocarlo. Lui però non rideva.

Nella sala d'ingresso Nina vide due valigie di pelle rossa. La signora Trovati era in partenza per la Francia. Andava a trovare degli amici e Nina sapeva che avrebbe sentito la sua mancanza.

La porta del bagno era chiusa, ma da sotto filtrava un filo di luce.

«Sta nella vasca» disse a voce bassa, per rassicurarlo.

Fabrizio riuscì ad afferrarla per la vita, lei si divincolò ridendo ma senza far rumore, poi scappò lungo il corridoio verso la camera da letto.

Fabrizio la inseguì, rosso in viso per l'eccitazione.

Nina sapeva che adesso lui l'avrebbe baciata.

Quello era il posto giusto e il momento giusto.

Infatti lui la prese di nuovo davanti al comò, le strinse le braccia e avvicinò il viso al suo.

Nina lo guardò all'improvviso spaventata, e quando Fabrizio mise la bocca sulla sua gli morse il labbro.

E poi scappò di nuovo.

Lui dietro.

Sempre in silenzio, adesso verso la cucina. Nina si sentiva come una preda in pericolo, però non aveva paura.

Il cuore le batteva forte in petto e avrebbe voluto ridere e strillare allo stesso tempo.

Fabrizio la raggiunse nell'andito.

La schiacciò contro la porta dello sgabuzzino.

Nina gli passò sotto le braccia e corse veloce verso la via di fuga, oltre la tenda. Lui la raggiunse prima che potesse uscire, la spinse contro la parete e la baciò, con forza, come se volesse farle male, come se fosse un insulto.

Era la prima volta.

Nina si lasciò baciare, ma solo per un attimo.

«Cretino» disse, poi lo spinse con le mani sul petto per allontanarlo e uscì sul pianerottolo.

Fabrizio la seguì, senza più correre.

Chiusero la porta.

«Scusami» disse lui. «Ho sbagliato.»

Nina lo odiò per quella frase.

«Cretino» ripeté a voce più bassa e corse di sopra.

Luglio

Ancora un pomeriggio nel silenzio e nella noia del tinello a guardare i piccioni sul davanzale.

Nina odiava i piccioni.

In strada stavano rimuovendo la vecchia pavimentazione in basoli grigi per sostituirla con piccoli cubetti di pietra posti a raggiera, più moderni e più belli.

«Devi mettere gli occhiali» disse Gietta, sempre attenta a tutto.

«Che?»

«Stringi gli occhi quando guardi lontano.»

«E allora?»

«E allora vuol dire che sei miope e che devi mettere gli occhiali.»

«Manco morta.»

«Così peggiora.»

«E chi se ne importa.» Nina lo sapeva di essere miope. «Gli occhiali mai!»

Gietta stava per replicare ma il campanello suonò in quel momento.

«Chi è?» chiese suo padre dal corridoio, come se loro potessero saperlo.

Gietta, curiosa come sempre, si era già alzata. Quando voleva cacciava un'agilità insospettabile. Arrivò nell'ingresso prima di Nina e aprì la porta.

Sulla soglia c'era Domenico, il portiere. Un passo dietro sua moglie Carmela.

Domenico era compatto, corpulento e sempre vestito di nero, la moglie invece era bassa, con la pelle più scura. Voleva sembrare timida, ma era chiacchierona. Sporgeva la testa da dietro le spalle del marito e gli occhi le brillavano di eccitazione.

«È successo qualcosa?» chiese Gietta subito preoccupata.

Domenico non si muoveva mai dal suo gabbiotto nell'ingresso. Se era lì doveva esserci un motivo.

«Volevamo avvisare» rispose l'uomo, in genere di poche parole. «Scusate.»

«Avvisare di cosa?» Suo padre era arrivato nell'ingresso, e anche Italo.

Nina provò a passare oltre la soglia e scendere al piano di sotto, per bussare a Fabrizio, ma Carmela la fermò, mettendole una mano sul braccio. «Io non scenderei, signorina.»

Era passata da *Nina* a *signorina* da un momento all'altro l'inverno precedente. Nina aveva apprezzato.

«Perché?» chiese. «Che c'è?»

«Ci stanno i carabinieri» intervenne Domenico. «Perciò siamo saliti ad avvisare.»

«I carabinieri?» Suo padre si fece avanti sulla soglia.

«La signora Trovati» disse il portiere, asciutto, come se non potesse aggiungere altro davanti a tutti.

Domenico veniva dalle campagne dell'avellinese e adorava suo padre, che lo aveva assunto e che per lui era il più gran signore di Napoli, anche se solo funzionario delle Poste.

«La Trovati?» Suo padre fece una smorfia. «Che ha fatto adesso?»

Le colpe della donna erano tante, tutte vaghe e mai definite, ma il suo peccato principale era di essere una donna e di fare quello che voleva.

«Scomparsa» rispose il portiere piano, come dicendo una parola difficile. «Svanita.»

La sua amicizia con la Trovati era sempre segreta, ma adesso Nina trovò improvvisamente il coraggio di parlare.

«Non è successo nulla, è solo partita per andare da amici in Francia.» Glielo aveva raccontato lei un paio di settimane prima. Si rivolse a Carmela. «Tutto a posto.»

«E tu come lo sai?» Gietta fece un passo avanti.

«E smettila, zia.» Nina la chiamava sempre col nomignolo affettuoso che le stava incollato addosso dall'infanzia, mai zia.

Gietta serrò le labbra e stette zitta.

«Ma noi non l'abbiamo vista partire» disse Carmela. «Gesù, Giuseppe, sant'Anna e Maria.» Si fece il segno della croce.

«I carabinieri stanno giù al palazzo. Aspettano i pompieri» aggiunse Domenico calcando sulla parola pompieri.

«I pompieri?» Gietta giunse le mani. «E per fare che?»

Si sentì una sirena avvicinarsi e Italo corse a sporgersi dalla finestra.

Nina scosse la testa.

Che trambusto inutile, giusto per riempire con qualcosa la noia della giornata.

«È partita per la Francia» ripeté. «Ma che problema c'è? Che avete tutti quanti?»

«Non l'abbiamo vista uscire, signori', e di solito si fa portare le valigie giù» ripeté Carmela, poi si segnò. «Invece niente, e sono più di dieci giorni che non si vede. Gesù, Giuseppe, sant'Anna e Maria.»

«E poi c'è l'odore» aggiunse Domenico piano, con gli occhi bassi, come se fosse una cosa di cui vergognarsi.

«L'odore?»

«La puzza.»

Calò un momento di silenzio. Tutti stavano annusando l'aria per capire se l'odore giungesse fin lì.

«Ma quale odore?» chiese Nina.

Nessuno rispose.

«Scendiamo.» Suo padre si fece largo e Domenico lo seguì sollevando un mazzo di chiavi.

«Io ho le chiave.»

Al primo piano, davanti alla porta della Trovati c'erano un carabiniere e un pompiere. Altri stavano salendo le scale. La porta di casa di Fabrizio era aperta. Sua madre era sulla soglia, preparata di tutto punto, con la collana di perle e il vestito buono della domenica.

Un altro carabiniere stava parlando con lei a bassa voce.

Nina si alzò sulle punte, ma non riuscì a vedere Fabrizio.

Anche il carabiniere si rivolse a suo padre con un po' di soggezione, e Nina lo vide subito raddrizzare le spalle ed entrare nel ruolo di proprietario del palazzo. Era una sua abilità, saper fare sempre quello che gli altri si aspettavano da lui. Tutto fumo e niente arrosto.

«Siamo sicuri che non ci sia?» chiese con tono autorevole. «Prima di scassare la porta?»

Domenico mostrò ancora la chiave come se quell'oggetto gli conferisse un particolare potere.

«Comunque ho le chiave» ripeté.

«Ma è partita!» disse Nina, quasi stizzita. Non voleva far capire di essere stata a casa sua. «Ne sono sicura!»

Non poteva esserle successo niente. Niente.

«L'hai vista andare via?» chiese suo padre.

«No. Solo le valigie» mormorò lei. «Stavano nella sala d'ingresso. Io sono passata e le ho viste. La porta era aperta. Era pronta per partire.» Non poteva esserle successo niente. «Ho visto le sue valigie dal pianerottolo. Tutto qui.»

Era la verità. Ma non tutta.

Non avrebbe mai potuto raccontare che lei e Fabrizio erano entrati, che si erano baciati.

La Trovati stava sicuramente bene. Stava facendo il bagno.

«Io però non l'ho mai vista uscire con le valigie» disse Carmela. «L'avessi notata.»

«Sono parecchi giorni.» intervenne Domenico tenendo sempre sollevata la mano con la chiave.

«E poi c'è la puzza.» Carmela lo ripeté, pensierosa. «Sentite.»

«Ma quale puzza?» Nina allargò le braccia.

«Quale puzza, signora?» chiese il pompiere, che dall'accento sembrava siciliano. «Qui non si sente niente.»

Arricciò le narici sollevando il naso, per mostrare che non c'era odore, e tutti lo imitarono, pure Nina.

No, effettivamente non c'era nessuna puzza, solo un lieve aroma di ragù dalla porta aperta di casa Della Monica.

«Ci sta» insisté Carmela.

«Ma ora non si sente.»

«Però io l'altro giorno ho visto le luce» disse Domenico, poi tacque.

«Una luce piccola, dal finestrino della cucina» intervenne Carmela. «Stava pulendo le aiuole dietro al palazzo. E ha visto la luce.»

«Le luce» la corresse il marito.

«Due giorni dopo c'era ancora. E lo ha detto a me!» Carmela era trionfante. «Così abbiamo preso la scala, e Domenico è salito da fuori.»
«Non si vede niente, la cucina è vuota, solo le luce sopra il forno che sono accese.»
«Però il finestrino non è chiuso bene. Ed esce puzza» insisté Carmela. «Sono salita anche io, e puzza.» La portiera allargava le braccia come per dare più enfasi alle sue parole.
La luce e la puzza, le avevano scoperte loro.
L'irritazione di Nina si trasformò in apprensione, di colpo. «Papà?» chiese come una bambina.
Lui la guardò. Aveva la fronte imperlata di sudore, ma bisognava prendere una decisione.
Domenico mostrò ancora le chiavi.
«Se mi autorizzate» disse. «Senza sfondare. Queste chiave qui aprono tutte le porte.»
«Forse è caduta e si è fatta male» intervenne la madre di Fabrizio.
«Prego. Procedete» disse il carabiniere, dopo aver lanciato un'occhiata a suo padre cercandone l'approvazione.
«Gietta» disse suo padre. «Porta Nina di sopra.»
«Subito, Raffaele» rispose lei e la prese per il gomito, ma Nina sentì una presa floscia, senza volontà.
E infatti, saliti un paio di scalini si fermarono entrambe, in attesa.
Domenico aprì la porta con un solo scatto della chiave.
«Non è chiusa» disse girandosi verso gli altri, poi si fece da parte.
Per primo entrò il pompiere siciliano, poi il carabiniere, mentre il suo compagno restava a presidiare la scala verso il pianterreno.
Giù si era creata una piccola folla, Nina poteva sentire le loro voci attraverso il portone aperto.
«Raffaele, fai attenzione» disse Gietta mentre suo cognato entrava, seguito da Carmela che muoveva le labbra, forse recitando a bassa voce qualche preghiera.
Italo restò sulla soglia, le guardò, poi si fece coraggio e andò dentro anche lui.
Nina e Gietta si lanciarono un'occhiata.
«Vieni» disse sua zia, e scesero i pochi scalini che avevano salito.
Sulla soglia sentirono la voce di Carmela oltre la tenda rosa e nera.

«Gesù, Giuseppe, sant'Anna e Maria.»
Nina varcò la soglia.
Le due valigie di pelle rossa stavano ancora nella stanza d'ingresso così come le avevano viste lei e Fabrizio tanti giorni prima.
Superò la tenda di seta con la tigre che avanzava nella selva ed entrò anche lei nel salottino dove Italo si guardava intorno affascinato dagli arredi moderni, femminili, esotici.
Nina lo superò. Gli altri avevano già guardato nel bagno, lasciando la porta aperta.
La luce era accesa sopra lo specchio e la vasca era mezza piena d'acqua.
Andò verso la camera da letto.
Suo padre, Domenico e Carmela, il carabiniere e il pompiere guardavano il materasso su cui era steso un abito rosso. Reggicalze e calze erano su una sedia, sotto cui aspettavano un paio di scarpe alte col cinturino, rosse anch'esse.
Carmela andò in cucina.
Nina dietro.
Sul tavolo c'era una tazza di caffè e la luce accesa sopra il fornello. C'era un odore strano.
Nina arricciò il naso che le prudeva.
Gli altri si affollarono nell'ambiente, poi seguirono la traccia maleodorante verso l'andito di servizio dietro la cucina.
La porta dello sgabuzzino era chiusa.
Suo padre fece cenno a Domenico.
Domenico guardò la porta, guardò la moglie, poi indietreggiò.
«Non aprite!» disse il pompiere facendosi largo tra di loro.
Ma Carmela aveva già posato la mano sulla maniglia.
La porta si aprì come se fosse spinta dall'interno.
Il gas uscì di colpo, investendoli in pieno.
Furono costretti a fare un passo indietro, ammassandosi uno sull'altro.
Nina sentì la puzza attaccarsi alle sue narici e pensò che non sarebbe riuscita a levarsela mai più dalla memoria. Sapeva cos'era, anche se non aveva mai sentito niente di simile.
Suo padre le mise una mano sulla spalla e l'altra sugli occhi, ma lei si divincolò. Voleva vedere.

Nello sgabuzzino ingombro di mensole la signora Trovati giaceva accasciata, in una sottoveste sporca che Nina conosceva e che ricordava rosa.

I capelli coprivano la faccia della sua amica, ma le braccia e le gambe erano visibili e gonfie.

Le dita delle mani erano contorte, le unghie spezzate.

Sull'interno della porta dello sgabuzzino non c'erano maniglie. Era liscia, non fosse stato per tante serie di graffi profondi, là dove la povera donna aveva cercato di aprirsi una strada.

La puzza nello sgabuzzino era come solida e Nina si girò soffocando un conato di vomito.

Vide Italo abbracciato a Gietta, che piangeva.

Vide suo padre, pallido, con la mano stritolava il braccio di Domenico.

Carmela stava faccia al muro, si segnava.

Il pompiere la sollevò quasi da terra per spostarla.

«Adesso qui ci pensiamo noi» disse. «Uscite tutti.»

Il carabiniere corse a chiamare il collega e il vigile li spinse verso l'ingresso con le braccia spalancate, sembrando all'improvviso enorme.

Oltre il suo corpo Nina non riuscì più a vedere la signora Trovati.

«Ma com'è successo?» chiese Gietta.

Era rimasta dentro lo sgabuzzino ed era morta, ecco cos'era successo, avrebbe voluto gridare Nina.

Chissà quanto aveva urlato e chissà quanto aveva sofferto, prima di arrendersi.

La porta si apriva solo da fuori. Uno sgabuzzino così ce l'avevano anche loro al piano di sopra, ma era talmente pieno di roba che nessuno ci poteva entrare. Invece quello della Trovati era quasi vuoto e anche a lei era capitato di rimanerci chiusa una volta proprio con Fabrizio.

Ma Nina non riusciva a credere che quello che aveva visto potesse essere reale.

Spinti dal pompiere si ritrovarono tutti sul pianerottolo del primo piano.

La madre di Fabrizio stava ancora nell'ingresso di casa sua, pallidissima. Li guardò, senza chiedere, e loro restarono muti. Gietta e Italo, ancora abbracciati, cominciarono a salire le scale sostenendosi l'un l'altro. Domenico e Carmela si guardarono, poi li seguirono, come in una processione.

«Vieni» disse suo padre offrendole la mano. Nina la prese, e in quel momento sentì una voce dal pianterreno.

«Ma io abito qui. Fatemi entrare!»

Nina si fermò, sempre tenendo la mano di suo padre. Vide Fabrizio salire le scale.

«Che è successo? Cos'è questa puzza?» chiese affannato. «Mamma, stai bene?»

Poi si accorse di Nina.

Si fissarono negli occhi, lui girò lo sguardo verso la porta spalancata della signora Trovati. Tornò su di lei.

Nina si portò una mano alla bocca per soffocare il grido.

Agosto

«Allora te ne vai?»

Fabrizio abbassò la testa giocando con un bottone della camicia. Sedevano sul muretto davanti alla spiaggia.

Erano stati al cinema Odeon che, con le sue statue barocche e le colonne imponenti, era il più bello di Napoli. Fabrizio era stato irrequieto e distratto per tutto il film, *Totò sceicco*, senza nemmeno ridere nei punti giusti. Non aveva mai provato a baciarla, però le aveva tenuto il braccio sulle spalle. Poi aveva proposto una passeggiata.

L'aria di fine estate era fresca e piacevole, e Nina aveva pensato che volesse rimandare il rientro. Invece per tutta la strada Fabrizio non aveva fatto altro che parlare della guerra in Corea. A Nina non interessava per niente, ma lui aveva visto le notizie al cinegiornale e sembrava non pensare ad altro. Lei aveva cercato di essere paziente, poi lui all'improvviso si era fermato. Si erano seduti sul muretto e lui invece di baciarla aveva finalmente detto quello che stava covando.

«Te ne vai davvero?» ripeté Nina.

«Mio padre ha avuto un'offerta di lavoro» disse Fabrizio in tono di scusa. «A Torino.»

Suo padre era un ingegnere. Per Nina dire Torino era come dire l'America.

«Bene» disse lei.

«Mi dispiace.»

«A me no.»

«Invece dispiace anche a te, Nina.»

«No.»

«Non fare così.»

«Così come?» chiese lei mordendosi un labbro per non piangere davanti a Fabrizio. «Non ti vedrò mai più. E chi se ne importa.»

«Non è vero.» Le mise due dita sotto il mento. «Te ne importa.»

Nina scosse la testa, senza guardarlo.

«Non ci hai nemmeno provato a restare. A dire che volevi studiare qui.» Ripensò a una cosa che aveva sentito dire. «La nostra facoltà di Giurisprudenza è la migliore d'Italia.»

«Non potevo restare io solo.»

«E tua madre?» chiese lei. «Ha tante amiche qui.»

Mentre lo diceva Nina si sentì stupida, eppure il pensiero di perdere Fabrizio, ora che tutto stava andando a catafascio, era insopportabile.

Dal giorno del rinvenimento del corpo della signora Trovati Gietta aveva paura a uscire di casa e anche a restarci da sola, Italo non studiava più, e lei parlava con suo padre solo per litigare sull'università, anche se non le importava più nulla, solo per principio.

E con Fabrizio non era riuscita a incontrarsi per giorni e giorni.

E poi era arrivato con quella notizia.

«Mia madre non ci vuole più vivere in quella casa» disse lui con voce sorda, fissando il mare. «Dopo quello che è successo.»

Nina stette zitta.

Che c'era da rispondere?

«E anche io non posso più» continuò Fabrizio. «Ogni volta che esco di casa vedo quella porta.»

Nina scosse la testa facendo volare i riccioli neri di qua e di là, ma senza civetteria, solo per non sentirlo.

«Ogni volta vedo quella porta» ripeté lui.

Lei si tappò le orecchie con le mani. «Stai zitto» sussurrò.

«Ogni volta penso a quello che è successo là dentro. A quella povera donna.»

«Zitto!» disse Nina a voce alta.

Saltò giù dal muretto. Non voleva ascoltare. «Devi stare zitto!» E corse via.

Attraversò la Villa Comunale e la Riviera. Arrivò davanti casa col fiatone ma cercò di calmarsi.

Salì piano per le scale. Era stanca, ma non solo per la corsa.

Davanti all'appartamento di Fabrizio le venne la nausea al pensiero che lui non sarebbe tornato più. Come se non fosse mai esistito.

Continuò a salire a testa bassa. Adesso era davanti alla porta di casa.

Nina sospirò.

Poi sentì delle voci.

Suo padre, Gietta e una donna. Ridevano.

Italo venne ad aprire, era allegrissimo.

«Indovina chi c'è?» chiese, ma Nina lo scansò ed entrò.

Gietta stava strillando, eppure non sembrava arrabbiata, anzi, era felice.

Sua zia stava abbracciata a una donna alta ed elegante, con un tailleur grigio splendente e un cappellino delizioso.

Suo padre era in piedi, con le guance rosse, ma sembrava un po' sperso. In un angolo c'era una carrozzina bellissima, blu con tendine bianche e ruote enormi, dentro la quale si agitavano delle manine.

La signora alta si staccò da Gietta, che piangeva e rideva e le carezzava la faccia.

Si girò verso di lei.

Era bionda e molto bella anche se doveva avere almeno quarant'anni, oppure di più. Più bella della Trovati, pensò Nina.

Chissà perché le associò nella mente.

«E tu devi essere Nina» disse la signora spalancando le braccia e andandole incontro. Aveva uno strano accento.

«Non sai quanto ho desiderato conoscerti. Sei ancora più bella di come mi scriveva tua mamma.»

La strinse in un abbraccio profumato.

Nina, che era alta, le arrivava solo al collo.

«Ma tu chi sei?» chiese mentre si lasciava baciare, già affascinata dalla pettinatura modernissima, dal rossetto corallo e dagli orecchini di diamanti.

Da vicino si capiva che era più vecchia, forse cinquant'anni.

La signora rise a bocca aperta, e sembrò di nuovo più giovane.

«Come chi sono? Sono zia Adelaide.»

1951

The most colossal ever: MGM's
Quo Vadis
Color by Technicolor
Starring:
Robert Taylor
Deborah Kerr
Leo Genn
and Peter Ustinov.
Directed by Mervyn LeRoy
Produced by Sam Zimbalist

LOCANDINA DEL FILM *QUO VADIS, 1951*

Novembre

Nina era scesa dall'autobus e camminava lungo corso Umberto. Ogni tanto passava una macchina nuova, un motorino dai colori vivaci, un carretto tirato da qualcuno.

Gli uomini che incrociava sollevávano lo sguardo distratto e poi seguivano il movimento delle sue gambe. Lei faceva finta di nulla, però le piaceva essere ammirata, voleva dire che si era vestita bene.

Aveva un cappottino nero col collo di pelliccia bianco, nuovo, regalo di zia Adelaide, che le arrivava fino al polpaccio, però lo teneva aperto per mostrare il tailleur e la camicetta.

Tutti guardavano. Tutti quanti.

Nina si sentiva piena di energia, piena di coraggio, piena di voglia di vivere. E la vita stava là, svoltato l'angolo di corso Umberto con via Mezzocannone, dov'era la facoltà di Lettere. Frequentava il secondo anno, e ancora a volte le pareva impossibile esserci riuscita.

La resistenza dei suoi non era mai stata una faccenda di denaro, ma più una questione di paure e oscurità.

Suo padre e Gietta, senza più la guida della mamma, vivevano nel timore di sbagliare ogni mossa e per questo non avevano mai fatto niente di rischioso. E per di più non si fidavano di Nina, come se lei, con troppa libertà, potesse impazzire e fare chissà cosa di vergognoso.

Ma per fortuna era arrivata zia Ade. Moderna, piena di idee americane su come si doveva vivere e su come una giovane donna potesse affrontare il futuro.

Aveva fatto tutto lei.

Gietta e Raffaele avevano opposto un po' di resistenza, ma Adelaide si era offerta di pagare tutte le spese e aveva spiegato che le ragazze di buona famiglia dovevano studiare, che in America era così, che il futuro era di chi lavorava, che i tempi erano cambiati, che l'Italia cresceva, che c'era bisogno di brave insegnanti ma anche di altro, che ci avrebbe pensato lei.

Li aveva convinti.

In fondo, pensava Nina, erano due sempliciotti che non avevano vissuto e che non erano mai andati da nessuna parte. L'unica loro avventura era stata la guerra.

Si erano affidati a Adelaide che aveva esperienza e fascino, e il suo fascino derivava anche dal fatto che i limiti di questa esperienza non erano conosciuti.

Nessuno era capace di opporsi alla *zia americana*.

Nina si era così potuta iscrivere all'università e aveva passato con successo gli esami del primo anno, ma senza grande passione. Della facoltà di Lettere a lei piaceva soprattutto la gente, e ancor di più il senso di libertà.

Si fermò di fronte al muro dell'ultimo edificio prima dell'incrocio. Sui mattoni rossi erano affissi avvisi e manifesti.

Il più grande pubblicizzava l'uscita di *Quo Vadis* con Robert Taylor, che a Nina piaceva un sacco, e Deborah Kerr.

Sarebbe andata a vedere il film sabato con Gietta, glielo aveva promesso appena aveva letto dell'uscita sul "Mattino".

Però Nina era più interessata a un altro film.

Il manifesto rappresentava un uomo in canottiera che tirava una donna in abito verde. Lo davano al cinema Astra, proprio lì vicino, in zona universitaria, e tutte le sue amiche ne parlavano.

Un tram che si chiama desiderio, con Marlon Brando, che a Nina faceva impazzire. Ma Gietta non l'avrebbe mai portata, lo sapeva.

Magari zia Ade.

Voleva proporglielo, anche se a lei non piaceva tanto il cinema.

Nina invece lo amava.

A fine dicembre sarebbe uscito *Bellissima* e Gietta le aveva letto un articolo di presentazione. Parlava di una ragazzina spinta da sua madre a fare l'attrice a Cinecittà.

Nina si era esaltata al pensiero di provare a entrare in quel mondo.

Magari dopo la laurea, si era detta.

Girò l'angolo verso la facoltà di Lettere. Era, come al solito, in ritardo, ma proprio non riusciva a dare alcun senso al tempo.

"E chi se ne importa" pensò aggiustando la scarpa col tacco che le sfuggiva dal piede perché l'aveva comprata un po' troppo grande.

«Nina.»

Nina si girò.

Alle sue spalle stava arrivando di corsa Giovanna, una compagna di università. Era una ragazza alta con il collo lungo e largo come quello di una giraffa e uno sguardo sempre allegro, sereno, proprio come quello di un erbivoro. Veniva da una famiglia ricca che abitava in piazza del Gesù, i Falco, persone molto signorili e gentili. Era vestita con un cappotto grigio e bianco che le arrivava fino a metà gamba e che la faceva sembrare ancora più alta.

«Ciao Giovanna» le diede un bacio sulla guancia. «Come stai?»

«Bene, ma siamo in ritardo» disse l'altra agitando le mani. «Colpa mia che sono venuta a piedi da casa.»

«Infatti!» rispose Nina, ma avrebbe voluto dirle: *e chi se ne importa del ritardo.*

«Per fortuna alla prima ora c'è l'assistente di Montariello.» Giovanna si mise a ridere. «Quello ti guarda.»

«Il nano?» Anche Nina rise.

La guardavano tutti, professori, assistenti e compagni di studio. Peccato che i professori erano tutti vecchi, gli assistenti tutti brutti e i colleghi – i pochi maschi che sceglievano Lettere – tutti disperati, impacciati o strani.

«Allora è inutile correre» disse Nina. «Quello riprende a spiegare dall'inizio.»

«Sei tremenda.» Giovanna la prese sottobraccio e accelerò il passo. «Non voglio arrivare in ritardo.»

«Ma perché?»
«Sono precisa, io.»
«Che noia.» Nina si fece tirare a testa bassa.
Oltrepassarono la portineria e attraversarono il grande chiostro affollato di studenti. Nina si sarebbe seduta con piacere lì per vedere passare le persone e magari fumare una delle Muratti che teneva nascoste in borsa, però Giovanna la tirava e lei non ebbe il coraggio di rallentarla ancora.
Salirono al primo piano lungo lo scalone di piperno e percorsero il corridoio semideserto fino all'aula sette.
Giovanna aprì la porta ed entrò, Nina dietro.
L'assistente, un uomo basso sulla trentina, calvo e con gli occhiali, si fermò e le osservò mentre passavano davanti alla cattedra e si scusavano.
Salirono verso il fondo dell'aula.
L'assistente non disse nulla, ma Nina si accorse che era arrossito e le venne da ridere.
Si sedette accanto ad Armando, uno studente alto e grasso che la guardò con simpatia. Tra tutti era quello che dimostrava meno interesse per lei. In realtà dimostrava meno interesse in generale verso tutte le ragazze. Poverino. Però vestiva all'ultima moda, fumava sigarette di importazione e offriva sempre a tutti gomme da masticare americane che comprava chissà dove. Lei si era fatta l'idea che fosse piuttosto ricco.
Era difficile a volte capire chi avesse i soldi e chi no. Dopo la guerra c'erano famiglie rovinate che continuavano ad avere modi da ricchi e famiglie che invece stavano meglio di prima ma che sembravano ancora pezzenti.
Nina aveva sempre avuto l'impressione che la sua stesse a galla, non tra i poveri ma nemmeno davvero tra i benestanti. Però in giro c'era tanta bella roba da comprare, tante automobili nuove, tante cose interessanti da fare, e servivano tanti tanti soldi. E in quel clima di trasformazione Nina si stava rendendo conto che forse non le piacevano davvero il latino, il greco, e tutto il resto. I classici, la grammatica, alla fine era roba poco interessante, anche se studiare le veniva facile.
Avrebbe voluto poterne parlare con qualcuno che la capisse,

ma zia Adelaide era sempre assente e Gietta, suo fratello e suo padre non erano adatti. Sua madre le avrebbe forse spiegato chi era e cosa doveva diventare. E la signora Trovati le avrebbe detto come fare.

Ma era sola.

Certo, fare del cinema sarebbe stato fantastico. Lei aveva tutto per riuscire con facilità. Era bella e aveva un viso espressivo quanto le attrici che vedeva sullo schermo. Perché no? E poi, recitando nelle pellicole, sarebbe diventata ricca. Avrebbe comprato vestiti, gioielli, pellicce. Niente a che vedere con i guadagni di un'insegnante.

Adesso però non doveva pensarci. Aprì i libri e provò a concentrarsi su quello che l'assistente nano del professor Montariello stava dicendo sui poeti romani.

La aiutava una generale facilità con l'italiano e col latino, però odiava il greco.

I suoi occhi iniziarono a vagare subito per il grande ambiente affollato di giovani, quasi tutte donne.

Un tizio col naso grande se ne stava in ascolto a testa alta, stretto nel cappotto perché lì dentro faceva più freddo che fuori, ma ogni tanto volgeva lo sguardo verso di lei.

Un altro, magro e con la faccia da gufo, la stava fissando di lato, quando lei lo guardò subito si girò dall'altra parte.

Nina provò ad ascoltare la lezione ma quasi subito il cervello riprese a vagare per i fatti suoi dietro le solite fantasticherie e ricordi.

I pensieri per un attimo tornarono a Fabrizio e poi alla Trovati, ma subito sfuggirono a quel periodo lontano che le faceva solo male.

Se non ci pensi le cose brutte non esistono, diceva sua zia Adelaide.

Da quando era arrivata lei la vita in casa era cambiata in meglio per tutti.

Zia Ade era andata ad abitare nell'attico. Aveva fatto completare i lavori e preso in fitto l'intero piano. Adesso aveva una casa elegante con un gran terrazzo che dava sul mare.

Nina ci saliva spesso come se, morta la signora Trovati, il destino le avesse regalato un altro rifugio dove trascorrere i pomeriggi e fare progetti sul futuro.

La zia doveva essere stata bellissima da giovane. Nina avrebbe voluto sapere di più sulla sua vita, ma Adelaide era a volte esitante, altre sfuggente, altre ancora confusionaria. Passava dalle avventure di Milano a quelle di Nuova York, da Napoli – degli anni belli prima del fascismo – a Boston.

Quello che era certo era che aveva vissuto molto, aveva conosciuto molti uomini e molti amori, eppure raccontava tutto in maniera così vaga che Nina alla fine non ci capiva niente.

A volte le diceva della vecchia casa e della vita che avevano condotto lì dentro da giovani, lei, Gietta, sua madre Maddalena e un'altra sorella di nome Angela, assieme alla nonna, Giuseppina, ma Nina si annoiava di ascoltare quelle storie lì, che affondavano nel passato remoto della famiglia Morelli. Voleva sentire dell'America, di Nuova York.

«Il passato è morto» si ripeteva spesso. Morto come la signora Trovati nello sgabuzzino e come Fabrizio, a Torino.

L'unica cosa certa era che zia Ade si era stancata dell'America e che un giorno aveva deciso di tornare. Così aveva fatto trasferire il suo bel gruzzolo dalla Bank of America al Banco di Napoli.

Ed era arrivata.

E con lei era giunta sua figlia, Angie. Ma anche su di lei era impossibile ricevere una spiegazione sensata.

Avrebbero potuto anche stare in casa con Gietta, visto che un terzo della proprietà Morelli era comunque suo, ma Adelaide aveva preferito prendere in fitto l'attico e farsi gli affari suoi.

Anche perché sul palazzo gravavano certe difficoltà di natura contrattuale che Nina non aveva compreso e che non voleva approfondire, ma che creavano non pochi problemi a suo padre, uomo totalmente incapace di gestire gli affari.

«Signorina Morelli» stava dicendo qualcuno.

Nina si scosse.

L'assistente nano del professor Montariello le aveva fatto una domanda. «E lei che ne pensa del brano?»

Nina si alzò in piedi.

Tutti la guardavano.

«Non ho trovato passione» inventò sul momento.

«In che senso?» domandò lui.

«Fuoco» rispose lei sollevando la testa coraggiosamente.

L'assistente la fissò senza rispondere, arrossendo immediatamente. «Forse ha ragione» disse dopo un attimo. «È un brano più narrativo che passionale.» Poi tornò subito alla sua spiegazione come per scappare da quella finestra d'intimità che si era creata con Nina, troppo ardita per lui.

Nina si sedette.

Il suo amico grasso le strinse il braccio. «Sei stata brava.»

«Davvero?» rise lei. «Non so nemmeno che ho detto.»

«Hai detto che è tutto noioso.» Armando roteò il collo e socchiuse gli occhi, proprio come una signora di mezza età. «Pure lui è noioso.»

«L'ha capito?»

«Sì! Ma il guaio è che sono tutti noiosi qui dentro.»

«Tranne noi» sussurrò Nina.

«Tranne te» rispose lui strizzando un occhio.

Nina ripiombò nei suoi pensieri, tanto ormai il nano non l'avrebbe più richiamata.

L'unica cosa che non andava di zia Ade era proprio sua figlia Angie.

Che non le somigliava affatto: aveva i capelli neri e ricci, e la pelle non era chiara come quella di Adelaide e di tutte le Morelli, ma più ambrata. Non nera, però scura. Marrone chiaro. Faceva impressione.

"È davvero figlia sua?" si era chiesta Nina.

Aveva domandato a zia Ade di raccontarle del padre, del loro amore, ma lei era stata reticente. Un uomo ricco conosciuto a Boston, uno che veniva dal Sud, un uomo affascinante, un grande amore, una malattia improvvisa, una morte repentina.

L'unica cosa importante era che la nascita di Angie le aveva fatto capire che adesso doveva tornare a Napoli. Lì c'era una famiglia che poteva accogliere la bambina e parenti che l'avrebbero sostenuta nel suo compito di mamma.

Ma la pelle?, avrebbe voluto chiedere Nina, però non aveva mai trovato il coraggio per farlo.

In ogni caso sua cugina Angie era una bambina strana e Nina neanche riusciva a prenderla in braccio.

Non era una di loro.

Ma chi erano loro?

I Morelli. Gente poco importante, né ricca né povera.

Nemmeno Nina era una di loro.

Nina, Giovanna e Maria Luisa si erano nascoste nell'androne buio di un palazzo d'angolo. Si tenevano strette cercando di soffocare ogni rumore. Lì dentro non sarebbe stato facile scorgerle, anche se su via Chiaia le vetrine piene di bella merce attiravano l'attenzione dei passanti in quel pomeriggio di dicembre.

I tre giovani passarono sul marciapiede parlando ad alta voce e ridendo.

Nina fu attraversata da un brivido di apprensione.

«Ci avranno viste?» le bisbigliò Maria Luisa all'orecchio.

«Zitte» intimò Giovanna con gli occhi sbarrati e il collo ancora più allungato del solito. Di loro tre era la più brutta, ma era così buona da non provare invidia per le sue amiche.

Maria Luisa invece era bellina, non bella. Anche lei veniva da una famiglia ricca, ma infelice, almeno a suo dire. Non studiava per necessità e neanche per passione, studiava poco. Come Nina.

Tutte e tre passavano buona parte del tempo a pensare agli uomini, a quando si sarebbero fidanzate, a questo che era bello, quell'altro che era stupido, quell'altro ancora che si diceva avesse messo nei guai una ragazza.

Il loro maggiore cruccio era che in facoltà di giovanotti interessanti ce n'erano pochi. Per fortuna però gli studenti delle altre università facevano la fila fuori dai portoni di Lettere e di Filosofia, dove si sapeva che c'erano le studentesse più belle di Napoli.

Le pochissime che avevano voglia e cervello per studiare Medicina, Ingegneria, Matematica o altro erano invece irrimediabilmente brutte e mascoline.

«Andiamo a vedere?» propose Nina.

«No!» Maria Luisa le fece segno di non muoversi. «Ricordati che ci sono ancora gli ultimi tre.»

«Hai ragione. Aspettiamo.» E ridendo e bisbigliando si pigiarono nel buio freddo dell'androne finché il terzo gruppo di ragazzi, tre anche stavolta, non fu passato.

«Andiamo?» chiese Nina.

«Sì» disse Maria Luisa.

Ritornarono su via Chiaia, per poi fare il giro largo attorno a piazza Trieste e Trento e andare a sedersi in un piccolo caffè vicino a una chiesa.

«Li vedi?» Giovanna allungò il collo.

«Sì, guarda, hanno preso tavoli vicini.» Nina trovava la cosa ancora più divertente. «Ora fanno pure amicizia.»

Il Gambrinus era il locale più bello di Napoli. Anche in inverno i tavoli all'aperto erano richiesti e tutti i giovanotti eleganti lo sceglievano per dare appuntamento alle ragazze.

Nina e le sue amiche, in due giorni, avevano accettato tre appuntamenti con tre pretendenti diversi.

Tutti in contemporanea.

«Lo vedete Filippo?» Maria Luisa, che era bassa, si alzò in piedi. «Non fa che guardare l'orologio.»

«E quello brutto?» chiese Nina, che non vedeva bene da lontano. «Non mi ricordo come si chiama.»

«Ha lasciato gli amici per capire se siamo dentro.»

«Ridicoli.»

Tutte scoppiarono a ridere.

«Come pensavano che avremmo accettato un appuntamento, dico io?»

Era il loro gioco preferito, dare appuntamenti a vuoto e poi spiare le reazioni dei malcapitati. Però fino a quel giorno non avevano mai cumulato tanti corteggiatori.

«Vedrai che faranno amicizia.»

«Tremendi.»

Nina, in realtà, si stava già annoiando. Mentre le amiche chiacchieravano eccitate e contente, lei pensò che non c'era nessuno a Napoli tanto interessante da farle dimenticare quel cretino di Fabrizio.

Perché – inutile nasconderselo, si disse – era a lui che il pensiero correva ancora quando era distratta.

"Nina, non ti ha nemmeno mai scritto." Se lo ripeteva ogni volta, con il tono autoritario. "E non c'è stato mai niente tra di voi. Figurati se lui ti pensa."

«Quanto aspettiamo ancora? Io ho freddo» si lamentò Giovanna. «E poi ho da studiare.»

«Andiamocene» propose Nina alzandosi. «La domanda è quanto ancora aspetteranno loro.»

«Però ci verranno a cercare in facoltà» disse Giovanna con un po' di timore.
«E allora?» Nina sollevò le spalle. «Chi se ne importa.»
«Come gli hai detto che ti chiami tu?» chiese Maria Luisa alzandosi e ridendo. «Sofonisba?»
«E tu Guidalberta.» Nina scosse la testa. «Già il fatto che ci abbiano creduto dimostra quanto sono scemi.»
Si allontanarono senza alcun rimorso da piazza Trieste e Trento e dai nove spasimanti seduti ai tavoli.
Maria Luisa abitava in piazza Dante. Vide il 12 che passava in quel momento e corse alla fermata sul lato del San Carlo.
Nina guardò l'ora. Erano solo le cinque del pomeriggio. Non aveva voglia di rientrare, tantomeno di studiare. «Andiamo per negozi?» propose a Giovanna.
L'amica era dispiaciuta. «Non posso. Devo studiare e poi oggi viene a cena mio cugino da Roma.» Abbassò gli occhi e il rossore le colorò le guance e il collo.
«Chi, il cugino bello?» chiese. «Dario?»
A Nina fece tenerezza, ma anche pena. Da quando erano in confidenza Giovanna le aveva parlato più volte di questo cugino con un entusiasmo che andava oltre l'affetto familiare.
Dario era intelligente, Dario era premuroso, Dario era bello.
«Sì, proprio Dario.»
Nina si era incuriosita, anche perché in famiglia di Giovanna erano tutti bruttini, come lei, anche se tanto gentili.
«Ricordami un po'» disse prendendola sottobraccio. «Perché sta a Roma?»
«Sua madre è romana. Ma vengono in vacanza a Capri, e quando lui è a Napoli è nostro ospite.»
«Sai che facciamo?» propose Nina. «Ti accompagno per un po' e poi passo a trovare Italo al negozio. Va bene?»
L'amica fu d'accordo e si avviarono sottobraccio.
Zia Ade non aveva aiutato solo lei.
Italo era iscritto a Medicina già da due anni, senza aver sostenuto nemmeno un esame, quando Adelaide aveva preso in mano la situazione. In quel caso però era stato più difficile convincere Gietta e suo padre, perché su Italo *dottore* – primo

laureato e primo medico in famiglia – avevano riposto molte aspettative.

E invece Italo non era tagliato per fare il medico. Una domenica, seduti a tavola, spinto da zia Ade, si era confessato ai suoi familiari.

Gli faceva impressione il sangue. Non voleva toccare le persone. Non gli piaceva averci a che fare. Non riusciva a imparare a memoria i nomi delle ossa, dei muscoli, dei farmaci.

In breve: *Medicina gli faceva schifo.*

«E cosa ti piace, invece?» aveva chiesto Adelaide, ma si erano messi d'accordo prima e Nina lo sapeva.

A Italo piacevano le camicie da uomo, le cravatte, i foulard.

«Vedi?» aveva detto Ade rivolta alla sorella. «La mela non cade lontana dall'albero. Ha la stessa passione di nostro padre. I Morelli, dopotutto, hanno sempre lavorato in questo campo.»

Gietta aveva annuito a testa bassa, come di fronte a una condanna.

I Morelli, molto prima della nascita di Italo e Nina, erano stati una importante impresa nel campo del tessile. Errori, investimenti sbagliati e un pizzico di sfortuna avevano affossato un piccolo impero nato a Melito e ingranditosi nel capoluogo, ma a nessuno piaceva ricordare i fasti e le disgrazie del passato.

Alla fine della discussione Adelaide si era quindi offerta di aiutare il nipote ad aprire un negozio.

«Tanto di soldi ne ho più che a sufficienza.»

Non c'era stato molto da ribattere. Suo padre e Gietta avevano rinunciato al loro sogno e il *dottor Italo Morelli* era scomparso prima di vedere la luce. Adesso c'era "Morelli Cravatte e Accessori", una bottega piccola ma curata in una traversa vicino a piazza del Municipio.

Le due ragazze si diressero verso piazza del Gesù. Giovanna abitava in un edificio storico, Palazzo Degas, che era stata la casa di un pittore importante.

«Salutami tuo fratello, è proprio simpatico» disse accelerando il passo.

«Ti piacerebbe se organizzassi un'uscita?» Nina le diede un pizzicotto sul braccio. «Magari anche con Armando, che è innocuo.»

Giovanna rise. «Non credo di piacergli. Lascia stare.»

Lei sospirò. Italo era difficile.

«Vabbè, tanto a te piace il cugino romano.»

«Quando mai, che dici!» si schermì Giovanna, ma tutto nella sua espressione dichiarava il contrario. «Siamo cugini di primo grado. Non si potrebbe proprio.»

Continuarono per via Toledo, dove la luce delle vetrine piene di mercanzia si rifletteva sulla strada.

Negli ultimi mesi anche le automobili stavano aumentando. Ogni giorno si aggiungeva un nuovo modello e l'aria odorava sempre più di benzina. A Nina piacevano il traffico e il rumore dei clacson, le mettevano allegria.

A un tratto Giovanna le afferrò la mano e la tirò dentro un portone.

«Che è successo?» Nina vide che la sua amica si sporgeva a guardare delle persone dall'altro lato della strada, illuminate da un lampione.

Un uomo alto, con i capelli chiari che la luce rendeva quasi bianchi, e una donna dalla chioma rosso fuoco, che indossava un lungo cappotto di pelo, stavano camminando sul marciapiede opposto.

«Che c'è, Giovanna?» chiese Nina cercando di vedere meglio. «Chi sono?»

Giovanna si girò. Gli occhi, che già in genere erano un po' sporgenti, adesso sembrava che stessero uscendo dalle orbite.

«Quello è Dario» sussurrò.

Nina si sporse dietro di lei e vide che il giovane prendeva la donna sottobraccio. Lei rise, gettò la testa all'indietro e i grossi cerchi d'oro che aveva alle orecchie scintillarono anche da quella distanza, poi si incamminarono dentro un vicolo che si inerpicava nei Quartieri Spagnoli, tenendosi stretti.

Nina e Giovanna si guardarono e la sua amica scrollò subito le spalle, tenendo la testa bassa.

«E vabbè» disse.

Nina le strinse la mano. «Dài, lo sai come sono gli uomini.»

«Come sono?» chiese Giovanna.

«Sono così.» Neanche lei sapeva com'erano.

Giovanna aveva gli occhi mansueti pieni di lacrime.

Sembrava proprio un erbivoro dispiaciuto, pensò Nina, ma poi si pentì subito della sua cattiveria.

«E pensare che poi verrà a casa da noi» disse l'amica.

Non c'era proprio più niente da dire.

Nina pensò che non avrebbe sentito parlare del bel cugino Dario per un pezzo. Prese l'amica per mano e cercò di darle conforto senza dire nulla.

Erano quasi arrivate in piazza del Gesù quando passarono davanti a un palazzo non ancora ricostruito.

Guardando quelle macerie confinate dietro tavole di legno su Nina calò una cappa di tristezza. Le venne da pensare alla guerra che alla fine era stato un periodo in cui non si era annoiata mai, anzi. Era stato quasi divertente correre nei rifugi quando suonava l'allarme, e anche sfollare nella casa di campagna, perfino quando i soldati americani volevano rapirla.

Tutto sembrava pieno di promesse e di possibilità.

E quando la casa vecchia era stata distrutta, pareva che la vita dovesse incominciare daccapo, nuova, brillante, con l'appartamento moderno, il palazzo appena costruito, e tante cose belle che stavano per succedere.

E poi invece la mamma era morta, e poi la signora Trovati, e pure Fabrizio era come se fosse morto. E intanto la noia quotidiana con la famiglia, lo studio, e l'esistenza che scorreva senza mantenere le sue promesse.

Come era successo?

Come aveva potuto vivere così, quasi dimenticarsi di scegliere? Aveva pensato che l'università fosse un traguardo importante, ma adesso capiva che era solo un modo per sentirsi all'altezza degli altri, soprattutto Fabrizio e suo fratello.

Ma adesso che Fabrizio non esisteva più e Italo faceva il negoziante, che le restava?

Prendere in giro giovanotti stupidi che non le piacevano, insieme ad altre ragazze con cui aveva poco da spartire e la noia immensa delle lezioni.

Guardò Giovanna. La sua amica camminava senza slancio, il viso triste perduto dietro fantasie inutili.

"Io non sono come lei" pensò. "Io capirò quello che voglio, e me lo prenderò."

1952

Una madre seguita dai cinque figli sorprende il marito con la giovane amante. La tumultuosa scena nella ferrovia della Torino-Dora.
Gli appostamenti duravano da tre mesi.

"LA STAMPA", *settembre 1952*

Marzo

«Dovresti fare del cinema. Te lo hanno mai detto?»

"Tutti quanti" pensò Nina, ma sorrise senza rispondere.

«Non sei originale, Dario» intervenne Giovanna. «Devi fare meglio di così se vuoi conquistare la mia amica.» Le lanciò uno sguardo d'intesa.

Sembrava proprio aver superato il dispiacere per le avventure amorose del cugino. A Nina non lo aveva più nominato, fino al giorno prima, quando le aveva detto che Dario era di nuovo a Napoli e sarebbe passato in facoltà a salutare gli amici.

Erano seduti a un tavolino di un bar in fondo a via Mezzocannone, assieme al resto della comitiva.

Nonostante il freddo avevano scelto di stare all'aria aperta e godersi il sole della mattinata. I ragazzi erano di Giurisprudenza, uno proveniva da Medicina. Sfoggiavano maglioni con sotto la camicia aperta, i cappotti buttati su una sedia. Fingevano di non avere freddo, fumavano, ridevano a voce alta, guardavano le gambe delle donne. Erano tutti ricchi e venivano dalle migliori famiglie di Napoli.

Nina si divertiva un sacco.

Lei e le altre ragazze erano tutte della facoltà di Lettere.

«Con questi ricciolini neri, ti vedrei in una parte romantica» fece

Dario allungando un dito verso la sua guancia, ma senza sfiorarla. «Se vuoi, io conosco qualcuno a Cinecittà.»

Nina lo guardò senza spostarsi, con un'espressione che sperò risultasse enigmatica.

Dario la innervosiva.

Era bello e molto sicuro di sé. Nina non era preparata ad affrontare un tipo così diverso dai giovanotti impacciati e infatuati che conosceva e che sapeva come gestire. Lui, al contrario, sembrava credere che qualunque ragazza sarebbe caduta ai suoi piedi dopo due chiacchiere.

Nina era determinata a non dargli alcuna soddisfazione, figuriamoci.

«Non rispondi?» chiese Dario. Si rivolse alla cugina «La tua amica è muta, per caso, o solo timida?»

Giovanna rise, una risata lunga come un nitrito di giraffa.

Era la spalla ideale, generosa e discreta, e anche adesso cercava di valorizzarla.

«Se dici una cosa intelligente, Dario, lei ti risponde» disse.

«Dario è sempre intelligente» intervenne Fiorenza, una ragazza con le cosce grosse e l'accento nasale che a Nina stava antipatica. «E non gli piacciono le smorfiose» rincarò. «Vero, Dario?»

«Sì, che gli piacciono», intervenne uno di Giurisprudenza con i baffi e il pizzetto. «Basta che siano carine. Non sopporta le racchie», e fece l'occhiolino.

Fiorenza fece cadere la mano dal braccio del giovane.

Il cameriere arrivò in quel momento con i caffè e i dolcetti, risparmiando a Nina di dover rispondere a Dario.

Si mise invece a scherzare con il suo amico Armando, sempre grasso ma anche molto in gamba, il migliore del suo corso. Non gli piacevano le ragazze. Meglio così.

Dario sembrava impaziente adesso.

Nina lo spiò con la coda dell'occhio. Lui si alzò in piedi, poi accese una sigaretta e iniziò a gironzolare attorno al gruppo seduto.

Era molto alto, pensò Nina. Addosso a lui il maglione di cachemire blu scuro faceva una bella figura. Portava i capelli biondi un po' lunghi sul colletto, aveva gli occhi azzurri e un orologio d'oro ultrapiatto che doveva costare tantissimo.

Nina lo osservava di nascosto e intanto continuava a ridere e scherzare con Armando e con Giovanna, fingendo di non accorgersi che Dario si avvicinava di nuovo.

Poi lui poggiò una mano sulla spalliera della sedia e si chinò vicino al suo orecchio.

«Ricominciamo?» chiese.

Nina si girò a guardarlo, di nuovo muta, di nuovo con un sorriso a fior di labbra. «Cioè?»

«Mi chiamo Dario di Leva. Studio Ingegneria. Penso veramente che tu sia molto bella.» Fece una pausa. «Non mi viene da dire niente di più intelligente, ma ti vorrei conoscere.»

Nina finse di non vedere la faccia dispiaciuta di Giovanna. Si girò completamente verso di lui, scosse i riccioli che stava facendo crescere, gli tese la mano.

«Io sono Nina Morelli.»

Giugno

Angie non la smetteva di giocherellare col cibo che aveva nel piatto. Nina pensava che a quattro anni avrebbe dovuto sapersi comportare a tavola. Invece la viziavano tutti. Nessuno, per esempio, le diceva che non bisognava sbattere con i piedi contro le gambe della sedia.

Quel tambureggiare ritmico la stava facendo impazzire.

Nina aveva già mal di testa, e non vedeva l'ora che il pranzo domenicale finisse.

Doveva vedersi con Dario, che era di passaggio a Napoli, e ancora bisognava sistemare capelli e trucco.

Dario era tutto quello che lei aveva sempre sognato.

Bello, appassionato, così alto che Nina doveva chinare la testa all'indietro per parlargli. E poi ricco, di una famiglia importante.

Però non erano ancora fidanzati e lei non gli aveva concesso nemmeno un bacio. Sapeva, in maniera istintiva, che era meglio farlo aspettare.

E poi lei i baci non li regalava mica.

Ci voleva poco a essere considerata *una facile*.

Comunque l'estate era vicina, Dario sarebbe tornato per passare le vacanze a Capri e si sarebbero visti più spesso. Il loro rapporto avrebbe preso una piega diversa, ufficiale.

Si sentiva proprio una ragazza fortunata.

«Non ne voglio più, Adelaida» disse Angie.

Gietta scosse la testa. Anche Nina.

Sua cugina nemmeno sapeva dire il nome di sua madre, e non la chiamava mai "mamma".

Era proprio una specie di selvaggia.

La fissò con fastidio e Angie ricambiò con un sorriso a cui mancavano tre denti.

Nina si infastidiva solo a guardarla, anche se in realtà non sarebbe stata nemmeno brutta, con quei capelli lisci e neri, ma la pelle non era del colore giusto, troppo scura.

«Gietta, non voglio il dolce» disse Nina spostando indietro la sedia. «Vado a vestirmi.»

«Perché, che devi fare?» chiese Gietta col suo solito cipiglio.

«Stavo raccontando della società e della casa» disse suo padre con una nota di delusione nella voce. «Non vuoi sentire?»

«Ma lasciatela stare, non vedete che bella giornata?» Zia Ade le sorrise dall'altro lato del tavolo e Nina ricambiò. Se non fosse stato per lei la vita in casa sarebbe stata in-sop-por-ta-bi-le.

«Spiega a me cos'hai fatto, Raffaele, che mi interessa.» Adelaide si girò verso suo padre. «Sei uscito dalla società del palazzo?»

«Sì, questa cosa della nuda proprietà mi dava fastidio, m'imponeva obblighi» rispose lui con l'aria da uomo d'affari esperto. «Queste faccende non le capisco e non mi piacciono.»

«Pure io non le capisco» intervenne Gietta. «Perciò ci sono gli avvocati, per aiutare.»

«Mi sono scocciato.» Suo padre bevve dal bicchiere di vino che aveva in mano. «Sono fatto così.»

«Già» disse la zia, ma pareva pensierosa.

«Hai fatto bene, Raffaele», disse Gietta. «Quello lì» intendeva il costruttore «non mi è mai piaciuto. Meglio che ti sei sganciato.»

«Sarà.» Adelaide si girò verso il cognato. «Avrei preferito che me ne parlassi, prima. Mi fai vedere le carte, dopo?»

«Certamente.»

«Vabbè, allora io andrei.» Nina si alzò in piedi approfittando della distrazione.

«Resta qui!» Angie batté il cucchiaio sul tavolo.

Nina l'avrebbe uccisa.

«Aspetta, che ti volevo dire?» Gietta la fermò con la mano alzata. «Lo sai chi è morta? Me lo ha detto Emma Casaburi.»

«Non lo so, Gietta, chi è morta?» Sbuffò.

«La signora Della Monica» rispose Gietta guardando prima Raffaele e poi lei. «Quella che stava a Torino. Te la ricordi? La madre di quel tuo amico, Fabio.»

Nina la corresse meccanicamente.

«Fabrizio» disse a voce bassa. «Si chiamava Fabrizio.»

«Poveretta, dice che aveva un brutto male. Ha resistito, ha resistito, e poi...»

Nina non la ascoltava più. Uscì dalla stanza come trasognata.

A Fabrizio non ci voleva pensare più. Era inutile.

«Tempo sprecato» si disse a voce bassa.

Eppure come era stato tutto facile e vivo quando c'era lui.

Inutile rimpiangere sua mamma o la Trovati. Anche loro erano ormai solo fantasmi, come Fabrizio.

Lei invece era viva, e doveva trovare la sua direzione, qui.

Da sola.

Forse Dario, forse un altro. Forse il cinema, oppure no. Forse la laurea. Tante belle prospettive, tante strade da scegliere. Doveva solo decidere.

Entrò in camera sua, si fermò davanti allo specchio. Si guardò con attenzione.

Gli occhi, le sopracciglia, la bocca, la punta del naso, le narici, le orecchie, l'attaccatura dei capelli. Si toccò gli zigomi, li palpò, per sentire le ossa sotto, i muscoli, la pelle compatta.

"Sono io" pensò. "Sono io, sono viva e sono vera. Sono Nina."

Dicembre

Nina scese per Santa Brigida di corsa, perché era quasi orario di chiusura.

Voleva arrivare al negozio di Italo in tempo per tornare a casa con lui e fare qualche pettegolezzo sugli amici.

Crescendo erano diventati più uniti e più complici, anche se probabilmente c'erano cose che Italo non le diceva.

Anche Nina, del resto, non gli parlava delle cose private.

Per esempio, non gli aveva detto che non vedeva più Dario, già da qualche mese. Si erano scambiati qualche bacio appassionato a luglio, dopo molte resistenze da parte di Nina. Lei aveva pensato che fossero finalmente fidanzati, ma poi lui era partito per le vacanze e le aveva inviato solo una cartolina da Saint Tropez e una da Capri.

Nina lo aveva lasciato con una breve lettera.

A settembre Dario l'aveva cercata in facoltà, una volta, due, e alla fine era scomparso. Giovanna aveva tentato di consolarla dicendole che il cugino era fatto così, un dongiovanni inaffidabile, ma Nina aveva avvertito la soddisfazione nascosta dietro le parole gentili dell'amica.

Aveva ingoiato il dispiacere ed era andata avanti.

A Italo però non lo aveva detto, e nemmeno a zia Ade.

Nina fece passare tre giovani vigili urbani coi caschi neri e la divisa nuovissima che la fissarono come se volessero trovare un pretesto per parlarle e magari farle un complimento.

Lei sorrise, loro la salutarono toccandosi all'unisono i caschetti.

La piccola vetrina in legno del negozio di Italo esponeva con gusto stoffe e cravatte già pronte, un panciotto di tessuto morbido e due bastoni da passeggio col pomo d'argento. Una spruzzata di stelline argentate su velluto rosso suggeriva l'idea che sarebbero stati perfetti regali di Natale. Italo aveva buon gusto.

Nina entrò trafelata, facendo suonare la campanella. Dentro si respirava un odore piacevole, di stoffa, cuoio e profumo maschile. Gli scaffali contenevano rotoli di seta pesante a piccoli disegni. Il banco era vuoto, c'era solo la cassa in bella vista, e Nina pensò che era poco sicuro. Sarebbe potuto entrare chiunque, aprirla e rubare.

«Italo!» chiamò rivolta alla porticina dietro il banco.

Non ci fu risposta, ma un certo trambusto, come se cadessero sedie o altri oggetti, e lei si preoccupò.

«Italo?» chiese superando la cassa e accostando l'orecchio al battente. «Sei lì? Tutto a posto?»

Le parve di sentire due voci maschili, poi suo fratello venne ad aprire.

«Nina, che ci fai qui?» Era spettinato e con le guance arrossate. Socchiuse la porta quel tanto per uscire.

«Che stai facendo?» chiese lei incuriosita «C'è qualcuno?»

Italo non era un fratello maggiore convenzionale, mai.

«No, no. Sono solo. Stavo preparando una sorpresa per Angie. Per Natale.» La prese sottobraccio. «Vieni. Andiamo a prendere un caffè.»

«A quest'ora? Poi non dormo» rispose Nina. «Veramente pensavo di tornare a casa insieme.»

Italo gettò uno sguardo dietro, verso la porta.

«No, ho ancora da fare.»

«Cosa?»

«Sto preparando il regalo per Angie» ripeté.

Nina si infastidì. Quella bambina saltava fuori dappertutto.

«Vabbè, allora fammi vedere.» Si staccò da lui che la stava dirigendo verso l'uscita e tornò veloce dietro il bancone.

Mise la mano sulla maniglia.

«Nina!» La voce di Italo la fermò.

C'era una nota di disperazione.

Lei sentì il rumore oltre la porta.

Come se qualcuno si fosse schiarito la voce, piano. Non era una voce femminile.

Fece un passo indietro e guardò suo fratello.

«C'è un mio amico. Mi è venuto a trovare un momento, ed è andato in bagno.» Lo disse senza guardarla.

«Allora forse vado» disse lei.

«Sì» rispose lui.

1953

Il riserbo della Chiesa sulla abitabilità dei pianeti. Città del Vaticano.
La discussione sulla abitabilità o meno dei pianeti, e quindi sulla possibilità che in essi (o almeno, in alcuni di essi) esista la presenza di esseri rispondenti alla caratteristica fondamentale degli uomini, cioè di esseri ragionanti e pensanti, passata dal campo strettamente scientifico a quello più vasto delle comuni intelligenze, più facili quindi a smarrirsi nei dubbi di indole religiosa, non ha lasciato indifferente la Chiesa.

"LA NAZIONE", *gennaio 1953*

Maggio

Nina non aveva raccontato a nessuno il motivo per cui andava a Roma. A parte zia Ade, ovviamente, che aveva organizzato e poi finanziato il viaggio.

Scendendo nella grande stazione pensò una volta di più che avrebbe preferito che la zia l'avesse accompagnata, ma Adelaide era stata irremovibile.

«Lo devi fare da sola» le aveva detto. «Io ti ho trovato l'appuntamento, però questa cosa la devi risolvere da te.»

Se Nina doveva trovare un difetto nella zia americana, era la sua convinzione che una ragazza si doveva *fare da sé*. Sempre. Soldi e incoraggiamento, certo, ma al momento opportuno bisognava mostrare il carattere.

La nuova stazione di Roma, ancora in costruzione, sembrava una specie di nave rovesciata, bianca e piena di vetri.

Nina non seppe cosa pensare, non era mai stata in un edificio così grande. Attraversò l'atrio, immenso e stracolmo di viaggiatori.

Non si era mai trovata così lontana da casa. Fu presa da una sensazione che era insieme ansia, paura ed eccitazione. Si trovava da sola nella città più grande d'Italia e non conosceva nessuno.

Spersa tra la folla di persone che si muovevano in ogni direzione, si sentì per un istante piccolissima. E subito dopo grande, potente.

Zia Ade aveva avuto ragione. Lei era in grado, lei poteva farlo. Stava andando incontro al suo destino con sicurezza e coraggio.

Passò sotto la pensilina, stringendo il manico della sua valigetta, comprata per l'occasione, attraversò il piazzale schermandosi gli occhi dal sole con la mano.

Roma sembrava un cantiere in costruzione, peggio di Napoli. Tutti però correvano indaffarati verso le loro destinazioni e non si respirava l'aria di rilassata indolenza che era abituata a vedere nella sua città. Qui, e si capiva bene, si costruiva il futuro. Si facevano cose importanti, era la Capitale, c'era il Papa, c'era Cinecittà. Era il centro del mondo.

"Forse è il posto adatto a me" pensò.

Si guardò attorno, per vedere come facevano gli altri, quindi fece un passo in mezzo alla strada, alzò il braccio e fermò un tassì.

Diede le indicazioni al tassista e continuò a guardarsi attorno, curiosa e frastornata, ma contenta.

Ovunque macchine, clacson che suonavano, motorette, gente che imprecava. Provava ancora un po' di timore a stare da sola, ma la sensazione di essere indipendente, coraggiosa e viva era molto più gratificante.

Aveva appuntamento con un produttore importante che stava cercando una ragazza della sua età per una parte in un film.

Lei lo aveva saputo leggendo "Il Mattino" e lo aveva raccontato a Adelaide, che nei suoi anni americani aveva avuto contatti nel mondo del cinema.

«Ho recitato anche» aveva confessato alla nipote. «Una particina. Niente che ti piacerebbe vedere.»

Però aveva conoscenze oltreoceano con amicizie a Roma e così, di contatto in contatto, aveva trovato un aggancio per Nina.

Poi le aveva preso i biglietti del treno e prenotato un albergo.

Nina sarebbe partita e tornata, con la complicità di Giovanna – da cui aveva detto che andava a dormire – in quaranta ore in tutto. Quaranta ore durante le quali la sua vita avrebbe potuto cambiare per sempre.

Il tassì la lasciò davanti a Cinecittà, una città nella città.

Nina gettò la testa all'indietro per guardare.

L'ingresso era costituito da due torri e due cancelli che interrompevano un muro lunghissimo, giallo, oltre il quale si vedevano solo dei pini alti.

Nina si avvicinò al portiere.

«Nina Morelli» disse con voce sicura. «Ho un appuntamento in produzione.»

Il portiere la guardò con la faccia da bue, poi la fece entrare dandole qualche indicazione con un accento indefinibile.

«Sul fondo. Palazzina bianca» disse. «Le produzioni stanno lì.»

Il sole batteva sullo spiazzo aperto davanti a lei e faceva un gran caldo.

Nina accelerò, poi rallentò.

Non voleva sudare. Indossava un abito bianco, leggero. La valigetta era piccola e conteneva solo il necessario, ma iniziava a pesarle.

Si guardò intorno. A Cinecittà aveva pensato di vedere file e file di ragazze bellissime in attesa nel grande piazzale, invece non c'era nessuno.

Forse era ancora presto.

Si era anche immaginata di incontrare qualche attore famoso, invece vide solo un gruppo di operai che parlavano a voce alta tirando una mezza statua romana in cartapesta su un carrello arrugginito.

Nessuno che la degnasse di uno sguardo.

Oltre il piazzale, oltre i pini alti, si intravedeva una distesa brulla con qualche grande edificio che lei vedeva sfocato. Avvicinandosi si accorse che in realtà erano templi, colonnati e strutture che parevano antiche.

"Sembra di stare dentro *Quo Vadis*" pensò addentrandosi tra le costruzioni colorate di rosso e di giallo, tra statue, colonne, capitelli e trabeazioni.

Aveva preso il primo treno del mattino da Napoli e adesso era in anticipo. L'appuntamento era solo per mezzogiorno.

Continuò a camminare tra le scenografie. Da vicino si rese conto che ogni cosa – gli archi trionfali, i bassorilievi, le statue, i tetti, gli obelischi – era di legno.

«Tutto finto.» Lo disse ad alta voce, forse con un accenno di delusione.

«È il cinema. Tutto finto e meraviglioso.»

Nina si girò di scatto. Seduto su un capitello abbattuto c'era un vecchio in canottiera, con un cappello bianco inclinato all'indietro. La guardava.

«Come?»

«Niente» rispose lui. «Ti sei persa? Dove devi andare?»

«Non mi sono persa.» Nina si raddrizzò. «Ho un provino fra poco» disse con orgoglio.

Il vecchio sospirò, ma sembrava non avere più niente da dire.

Nina tornò nel piazzale rassettandosi il vestito bianco.

Di nuovo si preoccupò di sudare, e che si vedesse. Si diede una veloce controllata con lo specchietto da borsa. Il trucco era a posto, i riccioli pure.

Era bella.

Forse la bellezza non bastava, ma di sicuro aiutava.

Si perse un attimo a fantasticare sulla faccia di Gietta nel momento in cui le avrebbe detto che l'avevano presa per recitare in un film, poi vide una palazzina bianca su cui c'era un grande cartello con la scritta: PRODUZIONI.

Nell'ingresso c'era un altro portiere, anche lui col cappello, che faceva le parole crociate e che la indirizzò al primo piano, *in fonto in fonto in fonto, a sinistra*.

Lì c'erano le audizioni.

Salendo le scale Nina si accorse di avere le mani gelate.

All'inizio del lungo corridoio c'erano delle sedie e un paio di donne in attesa. Salutò a voce bassa, ma nessuna rispose.

Nina crollò su una panca di fronte a un muro bianco. All'improvviso la stanchezza del viaggio e della mattinata si fecero sentire. Poggiò la testa sulla parete alle sue spalle e chiuse gli occhi.

Dopo un attimo si aprì una porta.

Una ragazza con i capelli corti uscì accompagnata da una signora grassa, forse sua madre.

Un uomo calvo, con gli occhiali, in camicia, uscì dietro di loro e lesse su una cartellina che reggeva tra due mani.

«Valentini?»

Una delle giovani si alzò ed entrò. L'uomo stava per chiudere la porta ma Nina si alzò di scatto e gli si avvicinò.

«La produzione Vittoria, è qui?» chiese.
«Vittoria?» l'uomo scosse la testa e indicò in fondo al corridoio. «Quella porta lì, signora. Qui c'è Blasetti.»
Nina si inoltrò lungo il corridoio, bussò alla porta chiusa.
Venne ad aprire un uomo giovane con i capelli corti e gli occhi attenti.
«Vittoria produzioni?» chiese.
Lui annuì e la fece entrare.
Era un ufficio con una scrivania, qualche sedia, una libreria alla parete e una grande finestra che affacciava sui templi romani.
Alla scrivania c'era un uomo massiccio in camicia bianca che le fece cenno di sedersi.
«Spiro» si presentò.
«Sono qui per il provino» disse Nina. «Nina Morelli.»
Oltre a essere molto accaldato, il signor Spiro sembrava anche molto indaffarato. Però era gentile.
«Da parte di Cotticelli vero?» chiese.
Nina annuì: era il contatto romano di zia Ade.
«Bella ragazza» disse Spiro rivolto all'assistente, che annuì.
Come se lei non fosse presente.
«Fatti vedere» le disse.
Lei obbediente rimase in piedi, poi si girò di profilo, da un lato e dall'altro, poi di spalle, passeggiò davanti alla scrivania.
«Bene» disse Spiro facendole segno di sedere. «La presenza c'è.»
A Nina sembrò di avere superato l'esame più importante.
«Grazie.»
«Ma hai mai recitato?» L'uomo si appoggiò alla spalliera della poltroncina, fissandola. «Teatro? Cinema?»
Nina scosse la testa senza dire nulla, intimorita.
«Nemmeno in qualche teatrino di quartiere?»
Nina fece ancora segno di no.
«No» disse dopo un attimo.
«Recite scolastiche? Tra amiche?»
«No.»
«Hai mai frequentato una scuola di recitazione?» chiese ancora lui ma senza più pazienza.
«No» ripeté lei evitando di abbassare lo sguardo. «Mai.»

«E come mai pensi di poter fare del cinema?»

«Perché sono appassionata di film.» Nina si sporse in avanti sulla sedia. «So che sarei capace.»

L'uomo sospirò.

«Mi metta alla prova» aggiunse Nina.

L'uomo fece un cenno.

L'assistente, in piedi alle sue spalle, le porse un fascio di fogli fermati con una graffetta.

«Cosa devo fare?» chiese lei.

«Leggi questo pezzo, e interpretalo come credi» rispose Spiro senza levarle gli occhi di dosso.

Il testo era incomprensibile.

Parlava di una certa Nora che non voleva giocare con le bambole. Nina lo lesse in fretta e lo trovò noioso, difficile da capire, impossibile da interpretare.

«*No*» lesse. «*Sono stata allegra, ecco tutto. E tu sei stato molto affettuoso con me. Ma la nostra casa non è mai stato altro che una stanza da gioco.*» Incespicò sulla parola. «*Qui sono stata la tua moglie-bambola come ero stata la figlia-bambola di mio padre. E i bambini sono stati le bambole mie.*» Perse il rigo, poi lo ritrovò. «*Quando tu giocavi con me, io mi divertivo esattamente come si divertivano i bambini quando io giocavo con loro. Questo è stato il nostro matrimonio!*»

Quando alzò lo sguardo dai fogli, vide che Spiro e l'assistente la guardavano con una certa costernazione.

«Il cinema è una cosa complicata, signorina» disse Spiro.

«Sì» gli fece eco lei.

«Non si improvvisa. Come per tutte le cose, serve studiare.»

Nina aveva sempre pensato che le attrici venissero scelte di colpo, alla prima occhiata.

Chinò il capo mortificata, ma anche offesa.

«Mi dispiace.» Spiro allargò le braccia. Sembrava un uomo paziente. «Non è più come prima. Oggi bisogna avere un po' di esperienza. Sono finiti i tempi dell'improvvisazione.» Guardò Nina. «Fai una scuola di recitazione e semmai ci rivediamo tra un anno. Va bene?»

Si alzò.

«Sei una bella ragazza.» Allargò le braccia. «Hai un viso espressivo. Qualcosa riusciremo a farti fare.»

Anche Nina si alzò.
Non seppe cosa dire.
«Grazie.» Salutò e uscì dalla stanza senza girarsi.
Poi percorse il corridoio e il piazzale un po' frastornata.
Il sole adesso era a picco, la polvere le entrava nelle scarpe.
Nina aveva voglia di piangere e non le importava più niente di incontrare un attore famoso.
Vide il vecchio con cui aveva parlato tra le finte antichità romane camminare poco distante. Accelerò, non voleva dargli la soddisfazione di vederla andare via sconfitta. Una delle tante. Salì sul tassì che stazionava davanti all'ingresso di Cinecittà.
Fece il viaggio verso il centro di Roma senza parlare, anche se l'autista, chiacchierone, tentava di illustrarle i monumenti che a Nina non interessavano affatto.
Il suo albergo era vicino al Colosseo.
Adelaide le aveva prenotato una notte, pensando che poteva avere bisogno di fare vari provini.
Nina era talmente umiliata che non fece caso alla novità di entrare da sola, parlare al portiere, ritirare la chiave, salire in camera. Tutte cose che avrebbero dovuto fare parte della sua grande avventura e che ora non facevano altro che sottolineare il suo fallimento.
La stanza era piccola ma pulita, arredata in modo grazioso, con le tende colorate a scacchi, la stessa fantasia del copriletto e dei paralumi.
Nina poggiò la valigetta sul letto, ancora chiusa, poi andò alla finestra, la aprì. Il Colosseo non si vedeva.
Provò a sentire l'odore dell'aria di Roma e all'improvviso pensò che non poteva resistere lì dentro fino al giorno dopo. Doveva uscire.
Sciacquò il viso nel piccolo bagno con le mattonelle rosa, rinfrescò il trucco, pettinò i capelli e lasciò la stanza.
Il vestito bianco era tutto stropicciato, ma non le importava.
Si diresse verso il Colosseo, non perché ci tenesse, solo per il bisogno di stare in mezzo alla gente.
Poi, sul marciapiede di fronte, vide una figura familiare e si fermò di botto. Anche l'altro si fermò.
Lei socchiuse gli occhi per vedere meglio.
Era più alto, più uomo, ma era lui.

Fabrizio.

Nina rimase ferma al suo posto, incerta.

Fabrizio attraversò la strada e le si avvicinò. Aveva una giacca leggera, sportiva, e una camicia bianca.

Allungò le mani per prendere le sue, poi le lasciò cadere. «Quanto tempo» disse.

«Sì» disse Nina.

«Che ci fai qui?»

«Sono in visita da un'amica. E tu?»

«Io studio qui. Giurisprudenza.»

Lei rimase in silenzio per un attimo. «Ho saputo di tua madre» disse poi. «Mi dispiace.»

Fabrizio fece un segno con la testa. Allungò di nuovo una mano, e stavolta le prese le dita.

«Nina» cominciò.

I passanti camminavano attorno a loro, scansandoli come fossero un'isoletta in un mare agitato.

Lei scosse la testa.

«Fabrizio.»

Avrebbe voluto raccontargli tutto, di quanto era stata stupida, di come si era sentita umiliata dalla pazienza gentile del signor Spiro e del suo assistente. E poi farsi abbracciare e confortare.

Voleva riprovare la gioia e la serenità che in passato le dava stare insieme a Fabrizio quando sapeva di essere importante per lui, anche se poi lui se n'era andato senza un vero motivo.

Guardò gli occhi verdi, che erano sempre gli stessi, i capelli folti, il viso uguale, solo un po' più duro.

«Vuoi un caffè?»

«No» rispose d'impulso, senza capire il motivo.

«Vuoi fare quattro passi?»

«No. Scusami, adesso devo andare» gli disse sottraendo le dita dalla sua stretta. «Mi aspettano.»

Si girò e andò via sentendo lo sguardo di Fabrizio fermo sulla sua schiena.

"Chiamami" pensò. "Fermami!", ma non successe nulla.

Nina tornò nella camera d'albergo. Adesso voleva solo piangere in santa pace fino al treno del giorno dopo.

Dalla terrazza di Villa Marilena si vedeva il mare che brillava all'infinito. Nina non si stancava mai di guardarlo e non pensava ci potessero essere posti così belli.

Si girò verso la costruzione allargando le braccia poggiate sul parapetto. Il prendisole giallo con grandi margherite bianche faceva risaltare il suo colorito scuro e i capelli raccolti all'indietro mettevano in mostra i suoi lineamenti.

Voleva fare bella figura con la famiglia di Dario.

Si erano rivisti il mese prima, per caso, nel grande appartamento di Giovanna. In realtà l'amica non aveva nessuna intenzione di farli incontrare di nuovo, e si era di certo pentita di averla invitata, quando Dario era arrivato per caso.

Lui l'aveva riaccompagnata a casa e poi le aveva dato appuntamento per il cinema il giorno dopo.

Nina aveva sentito battere forte il cuore per tutto il primo tempo perché Dario aveva poggiato il braccio sulla spalliera della sua seduta, e poi lo aveva fatto scivolare sulle sue spalle.

Si erano dati un bacio lunghissimo dopo solo una settimana.

Sembrava diverso, cauto, però attentissimo ad accontentare ogni suo desiderio.

Stavolta era un interesse serio, Nina lo sentiva, benché Giovanna avesse provato un paio di volte a dirle che lui con le ragazze non era mai serio.

Oggi l'aveva portata a conoscere la famiglia.

Avevano preso la nave per venire a Capri, dove la madre di Dario, vedova, soggiornava tutta l'estate con il fratello e le due figlie.

Nina non era mai stata a Capri, ma l'isola, con le sue stradine, i colori sbiaditi delle case, le bouganville coloratissime, l'aveva subito incantata.

Nella piazzetta sopra la funicolare le era parso di riconoscere Farley Granger che beveva il caffè seduto a un tavolino con due signore elegantissime, ma non ne era stata sicura.

Avrebbe voluto fermarsi, però sapeva che con Dario era sempre meglio far finta di niente, come se fosse normale vedere un attore di Hollywood a tre metri di distanza.

Così passò oltre senza voltarsi.
A Cinecittà, lei ancora ci pensava. A volte.
Arrivata a Villa Marilena non aveva saputo trattenere i complimenti davanti alla bellezza della casa e del giardino.
Avevano addirittura un albero di banane.
La signora di Leva era molto abbronzata, con la pelle secca e il rossetto color corallo. Portava pesanti bracciali d'oro a entrambe le braccia, e un abito lungo di seta chiara.
Era stata gentile con lei, ma non affettuosa.
«Ciao, cara» le aveva detto guardandola con attenzione, però non aveva mostrato alcuna curiosità verso i suoi studi o la famiglia.
Nina si era chiesta cosa Dario le avesse raccontato. Che era innamorato di lei? Che pensava di sposarla?
Non sapeva bene come funzionavano queste cose, ma si aspettava che una richiesta le sarebbe arrivata entro la fine dell'anno. Comunque, il primo passo, cioè conoscere la famiglia, era stato fatto.
Adesso avrebbe dovuto contraccambiare e portarlo in casa Morelli, presentargli Gietta e suo padre, Italo. Angie.
Scosse la testa con fastidio. Per fortuna c'era zia Adelaide.
Forse avrebbero potuto andare a pranzo fuori, rimandare la visita alla casa, con i mobili vecchi, con l'odore di frittura persistente nelle tende, e poi le orribili maioliche gialle in corridoio, la vasca scrostata.
Il sole scottava.
Dario era andato a cambiarsi.
Lei aveva già il costume addosso, giallo come il prendisole.
Attraverso le grandi vetrate vide lo zio di Dario, con addosso un tre pezzi di lino bianco stropicciato, parlare al telefono nel salone arredato con mobili che sembravano sculture. C'erano anche oggetti antichi ed esotici in una mescolanza che Nina percepiva di grande gusto, anche se non aveva mai visto niente del genere, nemmeno in casa di Giovanna, la cui famiglia era molto ricca.
In quella villa Nina non si sarebbe stupita di vedere Audrey Hepburn seduta a sorseggiare un cocktail.
La madre di Dario era in cucina, stava dando ordini alla cameriera per il pranzo. Le sorelle erano sparite chissà dove.

Mentre aspettava Dario a Nina venne voglia di esplorare il giardino.

Aveva visto una scaletta che fiancheggiava la terrazza. Più giù c'erano alberi e cespugli in fiore di una specie che non conosceva. Decise di scendere per dare un'occhiata, ma con prudenza, perché gli scalini erano stretti.

Respirò l'odore del mare.

Spalancò le braccia e gettò la testa all'indietro, sentendosi viva, finalmente.

Si girò verso la casa, con le sue pareti rosate.

Adesso era tutto nuovo ed eccitante, ma fra breve lei sarebbe stata di casa, la fidanzata di Dario, e poi la moglie di Dario. Avrebbe saputo muoversi nei salotti pieni di quadri e di oggetti lussuosi. Avrebbe composto i numeri sull'elegante quadrante di bachelite del telefono bianco in salotto e avrebbe invitato attori del cinema per un aperitivo in terrazza.

Sospirò di felicità.

Le voci la raggiunsero fluttuando dall'alto.

«Ma davvero mi hai portato in casa questa ragazza per presentarmela?» La voce della signora Marilena aveva un tono aspro.

Nina si immobilizzò.

«Mamma, è solo un'amica.»

«Lo sai com'è fatto. Gli piacciono un po' volgari, e con il davanzale abbondante.»

«Cristina» disse la signora, e rise. Poi, evidentemente rivolta a Dario: «Però tua sorella ha ragione. Sei il solito mascalzone. Vabbè, faremo del nostro meglio con *la signorina*».

«Mamma fai la brava.»

«Ma la prossima portamela un po' meno *cheap*, ti prego.»

Nina non sapeva il significato della parola, ma capì lo stesso.

1954

«La RAI – Radiotelevisione Italiana – inizia oggi il suo regolare servizio di trasmissioni televisive.»

ANNUNCIO DI FULVIA COLOMBO PER LA NASCITA DELLA TELEVISIONE PUBBLICA IN ITALIA, *Milano, 3 gennaio 1954, ore 11*

Giugno

Suo padre aveva gli occhi lucidi. Si era messo il profumo e il completo blu scuro.

«La mia dottoressa in Lettere.» L'abbracciò stretta.

Nina si lasciò stringere a occhi chiusi, assaporando quel momento.

Era raro ricevere così tanta approvazione in famiglia.

Perfino Gietta era commossa.

Indossava un vestito di seta viola e nero, perché non aveva mai smesso il mezzo lutto. In cima ai capelli grigi aveva piazzato un cappellino viola con la veletta, fuori moda e chissà quanto vecchio.

Dalle braccia del padre Nina passò alle sue, in una stretta frusciante e che sapeva di borotalco.

«Povera Maddalena» disse emozionata la zia. «Tua madre sarebbe stata così orgogliosa di te. Era intelligentissima.»

«Come me.»

«Di più.» Gietta si staccò. «Fece una grande carriera.»

«Meglio che non ne parliamo, zia.»

Le simpatie fasciste di sua madre da giovane erano state sempre motivo di discussione in casa.

«Ogni promessa è debito» intervenne suo padre per cambiare discorso. «In onore della mia dottoressa dopo l'estate compriamo pure la televisione.»

«Grazie, papà.» Come se a lei interessasse stare davanti a quel coso come facevano tutti dentro i ristoranti di Napoli.

Erano usciti dall'aula magna dove si era appena conclusa la cerimonia di laurea.

Nina indossava un tailleur grigio chiaro che le arrivava poco sotto il ginocchio, con una camicetta verde e una borsetta coordinata. Aveva scelto un rossetto chiaro, quasi rosa, e i capelli erano tenuti fermi dietro le orecchie da due fermagli verdi.

Si doveva capire a prima vista che era una giovane laureata, una persona pronta ad affrontare il futuro.

Sì, ma quale?

Italo si fece avanti, un po' goffo. Le offrì un mazzetto di rose bianche.

Nina lo baciò, poi si girò verso zia Ade, che aveva aspettato in disparte, ma con gli occhi brillanti di contentezza.

Era elegantissima in un completo pantaloni bianco profilato di nero. Sotto calzava delle scarpette molto belle, nere con i bordini bianchi, di un calzolaio famoso in America e adesso anche in Italia, Ferragamo.

Aveva promesso a Nina un paio di scarpe della stessa manifattura. Sarebbero arrivate da Firenze.

«Sei stata bravissima, Nina» le disse stringendola.

«È stato grazie a te, zia» le sussurrò Nina all'orecchio, per non farsi sentire dai parenti.

«Non si ringrazia la famiglia. È tutto dovuto.»

«Grazie» insisté Nina.

Sapeva bene che, se non fosse stato per lei, sarebbe stata destinata a un impiego modesto, o solo al matrimonio.

Si sciolse dall'abbraccio e guardò ancora per un attimo, commossa, il viso di sua zia.

Adelaide era sempre bella, e pareva molto più giovane, con i capelli biondi composti in una crocchia elegante e gli occhi azzurri appena segnati dalle rughe.

Il contrasto tra lei e la sorella era impietoso. Tra loro c'erano pochi anni di distanza, ma Gietta pareva sua madre.

«Bravissima Nina!»

Si sentì abbracciare da dietro e si scostò con impazienza.

Angie aveva voluto venire a ogni costo, facendo perfino festa a scuola.

Aveva iniziato le elementari quell'anno, però non le piacevano. Diceva che le altre bambine la trattavano male.

Nina se la immaginava nella sua classe con gli altri. Lei scura come un'indiana, il naso diritto e lungo, gli occhi di uno strano colore dorato. Era normale che la considerassero diversa.

Lei avrebbe fatto lo stesso.

«Ciao, Angie» disse e si lasciò baciare dalla cuginetta cercando di dissimulare il fastidio che provava.

Era diventata una bambina alta, con capelli neri ricci, lunghi e indomabili, e tratti ormai evidentemente esotici, e Nina si era chiesta spesso chi potesse essere il padre. La differenza tra lei e Ade, così chiara e delicata, era talmente evidente che ormai più nessuno in casa ne parlava.

Non poteva essere figlia sua.

Chissà dove l'aveva presa. E chissà perché.

«Anche io studierò Lettere come te» disse la bambina contenta.

Nina si vergognava un po' che i suoi amici capissero che era una sua parente, così la allontanò e si voltò verso il lungo corridoio dove i laureandi si trattenevano con i genitori.

Erano tutti impegnati a ricevere abbracci e congratulazioni dalle rispettive famiglie.

Nessuno badava a loro.

«Zio Lele, andiamo al ristorante?» Angie si era appesa al braccio di suo padre. «Io ho fame!»

«E certo» rispose lui, che le voleva bene e la viziava. «Ho prenotato in un bel posto qua vicino, a piazza della Borsa.»

«Iniziate ad avviarvi. Vi raggiungo per strada.» Nina cercò con lo sguardo tra la folla. «Voglio salutare Giovanna e farle gli auguri.»

Si erano laureate nello stesso giorno, ma la sua amica aveva avuto il plauso della commissione e la lode.

Nina ci teneva a far vedere che non ci era rimasta male e che era superiore a queste cose, lei. E poi davvero se ne infischiava. Nella vita contava ben altro.

Si alzò in punta di piedi per vedere meglio e maledisse la miopia.

Tra la folla scorse Armando stretto alla madre, imponente come il figlio. Anche lui si era laureato con lode.

Le sembrò di riconoscere anche Maria Luisa, circondata da un nugolo di parenti silenziosi e composti.

Fra le tante teste, una bionda svettava sopra le altre.

Appena Nina la vide si girò nella sua direzione e gli occhi azzurri di Dario la fissarono da lontano.

Lei distolse i suoi.

Dario si era fidanzato l'inverno scorso con un'altra amica di Giovanna. Lei diceva che era moderna, *molto* moderna, e solo per questo Dario stava con lei.

Nina avrebbe dovuto immaginare che sarebbe venuto alla laurea della cugina.

Si girò verso le scale. I suoi familiari già non si vedevano più, così si incamminò lungo il corridoio fino alla rampa. Scese gli scalini quasi di corsa.

Un attimo dopo si sentì afferrare per il braccio.

«Nina!»

Si girò con il cipiglio già pronto.

Dario sorrideva.

Si divincolò dalla sua stretta e rimase a fissarlo con gli occhi socchiusi per via del sole che le arrivava sul viso.

Quanto era bello.

Alto, elegante in un completo chiaro, Dario era il più bello tra tutti i ragazzi che passavano di lì ed era il più bello tra tutti i giovanotti che conosceva, compreso Fabrizio.

Nina serrò le labbra.

Dario fece un passo indietro. «Sei ancora arrabbiata con me» mormorò con un misto di stupore e compiacimento. «Nina.»

Nina mai gli avrebbe dato più soddisfazione di quanta già ne aveva avuta.

Scosse la testa e gli rise in faccia.

«Arrabbiata con te? Ti sbagli» disse. «Sono solo seccata perché pensavo di aver visto il mio fidanzato.»

«Sei fidanzata?»

«Sì.»

«E dove sta?»

«Come sempre è in ritardo.»

«Non lo sapevo.»

«Certo, da due mesi ormai.» Nina sperò che Giovanna non la sbugiardasse. «Sono felice.»

«Io invece sono libero.»

«Davvero?» Nina finse disinteresse.

«Sì, da tempo.»

«E Augustina che fine ha fatto?»

Dario scosse le spalle. «Andata» rispose con noncuranza. «Diciamo che mi ha lasciato.»

«Ti sei fatto lasciare.» Dario si era fatto lasciare anche da lei. Nina abbassò il capo, mosse con la punta della scarpa una pietrina. Tutta la sua attenzione era su quella pietrina.

«Sì.» Dario abbassò la voce. «Si è accorta che pensavo ad altro.»

«A cosa?»

«A un'altra ragazza.»

Nina alzò gli occhi, incontrò i suoi, celesti, e li riabbassò subito. Diede un calcio al sassolino, scrollò le spalle.

«Allora buona fortuna con la tua nuova fidanzata.»

Dario le prese una mano.

Nina la lasciò inerte tra le sue dita, ma dentro sentiva il cuore batterle forte da scoppiare.

«Non giocare con me, Nina» disse lui. «Lo sai che sei tu *l'altra ragazza*.»

Un gruppo di studenti li oltrepassò di corsa ridendo.

Dario la tirò più vicino a sé.

Nina si divincolò, aveva le guance in fiamme.

«Non so niente!» sibilò con rabbia. «Non so proprio niente. Solo che sono troppo *cip* per tua madre e per le tue preziose sorelle. E anche per te.»

«Per me no.»

«Ma lasciami in pace!»

Gli voltò le spalle e corse via.

Lo sentì chiamare il suo nome, ma non si girò.

Dario era così.

Era pericoloso.

Però lei non era una delle tante, e non lo sarebbe stata mai.

Adesso si era laureata e avrebbe fatto tutto ciò che voleva.

Ma che cosa voleva?

Scrollò le spalle senza fermarsi. Lo avrebbe capito. C'era tempo. Aveva ancora tutto il tempo del mondo per capirlo.

Scese correndo per Mezzocannone e arrivò trafelata davanti alla Borsa, dove vide la sua famiglia che, a causa di Gietta, aveva camminato piano.

«Eccola!»

Lo strillo di Angie li fece girare, ma per una volta Nina non si infastidì.

Corse da loro e sollevò la bambina in braccio.

«Sì, eccomi, sono qui» disse. «Andiamo a festeggiare.»

1955

Giungono da ogni parte poesie sulla 600, anche da dipendenti FIAT. Nella impossibilità di pubblicare tante poesie, ecco questo sonetto composto da un autista FIAT che sigla L.P.
Sei tanto bella che mi sembri nata
Non già fra i macchinari d'officina
Ma dalle mani d'una buona fata
Oppur nell'atelier d'una sartina.

"ILLUSTRATO FIAT", *anno III, n. 4, 30 aprile 1955*

Febbraio

Nina aspettava una telefonata.

Si era seduta sulla poltroncina del salotto verde – che suo padre aveva comprato alla Fiera della Casa in sostituzione di quello vecchio – e guardava l'apparecchio nero, muto. Sollevò la cornetta pesante di bachelite, per assicurarsi che ci fosse il segnale, poi la rimise a posto.

Il televisore nuovo, grigio e marrone, arrivato in casa da una settimana, se ne stava spento sul tavolino a quattro gambe. Nina si specchiò annoiata nel riflesso deformato dello schermo. Ci aveva messo un po' a convincere il papà a fare l'acquisto, e adesso quel coso non funzionava.

«Manca l'antenna» aveva sentenziato Domenico con aria solenne. E mancavano pure gli antennisti, pochi e molto impegnati. Tutti volevano la magica scatola in casa, tutti volevano poter vedere "Un due tre" o il Telegiornale.

Pazienza.

A Nina non importava nulla di Raimondo Vianello o Ugo Tognazzi, lei voleva solo che qualcuno le telefonasse.

Chiunque.

Si alzò e andò a controllare che la presa fosse inserita nel muro visto che il mese prima Gietta l'aveva staccata di nascosto per impedirle di telefonare. Lei, che di cose elettriche non capiva niente, era stata per due giorni senza usare l'apparecchio, convinta che vi fosse un guasto della linea.

Il trucco glielo aveva spiegato Italo, e Nina si era arrabbiata molto, ma adesso la presa era collegata e il telefono non squillava comunque.

Sollevò di nuovo la cornetta, ascoltò il *tu-tuu*, quindi tornò a sedersi sulla poltroncina verde.

Guardò l'ora. Non erano neanche le quattro e mezzo.

Ancora presto.

Nina sbadigliò e pensò di andare in bagno. Percorse il corridoio con le pareti ingombre di quadretti e disegni fatti dalla cuginetta.

Nella casa di Gietta sullo stesso piano, resa comunicante con la loro tramite una porta interna, sua zia stava facendo i compiti con Angie. Si sentiva la voce della bambina che ripeteva a memoria una poesia.

Nina corse in bagno lasciando le porte aperte, poi tornò subito in salotto, ma l'apparecchio non squillò.

«Uffa!».

Suonò proprio mentre stava per sedersi, ma decise di non rispondere subito.

Contò uno, due, tre trilli, poi sollevò la cornetta e parlò, con la vece indaffarata di chi stava facendo altro.

«Pronto, chi parla?» chiese.

«Pronto.» Era la voce di un uomo.

Nina lo riconobbe subito.

«Chi parla?» domandò di nuovo.

«Sono Fabrizio» disse lui. «Nina.»

«Fabrizio.»

«Sono tornato a Napoli e volevo salutarti» disse lui in fretta, quasi avesse paura che Nina potesse attaccare la cornetta. «Ho avuto il numero da Italo. Ci siamo incontrati stamattina al negozio. Te l'ha detto?»

No, non glielo aveva detto.

«Sei a Napoli? E da quando?» domandò Nina, che non sapeva cosa dire. Sapeva solo che era felice.

«Sì, sono a Napoli.»
«E dove sei?»
«Sono in una cabina.»
«Una cabina?»
«Sotto casa tua.»
Fabrizio era rimasto di poche parole, pensò lei. Misterioso, segreto.
«E vieni qui, allora!»
«A casa?»
«Ovvio. Io sto qua.» Nina agitò il braccio libero come se lui potesse vederla.
Si salutarono e lei, nell'attesa, andò a guardarsi nello specchio del bagno.
Non andava, proprio no.
Mise un po' di rossetto e passò la matita sugli occhi. Poi corse in camera e si cambiò l'abito. Indossò quello bianco che aveva a Roma, l'ultima volta che si erano visti, quasi due anni prima.
Tornò a sedere in salotto.
Da casa di Gietta proveniva la voce di Angie che ripeteva ancora e ancora la poesia, e poi quella di sua zia che la correggeva e ripeteva a sua volta.
Nina pensò che non voleva incontrare Fabrizio lì, con le porte aperte e Angie sempre in mezzo. E poi suo padre sarebbe tornato tra poco dall'ufficio.
Corse nell'ingresso, indossò il cappotto a quadretti marroni che le aveva regalato zia Adelaide, prese le chiavi appese al muro e uscì.
Carmela sedeva nella piccola guardiola dell'androne, lei la salutò in fretta e uscì fuori.
Fabrizio era davanti all'ingresso del palazzo.
Alto e magro, il viso scavato, ma gli occhi sembravano ancora più grandi e più verdi.
Non sorrise, era emozionato.
A lei tremarono le gambe, senza motivo. In fondo si trattava solo di un vecchio amico.
«Ciao» disse, poi dopo un attimo lo abbracciò. «Andiamo a fare una passeggiata?»
Fabrizio annuì senza rispondere e si incamminò verso destra, Mergellina.

Nina si accostò.

Lui indossava un cappotto verde scuro, ampio e con la cintola che lo rendeva più massiccio.

«Sei bellissima» disse a bassa voce.

«Tu sei identico.» Non era vero, sembrava molto più grande del ragazzo che lei aveva frequentato pochi anni prima, anche più grande di quello che aveva intravisto a Roma.

«Sono laureato in Giurisprudenza da un anno» disse lui.

«Io in Lettere.»

«Brava.» Poi, dopo un attimo: «L'anno prossimo mi tocca il servizio militare» disse. «Magari capito da queste parti.»

Nina sollevò le spalle.

«Come mai sei qui oggi?».

«Sono assistente volontario in facoltà.»

Superarono un gruppo di mamme con le carrozzine e continuarono verso la Torretta.

«Quindi sei tornato?»

«In realtà a Napoli rimango due giorni a settimana. Mio padre si è trasferito per lavoro a Roma e il resto del tempo sto con lui.» Fabrizio abbassò la testa. «Siamo rimasti noi due, e non voglio lasciarlo solo.»

Nina non seppe che dire. «Mi dispiace.»

«Grazie.» Fabrizio guardò per terra. «Però mi farebbe piacere venire a vivere a Napoli.»

«Io me ne andrei a Roma, invece.»

Lui rise. «Roma è bella, però troppo grande. Mi fa sentire la solitudine.»

«Tu ti senti solo dappertutto.» Nina gli dette un colpetto sul braccio, sorridendo per mitigare le parole. «No, scherzo. Solo che mi ricordo i discorsi che facevi qualche anno fa...»

«Allora mettiamola così.» Lui la guardò. «Con te non mi sento solo.»

«Ah.» Nina distolse lo sguardo.

«Con te è diverso. Solo con te.»

«Sei diventato galante» disse per mascherare la confusione.

«No, non sono galante.»

Superarono in silenzio le scale di una chiesa e si fermarono all'incrocio tra la Riviera e il vico da dove stava uscendo faticosamente una camionetta piena di materiale in ferro.

«Quando ti vedo non capisco più nulla» riprese Fabrizio, «e dico cose che non direi mai a nessuno, Nina. Scusami.»

«Ma scusa di cosa?» Lei scosse la testa.

Quell'uomo era rimasto identico al ragazzo chiuso di un tempo e ancora aveva il potere di farla impazzire.

«Te lo ricordi quando ci siamo visti la prima volta?» chiese Nina all'improvviso cercando di alleggerire il tono.

«E come faccio a scordarlo?» Fabrizio rise. «Mi hai rotto un braccio!»

«Sì, come no. E oggi hai ancora paura di me.» Nina gli prese la mano. «Cosa vuoi che ti spezzi, oggi?»

Il cuore, avrebbe dovuto dire lui. *Ho paura che mi spezzi il cuore!*

Dillo.

Ma Fabrizio non disse nulla.

Il silenzio si prolungò e l'inquietudine si trasformò in ansia, fastidio.

Le venne voglia che lui facesse qualcosa o dicesse qualcosa.

Qualunque cosa.

«Vuoi un gelato?» chiese lui indicando una pasticceria che si intravedeva alla Torretta.

«No.» Nina si incupì. «Ho freddo.»

«Vuoi tornare a casa?»

No.

Non voleva tornare a casa, ma se lui lo diceva così, allora sì. Sarebbe tornata a casa.

«Sì, voglio tornare.»

Così fecero qualche altro passo in avanti e poi si girarono per tornare indietro.

Il cielo era pieno di nuvole e il mare, oltre la strada deserta, era grigio scuro.

Nina rabbrividì. Lo guardò.

Se Fabrizio fosse stato un uomo vero se ne sarebbe subito accorto e l'avrebbe abbracciata, invece camminava cercando di non starle troppo vicino.

«Ti ricordi l'attico?» chiese lui fermandosi all'improvviso.

«Certo che me lo ricordo. Adesso è casa di zia Adelaide.» Nina indicò l'ultimo piano che si vedeva da lontano. «Ci vado tutti i giorni. Sto più lì che da noi.»

«Mi farebbe piacere tornarci.»

Nina sorrise. Finalmente un'iniziativa, un desiderio, una proposta. «Zia Ade non c'è» disse. «Non c'è nemmeno la cuginetta, sta facendo i compiti giù con Gietta.»

«Quanti anni ha tua cugina?»

«Se vuoi andiamo» propose Nina, senza rispondere alla sua domanda. «Su all'attico.»

«Adesso?»

«E quando!» Stava diventando sempre più insofferente.

Fabrizio non era un fidanzato, non era un amico, non era niente. Però era un pezzo di Nina e con lui, anche se non si vedevano da anni, era come se non fosse passato nemmeno un giorno.

Con lui le sembrava di poter fare tutto.

«Va bene» disse Fabrizio. «Sempre che non ti scocci.»

«Un po' sì, mi scoccio» rispose Nina. «Ma non fa nulla. Pazienza. Andiamo.»

«Ti scoccia?» Lui si fermò.

«Avanti, cammina. Scherzavo.» Nina lo prese sottobraccio e lo spinse verso il portone di casa.

Fabrizio entrò piano, guardando tutto con attenzione, l'ingresso, le mura, la larga scala di marmo giallo, forse ricordando.

Forse pensando a sua madre, alla vita da ragazzo, a Nina.

Oppure, forse, pensava alla signora Trovati.

Per lei invece quella era solo la scala per tornare a casa, la scala dove speravano – coi soldi di zia Adelaide – di mettere prima o poi un bell'ascensore.

«Vieni.» Nina salì avanti, Fabrizio la seguì, osservando ogni cosa – gli scalini, la ringhiera, le cornici delle porte, la lampada a parete – come per imprimerle nella testa.

Davanti alla casa della signora Trovati si fermò.

Ora l'appartamento era occupato da una famiglia silenziosa e educata, i Mazzullo.

Il padre era preside e la madre insegnava musica. Avevano due figlie – due gemelle, Paola e Lucia – che stavano in classe di Angie. Una famiglia perbene e serena.

Se solo avessero saputo chi aveva abitato in quella casa, e come era morta, magari non sarebbero stati così sereni. Per fortuna – pensava Nina – nessuno si era preoccupato di informarli.

Lo tirò per il braccio verso il piano superiore. «Andiamo.»

«Ci penso sempre» disse lui a bassa voce.

«A cosa?»

«Alla signora Trovati.»

«Non c'è niente da pensare.»

«Sì, invece.»

Nina si fermò, lo guardò aggrottando le sopracciglia. «È stato un incidente» disse.

«No. Non è stato un incidente.»

Nina gli voltò le spalle e continuò a salire. Oltrepassarono il pianerottolo dei Morelli, proseguirono verso l'attico.

Davanti alla porta di zia Ade Nina si fermò, ma non l'aprì.

«Che vuoi dire?»

Fabrizio si avvicinò e provò ad abbracciarla. Nina lo tenne lontano con il gomito.

«Che vuoi dire?»

«Niente.»

«E allora perché parli?»

Adesso Nina era davvero arrabbiata, Fabrizio era capace di farle perdere qualsiasi forma di equilibrio.

Ma che voleva? Perché l'aveva cercata?

E poi perché mettere in mezzo la Trovati?

Era una storia da dimenticare, come tutte le cose brutte della vita. Tutte.

Se non le pensi, le cose brutte scompaiono, e lei era bravissima a far scomparire tutto.

Anche Fabrizio.

«Senti, Fabrizio.» Parlò in modo spassionato, senza mostrarsi arrabbiata. «Oggi sei riuscito a darmi fastidio in ogni modo, ma adesso basta.»

«Scusa.»

«Basta!» urlò Nina, senza sapere neanche lei perché.

Fabrizio la strinse un attimo a sé, poi si voltò e scese le scale quasi di corsa.

Avrebbe voluto trattenerlo, ma lo lasciò andare.

«E vattene.»

Sentì il portone d'ingresso che sbatteva. Rimase ancora qualche secondo all'ultimo piano poi ebbe freddo e scese anche lei, per rifugiarsi in casa.

Sfilò il cappotto e tornò in salotto, sedette di nuovo sulla poltroncina verde.

Quando suonò il telefono, sentì battere il cuore forte.

Ma non era niente di che, solo Giovanna.

«La sai la novità?» le chiese l'amica.

«No, che è successo?»

«Indovina chi si è fidanzato e con chi?»

Nina si sfilò le scarpe con un calcio e sprofondò sulla seduta. La vita era così inutile.

1956

L'Italia ha perduto una delle più belle unità della sua marina mercantile.
L'*Andrea Doria* affonda nell'Atlantico speronata nella nebbia da una nave svedese.
Cinque morti. A bordo erano 1709 persone fra passeggeri e equipaggio.
Il terribile urto nel buio della notte.

"IL NUOVO CORRIERE", *luglio 1956*

Aprile

La bambina era insolitamente silenziosa.

«La bambina è silenziosa oggi.» Gietta disse in tono scherzoso quello che lei stava pensando.

Nina la guardò.

Gietta, che ora aveva quasi sessant'anni, stava curvando la schiena, rimanendo però sempre robusta come un barilotto.

Vestita di grigio scuro, con i capelli non curati, poteva passare per una donna di servizio e non per ciò che era, un'insegnante di scuola elementare in pensione.

«Che hai, Angie?» disse avvicinandosi alla finestra, dove la bambina, in ginocchio su una sedia, stava affacciata. «E dillo alla zia.»

Sua cugina era tornata da scuola insolitamente silenziosa e di malumore, e così era rimasta anche dopo pranzo.

Perfino Nina si era incuriosita. Anche perché Angie aveva un carattere espansivo.

In classe, però, non si integrava bene con le compagne, anche se era diligente e studiosa.

«Che c'è, il gatto ti ha morso la lingua?» disse, più per provocarla che per vero interesse.

Suo padre, che sedeva in poltrona leggendo il giornale, la fissò e scosse la testa. Più volte l'aveva rimproverata perché non prestava troppe attenzioni alla cugina.

Alla *piccola orfana*, come la chiamava.

Per Nina, invece, Angie era una bambina molto fortunata.

Prima di tutto perché Ade era sua madre – anche se su questo tutti nutrivano seri dubbi –, e poi perché poteva vivere nella loro casa ed essere trattata come tutti gli altri. Come fosse uguale a tutti gli altri.

Anche se lei uguale non era.

"E diciamoci la verità" pensò Nina.

Nina non provava compassione per Angie, e nemmeno tenerezza, anche se a volte fingeva, più che altro per far contenta zia Adelaide, l'unica a cui tenesse davvero.

«Ora Gietta ti prepara i biscotti con l'uvetta» disse sua zia alzandosi. «Li vuoi?»

Nina si seccò.

Erano i suoi preferiti, ma Gietta non li faceva mai per lei.

«Scendi dalla sedia» le disse mettendole una mano sulla spalla. «E vai a portare la cartella in casa tua, che qua c'è già troppo disordine.»

Angie si girò di scatto, le diede una manata per scostarla, afferrò la cartella e corse via.

Nina si accorse che stava piangendo.

«Ma che hai?» le gridò.

Gietta si allarmò subito.

«Angie!» urlò. «Che cos'hai?» Poi guardò suo padre. «Raffaele, ma che ha la bambina?»

Lui ripiegò a malincuore il giornale e si alzò dalla poltrona dove trascorreva ogni giorno le ore di riposo tra il pranzo e la cena.

In processione, con Gietta in testa, si diressero su per le scale.

La porta dell'attico, che Angie aveva sbattuto, non si era richiusa, così entrarono.

Adelaide venne loro incontro. Si stava preparando perché aveva un invito a teatro e poi a cena. Indossava un abito a sirena di seta celeste, con spolverino coordinato e collo a pistagna. Aveva messo gli orecchini di acquamarina che Nina sperava di farsi prestare in qualche grande occasione.

«Che c'è?» chiese distratta. In mano aveva una boccetta di profumo francese. Nina stava sempre a guardarla per imparare.

«Angie» iniziò Gietta.

«Sta da voi stasera, vero?» disse Ade, sempre distratta. «Io esco.»

«Sì, però non è serena.»

«Cos'ha?» Adelaide si guardò allo specchio.

«È strana.»

«Povera piccola» disse Ade.

Nina provò una fitta di gelosia. «Niente, non ti preoccupare. Secondo me fa solo capricci.»

Ade la guardò. «Angie non fa mai capricci.»

Posò il profumo e si girò verso la camera della figlia, che era in fondo.

Nina si pentì di aver parlato, però la seguì.

L'attico occupava la superficie di entrambi gli appartamenti al piano di sotto, ed era luminosissimo. Adelaide aveva scelto di lasciare molti archi aperti tra una camera e l'altra, sacrificando le porte. Le pareti non erano affollate da quadri scuri o da quadretti insignificanti, come da loro, ma da tele colorate e moderne, che Nina sapeva essere di valore.

Un giorno la sua casa sarebbe stata come quella.

La porta della stanza di sua cugina era chiusa. Dentro non si sentiva niente.

«Angie?» Ade bussò. Poi più forte, ma senza alzare la voce: «Angie».

Ancora niente.

«Angie!» urlò Gietta muovendo la maniglia. La porta era chiusa a chiave. «Raffaele?» Si girò per chiedere aiuto.

Nina guardò suo padre che esitava, impacciato. Erano cose di donne quelle, lui non ci voleva entrare. Allargò le braccia come per dire: *e che volete da me?*

«Angie, apri.»

Il tono di zia Adelaide era tranquillo, ma Nina pensò che al posto della bambina avrebbe aperto immediatamente.

E così fu.

La chiave girò nella toppa e il viso bagnato di lacrime di Angie fece capolino. I capelli erano una massa ingarbugliata di riccioli, come se ci avesse passato entrambe le mani dentro.

Ma che aveva?
Entrarono tutti, e si disposero attorno alla piccola, che si sedette sul letto.
La cameretta era tutta bianca, piena di libri e di bambole e ogni oggetto che una bambina potesse desiderare.
Nina pensò che era facile essere viziati e capricciosi se si otteneva tutto con due lacrime.
«Si può sapere che ti è successo?» chiese facendo un passo avanti e incombendo sulla bambina. «E parla!»
«No.»
«Parla!» Probabilmente fu proprio il suo tono autoritario, senza comprensione e senza pietà, a spingerla a raccontare. Agli altri forse non lo avrebbe detto, ma a lei rispose.
«È Italo» disse. «È stato Italo.»
E scoppiò a piangere.
«Che ha combinato quello?» Suo padre si avvicinò.
La sua stima verso il figlio maschio era andata decrescendo con lo stesso passo delle sue ambizioni.
Gietta crollò a sedere su una sedia, che scricchiolò.
Nina era basita. Che poteva avere fatto suo fratello di tanto grave?
«Italo, cosa?» chiese Adelaide con un'espressione indecifrabile. «Angie, guardami.»
Prese il mento della figlia tra le dita per farle alzare la testa. «Cos'è successo?» domandò ancora. «Ti ha toccata?»
Gietta cacciò uno strillo soffocato dalle mani e Nina rimase senza parole.
Ma che stava succedendo?
«Angie, avanti» disse suo padre paonazzo in viso.
«No, no! Non mi ha fatto niente!» si affrettò a dire Angie, che adesso non piangeva più. Però si vedeva che aveva paura.
«E allora?» si mise in mezzo Nina. «Lo vedi che stai facendo preoccupare tutti.»
«Sono arrivata al negozio dopo scuola.» Angie aveva chinato la testa e parlava a bassa voce. «Non c'era nessuno, così sono andata dietro il bancone.»
A Nina venne il formicolio sulla pelle ricordando un momento simile qualche anno prima.

«Ho aperto la porta.»
«E allora?»
«E lui stava nudo.»
«Nudo?»
«E ci stava un altro con lui.» Angie abbassò ancora di più il capo e la voce. «Nudo pure lui.» Si coprì il viso con le mani. «Stavano abbracciati stretti.»
Nina sentì un rumore forte e si girò. Gietta era caduta per terra a gambe all'aria, e la faccia di suo padre era quasi viola. Da un momento all'altro sarebbe capitato qualcosa anche a lui.
Sua zia Adelaide abbracciò la figlia, la strinse al petto cullandola. «Non è niente». Nina sentì che le diceva: «Non è niente e non è colpa tua».
E invece era colpa sua, eccome, pensò Nina.
Che non si era stata zitta come aveva fatto lei.

Agosto

Stavano litigando sotto il sole.
«Ho detto no.»
«Ti prego.» Dario le prese le mani. «È un invito di mia madre. Quando vuoi, una giornata a pranzo a Capri, in villa.»
«No.»
A Capri non ci sarebbe tornata mai più, glielo aveva detto chiaro e tondo.
«Nina!»
Il loro rapporto non stava andando da nessuna parte e si trascinava da tempo. Non era certo un'amicizia, ma non era nemmeno un fidanzamento. Era un qualcosa di informe e amorfo, rivitalizzato alternativamente dai rifiuti di Nina e dagli appuntamenti che gli concedeva col contagocce.
Non lo baciava, non lo abbracciava, non si faceva tenere la mano che in rare occasioni, e non gli diceva mai nulla di davvero affettuoso. Eppure tutto questo, invece di scoraggiarlo, aveva l'effetto opposto su Dario, che continuava a corteggiarla con insistenza. Telefonate, fiori, visite a sorpresa sotto il palazzo.
Quando era a Napoli.

«Non mi trattare così.»
«Ma che vuoi?»
Non aveva idea di cosa lui facesse il resto del tempo, a Roma.
Non sapeva se lì aveva una fidanzata approvata da sua madre e dalle sorelle.
Non sapeva cosa avrebbe fatto quell'estate, dove e con chi.
E soprattutto, non sapeva cosa sarebbe successo appena lei gli avesse concesso qualcosa in più di quello che gli dava adesso, cioè niente.
«Capri ti piaceva.»
«Non è Capri il problema.»
Nina, semplicemente, non gli credeva, non aveva fiducia in lui e non si fidava.
Dario era troppo abituato alle ragazze che gli cadevano ai piedi perché era bello, ricco e ci sapeva fare.
Per lui amore e fidanzamento erano solo giochi.
Dopo l'umiliazione subita a Capri anni prima, Nina aveva deciso che qualcosa di simile non le sarebbe capitato mai più.
E non faceva nulla se passava altro tempo, lei era giovane e, a giudicare dagli stuoli di corteggiatori devoti che la portavano al cinema o al caffè, era sempre più bella.
Non aveva bisogno certo di Dario.
Eppure ogni volta ci ricascava e accettava i suoi inviti, salvo poi chiudersi in una corazza di gelo che però sembrava infiammarlo di più. Era una situazione di stallo irrisolvibile.
«Ma perché, Nina?» insisté Dario.
Sedevano su uno dei parapetti di via Caracciolo. Lei sentiva la pietra calda sotto di sé, attraverso la stoffa leggera del vestitino.
Sarebbe stato bello fare una gita in vaporetto, sentire il vento tra i capelli e pranzare nel bel giardino di Villa Marilena, all'ombra degli alberi.
«Assolutamente no» disse. «Non ho tempo.»
«Perché? Che devi fare?»
Quando Dario diventava geloso, come in quel momento, Nina si divertiva senza lasciarglielo vedere. Le dava un senso di potere tenerlo così sulla corda, e non ci avrebbe rinunciato per niente, nemmeno per una gita a Capri.

«Tante cose.» Fece spallucce. «Devo studiare per il concorso a scuola, per esempio. E poi non ho voglia.»

«Solo questo?»

«E poi ci sono le tue sorelle e tua madre.»

Dario si alzò in piedi. Le mani in tasca, si mise a fissare il mare. Castel dell'Ovo era a sinistra, avvolto dalla foschia calda del mattino che stava salendo.

«Quand'è così, non so più che fare.»

Nina stette zitta.

Non era la prima volta che minacciava di lasciarla, anche se non stavano nemmeno assieme.

«Non mi rispondi?» continuò lui. «Non ti importa niente di me?»

Nina abbassò la testa per nascondere un piccolo sorriso.

«Non te ne frega niente?» Dario dette un calcio alla base del parapetto.

Lei rimase zitta.

Soffri, avrebbe voluto dirgli, *soffri e impara.*

«Forse è meglio se ti lascio andare» disse ancora lui.

«Forse sì» rispose lei, però adesso era combattuta tra l'ansia di perderlo, il divertimento di vederlo soffrire e la noia di non poter mai agire.

Fosse stato per lei adesso lo avrebbe abbracciato e baciato, subito.

Quanto era bello.

E non era vero che non ci tenesse, però sentiva che lui era pericoloso e che non doveva concedergli nulla.

Un avversario, non un fidanzato.

«Allora?» chiese Dario sempre guardando il mare, adesso con le braccia conserte e il mento irrigidito. «Vuoi che me ne vada?»

Lei non rispose.

«Stavolta per davvero, Nina. Te lo giuro.»

Se ne andava, se ne andava, e poi tornava sempre.

Nina scosse le spalle in modo impercettibile, ma lui, che la guardava, se ne accorse.

«Ti diverti?» chiese con amarezza. «Va bene, allora è finita.»

Lei stette zitta.

«Non sono un pagliaccio.»

Le girò le spalle e se ne andò, lasciandola al sole sulla pietra calda che le riscaldava le gambe.

Nina lo seguì con lo sguardo lungo il marciapiede, aspettando che si girasse, ma non lo fece. La sua testa bionda restò visibile per molto, finché cominciò a tremolare e Nina si accorse di avere gli occhi umidi di lacrime.

"Non è questo l'amore" pensò. "Non può essere questo. È solo la paura di perderlo."

«Basta» disse ad alta voce per rafforzare la sua decisione di restare immobile, ma una parte di lei avrebbe voluto correre e abbracciarlo.

Rimase un altro po' a scaldarsi ai raggi del sole, poi scese dal muretto con un sospiro e riassestò il vestito per tornare a casa.

Da lontano aveva visto un gruppetto di giovani in divisa e sapeva che se si fossero fermati sarebbe stato difficile sfuggire ai loro complimenti. I soldati di leva erano spesso maleducati e volgari.

Si avviò davanti, contando di rifugiarsi nella Villa Comunale che era in ombra e perciò affollata di persone.

Sentì fischiare, ma non si girò.

Quando fu dall'altro lato si insinuò tra i cancelli e fu nel grande viale, dove gli alberi concedevano un po' di fresco.

Trovò una panchina defilata vicino alla fontana e sedette per pensare ancora a Dario e al loro rapporto.

Sarebbe tornato?

Gli importava davvero di lei?

Glielo avrebbe dimostrato in qualche modo?

E lei come stava? Era dispiaciuta?

"No" pensò. Si sentiva forte e padrona della situazione.

La sua attenzione fu però distratta da un nuovo gruppo di militari. Erano quattro o cinque, ma con loro c'erano anche due ragazze carine e ben vestite. Si stavano avvicinando, scherzando ad alta voce.

Nina subito si alzò per confondersi tra gli alberi, ma le parve di sentire una voce nota. Si girò.

Uno dei giovani, un ufficiale, teneva sottobraccio una ragazza e si erano discostati dagli altri.

«Voglio sapere tutto. Raccontami» disse lui con tono caldo e affettuoso.

Nina non poteva vederlo da quella distanza ma si irrigidì.

Con lei non aveva mai parlato così.

Non poteva essere lui.
L'uomo si chinò verso la ragazza che indossava un vestito celeste.
Non era lui, non era Fabrizio.
Ma sentiva il cuore che le batteva forte. Solo il pensiero di poterlo rivedere la faceva stare male.
Nina si girò e corse via tra gli alberi.

1957

Tutto il mondo sta ascoltando la voce della "Luna" sovietica. La scienza socialista ha aperto una nuova era nella storia dell'umanità.

"L'UNITÀ", *ottobre 1957*

Giugno

Faceva caldo.

Nina stava sudando, tutta colpa del vestito stretto in vita e pieno di strati che aveva comprato con Adelaide, non pensando che la giornata sarebbe stata così afosa.

L'abito era magnifico, con la gonna ampia azzurro chiaro a puntini scuri, la fascia nera e la parte di sopra bianca. Con i tacchi alti e i capelli tirati all'indietro Nina si sentiva bellissima, e a giudicare dagli sguardi degli invitati lo era.

Però era anche sudata.

Si asciugò la fronte con un fazzoletto e percorse per l'ennesima volta la navata centrale della chiesa di Santa Chiara che sembrava infinita.

Il suo compito era accogliere amici e parenti e smistarli dal lato giusto, sulla fila di sinistra, riservata agli invitati dello sposo. A destra c'erano invece i parenti della sposa con le facce smorte, poco convinti e con abiti troppo larghi o troppo stretti o scadenti.

Si vedeva che appartenevano ad *altro ceto*, come diceva suo padre che, in presenza di gente più modesta, si elevava subito al grado di gran signore.

Ma così era andata e così andava presa. Anzi, bisognava essere solo grati che alla fine Italo avesse deciso di sposarsi, riparando tutti gli errori del passato.

Nina ancora non ci credeva.

Suo fratello aspettava fuori della chiesa, al sole, sudato e impacciato, e si faceva aria col fazzoletto. Era vestito con un abito blu scuro, la cravatta blu con puntini rossi, le scarpe nere lucide.

Stava benissimo. Robusto, con gli occhiali, della stessa stazza di suo padre Raffaele che gli stava accanto, quasi volesse controllarlo fino all'ultimo minuto per evitare che scappasse via prima dell'arrivo della sposa.

Era stato tutto molto veloce e per una volta la famiglia aveva saputo imporsi.

Nina non sapeva con esattezza cosa fosse successo né cosa si fossero detti, ma ricordava il momento in cui suo padre aveva chiesto a Italo di uscire, che dovevano fare quattro passi.

Erano tornati molto tardi.

Avevano continuano a parlare per i giorni a seguire, anche se né Nina né Gietta avevano mai capito cosa si stessero dicendo. Poi, all'improvviso, era comparsa Pina, Pina Amendola, che aveva la stessa età di Nina.

Lavorava come commessa in un negozio di scarpe, accanto a quello di Italo. Secondo lui gli faceva la corte da quando aveva aperto.

E così, all'improvviso, come se fosse la cosa più naturale del mondo, quella Pina aveva iniziato a frequentare la casa e dopo appena quattro mesi era stato necessario combinare il matrimonio.

«Incinta» aveva sussurrato Gietta, come se Nina non lo avesse capito molto prima di lei.

Nessuna delle due aveva aggiunto altro. Andava bene così.

Suo fratello non aveva perso tempo e per una volta aveva dato soddisfazione al padre. Forse si era convinto che bisognava sposarsi e fare famiglia, almeno per quieto vivere.

«Ne conosco tanti» suo padre si era lasciato sfuggire un giorno con Adelaide, «mariti perfetti, padri perfetti e poi...»

Gietta non aveva mai espresso opinioni, semplicemente era una cosa per la quale non esistevano i vocaboli.

Una sola volta, con sicurezza, aveva detto: «Guarirà».

Zia Adelaide era l'unica che invece si era dimostrata subito ostile al veloce fidanzamento e al conseguente velocissimo matrimonio. Ma lei veniva dall'America e chissà quante ne aveva viste.

Nina non sapeva da che parte porsi, le faceva solo piacere per suo fratello, per la festa, per la novità. Il resto le importava poco. Neanche era troppo scandalizzata.

Il suo amico Armando, che ormai era di ruolo al liceo Umberto come professore di Latino e Greco, a volte cercava di confidarsi con lei quando si vedevano in piazza Dante per un caffè. Nina non gli permetteva mai di andare oltre i primi cenni. Rideva e cambiava discorso.

Non erano cose di cui parlare, anche se lei, a differenza di Gietta, non pensava che se ne potesse guarire.

«Eccola!»

Stava arrivando la sposa, accompagnata dal padre.

Nina li vide affacciandosi oltre il recinto di Santa Chiara.

Lui, tassista, si era fatto portare da un collega con una grande berlina nera che parcheggiò al centro di piazza del Gesù tra la folla di curiosi, seguiti da altri tre tassì verdi.

Quando scese dall'auto sembrava un nobile, con tubo, tight e cravattino, ma camminava a gambe larghe come se gli facessero male le scarpe.

Pina, la futura sposa, non era affatto brutta eppure emanava volgarità e un senso di radicata miseria che non andava via neanche in abito bianco. Aveva il nasino all'insù, un bellissimo taglio di occhi e labbra grandi. Ma brutti denti e una voce che facilmente precipitava in un dialetto profondo che Nina neanche sapeva tradurre.

Italo e Raffele, assieme agli ultimi invitati, corsero attraverso la navata infinita per attendere la sposa vicino all'altare.

Nina rimase fuori con Pina per rassettarle il velo.

«Come ti senti?» Lei non era per niente emozionata.

«Mi sto pisciando sotto» disse la sposa. «Mamma mia! E che caldo.»

Nina finse di aggiustarle il velo, poi andò avanti mentre in chiesa l'organo cominciò a suonare all'improvviso la marcia nuziale.

Arrivò al suo posto mentre la ragazza, sottobraccio al padre e spaventatissima, gli occhi fissi in avanti, era giunta già a metà della navata.

L'uomo strinse la mano a Italo, poi Pina gli si sistemò accanto e rimase immobile, per paura di commettere qualche errore.

E il prete diede inizio alla funzione.

Gietta si era seduta avanti con suo padre, sembravano marito e moglie. Zia Ade e Angie stavano subito dietro.

Gietta si era scaricata addosso una intera boccetta di profumo. Nina preferì mettersi accanto alla cugina. Ma la bambina subito si accostò per abbracciarla e le schiacciò il vestito. Nina la allontanò con una gomitata ferma e cattiva.

La cerimonia fu breve, ma sufficiente a far emozionare Gietta, che ogni tanto si girava verso di lei e agitava le mani, come per far intendere che stava succedendo una cosa bellissima, indimenticabile, che sua madre Maddalena ne sarebbe stata felice, e che presto anche lei...

Zia Ade invece non lasciava trapelare alcuna emozione. Si era vestita di rosa, un abito molto elegante che però la faceva sembrare più vecchia e più austera di quanto non fosse.

Anche lei ogni tanto si girava verso Nina e le lanciava uno sguardo che la nipote non sapeva interpretare.

Nina non sapeva se quel matrimonio fosse un errore oppure no. Sapeva solo che avrebbe voluto essere lì, al posto di suo fratello o di Pina, e iniziare la sua vita vera, finalmente libera dalla famiglia.

Poi la messa finì e le campane cominciarono a rintoccare con una melodia che più di tutto fece emozionare Nina.

Gli sposi si diedero un bacio pudico davanti al prete, e andarono a firmare i registri.

Nina, assieme a dei cugini lontani di Melito e a qualche amico di Italo, percorse per l'ennesima volta la navata per aspettare gli sposi ai lati del portone. Due pacchi di riso erano stati distribuiti ai cugini giovani e a un gruppo di ragazzini terribili, volgarissimi, cattivi, appartenente alla famiglia della sposa.

Quando Italo e Pina, ancora con le campane che suonavano, uscirono alla luce forte del sole, i ragazzi scagliarono in faccia allo sposo il riso con tanta violenza che lui dovette andare al bar di piazza del Gesù per lavarsi il viso e gli occhi che si erano tutti arrossati.

«Sti figlie 'e zoccola» sentenziò Pina Amendola diventata da pochi minuti Pina Morelli, maledicendo i giovani appartenenti al suo parentado e orgogliosa della nuova famiglia.

Avrebbe avuto qualche sorpresa, pensò Nina.

Gli invitati del ramo della sposa salirono in sei o sette nei vari tassì verdi dei colleghi del padre e partirono subito verso il ricevimento. Loro, invece, Morelli e parenti, faticarono a trovare le macchine libere per andare all'Excelsior. Per fortuna c'erano anche Domenico e Carmela, i portieri, che avevano parenti nel rione e che riuscirono a trovare due motorette anteguerra su cui montarono in tanti.

Il ricevimento era al piano terra dell'albergo, nelle sale con le ampie vetrate che davano su via Caracciolo.

Il tavolo degli sposi era al centro, due soli posti.

Poi c'era il tavolo della famiglia con Raffaele, Gietta, Ade, Nina e Angie e il padre e la madre della sposa.

I fratelli di Pina, una decina, occupavano altri tavoli assieme ai vari invitati, amici e parenti dell'una o dell'altra famiglia.

Facilmente distinguibili, secondo Nina.

Il costo del ricevimento, che spettava alla sposa, era stato invece diviso tra le famiglie, e Gietta aveva pagato più di tre quarti della spesa.

Tra gli amici di Italo c'era anche Federico, l'amico più caro, quello che stava sempre con lui prima – e anche dopo – la decisione del matrimonio.

Forse era lui l'uomo nudo che sua cugina aveva visto mesi prima e che poi aveva scatenato quell'inferno.

Nina non aveva detto niente a nessuno. Vivi e lascia vivere, era il suo motto.

Tutti parlavano ad alta voce e ridevano in attesa dell'antipasto.

Solo lei si sentì all'improvviso triste.

Sola.

Novembre

Italo era venuto a vivere nella casa accanto che era stata di Gietta e che da anni era stata unita all'altra casa.

Sua zia, molto generosamente e senza farlo pesare, si era spostata nell'appartamento con Raffaele e Nina, nella stanza grande che dava sul mare, accanto al secondo bagno.

Italo aveva fatto chiudere la porta che congiungeva gli appartamenti e aveva fatto imbiancare la casa. Poi aveva comprato un po' di mobili nuovi, finanziato da zia Ade come regalo di matrimonio. E così era iniziata la vita dei novelli sposi.

Pina era spesso in casa loro.

Era abituata a lavorare sin dalla tenera età e perciò si svegliava tutte le mattine alle sei. Da brava donna semplice e onesta aveva come unico scopo della vita – secondo Nina – quello di sposarsi e, ora che l'aveva raggiunto, voleva solo fare tanti figli in una casa ordinata e pulita.

Però il suo destino era stato scritto in modo diverso.

Il primo figlio, la causa scatenante del loro frettoloso matrimonio, le era morto in pancia già durante il viaggio di nozze a Firenze.

«Sono cose che succedono» aveva detto Gietta spaventatissima, in realtà sicura che quelle cose accadevano solo se il sangue era marcio.

Ma Pina non si era abbattuta.

«Ci daremo da fare» aveva detto a denti stretti una domenica a tavola. «'O spremmo comm'a nu limone.»

Nessuno aveva fiatato.

Però la gravidanza tardava a venire e lei aveva cominciato a sentirsi inutile. Al negozio non c'era molto da fare e poi Italo non la voleva sempre tra i piedi, così Pina, dopo aver pulito alla perfezione casa sua, veniva da loro e iniziava a fare i servizi pure lì. Infaticabile.

Nina studiava ancora per i vari concorsi a cattedra che uscivano ogni anno, ma poi non andava a fare gli esami, un po' perché studiava poco, e male, un po' per paura di farsi esaminare, e anche perché non era sicura di voler diventare un'insegnante come Gietta, anche se di livello più alto.

Il pensiero di trasformarsi in sua zia la terrorizzava. Nina voleva una vita diversa e non gliene fregava nulla del lavoro, solo questo aveva capito.

Pina arrivava e si sedeva accanto a lei e, se non c'era nessuno, le offriva una sigaretta.

«Stai studiando?» chiese quel pomeriggio.

«No.» Nina prese la sigaretta. «Però apri la finestra, che quando viene Gietta se ne accorge.»

Pina era più piccola di lei di sei mesi ed era molto formosa. Dopo la gravidanza fallita i seni si erano fatti più grandi e lei era più bella, le labbra più carnose, le guance più rosee e gli occhi più vivaci.

Peccato per i denti e per la voce, e per quel che diceva.

«Puparuoli e patate, oggi» disse. «Lo faccio arricreare, a frateto.»

«È già grasso, Pina.»

«L'uomo grasso non dispiace.» Pina ammiccò. «Fa sostanza, peso.»

Nina non capì.

«E tu quando ti sposi, Nine'.»

«Quando lo trovo.»

«Ma.» Pina spense la cicca e ne accese un'altra. Abbassò la voce. «Ma hai *fatto* mai?»

«Fatto?». Nina non capì. Poi capì. «Eh no, mai.»

Pina sollevò le spalle.

«E che ti perdi.»

Nina non aveva mai parlato di quelle cose, neanche con le sue amiche che, sugli argomenti legati al sesso, sembravano tutte suore.

«Che mi perdo?»

«'O bbello d'a vita, Nine'.»

«Ma Italo...» Nina si vergognava di chiederlo: *Ti piace? ti fa stare bene?*

Pina capì lo stesso, anche se lei non aveva detto nulla.

«Fa il suo dovere tutte le sere.» Sorrise e soffiò via il fumo. «Lui lo sa: io voglio avere cinque figli, tre maschi e due femmine.»

«Secondo te il primo che arriverà cosa sarà?»

«Sarà maschio.»

«Che ne sai?»

«Certe cose si sanno.»

Per fortuna suonò il telefono. Nina buttò la cicca fuori dalla finestra e corse a rispondere in salotto.

«Pronto, chi parla?»

«Sono io.»

«Ciao.» Nina si sedette. «Da quanto tempo.»

«Troppo tempo.» Un attimo di pausa. «Ho pensato solo a te. Te lo giuro. Non ce la faccio più.»

«Davvero?» Anche lei avrebbe voluto dire la stessa cosa: *Non ce la faccio più.*

«Nina.» La voce esitava adesso, come se fosse in procinto di commuoversi. «Ti amo.»

«Cosa?» Nina guardò Pina, che si era affacciata sulla soglia e che si teneva il vestito fumando. «Non sento.»

«Senti benissimo.»

«No, ripeti!»

«Va bene, te lo ripeto lo stesso.» Dario adesso era tornato calmo. «Non ce la faccio più a stare senza di te.»

«Ah.»

«Io ti amo, Nina. Ti amo.»

«E me lo dici per telefono?»

Dario rimase senza parole.

Lei avrebbe dovuto dirgli: *Anche io.*

Oppure semplicemente: *Sono felice, va bene.*

Invece attaccò la cornetta, offesa.

1958

> Approvata la legge Merlin che abolisce le "case chiuse".
> I 15 articoli sono stati accettati senza alcun emendamento, con il solo voto contrario dell'estrema destra. Oggi il progetto sarà votato nel suo complesso e poi pubblicato sulla "Gazzetta Ufficiale".
> Entro agosto i locali dovranno essere sgomberati.
>
> "LA STAMPA", *gennaio 1958*

Maggio

Nina aprì la porta d'ingresso piano.

Le luci erano spente, dormivano tutti. Entrò in punta di piedi, scalza.

Il suo orologino d'oro, regalo di Dario, segnava le cinque meno dieci.

Lo sapeva che si sarebbe fatto troppo tardi.

Gliel'aveva detto e ridetto, ma lui non aveva voluto sentire ragioni. Stavano suonando *Nel blu dipinto di blu*, non potevano andarsene proprio allora. Solo quella canzone, e poi un'altra e un'altra ancora. Erano rimasti a ballare fino a quando il locale aveva iniziato a svuotarsi.

Solo allora Nina si era impuntata. «Lo vuoi capire che sono all'antica?» aveva detto, furiosa. «Non posso fare questi orari, anche fidanzata.»

«E tu lo vuoi capire che i tempi sono cambiati?» aveva detto lui.

«Io capisco, sì, ma la mia famiglia no, non capisce.»

Lui, a malincuore, l'aveva riportata a casa facendo rombare nella notte il motore della sua Spider rossa davanti a un gruppo di spazzini.

Avevano percorso la città deserta sfrecciando sotto i lampioni accesi di via Caracciolo, mentre la luce dell'alba cominciava a schiarire il cielo.

Nina non gli aveva più rivolto la parola, nemmeno per salutarlo, ed era corsa su per le scale, fermandosi solo per levare le scarpette col tacco alto prima di aprire la porta di casa.

Adesso, nell'ingresso, aspettò un attimo perché gli occhi si abituassero al buio. Quando iniziò a distinguere qualcosa entrò in salotto.

La porta della sua camera era in fondo.

Fece due passi, poi si immobilizzò trattenendo il fiato.

La sagoma sul divano era inequivocabilmente quella di suo padre.

Era rimasto alzato per aspettarla e rimproverarla, come ormai capitava spesso, e poi doveva essersi addormentato.

Nina non era mai rincasata così tardi.

Cosa poteva fare?

Doveva solo girare attorno al divano per raggiungere la sua stanza e rimandare l'inevitabile sfuriata al giorno dopo.

Non aveva voglia di litigare adesso. Tra meno di un mese avrebbe compiuto venticinque anni, era una donna ormai.

Suo padre non le aveva mai messo le mani addosso, eppure l'ultima volta che lei era rientrata dopo mezzanotte aveva fatto il gesto di sfilarsi la cintura, gesto che Nina aveva trovato più terribile e offensivo che se le avesse mollato uno schiaffone.

Gietta lo aveva fermato, ma poi si era fatta venire una crisi isterica.

Nina non ce la faceva più a vivere con loro, voleva una casa sua e la libertà.

Si mosse piano nella semioscurità.

Passò rasente al muro, troppo vicino al divano, così vicino da poter sentire suo padre russare.

Ma non russava.

Nina fece qualche altro passo. La porta della sua camera era davanti, ancora un paio di metri e sarebbe stata al sicuro.

"Anche se è già quasi mattina" pensò gettando uno sguardo agli scuri, da cui iniziava a traspirare una linea di luce grigio chiara.

Avanzò ancora, con le scarpe e la borsetta in una mano, e con il piede nudo urtò la gamba di una seggiola.

Non riuscì a reprimere un piccolo strillo di dolore, la borsetta cadde a terra con un tonfo soffocato.

Nina la raccolse, si rialzò e – velocissima – corse verso la stanza, ma quando fu sulla soglia, la mano sulla maniglia, l'istinto la fece girare.

Suo padre non si era svegliato.
Non si era mosso, non aveva fatto nemmeno un rumore nel sonno.
Restò ferma davanti alla porta, con le sue cose in mano, aspettando.
La luce del giorno si faceva strada poco alla volta attorno ai telai delle due grandi finestre e del balcone.
Suo padre, sul divano, era una sagoma grossa e confusa, e poi pian piano sempre più delineata.
La copertina leggera che preferiva. La testa calva, senza occhiali nel riposo. Le pantofole. Il giornale a terra.
Poi Nina fece un passo avanti, perché si era fatto più chiaro, e adesso ci vedeva.
Gli occhi erano aperti.
Suo padre aveva gli occhi aperti, ma non guardava niente.

Maggio

Era stato un bel funerale.
Erano venuti proprio tutti. Vicini di casa, conoscenti, amici, parenti.
Pure i tanti congiunti di Pina. Sempre un po' fuori luogo, ma affettuosi.
Gli zii da Melito, che non incontravano da anni.
La madre di Dario, sottobraccio al figlio, elegante e compunta, che si era trattenuta solo per pochi minuti in chiesa. Lui aveva detto che sarebbe tornato a trovarli a casa, ma ancora non si vedeva.
Perfino i colleghi delle Poste, sei o sette, in lacrime e pure somiglianti a suo padre. Tutti grossi e pelati, con gli occhiali e il completo buono. Si erano avvicendati dietro al carro funebre per sostenere Gietta, stringere la mano a lei e a Italo e dire quanto volevano bene al caro Raffaele, quanto la sua mancanza sarebbe stata insuperabile.
Adesso, distribuiti nel salotto, mangiavano i panini napoletani e la zuppa inglese preparata da Gietta e sussurravano tra loro.
Uno, Buonavolontà, che aveva pianto più forte di tutti dietro al carro funebre, dette una pacca sulla spalla di un altro e disse qualcosa che li fece ridere.
Nina andò in cucina, dove Gietta sembrava completamente sperduta. La convinse ad alzarsi e tornare in salotto.

La zia sedette sul divano, al centro, tra Angie e Adelaide, ma rimase zitta e stordita ad ascoltare condoglianze da parte di tante donne benintenzionate.

Pina, che avrebbe potuto aiutare con le persone venute in casa, si era relegata in cucina a preparare litri di caffè.

Italo faceva quel che poteva, passando da un ospite all'altro.

Era lui l'uomo di casa. Adesso stava parlando con gli inquilini del piano di sotto, i Mazzullo.

Le due figlie, due gemelle bionde e carine, dell'età di Angie, fissavano Nina con i loro occhi azzurri e imperturbabili.

Lei lanciò un'occhiata supplichevole a Adelaide, pensando di poter contare sulla zia forte e serena che aveva sempre conosciuto.

Ma Ade pareva distrutta quanto Gietta. Assente.

La morte di Raffaele Morelli era stata così inaspettata, ingiustificata e imprevista da lasciare tutti scioccati e vulnerabili.

Nina, col senno di poi, aveva fatto alcuni collegamenti.

Suo padre era in sovrappeso. *Grasso ma sano*, come gli diceva sempre il suo medico, il dottor Alfieri, che adesso parlava a bassa voce con l'inquilina del piano di sotto vicino al tavolo del buffet. Per il resto, aveva la pressione un po' alta, come tutti. Beveva poco, mangiava il giusto, fumava di rado e non si sforzava con troppo esercizio fisico.

Nina aveva saputo solo in seguito che il giorno della morte Raffaele era tornato dall'ufficio un po' stanco, lamentando un vago malessere. Aveva riposato un po', quindi era sceso per la partita di tressette al solito bar con gli amici. Era rincasato, aveva cenato con le cognate, visto il telegiornale sul nuovo televisore Grundig, tedesco, che era il suo orgoglio, e poi si era disposto ad aspettare lei, Nina, mentre il resto della famiglia si coricava.

Non glielo aveva rinfacciato nessuno, ma lei ci pensava di continuo e sentiva un dolore dentro che non sapeva governare.

Lo scrupolo, pensava.

Una cosa che non aveva mai provato per niente e nessuno.

E se suo padre quella sera fosse andato a dormire nel suo letto, senza pensieri, invece di restare su un divano scomodo ad aspettare la figlia scapestrata, con la preoccupazione in corpo? Sarebbe cambiato qualcosa?

Nina scacciò via il pensiero e con lui lo scrupolo, inutile e tossico come il dolore, i rimpianti e la nostalgia. Adesso avrebbe solo voluto potersi chiudere in camera e stare per i fatti suoi, ma gli ospiti non avevano intenzione di andarsene, a quanto pareva.

Ecco che la porta socchiusa si apriva di nuovo e qualcuno si affacciava nell'ingresso buio.

Nina gli andò incontro, ma lo riconobbe prima ancora di vederlo bene in faccia.

«Ciao, Nina.»

Fabrizio era davanti a lei, impacciato, così alto da occupare tutto il piccolo vano.

Nina si sentì stringere la gola, di lacrime o di ansia, e accese la luce. Lui sbatté le palpebre, fece un passo avanti, tese la mano.

«Ciao» gli disse.

«Mi dispiace» rispose lui. «Sono venuto per dirti quanto mi dispiace. Era una brava persona. Un uomo buono.»

Lei gli lasciò le dita tra le sue, fredde e morte, senza rispondere alla stretta.

Non sapeva che dire. Chinò il capo.

Fabrizio le si avvicinò di più, le prese anche l'altra mano, le carezzò le dita.

Sentì l'anello all'anulare della sinistra.

Il diamante che sporgeva e di cui Nina era stata così felice e orgogliosa, solo tre settimane prima.

Lui la lasciò subito andare.

«Volevo solo dirti questo.» Si girò verso la porta. «Fai le mie condoglianze a tua zia Gietta.»

Fabrizio le strinse il gomito, una volta sola, e se ne andò.

Nina crollò a piangere sulla panca nell'ingresso, e lì la trovò, dieci minuti dopo, Dario.

Il suo fidanzato l'abbracciò, la confortò, fece tutto quello che un giovane innamorato avrebbe fatto per attenuare il dolore della propria fidanzata.

Nina si lasciò stringere e ascoltò le parole rassicuranti che lui le mormorava all'orecchio.

E per tutto il tempo pensò a come sarebbe stato diverso se al posto suo ci fosse stato l'altro.

1959

Il prodigio del Cristo di Rosolini.
«Si muove!» grida la folla genuflessa e implorante grazie.
Scene di singolare commozione e di profondo stupore.
«Gesù fammi il miracolo ti supplico!» invoca una madre sollevando il suo bambino colpito dalla poliomielite.

"CORRIERE ELORINO", *3 agosto 1959*

Settembre

Nina non era più vergine.

Aveva resistito per due anni agli assalti di Dario e ai sensi di colpa, ai dubbi, al desiderio, e adesso era tutto finito, tutto compiuto, chiuso.

Anzi aperto.

Era distesa al centro del grande letto, nuda tra le lenzuola candide della Scalinata, l'albergo più elegante di Capri secondo Dario e secondo la mamma.

Certamente uno dei più costosi.

Nina guardò il soffitto bianco e seguì il volo di una falena entrata dal balcone aperto che girava attorno alla lampadina accesa sul comodino.

La allontanò con la mano, poi sollevò la testa e si guardò il ventre, il pube. Mosse il bacino, cercò le piccole macchie sul lenzuolo.

Si vedevano appena.

Ci aveva pensato tanto e adesso eccola lì, una macchietta a stento visibile sul tessuto bianco.

«Che cretinata» sussurrò. «Che grandissima cretinata.»

Eppure Nina aveva sempre creduto che il passaggio da vergine a donna sarebbe stato un evento dirompente per la sua esistenza. Una soglia stretta, una volta superata la quale tutto sarebbe stato diverso.

Amore, libertà, felicità e tutto il resto.

Lasciò ricadere la testa.

«E invece no» disse a voce bassa per non farsi sentire da Dario, che era andato in bagno e che aveva aperto l'acqua del lavandino. «Niente affatto.»

Dopo la morte di suo padre Nina aveva creduto che la vita si sarebbe fermata per un po'. Questo era giusto fare a Napoli *tra le persone perbene*, almeno così la pensava Gietta.

«Aspetta un paio di anni, Ninuccia, e poi cominciamo a riparlare di nozze» le aveva detto una sera, quasi un mese dopo i funerali. «Un poco di pazienza.»

«Un poco di pazienza?» aveva chiesto Nina incredula. «Un paio d'anni?»

«Subito passano.»

«Ma no!» Non sarebbe stato possibile far aspettare ancora Dario.

«E invece sì. Tuo padre l'abbiamo seppellito adesso!» Gietta l'aveva guardata con severità e anche con un po' di disgusto. «Già parli di matrimonio? E che miseria!»

Sua zia portava il lutto stretto uguale a quando era morta Maddalena, come se adesso le fosse morto un marito.

«Ma a lui avrebbe fatto piacere» aveva risposto Nina, senza però troppa energia. «Papà mi voleva vedere sposata presto.»

«Non ci sta solo questo. Anche la tua povera mamma la pensava così.» Gietta aveva scosso la testa. «E poi ci vuole un po' di rispetto, figlia mia, un poco di attenzione!»

«Rispetto e attenzione per me no, Gietta?» Nina aveva iniziato ad arrabbiarsi. «E io non conto? La mia vita, i miei desideri non contano?»

«Tu sei giovane, hai voglia a soddisfare i desideri.»

«E che vuol dire!» Nina stava per mettersi a piangere. «Devo diventare vecchia, vecchia come te?»

«Io non ho mai soddisfatto nulla!» Anche Gietta aveva iniziato a urlare. «Ho sempre pensato solo agli altri!»

«Comunque io mi sposo.» Nina non aveva abbassato il tono. «Non ho bisogno del tuo permesso. Ma che scherziamo!»

L'estate però era passata senza speranze e così l'autunno.

Per fortuna in casa non c'erano solo loro due, e a dicembre erano iniziati i movimenti.

Il primo intervento era stato di Pina. In segreto le aveva detto di mettere in atto *'a fuiarella*, come aveva fatto sua madre a quindici anni con suo padre, che ne aveva diciassette. Avevano avuto dodici figli, tutti viventi, e ora stavano già al ventesimo nipote.

«Senti a me» le aveva sussurrato. «Che Gietta ti fa diventare zitella.» Era stata zitta per un attimo a occhi bassi, poi aveva mormorato: «E la vita è breve, Nine'. Breve assai».

Ma a Nina la proposta non sembrava accettabile.

«Mica siamo nell'Ottocento, Pina, che devo scappare?». Già solo l'idea le faceva orrore.

Lei voleva sposarsi con una bella cerimonia e una grande festa, e poi desiderava una casa, il rispetto e la libertà.

Dal canto suo Dario non aspettava altro.

Glielo domandava di continuo e gli assalti alla verginità di Nina erano sempre più difficili da combattere.

Lei si sentiva sotto assedio, e avrebbe mandato all'aria i precetti di sua zia anche solo per dispetto.

Eppure doveva resistere. Sapeva bene che concedersi avrebbe significato perdere il principale punto di forza nei confronti del suo fidanzato.

Nina lo amava, e lo conosceva. Sapeva quanto era passionale, e quanto volubile.

Per fortuna c'era anche zia Adelaide.

Dopo che Nina a Natale le aveva confidato la sua disperazione, Adelaide era passata a tessere la sua tela senza farne cenno alla sorella, ovviamente.

In accordo con la nipote, come prima mossa, aveva invitato in casa sua la famiglia di Dario, madre, zio e sorelle, e li aveva fatti conoscere a Gietta. Poi aveva promesso mezzo milione di lire per tutte le spese di matrimonio e infine aveva comunicato a Gietta che la famiglia di Dario si sarebbe preoccupata di regalare agli sposi una bella casa in un quartiere elegante.

A Gietta non era rimasto più nulla da ribattere. Però aveva continuato a mostrarsi offesa.

Zia Adelaide era stata poi risolutiva anche per un altro grave problema che si era palesato dopo la morte di Raffaele Morelli, la questione legata alla proprietà del palazzo.

L'avvocato interpellato era stato chiaro.

Raffaele all'epoca della costruzione si era fatto fregare dal commendator Porzio, l'imprenditore con cui aveva fatto la società per realizzare il palazzo. Gli aveva ceduto per pochi soldi la nuda proprietà di tutto, e non solo della parte spettante, pensando così di evitare il pagamento delle tasse. Non aveva capito che in questo modo la sua famiglia diventava solo usufruttuaria dell'immobile.

Nel momento in cui fossero morti i due ultimi eredi diretti citati nei contratti, e cioè Gietta e Adelaide, allora l'intera palazzina sarebbe toccata ai discendenti del commendator Porzio buonanima, costruttore, amico e truffatore di suo padre Raffaele.

«Si tratta di un imbroglio palese» aveva detto l'avvocato di Adelaide. «Faremo causa.»

Nina guardò la stanza della Scalinata immersa nella penombra.

A destra del letto c'era un salottino color crema in stile Settecento, un tavolo di marmo con una caffettiera, una brocca d'acqua col limone, qualche pasticcino coperto da una tovaglia, tazze e bicchieri. C'era anche una bottiglia di champagne con due coppe da cui avevano già bevuto.

Nina non aveva voglia di nulla.

Chiuse gli occhi e sentì che Dario stava facendo la doccia e fischiettava nel bagno.

Lei si toccò il ventre. Era umido e le faceva male.

«È normale» si disse. «Questo è l'amore.»

L'amore.

Si erano sposati nella chiesa di Santo Stefano nella piccola piazza centrale di Capri, perché era il desiderio della mamma di Dario, mai esaudito per sé stessa ma imposto a tutti i figli.

Nina aveva messo un abito bianco bellissimo che aveva voluto pagare Gietta: *A questo penso io!*

Scendendo le scale della chiesa, dopo la funzione, aveva guardato con orgoglio la gente ai tavoli della piazzetta che applaudiva. Era stato invitato perfino il portiere Domenico con sua moglie Carmela, che si era vestita di nero, come se dovesse andare a un funerale.

Italo, che aveva accompagnato Nina all'altare, era scoppiato a piangere solo in quel momento, per l'emozione.

Pina si era vestita di azzurro per l'occasione e per buon augurio.

Stava tentando di rimanere incinta ed era sempre nervosa e insofferente. Aveva trascinato Italo lontano dagli sposi e aveva iniziato a sussurrare improperi in dialetto.

«Ma che cazzo tieni, piangi?» Nina l'aveva sentita. «E fa' l'ommo!»

Poi erano saliti tutti insieme, amici e parenti, per via delle Botteghe, fino alla Croce, e ancora più su, verso il ristorante.

Si chiamava Belsito, un palazzotto pittoresco, rosso e bianco, non troppo raffinato, dalla cui terrazza si vedeva lo splendido panorama di Capri.

La mamma di Dario – che aveva organizzato tutto sul modello del matrimonio dell'altra figlia – aveva imposto un unico tavolo a U dove avrebbero mangiato le due famiglie dello sposo e della sposa. Gli invitati, oltre trecento, occupavano il restante spazio del grande terrazzo.

Nina e Dario erano stati sistemati nel posto più panoramico ma in realtà non riuscirono a sedersi mai, sempre tirati di qua e di là da tutti.

I familiari del marito erano sembrati a Nina tutti alti, ricchi, elegantissimi e del bel mondo. I suoi, in confronto, parevano ancora più grassocci, tarchiati e banali, anche se perbene.

Per fortuna aveva invitato gli amici dell'università.

Armando, vestito di bianco, era venuto in compagnia di un amico col naso grande e un completo giallo chiaro col gilet. Nina non aveva approfondito, però le aveva fatto piacere che fosse lì con lei.

Giovanna indossava un abito rosa tutto svolazzi che metteva ancora più in mostra il collo lungo e lo sguardo da erbivoro.

Fingeva di essere la donna più felice dell'universo e tracannava un bicchiere di vino bianco dopo l'altro, lanciando al cugino occhiate languide e mansuete al tempo stesso, ma in realtà disperate.

Nina non riuscì a dispiacersi per lei. E Dario non si accorse nemmeno di quando Giovanna era stata accompagnata dagli amici con discrezione a riposare in una saletta interna, ubriaca.

Alla fine era stata una bella festa, pensò Nina mentre si alzava dal letto.

Si avvolse il lenzuolo attorno al corpo e uscì sul terrazzino che si affacciava sulla notte caprese. Le luci delle ville brillavano nel buio e sembravano candele. Nella pace di quel versante dell'isola tutto sembrava trasfigurarsi.

La luna quasi piena emanava il suo riflesso sul mare dando al colore della notte un tono quasi viola.

Era una sera perfetta, magica, non faceva più caldo ma nemmeno freddo.

E lei era sposata.

Nina prese una sigaretta dal pacchetto che Dario aveva lasciato sul tavolino di vimini e l'accese col suo accendino d'argento.

Guardò la brace ed espirò lentamente una boccata di fumo. Finalmente si sentiva ciò che era.

«Nina di Leva» pronunciò piano, ma non le piacque. «Nina Morelli?»

Nemmeno.

Sarebbero andati a vivere a Parco Margherita, in una casa all'ultimo piano di un palazzo liberty appartenuto alla nonna di Dario che faceva Imperiali di cognome.

Avrebbe avuto una donna di servizio, per cominciare, e Nina sarebbe stata libera di decidere cosa fare delle sue giornate e della sua vita. E non avrebbe mai dovuto lavorare, né fare più i concorsi a cattedra maledetti, oppure insegnare come le sue zie.

Sarebbe diventata più simile a Adelaide che a Genoveffa, e questo le faceva un piacere enorme.

Era una donna libera.

Libera e felice.

Soffiò via il fumo.

Dario aveva smesso di fare la doccia, ma restava in bagno. Forse si stava guardando allo specchio, vanitoso com'era, e stava tirando via qualche pelo dal naso, o aggiustando i capelli prima di mostrarsi di nuovo alla sua novella sposa.

Nina sorrise.

Le debolezze di suo marito erano la cosa che più le piaceva di lui. La rassicuravano.

In ogni caso, ogni giorno che passava, Dario sembrava più innamorato e più vicino.

Ma non bisognava fidarsi troppo.

Era un bambino viziato che si lasciava portare dalle emozioni. Adesso erano tutte a favore di Nina, ma quanto sarebbe durata?

Nina spense la sigaretta fumata a metà.

Sarebbero tornati l'indomani a Napoli col traghetto per andare in stazione. Un treno li avrebbe portati a Roma, e da lì ne avrebbero preso un altro, in un vagone letto di prima classe per raggiungere la Liguria con tutte le comodità.

Avrebbero trascorso qualche giorno a Portofino, per poi spostarsi in Costa Azzurra.

Due settimane di viaggio di nozze prima di rientrare a Napoli.

Ma Nina non aveva intenzione di restare nella sua città. La famiglia di Dario aveva attività a Roma, e una splendida casa nel centro.

Il baricentro della loro vita si sarebbe spostato nella Capitale, quanto prima.

Tornò in camera e si rimise al letto, ma coperta dal lenzuolo.

La falena si era poggiata sul muro accanto alla lampada. Nina pensò di cacciarla via, poi la lasciò perdere.

Guardò la porta del bagno che non si apriva.

«Dario?» chiamò.

Dopo un attimo lui uscì dal bagno, con addosso l'accappatoio bianco fornito dall'albergo.

Sorrideva e profumava.

Si stese sul letto accanto a lei e la baciò. Aveva di nuovo voglia.

Nina no, nessuna.

Però era la prima notte di nozze, così lo abbracciò e si lasciò di nuovo prendere

«Piano piano» sussurrò.

«Amore» sussurrò lui entrando, ma niente affatto piano.

E in quel momento, pur non sapendo davvero cose fosse l'amore, Nina capì che quello non era affatto amore.

Solo matrimonio.

1960

Il referendum dell'UDI è per tutte voi, ragazze, mogli e madri, tra lavoro e famiglia, alla ricerca della felicità.
Svolgi un lavoro fuori della famiglia?
Se lavori, perché sei andata a lavorare?
Hai intenzione di continuare a lavorare dopo il matrimonio? Perché?
A chi sono affidati i tuoi figli mentre lavori?
In casa accudisci tu a tutte le faccende?
Fino a che età sei andata a scuola?
Ti sarebbe piaciuto continuare a studiare?

"NOI DONNE", *n. 4, 1960*

Novembre

Nina guardò la piccola macchia di sangue.

Ancora.

Si levò le mutandine di seta, le appallottolò e le gettò nel cesto della biancheria sporca, in bagno. Se Dario avesse voluto rovistare le avrebbe trovate. Non le importava, anche se, dal momento in cui avevano iniziato a provarci, lo aveva già sorpreso un paio di volte a curiosare.

Meglio così. Non doveva essere solo un problema suo.

Dario però era diventato anche geloso e Nina era sicura che spiasse nei suoi cassetti.

Ma più lui faceva così e più lei si sentiva lontana.

E poi, da quando Pina aveva partorito una figlia, la pressione su Nina si era improvvisamente fatta molto alta, come se la sua gravidanza fosse diventata un'urgenza di tutta la famiglia.

«Andate tutti al diavolo» mormorò.

Si guardò nuda nello specchio del bagno a figura intera.

Era bella.

Aveva ventisette anni ed era bella, con un corpo morbido ed elegante, i seni pieni, la vita piccola e le gambe lunghe.

Era bella.

Eppure le sembrò uno spreco, come se tutta quella bellezza non servisse a nulla.

Avvicinò il viso alla superficie dello specchio. La pelle perfetta, le labbra carnose e ben disegnate, gli occhi grandi ed espressivi, e la nuvola di capelli ricci e perfettamente curati dal migliore parrucchiere di Roma.

Prese un appunto mentale. Doveva telefonare ad Arturo per prenotare una seduta di taglio e messa in piega per la settimana prossima, quando finalmente sarebbe tornata nella casa della Capitale.

Tanto a Napoli che ci stava a fare?

«Città di cafoni.»

Si pulì il viso con rabbia, poi applicò la crema di uno dei vasetti minuscoli sulla mensola di vetro. Non si era ancora abituata al costo esagerato di quella roba. Più il contenitore era piccolo più la crema era miracolosa e pregiata.

Uscì nuda dalla stanza da bagno e si vestì, in fretta ma con cura.

Biancheria pulita di seta. Niente orrendi assorbenti, tanto il suo ciclo, quando arrivava, era lieve. Le macchie iniziali preannunciavano ben poco, con almeno due giorni di anticipo. Mise il reggicalze coordinato, agganciò le calze.

Scelse una camicetta rosa carico, che si intonava alla sua carnagione, e la gonna di un tailleur di seta pesante a righine grigie, poi la giacca, i gioielli, due cerchi d'oro discreti e un pesante bracciale, d'oro anch'esso, che discreto non era per niente e proveniva dalla gioielleria Cartier, direttamente da Parigi.

Squillò il telefono.

Nina guardò l'apparecchio bianco panna.

Non voleva rispondere.

Si avvicinò con indolenza, ancora scalza sulla moquette morbida e chiara come il resto della stanza.

Il telefono continuava a suonare.

Afferrò il microfono, lo portò all'orecchio e restò in attesa, senza dire niente, tanto sapeva bene chi era.

«Allora?» La voce di Gietta gracchiò attraverso il microfono.

«Allora che?»

«Allora?» ripeté sua zia.

«Allora niente!» quasi gridò lei. «Che mi chiami a fare?»

«Voglio solo sapere come stai» rispose sua zia, con un finto tono umile che non usava quando vivevano nella stessa casa.

«Gietta, sono le undici» disse con finta pazienza. «Sto come ieri alle dieci di sera, quando mi hai chiamato. Cosa vuoi?»

«Niente, così, pensavo...» Gietta non ebbe il tempo di finire la frase.

«Che pensavi? Non devi pensare!»

«Volevo sapere se il marchese ti era venuto!» sbottò Gietta che – pure lei – tanta pazienza non ne aveva. «Ecco qua!»

«Ma che marchese e marchese!» Dio quanto odiava quel modo antiquato di definire il sangue schifoso che le rovinava l'esistenza ogni mese. «Sì, è arrivato il marchese, e pure il conte, il duca e il principe!»

«Mi dispiace, Ninetta.» La voce di sua zia, afflitta, le fece spuntare una lacrima. «Vedrai che il prossimo mese andrà bene.»

«Che scocciante che sei.»

«Voi insistete» insisté Gietta. «Non vi scoraggiate.»

"Sì" pensò lei, "dovresti sapere di che cosa parli." *Insisti tu!*, avrebbe voluto dirle, *che non sai nemmeno cosa significhi stare nel letto con un uomo. E annoiarti.*

Gietta scambiò il silenzio per accettazione.

«Quando vieni a trovarci?» chiese. «Domenica, a pranzo? Federica ha messo quasi un chilo dall'ultima volta. Vedessi come si è fatta bella.»

Stavolta a Nina una lacrima scese davvero, silenziosa e traditrice.

Adorava la nipotina cui Italo, chissà perché, aveva imposto il nome di Federica, che con la famiglia Morelli c'entrava poco.

Era nata ad aprile.

Lei non avrebbe mai immaginato di poter desiderare di stringere tra le braccia un bambino suo, eppure questo desiderio le era esploso dentro la prima volta che aveva visto la figlia di suo fratello il giorno del battesimo nella clinica Mediterranea.

Nina era stata la madrina, obbligata e riluttante, e del tutto ignara del moto d'amore che l'aveva presa a tradimento quando aveva sentito tra le braccia quel corpicino caldo e vivo.

«Continuerò a provarci, Gietta.»
«Prova bene.»
«Se lo sai, spiegamelo tu come si fa.»
«Provaci e basta, Nine', come sei scocciante!»
«Salutami Adelaide» disse. «E pure Pina e Italo.»
«E pure Angie» aggiunse sua zia.
Nina attaccò il telefono e finalmente fu libera di uscire.
Dario era a Milano per lavoro.
Chiamò la cameriera che emerse dalle profondità del salotto.
Rosina veniva dalle campagne vicino a Campobasso, con i baffi e un'età indefinibile, anche se avevano preso accordi col parroco per la cresima, quindi probabilmente tra i quindici e diciotto anni. Lavorava per farsi il corredo. A sostituirla sarebbe venuta la cugina, onesta e pulita come lei.
Nina non si sarebbe mai messa in casa una domestica carina. L'uomo più onesto può cadere in tentazione, e Dario, comunque, onesto non era.
Prese il cappotto di astrakan grigio e, prima di uscire, le diede indicazioni per la cena, tanto non contava di rincasare presto.
Le lasciò anche i soldi per comprare i fiori. Nina adorava avere fiori freschi in tutte le stanze, per questo li faceva cambiare due volte a settimana.
In piazza Amedeo fece segno a un tassì.
Nina possedeva una macchina, una 600 celeste nuovissima che riposava sempre in garage. Aveva deciso di prendere qualche lezione di guida supplementare per imparare a passare dalla prima alla seconda senza far grattare tutte le marce, ma era difficile guidare, almeno per lei.
Diede l'indirizzo all'autista e si rilassò sul sedile.
Salirono per via Tasso.
Era una di quelle giornate, non insolite a novembre a Napoli, in cui il cielo terso e l'aria tiepida facevano pensare di essere alla fine dell'inverno, e non al suo inizio.
La destinazione era il Vomero, quasi vicino Castel Sant'Elmo. Si fece lasciare a due isolati di distanza, per avere il tempo di riordinare i pensieri e calmarsi, poi s'incamminò lungo le strade fiancheggiate da alberi che schermavano le villette di inizio secolo.

Se Nina avesse dovuto scegliere, non avrebbe potuto individuare un posto migliore.

Segreto, silenzioso, immoto. Non passava nessuno.

Avrebbe potuto essere mezzanotte, e non mezzogiorno.

Nina individuò il numero civico. Era una palazzina color ocra un po' arretrata dalla strada, con un giardinetto sovraffollato di piante. Il portone era aperto e lei sapeva che l'appartamento era quello al piano terra, sulla destra.

Ignorò le scale che salivano ai piani superiori e si inoltrò nel corridoio, trovò la porta, bussò al campanello.

Fabrizio venne ad aprire subito, quasi stesse aspettandola.

Ma in realtà non la aspettava. Indossava una camicia bianca che usciva dai pantaloni, si intravedeva la canottiera.

Spalancò gli occhi per la sorpresa di trovarsela lì sulla soglia.

Erano sempre verdi, verdissimi. Nina non se li era dimenticati, ma si era dimenticata delle sensazioni che provava ogni volta che lo vedeva.

Come aveva fatto a non pensarci, a essere talmente stupida da non capire?

«Nina?» chiese lui. «Che ci fai qui?»

Fabrizio fece un piccolo passo indietro, quasi impercettibile, che però a lei bastò per farsi avanti, ed entrare nel vestibolo.

Lui non disse nulla, scosse la testa, chiuse la porta e le fece strada verso il salotto.

Doveva esserci un secondo giardino sul retro, perché la stanza in cui entrò Nina era tutta verde e inondata di luce.

Vide un divano scuro, cuscini verdi, piante, e la vetrata antica che dava sullo spazio esterno piastrellato solo all'inizio, che poi proseguiva con uno spazio ricco di vegetazione e recintato.

Si lasciò scivolare il cappotto di astrakan dalle spalle, con un gesto lento.

Fabrizio glielo prese.

«Accomodati» disse poi in modo formale. «Vuoi il caffè?»

Non era così che Nina si era immaginata il loro incontro.

Ci pensava da un mese. Da quando lo aveva intravisto da lontano al Vomero, per caso, e aveva deciso di seguirlo, trovando l'abitazione e il suo nome sulla targhetta all'esterno.

«Non sei contento?» gli chiese adesso, come una bambina.
«Di cosa?»
«Di vedermi.»
Fabrizio la fissò, sospirò, poi le fece cenno di sedere, e scelse la poltrona più lontana dal divano.
Nina si sentì sollevata. Se aveva bisogno di mettere una distanza tra di loro, forse ci teneva ancora a lei.
Slacciò il bottone della giacca, se la sfilò, si protese sul divano mettendo in mostra il busto nel tessuto rosa.
«Perché sei venuta?» chiese lui. Non la guardava.
Nina accavallò le gambe con un fruscio di seta.
«Volevo vederti» rispose con semplicità, perché era la verità.
«Sei sposata.» Fabrizio le guardò volutamente la mano sinistra, dove la fede ancora nuova luccicava. «Prima eri fidanzata, e adesso sei sposata.»
«Il tempo passa, le cose mutano.»
«Le cose non mutano, Nina.»
Nina si coprì le dita, ma sull'altra mano c'era il brillante di fidanzamento.
«Chi è il fortunato?» chiese lui cercando di fare dello spirito. «Oppure sono due diversi?»
Lei scrollò il capo come per scacciare qualcosa di fastidioso.
«Non lo conosci» disse.
«Brava».
«E che dovevo fare? Restare ad aspettare? E quanto?»
«No, infatti.» Fabrizio accavallò le gambe e incrociò le braccia sul petto, allontanandosi ancora di più. «Perché avresti dovuto?»
Nina scivolò sul divano fino ad andargli vicino.
Gli prese una mano.
«Non mi hai mai cercata. Mai.»
«Nemmeno tu.» Le dita di Fabrizio erano fredde, inerti.
«Ogni volta che ci siamo incontrati, c'era qualcosa che non andava.»
Lui rise, si alzò in piedi sottraendole la mano. «L'ultima volta c'era pure il tuo fidanzato» disse. «Se non sbaglio.»
«Sbagli. Era morto papà.»
Nina si alzò anche lei, gli andò vicino.

Non sapeva se dirglielo oppure no. Poi si lasciò andare.
«È stato tutto un errore, Fabrizio.»
«Cosa?».
«Sposarmi.»
«E hai dovuto farlo per capirlo?» La sua voce era colma di amarezza, ma non si scostò.
Nina scosse la testa piano, continuando a stargli vicino.
Fabrizio alzò le braccia piano e la strinse, prima con riluttanza, poi più forte.
Nina sentiva il suo respiro accelerato, il battito del suo cuore. Sorrise tra le pieghe della camicia di lui.
Gli passò i palmi sulla schiena, poi sulla vita.
«Lo so quello che c'è tra di noi» gli sussurrò all'orecchio alzandosi in punta di piedi. «Quello che c'è sempre stato.» Gli baciò lentamente il lobo. «Non so come si chiama, se desiderio o amore, ma so che l'ho provato solo per te, Fabrizio.»
Con la lingua gli sfiorò il collo, mentre le sue mani strisciavano dai fianchi in avanti.
Nina era padrona del corpo di Dario e sapeva che i maschi erano tutti uguali.
«Sì, ho avuto bisogno di sposarmi per capirlo.» Con la bocca scivolò lungo la mascella di lui.
«Basta.» Lui la prese per le spalle e la spinse lontano. Era rosso in viso, ma i suoi occhi erano fermi. «Sei sempre tu» disse. «Senza valori.»
Lei si riassestò i capelli, richiuse un bottone della camicetta che si era aperto.
«Anzi, sei senza valore.»
Nina alzò il capo con uno scatto del collo. «E tu sei un impotente» sibilò furiosa. «Lo sei sempre stato.»
Fabrizio la afferrò per un polso e la tirò vicino, con violenza. Premette il corpo contro il suo e la gettò sul divano.
Poi le fu sopra.
La baciò con cattiveria, con labbra dure che le fecero male. Le strappò la camicetta poi le sollevò la gonna.
Poi si fermò di colpo, lasciando Nina vuota e spenta quanto un istante prima era stata viva e piena di fuoco.
Si fissarono, furiosi, poi Fabrizio si rialzò, le girò le spalle.

«E adesso te ne puoi andare» disse con voce sorda.
Nina aveva le calze strappate, la camicetta lacera, la bocca gonfia e tumefatta e il trucco sbavato.
Non disse nulla.
Si rialzò e si mise a posto come poteva. Prese il cappotto e ci si avvolse, per fortuna era largo abbastanza da coprire il disastro.
Trattenne le lacrime.
Infilò le scarpe col tacco che aveva perso nella foga. Si avviò verso la porta. Poi si fermò.
Lui le girava ancora le spalle.
«Perché fai così?» gli chiese con la voce timida di una bambina. «Solo perché sono sposata?»
Fabrizio afflosciò le spalle, si girò a metà. «Possibile che non capisci?».
«Cosa devo capire? Perché mi hai sempre rifiutata?» Nina aveva voglia di piangere adesso. «Tutti questi anni inutili.»
«Pensi solo a te, ai *tuoi* anni sprecati.»
«Ai *nostri* anni sprecati.»
«Sei così superficiale» sussurrò lui. «Egoista.»
Lei si fermò sulla soglia, con una mano sullo stipite e l'altra a stringere il cappotto per tenerlo chiuso.
«E tu cosa sei?» chiese.
«Non c'è niente in te sotto la superficie.» Fabrizio sembrava disperato. «Nulla.»
Nina fece un passo in avanti. «Fabrizio, perché?» Tese le mani verso di lui. «Cosa c'è di sbagliato? In te, in me? Che abbiamo fatto?» Si mise le mani sulla faccia. «Perché?»
Fabrizio la guardò in silenzio per un tempo lunghissimo.
Nei suoi occhi lesse disprezzo, incredulità, e un'altra cosa che Nina sapeva essere amore.
«Non lo sai proprio» disse come parlando a sé stesso. «Non lo sai.»
Lei aspettò. «No, non lo so» sussurrò.
Lui glielo disse.
«Non è vero.» Nina scosse la testa.
«Sono anni che ci penso.» Fabrizio abbassò gli occhi. «Specie quando sono con te non riesco a non pensarci. Non ci riesco.»
Si fermò e lei capì che diceva la verità. «Ma non è così» mormorò.

Lui la fissò, in silenzio.

«Non è così» ripeté lei.

«Non ci hai mai ripensato, in tutto questo tempo. Mai.»

Nina rialzò la testa, socchiuse gli occhi. «Perché avrei dovuto? Che vuoi da me?»

«Niente. Non voglio niente da te» disse lui a bassa voce. Guardava ancora fuori. «Perché tu le cose brutte, le cose scomode, quelle che ti danno fastidio, non le vuoi vedere, non ci vuoi pensare!» Fabrizio si girò di nuovo verso di lei, e le ultime parole gliele gridò in faccia.

Nina fece un passo indietro, negando con la testa. Aveva paura di lui, adesso.

«E anche ora che lo sai» aggiunse lui, «ora che te l'ho detto, cos'è questa faccenda per te? Solo una cosa sgradevole da dimenticare al più presto. Non è così?»

Fabrizio fece un passo verso di lei.

Nina arretrò nell'ingresso.

«Ecco perché non ti voglio. Perché lo so che sei così.»

Nina cercò a tentoni la maniglia dietro le spalle, la trovò, aprì la porta. Si girò per uscire, sentì che lui si metteva a piangere.

«Perché lo so che tu sopravvivi sempre, Nina, ma non te ne importa di nessuno. Sei vuota.»

Nina uscì fuori, corse lungo il pianerottolo, verso il portone che era aperto.

Si sentiva soffocare, aveva bisogno di aria.

Il ricordo del pianto di Fabrizio la inseguì per tutta la lunga strada alberata che fece di corsa, insieme alle sue ultime parole:

«Ma io ti amo lo stesso, Nina» aveva detto.

ANGIE
1961-1975

1961

Giornata solenne per il popolo americano.
Oggi Kennedy alla Casa Bianca.
Ieri ha discusso con Eisenhower i maggiori problemi di politica estera. Grandiosi apprestamenti a Washington per la cerimonia del giuramento. Il gran galà di Frank Sinatra.

"IL GAZZETTINO", *n. 17, gennaio 1961*

Ottobre

«Fermati qui» disse Angie. «Continuo da sola.»

Sua madre la guardò, poi provò a sorridere.

«Va bene» disse «Lo capisco. Sei emozionata?»

Angie scosse la testa. No.

Sì, invece, lo era, ed era pure tornata la voglia di andare in bagno.

«È normale» disse sua madre. «Va bene.»

Angie durante la notte quasi non aveva chiuso occhio e alle sei si era già vestita e preparata.

Poi era rimasta seduta in cucina e aveva aspettato che sua madre si svegliasse, ma intanto non era riuscita a mandar giù nulla, neanche un goccio di latte. Quindi si era affacciata al balcone dell'attico e, mentre il cielo schiariva piano piano, aveva guardato il mare tranquillo.

Ma lei tranquilla non lo era affatto.

«Non ti preoccupare.» Sua madre le carezzò la testa. «Non devi preoccuparti di niente. Non vale la pena.»

Angie non rispose, scosse la testa. Adelaide non capiva, non aveva capito mai e mai avrebbe capito.

Per lei era tutto facile, tutto succedeva senza problemi.

«Non farti bocciare» le aveva detto invece sua cugina Nina che, al contrario di sua madre, era un esempio valido, reale. Cattiva, ma autentica. «Le medie non sono uno scherzo.»

«No, non mi faccio bocciare» le aveva risposto.
«E ci mancherebbe solo questo!» Nina l'aveva guardata con aria critica e Angie si era sentita subito in colpa, senza sapere perché.
Faceva fresco sotto gli alberi.
Sua madre osservò le famiglie che si avviavano verso la scuola, poi guardò la strada, già proiettata verso gli altri suoi impegni della giornata.
«E allora ti auguro un grande in bocca al lupo» le disse.
«Grazie» rispose lei.
Adelaide era troppo vecchia per essere una madre e troppo giovane per una nonna. Angie non voleva farsi vedere con lei già durante il primo giorno di scuola, per poi essere presa in giro come era stato per tutte le elementari.
Una volta, in quinta, aveva anche raccontato di essere orfana. Peccato che nessuno le avesse creduto.
A volte Angie pensava che sua madre fosse rimasta piantata nella sua giovinezza, quando le donne avevano maniere diverse. Per questo metteva ancora abiti aderenti, nonostante avesse più di cinquant'anni. Quanti, di preciso, non lo sapeva. Era un segreto ben conservato in casa. Uno dei tanti.
Non si riconosceva in lei, nemmeno dal punto di vista fisico.
Adelaide era alta e magra, con gli occhi azzurri e chiara di pelle e di capelli, anche se tinti. Lei invece aveva la pelle olivastra e aveva capelli ondulati e neri, il naso diritto e un po' grande.
Non c'era nulla che le unisse davvero, e lei – forse per dispetto – da parecchio aveva smesso di chiamarla "mamma".
«Ti vengo a prendere a mezzogiorno?» chiese Adelaide guardandola con affetto.
«Sì, va bene» rispose in fretta. «Però mi aspetti qui.»
La madre l'abbracciò. Lei si svincolò subito e corse lungo la salita verso la scuola.
L'istituto era un grande edificio attorno a un cortile. Un tempo era stato una specie di convento, adesso era una scuola parificata. Angie non sapeva bene il significato della parola, ma sapeva che frequentarla costava molti soldi e che lei doveva essere contenta di esservi stata iscritta per le scuole medie.
Volendo avrebbe potuto proseguire con il Magistero.

Attraversò a testa bassa il cortile affollato di genitori e alunne, vergognandosi di tutto, perfino del suo modo di camminare.

Le altre ragazze invece sembravano tutte disinvolte e felici.

Molte erano già amiche tra di loro.

Angie indossava una gonna scozzese a quadri verdi e rossi che le scendeva a metà gamba, le calze scure che arrivavano quasi fino al ginocchio, una camicia bianca e un maglioncino.

Aveva chiesto a Adelaide di raccoglierle i capelli in una coda per evitare che i ricci la rendessero troppo appariscente.

Sapeva di avere begli occhi, ma il naso era *importante*, come diceva Gietta, e la sua pelle era di un colore ambrato che la faceva risaltare in mezzo a mille persone.

Angie non si piaceva.

E non voleva attirare l'attenzione di nessuno.

Si inoltrò per le scale, seguendo la marea di alunne che sembrava sapessero già tutte dove andare. Scherzavano tra loro e raccontavano storie sulle loro vacanze. Lei invece non conosceva nessuno e nessuno le rivolse la parola.

Attraversò in silenzio delle grotte di tufo, poi continuò a salire verso la zona chiamata "cappellinaio".

Lì si potevano lasciare le giacche e c'erano i grembiuli celesti con i nomi ricamati.

Una bidella stava sulla soglia e smistava le ragazze verso i vari corridoi e le classi.

«Dove devi andare?» le chiese, vedendola esitare.

«Prima media, sezione B» disse lei.

«Di là.»

Seguì le indicazioni lungo un corridoio largo e luminoso che girava attorno a un grande giardino interno.

Il giardino della Direttrice, vietatissimo.

Angie cercò la sua classe evitando gli sguardi delle altre che si soffermavano sul suo viso.

«Questa viene dall'Africa» sentì dire da una ragazza alta con gli occhiali a un'amica mentre aspettavano l'arrivo delle compagne fuori da un'aula di seconda.

Il corridoio era interminabile.

Le prime classi erano ancora più avanti.

«Ehi» le disse una tizia con i capelli rossi che poi scoppiò subito a ridere. «Ma parli italiano?»

Angie affrettò il passo per arrivare all'aula con l'insegna della I B. C'erano già quasi tutte.

Angie attraversò la classe a testa bassa e sedette in ultima fila a un banco a due posti libero.

Tenne gli occhi bassi cercando di scomparire.

«Angie?» si sentì chiamare e si girò.

A destra, sedute l'una accanto all'altra, c'erano le gemelle del piano di sotto, Paola e Lucia Mazzullo.

Erano state in classe assieme a lei all'inizio delle elementari, poi avevano cambiato scuola. Il padre era preside e la madre professoressa, e loro andavano dove stava lui o lei, a seconda della convenienza, così le aveva detto Gietta.

Ora erano sedute lì, al banco accanto. Sotto al grembiule celeste vedeva i loro vestitini, uno verde scuro e l'altro celeste.

Lei si vergognò all'istante della sua gonna scozzese.

Le Mazzullo erano bionde, carine e sicure del loro posto nel mondo.

Lei no.

«Pure tu qui?» chiese Paola, quella più magra. Avevano l'abitudine di fissare dritto negli occhi, senza abbassare lo sguardo. Non avevano mai bisogno di essere gentili.

«Sì» disse. «Pure voi?»

La domanda era stupida, ma loro non risero.

«Nostra madre insegna qui.»

«Ah.» Angie aveva sempre avuto un po' paura di quelle due.

Già dalle elementari sapeva che se litigavano con qualcuno non mollavano mai la presa. Maligne, intelligenti. E poi erano in due, unite come una persona sola. Pericolose.

Magari erano cambiate, pensò Angie, magari sarebbero diventate le sue migliori amiche.

«Ti sei fatta più scura» disse Lucia.

«Hai preso il sole?» Paola rise, imitata dalla sorella. «Sembri un'indiana.»

Angie distolse lo sguardo.

La ragazza che stava seduta davanti a lei si girò.

«Ciao» disse. «Lubrano Maria Luisa». Aveva i capelli crespi e la fronte tonda, le narici larghe e i denti distanziati.

«Morelli Angie.»

«Angie?» chiese lei. «E che nome è?»

«Vuol dire Angela» rispose Angie. «Però in inglese.»

«Adesso sei in Italia.» Pareva offesa «Io ti chiamo Angela.»

«Va bene.»

Lubrano Maria Luisa si girò a parlare con qualcun altro, senza degnarla più di attenzione.

"Ecco qua" pensò Angie. Cominciava bene. Perfetto.

Non ebbe il tempo di pensare ad altro perché, con un po' di agitazione, le alunne ancora in piedi corsero a sedersi e tacquero tutte, le mani sui banchi, guardando la porta da dove entrò la professoressa.

Si alzarono in piedi, e Angie le imitò.

Era una donna mastodontica, alta e robusta, con un pullover beige e una gonna pesante. Aveva i capelli lunghi, bianchi, le scendevano sulle spalle. Gli occhiali erano grandi, fumé.

Fece segno di sedersi guardandole dall'alto, una per una. Erano almeno venticinque, secondo Angie, che restò immobile a occhi bassi per paura di attirare l'attenzione della professoressa.

Silenzio.

Finalmente la professoressa si sedette.

Poi parlò.

«Io sono la signora Camporizza e vi insegno Italiano e Latino» disse a voce volutamente bassa. «Ma voi mi dovete chiamare "Signora" o "Signora Camporizza". Mai "professoressa", e tantomeno "maestra", sono stata chiara?»

Nessuna fiatò.

«Se studiate e se fate le brave, andremo d'accordo.» Abbassò ancora la voce. «Altrimenti sono lacrime e sangue.»

Non volava una mosca. Angie era paralizzata al suo posto.

«Va bene?» domandò la donna non aspettandosi riposta.

Ancora silenzio.

Poi la professoressa si sporse in avanti e puntò il dito verso il fondo.

Proprio verso di lei.

Angie si sentì mancare.

«Tu» disse. «Alzati.»

Angie scattò in piedi.

«Morelli Angie» disse senza riuscire a guardare la professoressa negli occhi coperti dagli occhialoni ombrati. Poi si corresse. «Morelli Angela.»

«Da dove vieni?» chiese dopo qualche secondo di silenzio.

«Da Napoli» rispose lei.

«Che quartiere?»

«La Riviera» mormorò Angie.

«Più forte!»

«Riviera di Chiaia» ripeté lei a voce poco più udibile. Le tremavano le gambe.

La signora Camporizza scosse la testa e sorrise mostrando i denti piccoli e gialli. «E quanto sole hai preso quest'estate, figlia mia!»

Ancora silenzio, un terribile silenzio nel cui centro c'era lei, la sua pelle, il suo corpo.

Poi la donna scoppiò a ridere. «Non capite gli scherzi?» Agitò le braccia. «E andiamo!»

Tutta la classe si mise a ridere, obbediente.

E Angie capì che quel primo giorno di scuola, l'inizio, era già stata la sua fine.

Novembre

Angie non amava pranzare o cenare a casa sua, anche se capitava di rado.

Adelaide tutto sapeva fare tranne cucinare. Al piano di sotto invece si mangiava bene.

Gietta era grassa, scostante, vecchia e sempre arrabbiata, ma almeno preparava roba buona. E poi c'erano gli altri, Italo, Pina, la piccola Federica e la radio era sempre accesa, e pure questo era un bene, perché con Gietta non si poteva parlare di nulla.

«*C'era una volta una gatta*» disse Gietta quella sera. «Ma tu vedi che sciocchezze ci dobbiamo sentire dalla mattina alla sera!»

Angie non rispose e continuò a tenere la testa calata sul suo piatto di pasta e piselli con le cotiche.

«Ai miei tempi le canzoni erano un'altra cosa.» Gietta scosse la testa. «C'era la Musica con la M maiuscola.»

Un attimo di pausa, un sospiro.

La pasta era buonissima.

«E poi c'era Angela, mia sorella.» A Gietta piaceva parlare dei tempi passati. Angie sentiva i suoi occhi addosso, ma continuò a mangiare.

«Lei era una musicista importantissima. A casa facevamo un sacco di concerti. Tutto il quartiere voleva assistere.» Gietta agitò la mano. «E quanti pretendenti. Ma noi eravamo difficili. Difficilissime.»

«Chi scarta scarta rimane int' 'o scarto» disse Pina, facendo l'occhiolino ad Angie. «Zia Gietta, vi dovevate accontentare un poco!»

«Mai» rispose la zia ergendosi orgogliosamente. «Io sto bene così.»

«Ma da giovane non lo volevate un marito?»

«Mai.» Poi abbassò la voce. «A me gli uomini mi hanno sempre fatto un poco schifo.» Però si capiva che non era vero.

Pina stava facendo mangiare alla piccola Federica, che aveva poco più di un anno, pasta e piselli, come fosse una bambina grande. Continuava a riempirle la bocca anche se lei cercava di sputare tutto.

Secondo zia Pina i bambini andavano riempiti in fretta quando avevano fame, al massimo, così poi dormivano e non scocciavano più nessuno. Per questo infilava il cucchiaio a forza nella bocca della piccola, che masticava e sputacchiava, sputacchiava e masticava, guardandosi in giro in cerca di aiuto.

Angie le fece l'occhiolino.

"Che famiglia" pensò.

Anche Italo, la testa sprofondata nel piatto, si ingozzava come se dovesse scoppiare da un momento all'altro un'altra guerra mondiale.

Angie non sapeva che pensare, la innervosiva, le dava fastidio, e non aveva piacere a stargli vicino. Anche lui la ignorava. Forse non le aveva mai perdonato "di essere una spia", come le aveva detto una volta sola, a bassa voce, prima di sposarsi, e poi mai più.

Adelaide invece spilluzzicava nel piatto, che alla fine sarebbe rimasto quasi pieno, ma intanto pensava a qualcos'altro, come al solito. Sempre distratta e con la testa altrove.

La sua presenza irritava Angie più di tutti gli altri messi insieme.

Con lei non si poteva parlare mai di nulla, non ascoltava nessuno e sembrava che non gliene importasse di niente. E poi fingeva di ascoltare, ma non era vero.

Invece Angie avrebbe tanto voluto litigare e prenderla a parolacce, e almeno ottenere una reazione.

Peccato fosse impossibile. Neanche immaginarlo.

«Notizie da Nina?» chiese Italo.

«Viene prima di Natale, e resta un po'. Forse» disse Gietta in tono lamentoso. «Così ha detto.»

«A Natale siamo qui?» chiese Italo all'aria.

«E dove vuoi andare?» Gietta guardò Pina, che faceva finta di non aver sentito.

Anche la sua grande famiglia – gli Amendola – si riuniva, però lei aveva scelto di essere una Morelli, dunque era costretta a passare i Natali in quella casa.

«E certo che stiamo tutti qua» disse con un sorriso sforzato. «Le feste comandate si passano in famiglia. Noi quattro.» Con la mano incluse Gietta. «Voi due, Nina e Dario. In tutto siamo in otto.»

«Che bello» disse Angie.

«Farò la minestra maritata» disse Pina non capendo il sarcasmo. «E le salsicce e la cassata.»

"Che bello" ripeté Angie nella sua testa, ma stavolta stette zitta.

«Tu l'abboffi di canditi» disse Italo.

«Più ci metti e più ci trovi.»

«Potremmo fare un viaggio, Angie.» Era stata Adelaide a parlare guardando il buio oltre la finestra. «Ti porto a Parigi, se vuoi.»

«Ma tu sei pazza!» scattò Gietta. «A Natale si sta tutti assieme, tutti qua.»

«Che ne pensi?» chiese Adelaide senza badare a sua sorella.

La guardava ma già pensava a qualcos'altro.

Angie immaginò di stare a Parigi con lei e pensò che sarebbe stato come essere da sola. «Neanche morta, Adelaide» disse.

«Angie.» Gietta allargò le braccia. «E che modo è? Mica ha detto che ti portava a Pollenatrocchia.»

«Ci verrei io a Parigi» sospirò Pina.

Adelaide la guardò sorridendo, come se avesse rifiutato un'altra cucchiaiata di pasta e piselli. «Come vuoi tu.»

Gietta batté le mani. «A Natale la famiglia sta unita.» Poi ci pensò: «E che è 'sto modo di chiamare tua madre per nome? Dove sta il rispetto?».

Angie abbassò gli occhi perché non vi leggessero tutto quello che aveva dentro.

«Allora ti compro un bel vestito per Natale, va bene?» chiese Adelaide, ma con indifferenza.

«Grazie, *mamma*» rispose lei sperando che capissero che avrebbe voluto solo mandarli al diavolo, tutti quanti.

Tutta la famiglia.

1962

Trovata morta avvelenata nel suo letto.
Marilyn si è uccisa. Ha ingerito 40 compresse di sonnifero. Coperta solo da un lenzuolo, il viso affondato nel cuscino, stringeva in mano il ricevitore del telefono. Il medico, non riuscendo a entrare dalla porta, ha dovuto sfondare una finestra. Da tempo la Monroe era in cura per una grave crisi nervosa. "Era troppo sola" dicono i suoi amici.

"LA NOTTE", *agosto 1962*

Marzo

«E adesso abbiamo finito.» Marina guardò l'ora sul suo orologino d'oro. «Sono quasi le quattro e mezzo. Meglio che vado.»

«Così presto?» Angie era delusa, anche lei guardò l'ora.

Erano state insieme pochissimo.

«Presto?» Marina scosse i riccioli rossi e la guardò. Attraverso le lenti degli occhiali i suoi occhi verdi erano enormi.

Angie non sapeva se era bella o brutta ma avrebbe voluto essere come lei. Magra, elegante, e con la pelle bianchissima. Sempre rilassata e serena, mai un pensiero, mai una paura, mai rabbia.

Il suo opposto.

«Ma se sono qui da pranzo» continuò la sua nuova amica in tono ragionevole. «Abbiamo pure finito tutti i compiti.»

Si alzò in piedi rassettandosi la gonna di panno azzurro.

«Appunto, abbiamo solo studiato.»

Angie non voleva sembrare lamentosa, quindi si alzò anche lei dalla sedia. Quaderni e libri in disordine sulla scrivania testimoniavano il loro impegno.

La sua nuova amica era brava in molte materie, ma la matematica non era il suo forte.

Per mezz'ora Angie aveva cercato di farle capire le operazioni tra le frazioni, che invece lei aveva afferrato a pieno. E alla fine, appena era riuscita a fargliele capire, lei se ne doveva andare.

Tanta fatica per così poco tempo insieme.

La sera prima ci aveva messo due ore a mettere ordine nella sua stanza. Aveva cacciato dalle scatole bambole e burattini e li aveva disposti in giro sulle mensole, per dare un tono alla cameretta.

Quella di Marina, dove era stata due volte, sempre per fare matematica, aveva quadri alle pareti, molti libri e una casa di bambole vera.

Era la prima volta che l'altra veniva in visita.

Per Angie la loro amicizia era ancora un miracolo inspiegabile visto che in classe le compagne, se non la prendevano in giro apertamente, la ignoravano.

L'unica che evitava di trattarla male era lei, Marina, che stava al primo banco ed era amata da tutte le insegnanti.

«Devo tornare a casa presto, Angie.» Le sorrise. «Posso andare in bagno?»

Era molto educata. Sapeva sempre cosa dire e quando, come comportarsi, cosa rispondere e in che forma farlo. Sempre.

Marina piaceva a tutti. Per questo Angie non voleva rischiare di infastidirla, era la cosa più preziosa che aveva. Così sorrise e le fece strada verso il bagno.

«Forse la prossima volta potrai stare di più» disse sulla soglia, sempre sorridendo. «Forse.»

«Forse» rispose gentilmente Marina e chiuse la porta.

Angie non sapeva se aspettarla lì oppure in camera.

Incerta, fece qualche passo per il corridoio, poi sentì la voce di sua madre.

Stava parlando al telefono in salotto e, al contrario del solito, bisbigliava.

In genere Adelaide non si curava affatto di abbassare la voce, quindi Angie si incuriosì.

Si avvicinò alla porta e ascoltò.

«Fabrizio?» sentì dire a sua madre. «Ma no!» disse poi alzando la voce.

Angie scosse la testa.

Adelaide che si alterava per qualcosa.
Impossibile.
Trattenne il fiato sperando che Marina restasse ancora in bagno.
«Nina, te lo dico chiaramente: non-va-bene.» Sua madre alzò il tono di voce. «Questa cosa non va bene!»
Chi era questo Fabrizio? E che aveva a che fare con Nina?
Allungò il collo oltre lo spigolo del vano.
Adelaide era in piedi, già vestita per uscire. Indossava un abito a campana, lilla, stretto in vita da una fascia più chiara. Le stava bene come sempre, ma come sempre sembrava adatto a una donna più giovane.
Le dava le spalle e annuiva con la cornetta stretta in una mano, mentre con le dita dell'altra sbrogliava il filo.
«Devi lasciarlo perdere.»
La cosa era sempre più interessante. Una faccenda d'amore?
Ma Nina era sposata, e zio Dario era pure bellissimo.
«Lo sai che non ti vuole. Fabrizio non-ti-vuo-le.» Adelaide scandì le parole: «È inutile».
In bagno l'acqua stava scorrendo e forse Marina era pronta per uscire.
Angie si allontanò dal salotto, ma fece in tempo a sentire ancora qualcosa.
«Non è un segno del destino, Nina.» Sua madre lo disse con stanchezza. «Non insistere. Non farlo. Non serve. Non funziona così. Non umiliare la tua dignità.»
Questa era bella.
Adelaide che dava lezioni di dignità.
Angie si allontanò lungo il corridoio, pensierosa. Era ormai grande abbastanza da capire cosa volessero da sua madre tutti gli uomini che le mandavano fiori, che la invitavano a cena, a teatro o alle feste. Tutti uomini vecchi come Adelaide, ma eleganti e ancora quasi affascinanti.
Una volta Pina le aveva detto che sua madre avrebbe potuto sposarsi altre cento volete, se avesse voluto.
Angie non ci credeva.
E adesso invece sconsigliava a Nina di vivere il suo amore.
Avrebbe parlato lei alla cugina, quando fosse venuta per Pasqua.

Le avrebbe dato tutto il suo appoggio e, anche se era più piccola, forse Nina l'avrebbe apprezzato.

«Angie. Sono pronta.» La voce di Marina la fece sussultare.

Si girò e la sua amica era lì, dietro di lei, con la cartella sottobraccio e la giacca blu già addosso. Aveva fretta, si vedeva, pensò lei tornando ai suoi problemi.

«Ringrazia tua madre da parte mia» disse Marina compita.

Angie la accompagnò alla porta.

Avrebbe voluto salutarla con un bacio veloce sulla guancia, ma Marina le strinse la mano e corse giù senza più girarsi.

Dopo che ebbe chiuso il battente vi si appoggiò contro. Si sentiva svuotata, sola e infelice, come sempre.

L'unica cosa positiva era che anche sua madre stava per uscire.

Tra tutte le cose dell'universo ciò che meno voleva era la sua compagnia.

Forse poteva scendere giù. Le piaceva giocare con Federica, peccato solo che vi fossero sempre anche Pina e soprattutto Gietta. Meglio di no.

Per un istante, solo per un istante, pensò di scendere da Paola e Lucia, chiedere se potevano finire i compiti insieme.

Ma si dette subito della stupida anche solo per averci pensato.

Le gemelle erano da oltre un anno tra le sue peggiori torturatrici in classe e fuori.

La settimana precedente, fingendo di farle una carezza, le avevano azzeccato un biglietto dietro la schiena. Lei se n'era accorta solo perché ridevano tutte.

Sul biglietto c'era scritto NEGRA con la penna rossa.

Negra era il soprannome che le davano tutte da mesi, neanche più per prenderla in giro, ormai in classe lei si chiamava così.

Non più Angie, né Angela, né Morelli.

Solo *negra*. E questo nome la faceva precipitare automaticamente in basso, più in basso di tutte, dietro anche a Teresa *la cecata*, che stava al primo banco, curva e con una malattia agli occhi che la costringeva a portare occhiali doppi quanto una suola di scarpa.

Eppure Angie non era brutta, lo sapeva. In classe erano quasi tutte più grasse, più basse e più insignificanti di lei. Era solo strana, e forse questo la rendeva peggio che brutta.

Meglio la solitudine, tanto ci era abituata. Anche se, nella solitudine, Angie avvertiva sempre un vuoto nella pancia, come un buco, una mancanza importante, che non sapeva nemmeno lei cosa fosse.

Andò in cucina, riempì un piatto di biscotti e si versò il latte. Non era quello che le sarebbe servito per sentirsi piena, lo sapeva.

Sua madre si affacciò sulla soglia per salutarla.

Si era messa una stola di visone chiaro e gli orecchini di oro e ametista in tono col vestito.

Era bella.

Era vecchia.

Era piena di persone, uomini e donne, che la cercavano e che la volevano. Mentre lei, Angie, era sola come un cane.

Non era giusto.

«Perché non vai giù» le disse col suo solito sorriso affettuoso che non significava niente. «Che fai sola?»

Ad Angie la domanda uscì di bocca senza che vi fosse stato un pensiero precedente, così: «Chi era mio padre?».

«Come?» Adelaide si fermò, impietrita, e si girò. «Che?»

«Chi era mio padre?» ripeté lei con voce sorda. «Hai sentito benissimo.»

«Ma che ti viene in mente, Angioletta?» Allungò la mano per farle una delle sue carezze leggere, vuote e senza anima.

Angie si scansò.

Non la chiamava *Angioletta* da tanto tempo.

«Me lo devi dire.» Alzò il mento cercando di sembrare sicura.

«Ma cosa?»

«Perché ho la pelle più scura?» chiese fissandola negli occhi, mentre i suoi si riempivano di lacrime. «Perché non sono bionda? Perché non ho gli occhi azzurri come te?»

«Angie.»

Lei prese fiato. «Me lo devi dire.»

Adelaide rise. «Allora è per questo?» chiese e si avvicinò. «Povera piccola.»

Le mise una mano sulla spalla.

«Lasciami!».

«Sei bella uguale, anche se non hai i capelli biondi e gli occhi azzurri.» Cercò di attirarla a sé, ma Angie oppose resistenza.

Represse la voglia di gridare, però non riuscì a fermare le lacrime.

«Chi è mio padre?» chiese di nuovo. «Dove l'hai preso?»

Un negro in America, oppure un indiano, o cosa?

«Sei scura come i Morelli, tutto qui» disse sua madre a voce bassa. «Hanno tutti occhi e capelli neri, lo sai.»

«Io sono diversa.»

«Ma no.» Adelaide spalancò gli occhi e le braccia, cercando di sembrare sincera.

Angie ricordava di averlo già chiesto una volta, quando era piccola, e ricordava pure che le era stata raccontata una bugia convincente, però non ricordava la bugia.

E nemmeno Adelaide, probabilmente.

«Si chiamava Jack» disse. Ma l'altra volta era un nome diverso, Angie ne era sicura. Un nome spagnolo.

«La mia pelle è scura» insisté. «Chi era?»

Sua madre abbassò gli occhi e non rispose.

«Lo sai almeno? Era messicano?»

Adelaide si girò e la fissò in silenzio. Una ruga si era approfondita tra le sue sopracciglia. Sembrò di colpo stanca e più vecchia. «Tu sei figlia mia» disse piano. «Figlia dell'amore.»

«E mio padre?»

«Sono stata io tuo padre e tua madre. E basta.»

«Ma che vuol dire?»

Adelaide si girò per uscire. «Un giorno capirai» fu l'ultima cosa che disse, e poi la porta d'ingresso si chiuse piano dietro di lei.

Angie fu travolta da una rabbia feroce, ma non voleva inseguirla per le scale. Corse verso la terrazza per gridarle dall'alto quanto la odiava. Era stata una prostituta che aveva fatto una figlia con un negro. E si vergognava pure di ammetterlo.

Si affacciò e aspettò.

Adelaide non usava l'ascensore nuovo per tenersi in forma, e con i tacchi ci metteva un po' a scendere.

Angie era lì e intanto la sua rabbia cresceva. Quasi avrebbe voluto gettarle un vaso di fiori in testa.

Ma non fu sua madre quella che vide uscire dal palazzo, no.

Fu Marina, in mezzo alle due gemelle Mazzullo, che teneva strette sottobraccio, una di qua e una di là.

Avvicinarono le teste tutte e tre e risero più forte, e l'eco della loro risata salì fino ad Angie.

Si piegò per non farsi vedere, casomai si fossero girate e avessero guardato in alto, poi strisciò sulle mani e sulle ginocchia verso l'interno.

Si rialzò barcollando.

Marina aveva detto che doveva correre a casa.

«A casa.»

Il senso di tradimento era fortissimo, faceva male, più male della parola *negra* scritta sul foglietto.

Tornò dentro, prese il bicchiere pieno di latte e lo scagliò con tutte le sue forze contro la parete della cucina. Colpì la cappa e si infranse in mille schegge di vetro. Gli schizzi erano ovunque.

«Negra!» urlò.

1963

> Immane tragedia alle 22.43 di ieri sera.
> Crolla la diga di Vajont a Belluno. Migliaia di morti.
> Un'enorme frana (50.000 metri cubi di terra) si è abbattuta contro la barriera di cemento sfondandola: milioni di metri cubi di acqua e fango si sono riversati a valle travolgendo 7 paesi tra cui il grosso centro di Longarone (4.000 abitanti). Le vittime colte nel sonno. Forse pochi sono riusciti a mettersi in salvo sui monti della Val Zoldana. Il bacino idroelettrico del Vajont è il più alto d'Europa 265 metri.
>
> "PAESE SERA", *ottobre 1963*

Giugno

La musica si sentiva già da via Posillipo appena Angie ebbe spalancato la portiera della macchina.

Scese dalla FIAT 124 del padre delle gemelle col cuore che le batteva così forte in petto che quasi si sentì svenire.

«Grazie» riuscì a dire rivolgendosi al preside Mazzullo, che continuò a guardare avanti in attesa che uscissero anche le figlie.

Il cancello era aperto. Davanti all'ingresso c'era una fiaccola accesa e un cameriere in divisa bianca che le fece subito passare.

L'auto ripartì. Sarebbe tornato a prenderle fra tre ore esatte. Alle dieci precise dovevano trovarsi fuori dal cancello della villa. *Un minuto di ritardo e addio feste per un mese*, aveva detto alle figlie, ma guardando solo lei.

Angie aveva assentito, anche se non aveva in programma altre feste. Già era un miracolo se era lì quella sera.

Camminò lungo il viale in discesa. Si aggiustò la gonna bianca che le arrivava appena sotto il ginocchio, la camicetta gialla, i bottoni grandi, la collana di sua madre, il trucco di Pina, le scarpe nuove, e si avviò per il sentiero che conduceva alla villa.

Le due gemelle erano avanti, vestite entrambe di bianco.

Angie si sentiva bruttissima.

«Sei bellissima» le aveva detto Gietta preoccupata, prima che lei uscisse. «Statt'accorta!»

«'Na bomba.» Pina aveva scosso la testa e le aveva passato Federica, che aveva voluto abbracciarla e baciarla. Poi finalmente l'avevano lasciata scendere al piano terra dove aspettava la macchina del preside con le gemelle.

La villa era un palazzotto in cemento costruito su uno sperone di collina che affacciava verso oriente. Si vedeva tutta la città di notte puntinata di luci gialle, il mare coi i suoi riflessi, il Castel dell'Ovo illuminato, le macchine che correvano su via Caracciolo.

Sembrava un film.

Dalla casa, da quattro grandi archi a vetri, veniva proiettata fuori luce e musica.

Lucia si mise a canticchiare di uno che andava a cento all'ora per trovare una bambina. Si agitava come se fosse su una pista da ballo.

Angie non conosceva la canzone e non ci credeva ancora di essere stata invitata alla festa di Barbara Vetrella. Quasi temeva potesse essere solo uno scherzo, perfino adesso.

In tre anni era la prima volta che andava alla sua festa mitica di cui aveva sempre e solo sentito parlare.

A inizio giugno – a scuola già finita – non le arrivava mai la telefonata di invito. Era normale. Lei era lei. Angie *la negra*.

E invece quella volta, due settimane prima, erano salite addirittura le gemelle Mazzullo a casa per avvisarla.

«Sei stata invitata alla festa di Barbara Vetrella sabato sera» le aveva detto Lucia.

«Verrai con noi» aveva aggiunto Paola. «Ci accompagna e ci riprende mio padre.»

«Vestiti bene.»

«Scarpe nuove e capelli raccolti.»

«E truccati gli occhi.»

Angie aveva pensato subito a uno dei loro scherzi maligni, poi però la madre delle gemelle aveva detto a Gietta e a Adelaide della festa, che avrebbe pensato il marito ad accompagnarle, che potevano stare tranquille. E poi tutto era stato confermato da una telefonata di Barbara Vetrella.

E adesso era lì.

Tre ore di libertà. Nessuno che potesse dirle nulla o che la guardasse in modo strano. Gente nuova. Nuovi amici.

Ragazzi.

Angie entrò nel grande salone e fu subito accolta dalla mamma di Barbara, una donna bella con la faccia che sembrava quella di una bambola. Indossava un abito con dei grandi ovali colorati, però aveva l'accento napoletano marcato e non riusciva a dire due parole in fila, peggio di Pina.

«Come sei scura» mormorò ammirandola.

Il marito era un importante costruttore che aveva realizzato mezza Posillipo, Agnano, Pozzuoli e Portici. Più basso della moglie e bruttissimo, ma ricchissimo.

Barbara era identica al padre, grassa e bassa, e come lui aveva autorità, carisma, risolutezza. Nessuno osava prenderla mai in giro.

Dopo i saluti Angie scivolò verso l'interno della casa assieme a Lucia e Paola, che corsero avanti.

Al piano di sotto c'era uno stanzone con grandi tende verdi e una sorta di pedana illuminata da luci colorate, intermittenti.

La musica era a volume molto alto.

«A-abbronzatissima» provò a cantare lei a voce bassissima per imitare gli altri, ma subito smise.

Nella penombra non riuscì a orientarsi ma si sentì subito portare via da una mano. Era la sua amica Marina, tutta vestita di rosa e di bianco. La tirò oltre la porta vetrata sul giardino.

Dietro arrivarono le gemelle Paola e Lucia.

«Allora?» chiese Lucia. «Ci sono tutti?»

«E certo che ci sono, figurati.»

«Tutti in giacca.»

«Carlo quant'è bello!».

Angie non capì di chi stavano parlando, ma le guardò affascinata e spaventata, e decise che avrebbe fatto di tutto per non deluderle.

«Angie, ascolta» disse Marina alzando le mani e fissandola. «Cerca di aiutarci, ok?»

«Che devo fare?» chiese lei, sempre più spaventata.

«Lo conosci Vincenzo Santopane?»

Angie scosse la testa, mentre la musica continuava a suonare molto forte anche fuori.

Paola e Lucia erano di fronte a lei, la circondavano e la fissavano con i loro occhi azzurri, freddi, due gatti bianchi famelici. Lei il topo, nero.

«Vincenzo Santopane è il cugino di Andrea» disse Marina. Andrea Piave era il fidanzato segretissimo di Marina. «Ha detto che tu le piaci.»

«Io?» Angie scosse la testa, non era possibile.

«Sì, tu.» Lucia la indicò col dito. «E visto che Vincenzo è anche il miglior amico di Carlo, tu ti devi fidanzare, o almeno devi fare amicizia, con Vincenzo.»

Carlo era il ragazzo del terzo liceo scientifico di cui Lucia era innamorata da un anno, lo sapevano tutti.

«Io?» chiese ancora Angie.

No. Non era possibile, non stava capitando a lei. *Lei* piaceva a un amico del mitico Carlo?

«Ed è pure amico di Eduardo» disse Paola, che era fidanzata con Eduardo da due settimane e diceva di essere innamoratissima. «Perciò dobbiamo chiudere il giro. Ma soprattutto aiutare Lucia con Carlo. Hai capito?»

«Che devo fare?» chiese Angie.

«E che vuoi fare?» Marina allargò le braccia. «Divertiti. E parla bene di Lucia. Falli fidanzare!»

«Sei stata invitata per questo.»

«E non fare cavolate.»

«Ma quali cavolate?»

«Non lo so, tu sei capace di tutto.»

Angie non seppe cosa rispondere. «Posso vedere questo Vincenzo?» chiese.

«Vuoi pure vederlo?» Paola sghignazzò.

«Tutte 'ste pretese, *la negra*» disse Lucia, però scherzava. La prese sottobraccio e la fece rientrare nel salone della festa ridendo.

Le altre due dietro.

I ragazzi ballavano, tutti scatenati. Gli uomini in giacca e cravatta, le donne con abiti colorati che si stringevano sui fianchi e sulla vita. Bellissimi.

Forse anche lei era diventata finalmente come loro, pensò Angie.

«Eccolo.» Mentre stavano ferme vicino al balcone arrivò un tizio altissimo col pomo d'Adamo sporgente, il viso triangolare, il naso enorme, gli occhi piccoli piccoli. Non brutto, strano.

Angie pregò che non fosse lui Vincenzo.

«Vicenzo.» Marina la spinse verso il ragazzo.

Lei sollevò la mano, lui la strinse senza però guardarla negli occhi.

«Angie» disse Angie, poi si voltò dalle amiche che però si erano subito allontanate verso il centro della pedana.

«Vincenzo» disse lui. «Piacere.»

Non era più Angie *la negra*, adesso lei serviva al gruppo e aveva una funzione, ecco, una funzione nel mondo. Era utile agli altri, alle sue amiche e forse anche a Vincenzo.

Ma quelle erano davvero le sue amiche e quello era il suo gruppo? E quello poteva mai essere il suo fidanzato?

«Vuoi un whisky?» chiese lui indicando il tavolino con una bottiglia e qualche bicchiere di vetro.

Angie assentì senza parlare. Non aveva mai bevuto il whisky.

Lui si mosse in fretta verso il tavolino superando una piccola folla di persone. Prese due bicchieri e in fretta versò.

Sembrava che avesse più necessità di bere lui che di offrire ad Angie. Poi sorseggiarono in silenzio, piano, senza guardarsi, mentre gli altri ballavano.

Lei si mise a canticchiare di nuovo per darsi un tono. Conosceva la canzone, mare, ombrelloni, pattino, ma si sentiva un po' stupida e stonata.

«Canti?»

«No.» Smise subito.

«Hai visto che è morto il Papa?» fece Vincenzo sempre con gli occhi bassi.

Sì, il Papa buono. Angie lo sapeva ma non le importava molto. Cercò pure lei qualcosa da dirgli.

«In che classe stai?» chiese.

«Terzo liceo scientifico» disse lui lanciandole un'occhiata spaventata e poi tornando a guardare la gente che ballava. «Al Pontano.»

«Ah, di fronte.»

«Ti ho vista, infatti.»

«Mi hai vista?»

«Fuori scuola.»

«Ah.»

«Tu?»

«Io sto in terza media.»

«Mi avevi mai visto?»

«Sì» inventò.

Lui allora la prese per mano e la portò di nuovo fuori, nel grande giardino che odorava di fiori e di erba tagliata da poco. Superarono una piccola siepe e arrivarono a una panchina non illuminata.

Vincenzo si sedette. Lei rimase in piedi poi si sedette accanto a lui.

Non riusciva a guardarla negli occhi, e nemmeno a parlare.

Angie si girò verso la casa sperando di vedere le sue amiche, ma non c'era nessuno, solo la siepe alta.

Poi si voltò di nuovo e vide che Vincenzo si era avvicinato e che aveva gli occhi spalancati dalla paura. Un attimo dopo la stava baciando, almeno immaginò che quello doveva essere un bacio.

Aprì subito la bocca e lui ci infilò la lingua e poi iniziò a muoverla su e giù, giù e su, come se le stesse spazzolando il palato.

Poi l'abbracciò, ma in maniera goffa e lei rispose all'abbraccio stringendolo a sé in maniera altrettanto goffa, scomoda, innaturale. Lui continuò a baciarla per un minuto e più, forse perché aveva vergogna di smettere e di guardarla. A un tratto ad Angie cominciò a piacere. In quel momento lui si staccò.

«Ti piace?» chiese.

Angie non seppe cosa dire. Si asciugò la bocca. «A te?»

«A me mi piaci tu.»

«Cosa ti piace di me?»

«La pelle abbronzata» disse lui. «È bellissima.»

«Sembro una negra» sussurrò lei.

«Perciò mi piaci.» Vincenzo si fece coraggio e l'abbracciò di nuovo. Lei aprì subito la bocca e ripresero a baciarsi per tre o quattro minuti. Poi lui si staccò e accese una sigaretta e rimase a fumare guardando la luna e le stelle come stesse godendo di un grande successo personale, di una tappa della vita, di una battaglia affrontata e vinta.

Avevano cambiato la musica. «Non mi piace questa canzone» disse Vincenzo. «Che cavolo dice?»

Ad Angie invece piaceva, perché non era una solita fesseria romantica. Parlava di Piero, che era in guerra ma non voleva sparare al suo nemico, e moriva per questo. Bella.

«Neanche a me» disse.

«Vuoi?» chiese dopo un po' offrendole una sigaretta.

«Sì» disse lei.

«Fumi?»

Angie accese e non rispose. Non aveva mai fumato però sapeva come si faceva. Lei sapeva fare tutto se era necessario.

Così iniziò a fumare, all'inizio trattenendo solo il fumo in bocca, poi tirando piano piano.

Bello fumare.

Vincenzo spense la sigaretta e di nuovo l'abbracciò. Poi ancora la baciò. Angie restò con la sigaretta in mano finché non sentì le dita di lui che si facevano strada sotto la sua gonna bianca. Sentì i polpastrelli sulla mutandina e poi che passavano sotto.

Angie si staccò un attimo.

«Non ti piace?» chiese lui.

Lei aveva paura di rispondere qualsiasi cosa e di deluderlo, quindi deludere i suoi bellissimi amici più grandi, quindi le sue feroci amiche.

«Devo andare in bagno» disse.

«Ti aspetto qui?»

«Sì.» Corse verso la casa.

Entrò e cercò davvero il bagno. La musica era troppo forte e si sentì stordita. Poi si sentì stringere la mano. Era Lucia.

Le fece segno di seguirla e la portò su un altro terrazzino dal lato opposto, dove c'era la sorella Paola.

Anche lei stava fumando.

«E allora?» chiese. «Ti sei messa?»

«Non lo so.»

Paola scoppiò a ridere.

«Vi siete baciati?» Lucia agitò le braccia.

«Sì» sussurrò lei, spaventata. Forse non doveva?

«E allora state assieme. Tutto apposto.» Lucia le piantò i suoi occhi azzurri nelle pupille e avvicinò il viso. «Ora gli devi solo dire che Carlo si deve mettere con me. Stasera stessa. Tanto lo so che lo vuole pure lui. Hai capito?»

«Ok» disse Angie. «Ma mi tocca.»

«Dove?»

«Sotto.»
«Tutti toccano.»
«E io che devo fare?»
«Fatti toccare solo sopra» disse Lucia.
«Sopra?»
«Le zizze!» Paola perse la pazienza. «Se baci allora ti devi far toccare.»
«Oppure toccalo tu» disse Lucia ridendo.
«Io?»
«Apri la cintura lampo e toccalo su e giù. Gli piace.»
«Ma no.» Paola rise. «Così diventa una zoccola.»
«E chi se ne importa.» Lucia si trattenne. «Gli uomini amano le zoccole.»
Poi le gemelle scoppiarono a ridere, spensero le sigarette e tornarono verso l'interno.
Lei le seguì.
«E fa' come vuoi, però non rimanere immobile.» Lucia e Paola corsero verso la pedana. «Una donna abbraccia, tocca, carezza...»
Angie le lasciò sulla pista e andò in bagno.
Si guardò nel grande specchio sui lavandini e per la prima volta non si vide solo nera e strana, ma anche bella, begli occhi, bella bocca. Una ragazza interessante.
Poi le venne di nuovo voglia di fumare. Così tornò fuori alla ricerca di Vincenzo.
Lui era seduto sulla loro panchina in attesa, il pomo d'Adamo che andava su e giù.
Appena Angie si avvicinò lui si illuminò, felicissimo.
«Mi offri una sigaretta?» chiese lei sedendosi.
«Certo.» La fece accendere, poi subito avrebbe voluto baciarla di nuovo, ma lei rimase a fumare guardando le stelle sempre con la sigaretta in bocca.
"Bello fumare" pensò.
Poi spense e lui subito l'abbracciò.
Odorava di un buon profumo. Immediatamente le infilò la lingua in bocca e continuò a muoverla su e giù. A lei non dispiaceva, anzi.
Poi sentì che di nuovo la mano che scendeva verso il basso.

Allora anche lei scese con la mano sulla coscia di lui, poi si avvicinò alla cintura lampo, che tirò giù, e la immerse dentro.

Vincenzo ebbe un sussulto.

Dicembre

Cenone di Capodanno, tutti a tavola.

Gietta era in cucina ed estraeva dal forno ogni ben di Dio.

Mancavano solo Nina e Dario, che avevano preferito festeggiare l'anno nuovo a Londra.

«Magari è a vota bona» aveva commentato Pina un po' dispiaciuta, un po' speranzosa. «Forse lo fanno.»

Il bambino di Nina e Dario – che non arrivava – era una di quelle cose di cui si doveva parlare a bassa voce, per allusioni, e mai davanti alla diretta interessata.

«Lui sta esaurito» commentò ancora la donna. «Un uomo o fa un figlio, o se lo cerca altrove. Senti a me.»

«Dario è ancora innamorato.» Suo marito sorrise. «Quello pensa solo a Nina. È pure geloso.»

«E vediamo tra qualche anno» mormorò Pina scuotendo la testa.

«Mi piacerebbe comprare una casa al mare» disse Italo per cambiare discorso versando il vino. «Magari a Ischia o a Sorrento.»

«E con quali soldi?» Pina allargò le braccia. «Hai capito il guaio che ha combinato tuo padre? Qua perdiamo anche la casa e tu vuoi comprarne una per la villeggiatura!»

«Pover'uomo, non ne capiva di contratti.» Italo mise in bocca un pezzo di pane. «Altri tempi.»

«Ma quali *altri tempi*!» Pina scosse la testa, infuriata.

«Le cose si aggiustano» disse Italo e guardò Adelaide.

Anche Angie fissò sua madre, tutta vestita di rosso, e la vide stringere le labbra.

«Il commendatore Porzio e suo figlio sono due carogne» aggiunse Pina.

«Il palazzo è nostro e non si tocca» aggiunse Italo con la sua solita sicurezza priva di sostanza. Abbassando la voce per non farsi sentire in cucina da Gietta: «E poi devono venire a mancare le eredi legittime che hanno il diritto all'usufrutto. Ci vuole tempo».

«Devono passare cento anni» disse Pina. «Mille anni.» Guardò Federica con la faccia preoccupata.

«Grazie» disse sua madre alzando il bicchiere, e Angie capì che lo faceva per alleggerire l'atmosfera. «Non sono sicura di voler campare fino a mille anni» aggiunse Adelaide con un lampo malizioso negli occhi azzurri.

«Sì, ma prima o poi...» disse Angie per creare un po' di caos, tanto bastava niente per farli agitare tutti quanti.

Non le importava molto di tutta quella faccenda. Per quello che la riguardava, la casa poteva bruciare da sotto a sopra, oppure saltare in aria per una bomba.

Oppure finire in mano ai Porzio.

Le pareva a volte che tutti i suoi problemi fossero concentrati tra quelle mura.

«Ma l'avvocato che dice?» chiese Pina. «Possiamo arrivare a un accordo in qualche modo?»

«Ma che accordo!» intervenne Italo. «Io con quelli non ci voglio mai più parlare.»

Sua madre non rispose subito, era distratta, come se si trovasse altrove.

«Dice di aspettare» disse poi. «C'è ancora la causa civile in corso.»

«Io non ho fiducia nella giustizia» disse Italo.

«Ma tu non conoscevi uno di loro?» chiese Pina a Adelaide. «Perché non ci parli?» Pina in fondo era un'ottimista, e alzò il bicchiere. «Un brindisi all'anno nuovo!»

Arrivò anche Gietta dalla cucina con la zuppiera della minestra maritata.

«Auguri.»

«Al 1964!» urlò Italo. «Che porti amore, figli e tanti denari!»

Angie sollevò il calice ma intanto pensava a Vincenzo e ricordava quello che avevano fatto il pomeriggio prima. Chinò la testa sul piatto per paura che qualcuno – Gietta – le potesse leggere negli occhi.

1964

> Una tappa storica nel progresso del nostro Paese.
> L'Autostrada che ci unisce.
> Moro ha inaugurato la grande via del Sole. Confidiamo che quest'opera possa cooperare validamente al raggiungimento di quell'unificazione economica che il Risorgimento ci ha lasciato in eredità come problema ancora non del tutto risolto. Un immenso "asse direzionale" che si snoda per 775 km attraverso sei regioni.
>
> "GAZZETTA DEL MEZZOGIORNO", *ottobre 1964*

Maggio

«E Dario come sta?» chiese Gietta.

Nina alzò le spalle, sorrise, scrollò la sigaretta nel posacenere.

«Qualche novità?»

Nina scosse la testa. «Ma quali novità, Gietta!»

«E che ne so, novità tra marito e moglie.»

Lo sguardo di Gietta era sospettoso, ma ad Angie parve che Nina non se ne curasse più di tanto.

Con Nina c'erano quindici anni di differenza, per questo lei l'aveva sempre considerata come un'altra zia, più che una cugina. Una zia più giovane e più forte, di sicuro più interessante. Peccato che Nina, cugina o zia, fosse totalmente disinteressata a lei.

Quando era una ragazza, e lei una bambina, l'aveva vista litigare con il resto della famiglia e poi cercare di scappare, di sottrarsi alle attenzioni asfissianti di tutti. Andava d'accordo solo con Adelaide, stranamente.

Angie aveva disperatamente cercato di farsi notare da Nina, in tutti i modi, poi aveva pensato che era cattiva, e infine aveva iniziato a comprenderla, pur sentendosi costantemente rifiutata. Anzi, forse ancor più di come la cugina rifiutava gli altri familiari.

Ora però le cose erano cambiate e Nina somigliava sempre più alla famiglia e ai vecchi parenti che tanto aveva odiato da giovane.

Angie non ci trovava più niente di affascinante, anche se era ancora giovane, bella e vestita sempre benissimo.

Veniva a farsi gli abiti a Napoli, da una sartoria di lusso di Posillipo, perché diceva che a Roma non c'era nulla di davvero buono.

Angie la guardò.

Nina era sposata solo da pochi anni ma già non c'era più alcuna traccia della voglia di ribellarsi che lei aveva sempre ammirato, sperando un giorno, magari, di somigliarle.

Aveva atteso le sue ultime visite con curiosità, poi la delusione aveva preso il sopravvento.

Nina era ormai solo una signora, noiosa e triste.

«Ma vi volete sempre bene?» insisté Gietta.

«Sì, sì.» Nina soffiò via il fumo pensando chissà a che cosa. «Ci vogliamo bene.»

«Devi avere un poco di pazienza con lui.»

«Ma che dici?»

«Scusa.»

«Me ne devo andare adesso» disse Nina, dopo un'ultima boccata. Schiacciò la sigaretta nel posacenere. «Si è fatto tardi.»

«Sei appena arrivata.»

«Devo fare mille commissioni.» Nina guardò l'ora. «Ripartiamo alle sei spaccate.»

«E che sei venuta a fare, Nine'?» chiese Gietta. «Dieci minuti e te ne vai?»

«Sono venuta solo per salutare.»

«Ma non ci sta nessuno.» Gietta spalancò le braccia. «Adelaide si è portata Pina a fare le commissioni.»

«E vabbè, l'intenzione c'era» disse Nina e si girò verso Angie, che era semidistesa sulla poltrona e fingeva di leggere "Oggi". «Volevo salutare tutti quanti.»

«Pure me?» chiese lei che ormai si divertiva a provocarla. «Grazie mille.»

«Fai meno la scema, tu. Non so come ti vedo.»

«E come mi vedi?»

«Un po' troppo vivace» disse Nina senza alcuna tenerezza, poi voltò la testa dall'altro lato.

Un tempo Angie avrebbe sofferto per quella continua antipatia, ma adesso se ne infischiava. Ora aveva i suoi amici, i suoi amori e la sua vita, e Nina poteva pure tornare a Roma, o dove diavolo voleva, con tutto il suo inutile malumore.

Angie invece quel pomeriggio si sentiva particolarmente allegra.

Si era liberata di un peso enorme.

Vincenzo Santopane.

Dopo il primo incontro Vincenzo si era dimostrato tenace, insistente anche se timido e imbranato, e Angie insieme a lui aveva scoperto il proprio corpo e il suo.

Le piacevano le cose che facevano insieme, e lo aveva assecondato senza tirarsi indietro, rallentando e poi spingendo in avanti, accelerando e frenando, finché non aveva deciso che era giunto il momento.

La verginità era solo un ostacolo alla vita vera, un intralcio nascosto dentro di lei, un peso inutile.

Durante le vacanze di Natale, senza tante storie, avevano fatto l'amore nella casa di Vincenzo a Baia Domizia.

E poi avevano continuato a sperimentare il sesso nelle settimane successive, tutti i sabati e tutte le domeniche pomeriggio fino a giungere a un equilibrio accettabile di impegno e soddisfazione.

Angie non avrebbe voluto che lo sapessero gli amici del gruppo, eppure la voce si era diffusa in un lampo. Vincenzo ne aveva parlato con Carlo, che era il suo migliore amico, e Angie con Marina, e da lì era partita una catena di pettegolezzi.

Solo allora lei aveva capito che era stata la prima, tra le sue amiche, ad aver fatto tutto.

La prima e, fino ad allora, l'unica.

Si sentiva speciale, forse superiore, ma comunque diversa da Paola, Lucia, Marina e dalle altre, che ancora si facevano pregare.

Però a volte avvertiva un po' di disagio, quando smettevano di parlare di botto al suo arrivo, quando ridevano tra di loro lanciandole occhiate di traverso.

Ma la cosa importante era che adesso era simpatica.

A tutti. Amiche e amici.

Soprattutto ai ragazzi.

La consideravano, scherzavano con lei, le davano importanza.

E più si sentiva inserita, più Angie si accorgeva di quanto Vincenzo fosse brutto, goffo e lento rispetto a tutti gli altri. Alla fine era diventata quasi una fatica baciarlo.

Poi Carlo si era lasciato con Lucia e pochi giorni dopo aveva iniziato a ronzarle intorno.

E Angie lo aveva lasciato ronzare.

Un pomeriggio le aveva parlato di Lucia e dei motivi per cui l'aveva lasciata.

«Troppo santarella e poco moderna» aveva detto. «Le ragazze di oggi sono come te. Libere.»

Angie aveva sorriso, poi aveva chiesto consigli a Marina.

Il giorno prima, seduti al Parco della Rimembranza nella macchina nuova di Vincenzo, fresco patentato, con i finestrini coperti di carta di giornale tutti appannati dal loro respiro, Angie aveva trovato il coraggio. Aveva aspettato che lui si riabbottonasse i pantaloni, poi gli aveva preso la mano e gli aveva detto quello che aveva concertato con Marina: che lui era speciale, che era importante, che era stato il primo, che lei non avrebbe mai potuto dimenticarlo, che gli voleva un sacco di bene, che dovevano restare più che amici, migliori amici, ma che la vita era strana e alla fine le cose cambiano e lei non era più pronta per una storia lunga.

E insomma, basta.

Era finita.

Lasciato.

Si era sentita i suoi occhi addosso, umidi e imploranti, per tutto il tragitto in macchina fino a casa, ma aveva finto di non vedere, e così anche nei giorni successivi.

Angie si era liberata di un peso enorme e inutile.

Era soddisfatta di sé.

Nina si alzò con uno sbuffo di noia.

Si capiva che non vedeva l'ora di andarsene lontano da lì e che era venuta in visita solo per dovere.

Eppure tornava sempre.

"Forse non per loro, la famiglia" pensò in quel momento Angie, "ma solo per respirare l'atmosfera di quando era giovane, ribelle e felice."

Adesso la sua vita doveva essere era una lunga noia.

Anche Angie si annoiava tanto. Tantissimo. E di studiare non se ne parlava. Ormai non apriva i libri da settimane. Non le importava. Finché Adelaide pagava, l'avrebbero tenuta a scuola, questo era il suo ragionamento, poi si sarebbe visto cosa fare. Non certo l'università. A che era servita a Nina?

«Perché non restate a cena?» chiese Gietta. «A Dario farebbe piacere.»

Nina si accese un'altra sigaretta, non rispose.

«Che fumi? Ti fa male.» Gietta abbassò la voce. «Se vuoi fare un bambino.»

«Che bambino e bambino, Gietta. Statti zitta per piacere.»Nina scrollò le spalle come per liberarsi di lei.

«Io scendo» disse Angie all'improvviso alzandosi dal divano. «Vado dalle gemelle.»

«Al piano di sotto?» domandò Nina scuotendosi, con una parvenza di interesse.

«Sì.»

«Ci ho passato un sacco di tempo in quella casa» disse sua cugina senza rivolgersi a nessuno. Aveva un'espressione strana, di nostalgia. Per un attimo, assurdamente, Angie pensò che forse desiderava poter scendere all'appartamento di sotto anche lei. «Mamma mia» sospirò come una vecchia. «Altri tempi.»

Angie non disse nulla. Prese le chiavi e scese.

Bussò alla porta.

Ad aprire venne Paola. La fissò col solito sguardo freddo, ma non si spostò per farla passare.

«Che c'è?» chiese.

«Niente» rispose Angie. «Sono venuta a salutarvi.»

Paola rimase a guardarla, ferma sulla soglia.

«Falla venire» disse la voce di Lucia dall'interno.

Paola si scostò e Angie entrò nel piccolo ingresso. C'era un salottino e poi alle spalle la cucina.

Per andare nella stanza delle gemelle si passava lungo uno stretto corridoio. Dentro la cucina c'era la porta di uno sgabuzzino.

Angie sapeva tutto di quello sgabuzzino ma non ne aveva mai parlato con le gemelle, mai.

Entrò nella loro stanza, rosa e bianca. Lucia era in sottoveste, spettinata e si vedeva che aveva pianto per tutto il giorno.

Nessuna di loro disse di sedersi.
«Come stai?» domandò Angie a Lucia.
«Come devo stare.»
«Mi dispiace.»
«Ah.»
«Ieri ho lasciato Vincenzo.»
«Perché?» Le due sorelle si guardarono.
«Non lo so.» Angie scosse le spalle. Tutta la sua sicurezza di fronte a quegli occhi di ghiaccio cominciava a scivolare via.
«Non lo so» ripeté. «Non ero più presa.»
«E chi ti vuoi *prendere* adesso?»
«Adesso?»
«Sì, adesso» ripeté con asprezza Paola. «Chi hai in testa?»
«Nessuno.»
«Davvero? E provalo.» Paola ammiccò verso Lucia. «Facciamo il Magisdop.»
«Ma che sciocchezza.» Angie era irritata, ma anche divertita. Adesso la temevano.
Il Magisdop era un gioco cretino che si faceva con un pezzo di carta piegato in tante parti che si muoveva con le dita delle mani e si apriva su varie risposte. Lo usavano le ragazze per capire a chi piaceva chi, chi pensava a chi o cose del genere.
Paola lo preparò velocemente, mentre Lucia stava a guardare con gli occhi rossi.
«Ecco qui, ci ho messo otto di loro, e pure Vincenzo.»
«No, Vincenzo no» rise Angie. «È acqua passata, ormai.»
«Già dimenticato?» chiese Lucia.
«Ma sì.» Angie si buttò indietro i capelli con aria sicura.
Paola protese le dita con il Magisdop sopra.
«Dici un numero.»
«Quattro» fece lei a caso.
Era curiosa. Era forte, le davano retta.
«Uno, due, tre, quattro.» Paola mosse le dita aprendo e chiudendo il piccolo strumento di carta.
«Ecco. La D. Dichiarazione.» Lesse il nome, sollevò lo sguardo verso di lei, trionfante, accusatorio. «È Carlo. Ti ha fatto la dichiarazione? Anzi secondo me l'hai fatta tu a lui.»

«Ma no!» Angie rise, mentre Lucia si alzava dal letto con movimenti lenti.

La stanza sembrò all'improvviso più piccola e le sue amiche le vennero troppo vicino, uguali, belle, bionde e cattive.

«Lo dice il Magisdop.» Paola si liberò le dita, accartocciò il pezzo di carta e lo gettò a terra.

«Questo gioco è una fesseria» disse lei.

«Però sabato sei stata tutta la sera a parlare con lui» disse Lucia a voce bassa. «Questa non è una fesseria.»

«*Lui* chi?»

«Carlo.»

«Ma quando mai. Due chiacchiere.» Angie cercò di sorridere.

«Lascialo stare.»

All'improvviso avvertì rabbia dentro di sé. Non aveva paura di loro. Inutile intimidirla.

Ai ragazzi piaceva, e lei sapeva come trattarli.

Era potente, era importante.

«Tranquille» disse fingendo noncuranza. Il cuore le batteva forte. «Non mi interessa.»

«Non è vero» disse Paola.

«Non fare la stronza, Angie» disse Lucia.

«Ma no.» Angie cercò di ridere anche se la sua sicurezza cominciava a sgretolarsi. «Io penso ancora a Vincenzo.»

«Hai appena detto che è acqua passata.»

«Però ci penso ancora.»

Non era vero. Adesso le importava solo di piacere a tutti e di essere accettata da tutti, e ora che sapeva come fare non si sarebbe fermata.

Quello contava.

Far parte del gruppo.

«Non ci credo» sbottò Lucia, con gli occhi di nuovo pieni di lacrime. «Non ci credo!»

«Ma a cosa?»

«Tu hai lasciato Vincenzo perché vuoi metterti con Carlo.»

«Scherzi?» Carlo era molto più bello, e con lui si sentiva importante. «Ma quando mai!»

«Sì! Lo vedo come fai la scema con lui.»

«Come puoi pensare questo, siamo amiche.» Non erano affatto amiche, mai state.

«Ti conosciamo tutti. Lo sappiamo quello che fate.»

«Quello che fate?» Angie pensò che si riferisse a lei e a Vincenzo, e che facevano? Facevano solo l'amore, nulla di così strano. «Facciamo l'amore.» O forse si riferiva a lei e a Carlo. «Con Carlo non ho mai fatto nulla!»

«No!» urlò Lucia. «Tu e tua madre!»

Angie rimase paralizzata.

«Mia madre?»

«Lo sanno tutti a Napoli che da giovane tua mamma faceva la prostituta» disse in fretta Lucia sporgendo il busto in avanti come per vomitare via le parole. «La puttana.»

Paola strinse il braccio della sorella per farla tacere ma Lucia continuò: «E tu sei come lei!».

Angie rimase impietrita a guardarla.

Lucia, terminato lo sfogo, corse via dalla stanza, mentre Paola continuò a fissarla con occhi di ghiaccio.

«Noi ti abbiamo accolta nel gruppo e tu rubi il fidanzato di mia sorella?» disse a voce bassa. «Ma scherziamo?»

Puttana.

Le sembrò di sentire ancora la parola, ma forse era solo la sua fantasia a ricostruirla nella testa. Così Angie si girò verso la porta e si incamminò lungo il corridoio. Passò davanti alla cucina. Lo stanzino era aperto.

Era lì che Lucia si era nascosta e stava piangendo per non farsi sentire dalla madre.

Angie ebbe la tentazione di entrare e di prenderla a schiaffi e a pugni. Poi cambiò idea e proseguì fino all'ingresso.

Tornò sopra.

Nina era andata via.

Gietta, seduta davanti alla finestra, guardava fuori.

Voleva chiederle qualcosa, ma non lo fece.

Si sedette al suo fianco. Fuori aveva iniziato a piovere.

1965

> Basta ricordare che il sangue di milioni di uomini e innumerevoli e inaudite sofferenze, inutili stragi e formidabili rovine sanciscono il patto che vi unisce, con un giuramento che deve cambiare la storia futura del mondo: mai più la guerra, mai più la guerra! La pace, la pace deve guidare le sorti dei Popoli e dell'intera umanità! Se volete essere fratelli, lasciate cadere le armi dalle vostre mani.
> Mai più la guerra!
>
> PAPA PAOLO VI ALLE NAZIONI UNITE, *1965*

Febbraio

Angie guardò sua madre Adelaide che distrattamente assaggiava la minestra cucinata da Gietta.

Anche Gietta stava mangiando, ma faceva rumore con la bocca a ogni cucchiaiata perché era troppo caldo e le bruciava la lingua.

Angie avrebbe voluto tapparsi le orecchie e gli occhi, e pure il naso e la bocca, scappare via dal tinello e rifugiarsi nella sua stanza al piano di sopra, accendere il mangiadischi e dimenticarsi della sua famiglia per tutta la sera.

Invece rimase lì, piantata a tavola, accanto a Pina e Italo che mangiavano in silenzio, anche loro assorti e concentrati sulla zuppa bollente.

«Comme coce» sussurrò Pina soffiando. «Però è buona, zia Gie'.»

Sembravano tutti dei sonnambuli, come se la vita fosse solo quello, soffiare sulla minestra bollente e raffreddarla.

E ogni minuto che passava era peggio.

Angie sollevò gli occhi su sua madre. Adelaide non la stava guardando, non la guardava mai. Aspettava che il vapore volasse via nell'aria, assorta come sempre nei suoi pensieri.

Chissà cosa stava ricordando. Chissà quanti uomini aveva avuto. Chissà da dove provenivano tutti i loro soldi, e chissà lei stessa da dove veniva.

«La fai l'università, Angie?» domandò all'improvviso Italo agitando la mano sulla zuppa. «Devi fare l'anno integrativo?»

Lei scrollò le spalle e non rispose.

«Che vuole fare?» Gietta stava diventando sorda e si rivolse a Adelaide. «Che vuole fare?»

Adelaide la guardò.

Angie abbassò lo sguardo sulla zuppa che fumava.

"Che schifo" pensò.

"Che famiglia di merda."

«Angie può subito insegnare a scuola, ora che si diploma» disse Gietta. «La cosa più bella che c'è: insegnare a scuola. Stipendio sicuro. Mezza giornata. Vacanze lunghe. Il tempo di dedicarsi alla famiglia.»

Angie non rispose.

Non gliene fregava nulla della scuola e del lavoro o della famiglia futura. Voleva solo poter stare con i suoi amici e scappare da quella casa.

Via.

«Può fare quello che vuole» disse Adelaide, come se lei non fosse lì in quel momento. «Angie è libera, e lo sa.»

Finalmente Angie si riscosse. «Basta.» Lasciò cadere il cucchiaio nel piatto facendo schizzare la minestra sulla tovaglia. «Non voglio che si parli di me a tavola come se non ci fossi!» urlò.

«Angie» mormorò Adelaide.

«Mi avete scocciato tutti quanti!» continuò a strillare per cancellare la voce di sua madre. «Basta!»

«Angioletta» disse Gietta.

«E lasciami in pace!» Angie si alzò di scatto e corse verso la porta d'ingresso.

Nel buio della sala non vide Federica.

La piccola stava giocando a terra con una bambola e fu investita dall'impeto della sua corsa rabbiosa.

Angie le inciampò addosso, Federica fu spinta verso la parete e urtò la testa contro l'armadio. Ma rimase distesa per terra, senza piangere. Si mise solo una mano sul capo, da cui stava uscendo del sangue, e poi riprese la bambola che era volata distante.

Angie subito s'inginocchiò su di lei e l'abbracciò.
«Non piangere, ti prego» disse, ma intanto piangeva lei. «Non piangere!»
Federica la strinse a sua volta.
«Non piangere neanche tu» disse solo.
Angie le mise la mano sul taglio alla testa e tenne premuto ma il sangue aveva già smesso di uscire.
Rimasero così per qualche minuto strette nel buio mentre nella sala da pranzo la sua famiglia, ignara di tutto, continuava a soffiare sulla minestra bollente sussurrando frasi il cui soggetto era sempre e solo lei.

Aprile

«Guardalo.»
Carlo aveva parlato a voce troppo alta.
Angie abbassò lo sguardo. Gli altri ridevano, lei invece si vergognava.
Il gruppetto di amici era fermo all'angolo di Santa Brigida e guardava giù, verso la strada e verso il negozio.
Sulla soglia il proprietario conversava con un giovane alto e ben vestito. Continuò a inchinarsi ossequioso e a parlare agitando le mani per tutto il tempo, finché l'altro non se ne andò.
Il negoziante lo seguì con lo sguardo, poi alzò gli occhi al cielo e fece un grosso sospiro prima di rientrare.
In tutto e per tutto *una vecchia checca*. I suoi amici avevano ragione.
Peccato solo che il negoziante fosse Italo.
Suo cugino aveva trentatré anni ma sembrava molto più anziano, forse per via della mancanza di capelli, o degli occhiali e della pancetta. Il matrimonio con Pina lo aveva reso un mansueto uomo di casa, all'antica, che davanti alla moglie e a Gietta taceva, mangiava, annuiva e non dava mai fastidio. E con sua figlia Federica era premuroso come un'altra vecchia zia.
Al negozio però, Angie lo sapeva, risuscitava il vero Italo, che era spiritoso, aveva tanti amici e la battuta facile.
Peccato che gli amici fossero sempre maschi e della stessa sua categoria.

Angie, in sua presenza, provava sempre una sensazione di imbarazzo, e la irritava pensare che tale fastidio fosse legata al ricordo di quello che aveva visto nel retrobottega del suo negozio tanti anni prima.

"Chi se ne frega" pensò.

Peccato solo che a tutti gli altri fregasse tanto.

«Uno di questi giorni gli combiniamo qualcosa» stava dicendo ancora Carlo.

«Perché?» chiese Vincenzo. «Che t'ha fatto?»

«Ah. Allora sei come lui?»

«Eh no!» Vincenzo guardò Angie, ma Angie volutamente non gli restituì l'attenzione.

«Mi dà fastidio che esiste, ecco perché» aggiunse Carlo, e gli altri ulularono in coro: «Ric-chio-ne! Ric-chio-ne! Ric-chio-ne!».

Angie li imitò, anche perché Italo era dentro al negozio e non poteva più sentire, ma si guardò bene dal dire che quello era suo cugino più grande.

Oltre a tutti gli altri pregi, Carlo era naturalmente un capobanda.

«Ci andiamo a chiusura, tutti insieme» propose Ferdinando. «E gli mettiamo a soqquadro il negozio mentre uno di noi lo distrae.»

«E ci pigliamo qualche cravatta» rincarò Eduardo. «Sono veramente belle.»

«I ricchioni hanno gusto.»

«Adesso andiamo?» disse Angie all'improvviso, appendendosi al braccio di Carlo. «Fa freddo.»

Lui le strofinò il gomito sul seno, senza curarsi che gli altri potessero accorgersene, e non le rispose, però si incamminò verso la strada. Ad Angie diede fastidio, anche se non lo mostrò. Era comunque bello essere la ragazza di Carlo.

Si avviarono verso via Toledo, che era ingombra di auto tutte ferme per via di un camioncino bloccato all'incrocio dei Quartieri Spagnoli.

Superarono la folla dei passanti e dei curiosi e andarono in direzione di piazza Plebiscito, dove avevano appuntamento con gli altri.

La piazza era spazzata da un freddo vento pomeridiano e attraversata da un'infinità di macchine e autobus che andavano da Santa Lucia al centro. Palazzo Reale incombeva nel suo grigiore, pieno di pietra scura, statue sporche, mattoni e intonaco rosso, vecchio e cadente come l'intera città.

Non sembrava neanche primavera e forse avrebbe pure piovuto. Però Angie era contenta.

Si strinse di più a Carlo rimpiangendo di avere solo il cappotto, ma mettere la sciarpa era da cretini. Solo Vincenzo ne aveva una, pelosa, blu e verde, che faceva due giri attorno al collo. "Appunto" pensò lei, e rabbrividì.

Il gruppetto che li aspettava davanti al Gambrinus era composto in prevalenza da ragazze. Angie sentì addosso gli occhi azzurri e freddi di Lucia e di Paola mentre si avvicinava, ma all'ultimo le gemelle distolsero lo sguardo.

Lucia aveva smesso di rivolgerle la parola da quando Angie si era messa con Carlo.

Una volta lei aveva anche cercato di parlarle, ma Lucia le aveva girato le spalle.

Sempre stronza.

Quella sera però Lucia era ancora più carina, con un cappottino celeste con i risvolti blu e la gonna dello stesso colore che mostrava le ginocchia. I capelli lunghi e biondi erano tenuti fermi alle orecchie da due fermagli azzurri come i suoi occhi.

«Ciao a tutti» disse Angie fermandosi davanti al bar mentre Carlo si staccava da lei per abbracciare, uno dopo l'altro, tutti gli amici.

Le altre ragazze risposero al saluto a malincuore, senza guardarla.

Solo Marina, che era gentile, le dette confidenza.

«Bello questo cappotto» disse.

«L'ho preso a via Chiaia con mamma.» Angie faceva fatica a chiamare così Adelaide, però si costringeva a farlo soprattutto con le amiche.

Marina aveva tagliato i capelli e cambiato la montatura degli occhiali. Era diventata la ragazza più sofisticata ed elegante del gruppo. Da Andrea era passata a Mario e poi a Michelangelo, ma sempre come una principessa. Sempre lei a lasciarli e sempre loro a soffrirne.

Sua madre era veneta e di origini nobili. Angie, qualche volta, nei momenti di insicurezza, desiderava essere come lei. Leggera, indifferente a tutto e a tutti, e con le idee chiare su ciascuno.

«Vieni» disse Marina prendendola sottobraccio e tirandola da parte, ma a voce bassa. «Ti devo parlare.»

«Che c'è?» Angie la seguì sorridendo.

Marina la fissò negli occhi. «Carlo dice che con te è stato bene» disse. «Che sei una *bomba del sesso*.»

Angie arrossì e si guardò attorno.

Nessuno badava a loro, meno di tutti Carlo, che era circondato dalle ragazze e dagli amici.

«Ti ha detto lui così?» chiese con imbarazzo. «Proprio *così*?»

Marina era diventata la migliore amica di Carlo, da un po'.

«Mica solo a me!» rise lei. «Lo va dicendo a tutti.»

Marina non l'aveva fatto ancora con nessuno. Non aveva avuto bisogno di farlo, lei era rispettata e accettata comunque. Angie invece non si sentiva altrettanto sicura di essere accolta con la stessa simpatia. Però a lei fare l'amore piaceva, soprattutto perché era innamorata di Carlo.

E poi, da quando stava con lui, si sentiva finalmente parte di qualcosa d'importante e si sentiva accettata da tutti.

«Parla troppo» disse Angie.

«Carlo?» Marina rise. «Lo conosci.»

«Non deve dirlo a tutti.»

«Ne parla con gli amici.»

«Non voglio.»

«Loro non vedono l'ora di provarci.» Marina la fissò, sempre sorridendo. «Appena vi lasciate.»

«Ma io e Carlo non ci lasciamo» rispose Angie, gettando un'occhiata verso il suo fidanzato.

«Tutti si lasciano.» Marina si morse il labbro esitante. «Mi ha chiesto di dirtelo.»

«Cosa?»

«Lo sai.»

«Cosa, Marina?»

«Che vi siete lasciati.»

Angie guardò Marina per capire se stesse scherzando, poi si voltò verso Carlo, ma non lo scorse subito. Si era allontanato di qualche passo con una persona e, nella luce che si andava abbassando, lei ebbe difficoltà a riconoscere subito la sua compagna, ma poi distinse l'azzurro del cappottino.

Lucia gli aveva messo entrambe le mani sulle braccia e, alzandosi sulle punte, gli diceva qualcosa all'orecchio.

«Hai capito?» chiese Marina.

«Ma cosa?»

Angie vide che Carlo allungava le sue e la circondava in un abbraccio.

«Carlo?» chiamò.

Lui alzò gli occhi verso Angie poi li abbassò di nuovo su Lucia, rise e si allontanò con lei verso il bar.

Angie si mosse per andare da lui, ma Marina le afferrò la mano. «Che fai?» chiese.

«Vado da Carlo.»

«Non essere ridicola. Lasciali stare. Non vedi che stanno facendo pace.»

«Pace?»

«È stata una parentesi, Angie» disse Marina. «Quei due si amano e adesso tornano insieme.»

«Ma che cavolo vuoi?» Angie si liberò della sua stretta, mentre con la coda dell'occhio vedeva Carlo e Lucia che, sempre stretti, sempre bisbigliando, entravano nel Gambrinus.

In quel momento si avvicinò Paola. Aveva lo stesso sguardo cattivo di quando era piccola.

«Che ti credevi?» Il suo cappotto era blu scuro, i fermagli rossi nei capelli luccicavano di brillantini.

«Che vuoi?»

«Pensavi di poterti tenere Carlo?» chiese, poi aggiunse a voce bassa: «Solo perché sei una grandissima porca?».

«Io?» Angie indietreggiò, come se le avesse dato uno schiaffo, ma non riuscì ad aggiungere altro.

Lo sguardo del gruppo le sembrò all'improvviso puntato solo su di lei, tutti che la osservavano come a dire: *Finalmente' sta scema ha capito.*

L'unico che la guardava con un po' di pietà era Vincenzo.

Gli occhi di Angie si riempirono di lacrime.

Paola se ne accorse. «Hai rotto le scatole, negra» disse ridendo, non più a voce bassa. «Non è che una la dà facile agli uomini e tradisce le amiche, e poi tutto s'aggiusta. Eh no!»

Angie non seppe cosa dire.

«Basta, Paola.» Marina, al suo fianco, intervenne ma con aria distante. «Non è necessario.»

«Qua lo sanno tutti com'è fatta» continuò implacabile Paola senza più guardare Angie, però a voce alta per farsi sentire. «Lo sanno tutti che è disponibile. A fare *tutto*.»

Angie sentì girarle la testa.

Sulla piazza era sceso il buio all'improvviso.

Guardò le facce di quelli che aveva pensato fossero i suoi amici. Fece qualche passo indietro, poi s'incamminò verso il centro della piazza con le lacrime che l'accecavano.

Dopo un attimo prese a correre senza far caso alle parole che le gridavano dietro. Corse attraverso i vicoli alle spalle della piazza finché non fu arrivata al Pallonetto e poi oltre, per via Egiziaca, senza fiato, fino al parapetto del monte Echia, che si affacciava sulla città.

Rimase a guardare, le mani sul tufo, sognando di trovare il coraggio di buttarsi di sotto.

Poi una rabbia enorme cominciò a montarle dentro, una rabbia che voleva uscire a ogni costo.

Allora Angie gettò la testa all'indietro e urlò, con tutto il fiato che aveva in corpo, senza curarsi di una vecchia che passava e che la guardò allontanandosi poi di fretta.

Urlò finché non ebbe più voce e la gola le fece male, come se sanguinasse.

1966

Drammatica situazione in città di stamani. L'Arno straripa a Firenze.
Ha invaso le officine dell'acquedotto all'Anconella: molte zone rischiano di rimanere senza acqua. Il fiume è uscito dagli argini a Rovezzano e a Compiobbi. Allagate molte abitazioni. Gli orafi del Ponte Vecchio mettono in salvo i preziosi. Impressionante spettacolo notturno dai lungarni. Superate le spallette nel lungarno Acciaioli. Molte famiglie lasciano le case.

"LA NAZIONE", *novembre 1966*

Giugno

«Allora è deciso» disse Gietta.

«Va bene» confermò Adelaide. «Mi pare la cosa migliore.»

«Sicuro che ce la fa?» Nina le lanciò un'occhiata, aspirò la sigaretta e indirizzò il fumo verso il suo viso.

Angie si fece vento con la mano. Stava sopportando quelle tre ormai da un'ora, e non ne poteva più. «Ce la faccio, non ti preoccupare» disse con un pizzico di acidità.

«Mica mi preoccupo» rispose Nina. «Solo non vorrei che tua madre buttasse soldi inutilmente.»

«Grazie Nina» disse Angie. «Sei sempre affettuosa.»

«Tu invece sei sempre lagnosa.»

«Ecco.» Pina arrivò dalla cucina portando una teglia. «Il dolce al caffè, fresco fresco. Così festeggiamo.»

«Cosa festeggiamo?» chiese Federica, che la seguiva da vicino.

Era diventata una bambina grassottella e golosa, con i ricci neri e gli occhi splendenti che la rendevano molto simile a sua zia.

Forse per questo Nina le voleva un gran bene.

La prese in braccio subito. «Festeggiamo che Angie andrà all'università» le disse dandole un pizzicotto affettuoso sulla guancia. «Finalmente ha deciso.»

Angie si tirò indietro con la sedia, infastidita. A lei Nina non aveva mai fatto una coccola, mai, né quando era piccola e certo non adesso.

«A me mi avrebbe piaciuto studiare.» Pina sospirò e si sedette vicino al tavolo del tinello. «Ma soldi in casa non ce n'erano.»

«*Sarebbe piaciuto*, mamma» la corresse Federica.

«Fa lo stesso.» Pina iniziò subito a tagliare una fetta di dolce. «L'importante è capirsi.»

Avevano riammobiliato da poco il tinello e il risultato, secondo Angie, era ancora più pesante di prima: brutti mobili scuri eccessivamente ornati e una tappezzeria delle sedie che faceva male agli occhi.

Pina divise le porzioni e le passò un piattino con una mattonella del dolce, una composizione buonissima di biscotti, caffè, uova e zucchero che tutti loro amavano.

Angie avrebbe voluto dare un segnale di distacco, di disprezzo, e lasciare tutto lì, ma non ce la fece.

Il dolce al caffè le piaceva troppo.

Lo finì in quattro cucchiaiate, poi si alzò. «Vabbè, io me ne vado» disse senza rivolgersi a nessuno, solo guardando Federica.

«Aspetta.» Gietta la fermò con la mano. «Allora è deciso, sicuro?»

«Sì, sì è deciso» rispose lei cercando di non sembrare troppo annoiata.

«Non era meglio Lettere, semmai con indirizzo moderno?» chiese di nuovo Gietta in tono lamentoso, ripetendo sempre la solita storia. «Così poi fai l'insegnante, con un sacco di giorni di vacanza e lavori solo la mattina. E la scuola è un ambiente tranquillo.»

Era almeno la quindicesima volta che glielo proponeva.

Angie scosse la testa. «No, odio i bambini» ripeté. «Li odio.»

Poi fece una smorfia a Federica, che rise e le cacciò la lingua.

«Ma Giurisprudenza?» propose Ade per l'ennesima volta.

«Ancora?»

«Medicina?»

«No, e manco Ingegneria, Matematica, Chimica e Farmacia.» Angie li enumerò di nuovo sulla punta delle dita. «E nemmeno Scienze Politiche!»

«Lingue?» Ancora Gietta.

«Ho detto che farò Architettura e Architettura farò» sbottò lei.

«Sicura che ce la fai?»

«Certo che ce la faccio, Nina.» *Ce l'hai fatta tu.*

«Ma se non hai mai fatto un disegno in vita tua!»

«E che significa.» Angie avrebbe voluto strillare.

Quella era proprio la casa dei pazzi, e lei si sentiva d'impazzire più di tutti lì dentro.

«Adesso me ne vado» disse. «Tengo da fare.»

Si mosse verso la porta.

«Che hai fatto poi con l'avvocato?» chiese Nina distratta, accendendo una sigaretta col mozzicone dell'altra.

«Fumi troppo.»

«Sono fatti miei, Gietta.» Soffiò via il fumo. «Allora, Adelaide?»

Angie si fermò sulla soglia, mentre Adelaide, con calma, prendeva gli occhiali, il libro e lo scialle di seta con cui era scesa, nonostante facesse caldo.

«Sono a buon punto, dice il perito» sospirò. «Forse una scappatoia legale c'è.»

«Per cosa?» chiese Pina.

«Per non perdere la proprietà alla morte mia e di Gietta.»

«E mamma mia.» Gietta si segnò con dispetto. «E che miseria!»

«Sei l'unica che ci può riuscire» disse Nina fumando, preoccupata e indifferente allo stesso tempo.

Tutto si ripeteva, in quella casa e in quella famiglia, senza soluzione, pensò Angie. Tutto era sempre identico a prima, gesti, parole, e dietro le parole sentimenti, emozioni. Nessuno voleva mutare mai nulla, ognuno sembrava incatenato a quello stato.

Lei sarebbe stata diversa.

«Ascolta pure tu, Angie» disse Gietta fissandola. «Sono pure fatti tuoi.»

«Non me ne importa niente di questa casa» rispose lei per l'ennesima volta.

«Se ti avessimo rinchiusa qualche volta nello sgabuzzino» mormorò Gietta alzando il mento e fissandola per farle paura, «adesso saresti riuscita meglio.»

Gietta si faceva sempre più grassa e compatta, e con l'età si era anche accorciata. Le piaceva mangiare, le piaceva cucinare, le piaceva stare ferma, seduta. E seduta sembrava più alta che in piedi. Ma come sempre era lei che comandava. Angie non ricordava un attimo della sua vita senza la zia, chissà quanto ancora avrebbe dovuto sopportarla.

«Gietta, statti zitta!» gridò Nina, per la prima volta in sua difesa.

«Perché, che ho detto?»

Nina roteò gli occhi, scocciata.

«E che ci tenete voi con questo sgabuzzino.» Gietta alzò le braccia al cielo. «E pare che non si può nemmeno nominare!» continuò arrabbiata. «Come se fosse successo qua!»

«Successo cosa?» chiese Federica, che stava mangiando la seconda porzione di dolce al caffè.

Si sarebbe fatta grassa come la prozia, pensò Angie con un pizzico di preoccupazione, però lei non avrebbe lasciato che succedesse. Quando Federica sarebbe diventata appena un po' più grande le avrebbe insegnato cos'era davvero importante nella vita, non quel gruppo di donne che sembravano tutte diverse ma che in realtà erano tutte uguali.

«Niente.» Nina si alzò, facendo rumore con i piedi della sedia. «Sciocchezze. Cose vecchie.»

Solo lo sgabuzzino riusciva a irritare la sua imperturbabile e sofisticata cugina.

Angie decise che era il momento di uscire.

«Ciao a tutti» urlò, ma non attese la risposta.

Mentre scendeva verso la casa delle gemelle Mazzullo ripensò a loro, come le succedeva spesso.

Tua mamma faceva la prostituta, le avevano detto.

Angie ci aveva creduto all'istante, senza neanche indagare e senza mai chiedere nulla a Adelaide.

Forse non aveva trovato il coraggio, oppure – semplicemente – non aveva voluto più sapere.

In ogni caso adesso aveva smesso di parlare con lei, anche delle cose più insignificanti. Ormai viveva chiusa in camera sua, mangiando quando voleva e cercando di stare il più possibile fuori casa. A scuola non era più nel gruppo che contava, ma si era fatte amiche due delle ragazze più indesiderate della classe, con le quali passava il tempo senza troppe confidenze e senza mai divertirsi.

Cinzia aveva i capelli biondi e unti, tenuti da un frontino. Maria Concetta era una spilungona col naso grosso, figlia dell'elettricista che lavorava per suor Orsola, e che perciò pagava metà della retta.

Ma adesso era finita.

La scuola era finita, e lei avrebbe avuto una vita nuova, una vita vera, all'università.

Però, passando davanti alla casa delle gemelle Mazzullo, assestò un calcio forte contro il loro portone, e continuò a scendere di fretta.

Quando fu arrivata in strada la attraversò senza guardarsi attorno.

Sentì i clacson delle macchine, ma non ci fece caso.

Passò davanti ai cancelli della Villa Comunale, girò verso l'interno per attraversarla e andò a sbattere contro qualcuno.

Un uomo.

Si tirò indietro, e con sorpresa si rese conto che era Dario, il marito di Nina.

«Dario» esclamò. «Che ci fai qui? Nina ha detto che era da sola a Napoli.»

«Ciao, Angie.» Dario sembrava sorpreso quanto lei. «Ti sei fatta grande.»

«Che ci fai qui?» chiese di nuovo.

«Sono arrivato all'improvviso e pensavo di fare una sorpresa» disse, però si vedeva che era una scusa.

«Stavi spiando la casa?» chiese Angie.

«Ma scherzi?»

Non lo vedeva da mesi. Dario era dimagrito e il suo viso era attraversato da rughe verticali che però lo rendevano ancora più attraente.

«E allora che fai qui sotto?» Angie allargò le braccia. «Sembravi nascosto.»

«Ma no.» Lui guardò il palazzo. «No.»

«No?»

«Nina è di sopra?»

«Sì» confermò Angie. «È successo qualcosa?»

«Nulla» disse Dario. Un ciuffo di capelli biondi gli ricadeva sugli occhi, il colletto della camicia era allentato. Non sembrava l'uomo di successo che lei ricordava.

La fissò negli occhi. «Non dirle che sono qui.»

«Ma perché?» Angie non ci capiva più nulla. «Se non mi dai una ragione valida torno sopra e dico a Nina tutto» minacciò, ma mentiva. Non avrebbe fatto la spia, e per Nina poi, mai e poi mai.

Lui allargò le braccia in un gesto di sconfitta. «Volevo solo essere sicuro che stesse da voi. Tutto qui» disse. «Che non fosse altrove.»

Poi le lanciò un'occhiata triste, e Angie capì. E suo malgrado le venne da ridere.

«Pensi che ti tradisca?» chiese incredula. «Che venga a Napoli per un amante? E chi sarebbe?»

«Con lei non sei mai sicuro di niente» mormorò lui e per un attimo sembrò molto giovane. Poi si raddrizzò, scosse la testa tentando di recuperare il suo contegno. «Non lo so se c'è qualcuno. Non ci pensare. Sei ancora giovane» ripeté.

Poi si frugò in tasca, estrasse un fermasoldi d'oro pieno di banconote.

Tirò fuori una carta da diecimila lire e gliela mise in mano. «Ecco. Comprati qualcosa di bello, Angie.» Le chiuse la banconota tra le dita. «Non dire a nessuno che mi hai visto. Me ne vado via subito.»

E prima che lei potesse rispondere si girò e si allontanò verso uno dei viali.

Angie restò con i soldi in mano, sbalordita.

Dario aveva pensato di poterla comprare così. Come una puttana.

Accartocciò il biglietto tra le dita e stava per gettarlo a terra, poi andò a passo deciso in linea retta verso il mare, attraversò la strada, arrivò al parapetto basso, lo scavalcò.

Oltre c'erano gli scogli bassi. Sotto, il mare ribolliva nello spazio ristretto tra le pietre bianche.

Strinse il pugno attorno alla banconota da diecimila lire e l'appallottolò, e le sembrò di compiere un gesto simbolico che significava il suo rifiuto totale di tutto, famiglia, denaro, passato.

Aprì la mano e la lasciò cadere nell'acqua, dove affondò lentamente.

Poi la superficie tra gli scogli tornò placida.

Non c'era più niente.

1967

> E spararagli per cosa? Non mi hanno mai chiamato "negro", non mi hanno mai linciato, non mi hanno mai attaccato con i cani, non mi hanno mai privato della mia nazionalità, stuprato o ucciso mia madre e mio padre. Spararagli per cosa? Come posso sparare a quelle povere persone? Allora portatemi in galera. Siete voi il mio nemico, il mio nemico è la gente bianca, non i Vietcong, i cinesi o i giapponesi.
>
> MUHAMMAD ALÌ, *Contro l'arruolamento per il Vietnam, 1967*

Dicembre

Angie guardò la facciata in bugnato grigio di Palazzo Gravina e le sembrò di scorgere una figura con un pullover rosso che si sporgeva oltre il parapetto di pietra.

Impossibile, pensò, il bordo era troppo alto per salirci sopra.

Alzò di nuovo la testa ma non vide nulla, così non ci pensò più.

Nel cortile centrale della facoltà di Architettura erano raggruppati gli studenti in assemblea permanente dopo l'occupazione.

I ragazzi dei primi anni stavano sul fondo del cortile, gli ultimi erano avanti. Qualcuno aveva portato i tavoli del primo piano sotto i portici per sistemarsi meglio e per resistere, eventualmente, visto che si vociferava dell'arrivo della polizia per riportare l'ordine in facoltà.

In mezzo ai due pilastri, accanto al banchetto dei libri usati, c'era ad aspettarla Enrico Spada. Era uno studente del quarto anno che aveva conosciuto da poco e che aveva iniziato subito a farle la corte. Si vestiva sempre tutto di velluto scuro, pantaloni, giubbotto, anche la camicia, e aveva barba e capelli lunghi fino alle spalle, ma pochi, biondi, lucidi.

«Ciao, Angie.»

Angie si era messa un pantalone stretto, un pullover bianco a collo alto e una giacca di pelle che le arrivava a metà coscia, regalo di sua madre.

«Ciao, Enrico» disse.

Lui stava fumando e le offrì una Marlboro.

Angie la prese, l'accese e cominciò a soffiare via il fumo guardandosi attorno.

«Ti stavo aspettando» disse Enrico. «Volevo farti vedere il vecchio.»

«Chi?» Angie continuò a guardarsi intorno distratta.

I suoi compagni del secondo anno erano nell'angolo opposto, uno la salutò con la mano. Stavano scrivendo su uno striscione.

«Ciao Angie!» urlò un altro studente, alto e vestito di nero.

Una ragazza le sorrise.

Frequentava la facoltà di Architettura solo da un anno ma aveva un sacco di amici a cui il colore ambrato della sua pelle non dava fastidio, anzi. Piaceva.

Rispose ai saluti ma restò accanto a Enrico.

«Il vecchio preside è venuto a farci lezione con le diapositive. Lo abbiamo chiamato noi del collettivo per provocarlo, e lui è venuto!» continuò cercando di mettere un po' di entusiasmo nelle parole. «È uno che ha costruito mezza Napoli durante il fascismo.»

«Già» disse Angie continuando a fumare e lanciandogli un'occhiata distratta.

«Ti faccio vedere le diapositive. Una cosa speciale, vedrai.»

«Uh-uh.»

«Che hai?»

«Niente.» Enrico parlava tanto, ma di cose inutili, come se avesse paura del silenzio. Lei invece amava perdersi nei pensieri.

«Sto ancora dormendo» mentì. «Me lo ricordo. Me lo hai detto ieri. Certo.»

«Saliamo, allora?» chiese lui indicando la grande scala in marmo sulla destra. «Hanno preparato l'aula magna.» Poi ripeté: «Ci sono le diapositive!».

Angie sollevò gli occhi verso il cielo, che era di un azzurro quasi bianco.

In alto, affacciato al parapetto di metallo del cortile interno, ancora una volta le sembrò di vedere qualcuno che si sporgeva, però in maniera sbilenca.

«Hai visto quello?» Angie lo indicò.

Enrico mise la mano davanti agli occhi per proteggersi dal sole e guardò in alto.

Non c'era più nessuno.

«Non vedo niente» Poi la guardò. «Angie, io salgo, voglio sedermi avanti. Tu che fai, vieni?»

«Sì, certo.»

Angie era orgogliosa di essere amica di uno del quarto che già le aveva presentato un sacco di persone. Ed era anche fiera di tutti questi ragazzi grandi che le dimostravano simpatia, facendola sentire interessante – e quasi bella – come non si era mai considerata.

Aveva scelto Architettura senza un motivo particolare, non sapeva disegnare né mai si era appassionata alla storia dell'arte, né amava l'arredamento o l'arte. Però, tra tutte, le era sembrata la cosa più adatta a lei. Una facoltà strana, frequentata da gente strana come lei.

«Vieni?» chiese Enrico.

Angie, invece di salire con lui, avrebbe voluto restare con i suoi compagni di corso ben più divertenti. E poi tra loro c'era Nicola, che era di Salerno, alto, col viso triangolare e gli occhi intensi. Le faceva una corte timida e costante, ma colta, coltissima, piena di citazioni da romanzi e da testi moderni.

Le parlava di Sartre, Rimbaud e Baudelaire.

Tutti troppo francesi. Angie aveva provato a leggere qualcosa, ma subito si era stancata. Aveva tentato anche con il *Manifesto* di Marx che, a quanto pareva, bisognava conoscere a memoria, però lo aveva messo da parte a pagina due, fidandosi di quello che dicevano gli altri, e cioè che lì dentro c'era la chiave di un futuro più giusto.

Angie, in verità, voleva capire, non tanto l'architettura, ma la vita, fuori e dentro la facoltà. Le persone. Il mondo.

Peccato solo che Enrico fosse così brutto.

«Andiamo» disse spegnendo la sigaretta, facendo un cenno di saluto a Nicola che la guardava dal fondo del cortile.

Poi alzò di nuovo gli occhi verso l'alto per capire se quel tizio col pullover rosso stava ancora lì.

No, non c'era più nessuno.

«Di te mi piace che sei così equilibrata» disse Enrico che, appena poteva, le spiegava i mille motivi per cui lei gli piaceva. «A tuo agio, nel posto giusto.»

Angie si sentiva invece sempre nel posto sbagliato, ma non rispose, si lasciò portare verso la scala.

«Lo sai che a te ci tengo un sacco?» chiese lui senza il coraggio di guardarla, salendo a testa bassa. «Lo hai capito, oppure no?»

«Si vede» disse lei, che era sempre sincera. *Peccato che tu non mi piaci*, avrebbe voluto aggiungere, ma preferì stare zitta.

Enrico accelerò il passo lungo la scala fino al primo piano.

Fuori dall'aula magna c'era un piccolo gruppo di studenti in attesa. Alcuni erano seduti sul davanzale della finestra, altri stavano al centro del corridoio in cerchio attorno a un uomo anziano, calvo, elegante, con un cappotto nero.

Stava parlando con una certa autorevolezza nonostante la facoltà fosse occupata.

«Eccolo» disse Enrico. «È quello.»

Il vecchio professore stava raccontando di un edificio che aveva progettato. Attorno a lui c'erano due docenti, qualche giovane architetto e alcuni studenti dell'ultimo anno, tutti con la barba e tutti calvi.

Il preside portava un monocolo all'occhio destro.

Angie si avvicinò provando ad ascoltare ma non capì nulla – Case popolari, Mostra d'Oltremare, Castellammare di Stabia – il vecchio anticipava i temi della lezione che avrebbe tenuto di lì a poco, agitando le mani in maniera misurata, da grande architetto, gran professore, gran preside.

«Fascista» sussurrò Enrico a voce bassissima, tanto che Angie riuscì a stento a sentirlo. Lo guardò: si era fatto tutto rosso per la paura di essere scoperto.

Angie allora provò a osservare anche gli altri studenti che circondavano il professore e si accorse che la maggior parte lo guardava con aria critica, scuotendo la testa, come per far capire che non erano d'accordo su nulla di ciò che stava dicendo il vecchio.

Il preside forse se ne rese conto ma continuò a parlare.

A un tratto però, disegnando nell'aria col braccio un gesto troppo ampio, il monocolo scivolò dal viso e cadde a terra.

Rotolò sul pavimento come una pallina, fermandosi davanti ai piedi di Angie, che stava di lato al professore.

Tutti gli studenti, sia quelli critici che quelli entusiasti, anche i docenti, si piegarono in avanti per raccogliere il monocolo dal pavimento, ma il vecchio professore li fermò tutti con un gesto.

Si girò verso Angie e verso il punto in cui la lente si era fermata e mise il piede sul monocolo, poi lo schiacciò come se fosse stato un insetto, muovendo il piede in una direzione e poi nell'altra.

Quindi, dal taschino del panciotto, prese un'altra lente nuova e la mise tra sopracciglia e parte alta della guancia.

Poi riprese a parlare come se nulla fosse.

Il suo gesto, che lasciò tutti di stucco, ad Angie fece venire in mente che quell'uomo rappresentava un altro mondo – un mondo vecchio, elegante e manieristico – che non aveva più nulla a che fare col presente.

In lui Angie riconobbe tratti della sua famiglia, anche degli zii di paese, antichi e noiosi come i parenti di Napoli.

Poi arrivò un bidello in camice blu per avvisare che l'aula magna era pronta e che il proiettore era stato montato.

Il preside si girò e si mosse verso l'ingresso della stanza seguito dagli studenti, dai giovani architetti e dai professori.

Anche Enrico si accodò al gruppo.

Angie invece rimase ferma e osservò i resti di vetro del monocolo.

«Non vieni?» la chiamò dalla porta Enrico. «Iniziano, Angie!»

«Vengo» disse lei, poi però rimase a guardare i cocci per terra.

Quando la porta dell'aula magna fu chiusa si allontanò lungo il corridoio e tornò alla scala.

Invece di scendere dai suoi compagni di corso che stavano certamente ancora in cortile, decise di salire.

Al livello di sopra qualcuno stava intonando *Dio è morto*.

Angie andò a vedere.

Al secondo piano c'era il gruppo di ragazzi più grandi che stava tenendo un'assemblea. A terra, accanto alla porta, c'era uno striscione colorato su cui era scritto FUORI I FASCISTI. Accanto alle finestre c'erano tre bidelli anziani e annoiatissimi che guardavano gli studenti con pazienza e rassegnazione.

«Hanno chiamato la polizia per farci sgomberare» le disse con tono trionfale un tizio dell'ultimo anno.

Angie finse di esultare come se quello fosse un risultato importante, poi provò a cantare con loro, ma si rese subito conto di essere l'unica ragazza nel corridoio in mezzo a venti maschi, e che tutti la guardavano.

Così tornò alla scala e salì verso il terzo piano.

La porta del terrazzo era socchiusa.

Angie ci era salita solo una volta, al primo anno. Non c'erano aule né laboratori, solo locali di servizio.

Spinse il battente di legno. Il terrazzo aveva la stessa forma rettangolare dell'edificio e vi sporgevano i corpi alti e i lucernari delle grandi aule.

Al centro c'era l'affaccio corrispondente al cortile interno.

Vicino al parapetto era fermo un ragazzo con un pullover rosso a collo alto.

Una giacca di pelle stava piegata da parte assieme a una borsa di cuoio e qualche libro ben impilato.

Lui aveva passato il parapetto ed era fermo dall'altro lato, sul cornicione di pietra.

«Ehi!» Angie lo chiamò. «Che fai?».

Il ragazzo si girò a guardarla, poi scosse la testa.

«Hai bisogni di auto?» chiese lei ma l'altro non rispose.

Angie attraversò il terrazzo a piccoli passi senza levargli gli occhi di dosso.

Aveva i capelli neri, corti e gli occhiali. Il viso era bello, i lineamenti regolari, gli occhi spaventati.

«Ma che fai?» chiese di nuovo.

«Mi butto» disse lui. Si vedeva che aveva paura. «Mi butto giù.»

«Perché?» Angie si sentiva irreale, inutile, come un pesce in una boccia.

«Che cos'è successo?» chiese.

Lui la guardò con attenzione tenendosi alla ringhiera, le dita bianche per la pressione esercitata sul ferro.

«Mi fa schifo tutto» sussurrò, poi urlò. «Mi fa schifo tutto!»

«Anche a me» disse lei senza pensarci. «Tutto.»

Però non mi butto giù, avrebbe voluto aggiungere. Invece rimase in silenzio a guardarlo, affascinata.

Poi avvicinò la mano.

Lui osservò le dita di Angie.

Un attimo dopo, senza dire nulla, afferrò il palmo e poi scavalcò il parapetto di metallo per tornare dall'altro lato del terrazzo.

Scoppiò a piangere e Angie lo abbracciò e lo tenne stretto.

«Che cavolo ti è preso?»

«Te l'ho detto.»

Il mondo faceva schifo, d'accordo, il mondo era vecchio e brutto, inutile, stupido, però magari si poteva fare qualcosa per cambiarlo, pensò Angie.

Forse era questo un senso, cambiare il mondo e renderlo un posto migliore.

Rivoltarsi. Dalle finestre aperte del piano di sotto si sentivano i cori degli studenti che intonavano una canzone in inglese.

Angie provò a cantare con gli altri.

«Andiamo anche noi?» chiese.

«Sei un angelo?»

«No, sono Angie» rispose. «Gli angeli sono tutti morti.»

1968

> Le truppe accostarono un gruppo di donne, inclusa una adolescente. Un soldato afferrò la ragazza e con l'aiuto degli altri cominciò a svestirla. "Vediamo come è fatta", disse uno. "Viet-cong bum bum", disse un altro, dicendo alla ragazzina che era una prostituta dei viet-cong. "Ho voglia", disse un terzo. Mentre spogliavano la ragazzina, con cadaveri e capanne bruciate tutt'attorno, la mamma della ragazza cercò di salvarla. Un soldato le diede un calcio, un altro la schiaffeggiò. Ron Haeberle si precipitò a fare una fotografia al gruppo di donne. Quando si accorsero di Ron, lasciarono perdere e si voltarono come se tutto fosse normale. Poi un soldato chiese: "Beh, che ne facciamo, di loro?". "Uccidile", rispose un altro. Sentii partire un M60, e quando ci voltammo erano tutte morte, compresi i bambini che avevano con loro.
>
> CAPORALE JAY ROBERTS, *Testimonianza sul massacro di My Lai, Vietnam, 1968*

Giugno

Angie aveva accompagnato Italo, Pina e la bambina al negozio di via Santa Brigida.

Erano previsti disordini in piazza Municipio e per questo suo cugino aveva voluto anticipare la chiusura abbassando le saracinesche già alle cinque del pomeriggio.

Sua moglie gli avrebbe fatto compagnia nel negozio chiuso pronti a difendere la merce in qualsiasi evenienza, mentre lei avrebbe accompagnato Federica da un'amichetta che abitava a via Cervantes.

«Se non presidiamo ci sfasciano le vetrine» disse Italo sconsolato, guardandosi attorno nel negozio. «Che guaio.»

«'Sti figl'è zoccole» mormorò Pina.

Angie aveva accettato di aiutarli. Le piaceva stare con la nipote, e Federica amava ascoltare le sue storie. Era diventata una bambina carina, molto somigliante al lato femminile – quello bello – dei Morelli.

Ad Angie faceva venire in mente sua cugina Nina.

«Il mondo è ingiusto» le disse quel pomeriggio tenendola per mano dopo aver salutato i genitori rintanati nel negozio come due militi pronti a tutto. «Per renderlo giusto bisogna lottare.»

«Contro i cattivi?» chiese Federica.

«Esatto.»

«E chi sono i cattivi?»

Avevano imboccato via Toledo piena di traffico e di gente.

Non c'era traccia dei cortei annunciati dalla polizia o dei disordini temuti da Italo.

"Il solito cacasotto" pensò Angie.

«I cattivi sono i borghesi, la Chiesa e i politici» rispose. «Invece i buoni sono gli operai, i proletari e gli studenti. E tutti i giovani, anche i bambini.»

Semplice.

«Chi sono i borghesi?»

«I borghesi sono le persone che hanno casa, lavoro e famiglia e pensano solo ai fatti loro.»

«Perché, a cosa devono pensare?»

«Al bene degli altri.» Angie allargò le braccia.

«E perché?»

«Perché se tutti pensassero al bene degli altri il mondo sarebbe un posto migliore, no?»

«Certo.» Federica sembrava un po' confusa, ma anche d'accordo.

«Hai visto.» Angie allargò le braccia. «Quindi abbiamo ragione noi rivoluzionari? Oppure hanno ragione i borghesi?»

«Noi.» Federica sollevò il pugno. «Mamma e papà sono borghesi o rivoluzionari?»

«Borghesi, ma piccoli. E anche Gietta e zia Adelaide.» Angie a volte si divertiva a dirle cose forti. «Li dobbiamo ammazzare tutti quanti.»

«E come?» chiese la bambina guardandola preoccupata.

«Decidi tu.» Angie sollevò le spalle. «Li vogliamo fucilare?»

«Meglio la sedia elettrica.»

Lungo la strada i negozianti avevano tutti riaperto le saracinesche visto che dei disordini non c'era l'ombra.

I cortei degli studenti forse erano ancora nel centro antico, vicino alle università.

Lei, in realtà – e lo sapeva bene –, non capiva molto di politica, però comprendeva le persone e ancora più le passioni, e amava le persone appassionate.

I disordini dell'anno precedente, seguiti dagli sgomberi di dicembre, e poi da nuove occupazioni della facoltà, erano stati per Angie i più bei mesi della sua vita.

I tempi in cui si lasciava ferire dalle gemelle Mazzullo, da Marina, Carlo e dagli altri erano lontanissimi, dimenticati per sempre.

Lei adesso era diventata un'altra persona, una studentessa impegnata politicamente, conosciuta, apprezzata, determinata.

Dagli amici più intimi si faceva chiamare *la negra* con orgoglio.

Durante i mesi dell'occupazione era rimasta dentro Palazzo Gravina fino a tardi, e a volte aveva anche dormito nelle aule.

Una notte aveva fatto l'amore con Claudio, un fuoricorso di Caserta, alto, muscoloso, peloso e allegro.

Un rivoluzionario genuino ed entusiasta come lei, ma che di politica ne capiva ancor meno.

Però di sesso ne sapeva più del diavolo.

Angie non aveva mai goduto come sui polverosi tavoli dell'aula 21 al secondo piano di Palazzo Gravina, grazie a lui.

Finalmente aveva capito cosa significasse davvero vivere.

Tenendo per mano Federica scese lungo una traversa accanto al Banco di Napoli. Continuarono in fretta sotto i portici.

«Magari li salviamo» disse Angie. «Sono sempre la nostra famiglia. Che dici: li mettiamo solo in prigione?»

«Per sempre.»

«Ammazziamo solo Adelaide, che ne pensi?»

«No, ammazziamoli tutti quanti.» Federica era felicissima. «Anzi, prima li teniamo in prigione per sempre e poi li ammazziamo sulla sedia elettrica tutti quanti.»

«Perfetto.»

Angie non faceva che partecipare a incontri dove si parlava di proletarizzazione degli studenti e dei lavoratori intellettuali, oppure della necessità di abbattere il diaframma che separava le aspirazioni degli studenti in lotta dalla questione operaia. Certo, assentiva lei, importantissimo.

«I nostri eroi sono i socialisti e i comunisti.»

«Che differenza c'è?» chiese Federica, che però si stava annoiando.

«Difficile da spiegare.»

Nella sua testa e nella sua vita tutto si stava mescolando. Rivoluzione, amore, cultura, canzoni, lotta, slogan. Si sentiva al centro di un vortice che la stava trascinando lontano ed era felice.

«Sai chi ammazziamo pure?» disse Federica entrando nel palazzo dove abitava l'amica. Salirono su un ascensore liberty tutto legno e vetri. Federica si guardò attorno, poi si alzò sulle punte e le disse all'orecchio: «Pure zia Nina».

«Quella è già morta.» Angie sorrise, poi si pentì. «Però a te vuole bene.»

«Ma io voglio bene solo a te.»

Al piano Angie consegnò la bambina alla signora che aveva aperto la porta. «Passa il papà a prenderla più tardi.»

La donna sorrise a Federica, che corse con sicurezza verso l'interno della casa.

La signora, che forse l'aveva presa per una persona di servizio, la salutò con un cenno del capo e chiuse la porta.

Angie scese di corsa per le scale.

Attraversò le stradine sotto via Toledo, diretta in facoltà.

Le dispiaceva aver annoiato Federica ma sentiva sempre più il bisogno di esprimersi e temeva di non saperlo fare ancora bene come i compagni di università. Non aveva mai preso la parola in qualche assemblea e invidiava le ragazze, poche ma spigliate e intelligenti, che si alzavano in piedi e parlavano trascinando l'uditorio.

Una in particolare, che si chiamava Francesca, con i capelli lunghi e chiari, ciondoli esotici e maglioni sformati, le piaceva molto.

Le ricordava Marina.

Con le dovute differenze mostrava la stessa certezza della propria posizione nel mondo, certezza che a Angie mancava del tutto. Così la studiava per comportarsi come lei. Imitava il modo in cui teneva la sigaretta, come gettava i capelli dietro con un movimento deciso.

Avrebbe potuto imparare a parlare come lei.
Quello che non poteva copiare era però il contenuto. Angie si impappinava spesso, confondeva gli slogan, perdeva sicurezza mentre cercava di spiegarsi e non aveva dentro di sé la feroce certezza di avere ragione.
Anche se poi il succo era sempre lo stesso, bisognava rovesciare il vecchio sistema, i vecchi professori, i vecchi valori e i vecchi partiti come la DC e il PCI. Rovesciare l'America, fermare la guerra del Vietnam, contestare il papa e tutti i centri di potere.
Angie aveva perfino fatto parte di un controcorso sulla sociologia marxista per introdurre una componente religioso-meridionalistica tesa all'educazione-emancipazione delle masse popolari napoletane e meridionali.
Lei aveva aiutato quelli più grandi. Tra loro c'era il fratello trentenne di Claudio, anche lui fuoricorso, di nome Luciano, che adesso faceva attività di lotta sindacale e che aveva le idee molto chiare.
Angie si era entusiasmata e aveva partecipato con lui a un incontro con i "baraccati di Napoli", come li chiamavano, cioè gente del popolo che non possedeva niente e che se ne infischiava della politica, però voleva una casa.
Nell'arco di pochi mesi, secondo i piani del gruppo di Luciano, sarebbero partite centinaia di occupazioni organizzate. Ma molti compagni di Angie si erano detti restii a confrontarsi con settori sociali troppo diversi.
«Le distanze antropologiche e di classe» diceva sempre Luciano «si traducono in contrapposizione tra "spontaneismo" e "organizzazione", e allora noi dobbiamo organizzare lo spontaneismo, questo è il trucco.»
Per Angie era complicato, a volte noioso, specie le lunghe discussioni ideologiche. Eppure le piacevano l'esaltazione delle manifestazioni, le fughe, l'entusiasmo. Le piaceva sapere in modo chiaro e semplice in che direzione andare, con chi e soprattutto contro chi stare, come nei cortei. A volte, però, mascherava le sue incertezze raddoppiando l'impegno.
Tagliò per Calata San Francesco, rimuginando.
Forse le sarebbe bastato abbattere la sua famiglia, più che i sistemi di potere.

In particolare sua madre, Adelaide.

Era lei il nemico principale contro cui lottare, un mostro che fingeva di essere amico ma che aveva sempre lavorato alle sue spalle, sin dalla nascita, per farle del male.

Angie non voleva più farsi ingannare. La rabbia le restituiva chiaro il senso della sua vita.

Continuò in fretta verso piazza del Gesù.

Lì, accanto all'obelisco, un gruppo di studenti di Giurisprudenza aveva organizzato un'assemblea permanente. Lo scopo era educare le persone scelte a caso in mezzo alla strada, in verità tutte abbastanza distratte e ineducabili.

Angie vide Claudio e si avvicinò.

Stava parlando con un uomo alto e magro dagli occhi verdi e il viso serio. Doveva essere sui trentacinque anni, ma lo sguardo intenso e triste lo faceva sembrare più vecchio.

«Ti presento Fabrizio Della Monica» le disse con entusiasmo. «È professore incaricato a Giurisprudenza. Vuole conoscerci, capire chi siamo, cosa vogliamo. Per aiutarci a trovare una strada comune.»

«Sta scritto lì cosa chiediamo!» Angie non sapeva spiegare che diavolo volevano perciò indicò i cartelloni con gli slogan contro l'imperialismo americano, il capitalismo e la Chiesa. «Non vogliamo la guerra del Vietnam!»

«Ma insomma.» Fabrizio Della Monica scosse la testa imbarazzato. «Un corteo a Napoli come fa a fermare la guerra a Saigon, scusa?»

Aveva un tono di sufficienza, di distacco e i suoi occhi fermi e onesti la irritarono. Ecco un altro che sapeva dove stava. E allora le sembrò importante mostrare che anche lei era certa di ciò in cui credeva, pure davanti a quel cretino di Claudio, che si beveva tutto.

«Grazie alla forza del nostro spontaneismo organizzato!»

«E come?»

«Lottando tutti assieme. Ecco come!»

«Appunto.» Fabrizio si rivolse a Claudio. «È come dicevo prima, siete molto generici e vaghi.»

«Col cavolo!» strillò Angie. «Vaghi siete voi, la vostra educazione, le vostre leggi e tutta la merda che continuate a servire a noi studenti.»

Fabrizio scosse la testa. «Io sto cercando solo di capire.»

«Come no, criticando.»

«Criticare non significa rifiutare, significa analizzare.» Si rivolse direttamente a lei: «Cosa pensate di fare di concreto, per aiutare chi ha bisogno? Spiegamelo, per favore».

«Tu cerchi solo di distruggere!» Angie alzò la voce come aveva visto fare ad altri amici in occasioni simili, anche perché non sapeva più che dire e non voleva conciliarsi con quel tizio. «Avete rotto!»

Anche Claudio decise che era meglio schierarsi con Angie. «Avete rotto le balle!»

Altri amici iniziarono a urlare e in pochi secondi l'intera piazza prese a gridare motti di protesta che sembravano rivolti tutti al tizio dagli occhi verdi di nome Fabrizio.

Lui li guardò in silenzio, poi girò le spalle e se ne andò.

Angie rimase a fissare la sua schiena che si allontanava. Alla fine non aveva detto niente di sbagliato, anzi.

Le grida e gli schiamazzi dei suoi amici le parvero all'improvviso inutili, uno sfogo isterico di gente che, come lei, non sapeva che cosa voleva dire.

Poi, con le mani ficcate in tasca, si girò per andare verso casa, lasciandosi dietro gli studenti.

1969

> Attentato terroristico in una banca del centro.
> Orrenda strage a Milano. Tredici morti e novanta feriti.
> Una bomba fra i sei e gli otto chili è esplosa alle 16.37 nella sede della Banca Nazionale dell'Agricoltura in piazza Fontana. Il dinamitardo l'aveva deposta, racchiusa in una valigetta, sotto una sedia nella sala principale dove si trovavano numerosi clienti, per la maggior parte piccoli agricoltori. La spaventosa deflagrazione ha falciato i presenti. Una visione terrificante. Fallito un secondo attentato alla sede centrale della Banca Commerciale in piazza della Scala: un ordigno lasciato su un ascensore non è esploso.
>
> "CORRIERE DELLA SERA", *dicembre 1969*

Luglio

Il tambureggiare della pioggia sulla pesante cerata della tenda era continuo e aveva anche un suo ritmo.

Angie si rese conto che Marcello stava battendo il tempo con una mano sul ginocchio. Lui si accorse del suo sguardo e le rivolse un sorriso che Angie ricambiò nella semioscurità.

Avevano acceso una torcia in un angolo. Solo una per non consumare troppe batterie.

Pioveva da ore e nessuno aveva idea di quando sarebbe finita. Per pranzo c'erano solo i panini avanzati dal giorno prima da dividere fra tutti. Di accendere un fuoco lì dentro non se ne parlava.

Robertina e Anna avevano bisbigliato tra di loro, poco prima, preoccupate di dover uscire a fare pipì sotto l'acqua, se avesse continuato fino a tardi.

Adesso lei scostò un lembo dell'ingresso e guardò fuori. Dal cielo grigio continuavano a venir giù tonnellate di pioggia, però ci si vedeva ancora.

Dopotutto erano solo le sei di un pomeriggio di luglio. Non avrebbe dovuto fare quel tempo da schifo.

Erano arrivati la sera prima in quel campeggio nella pineta vicino Paestum e si erano sistemati con un po' di difficoltà dovute alla scarsa esperienza, anche se altri campeggiatori li avevano aiutati.

Si erano svegliati sotto un cielo gonfio di nubi riuscendo appena a trovare il tempo di accendere un fuoco, preparare il caffè e una colazione a base di pane e olio, e scambiare due chiacchiere in piedi con gli occupanti delle tende vicine. Tutti bravi ragazzi, perché quello era un campeggio frequentato da gruppi parrocchiali provenienti da ogni parte d'Italia.

Avevano parlato di esperienze comuni, volontariato, assistenza agli ospizi. Di com'era bello credere in qualcosa, lavorare per un ideale.

Poi, di botto, era iniziato il diluvio universale.

Il fuocherello si era spento e lo spazio fuori si era trasformato in un pantano.

Era sembrato divertente all'inizio, ma poi, al riparo, con magliette e capelli bagnati che si asciugavano addosso, un po' meno.

Nel padiglione più grande ci si erano infilati in quindici, o forse sedici, perché Angie non riusciva a contarli tutti.

Era una tenda di quelle dei maschi, che ci dormivano in cinque. La puzza di calzini sporchi e umidi all'inizio le aveva dato fastidio, adesso ci si era abituata.

Le ragazze erano solo loro tre, poi c'erano Bruno e Antonello in canadese e gli altri che avevano conosciuto la sera prima e che si erano aggiunti, portando in dotazione le chitarre.

Marcello era uno di loro, simpatico, grosso, con i baffi. Era di Ariccia e non le levava gli occhi di dosso.

«Ti piace?» le aveva chiesto Anna, perché piaceva a lei.

Angie aveva detto di no, ma adesso stava cambiando idea.

Marcello aveva gli occhi blu, di un blu proprio bello, e denti bianchi, che si vedevano spesso perché sorrideva molto.

«Sta venendo giù l'iradiddio» disse Bruno, sempre catastrofico.

Antonello, il suo gemello pressoché muto, annuì.

Erano i cugini di Robertina, rossi di capelli e con gli occhiali, come lei. A volte Angie si domandava perché si fosse trovata un'amica del cuore così simile a Marina, le cui falsità avevano rovinato i suoi anni di magistrali, ma non sapeva darsi risposta.

Però Robertina di simile a Marina aveva solo i colori e le diottrie.

Era buona – forse troppo, anzi quasi un po' scema – e asseconda-va tutto quello che lei proponeva, quindi era un'ottima compagna.

Vicino a lei Angie si sentiva molto bella e sicura.

Frequentava il gruppo della parrocchia da poco tempo. Dopo un anno di piena libertà e di protesta contro il mondo intero, all'improvviso le era sembrato tutto superfluo, inutile e vuoto, la sua famiglia, l'università, i nuovi amici, perfino la lotta. Claudio.

Di colpo aveva capito che buttare il tempo in assemblee infinite dove tutti dicevano tutto di tutto non serviva a nulla.

Erano solo parole.

Poi, un giorno, a un raduno di primavera tra più aree politiche in Villa Comunale, aveva conosciuto quel gruppetto che faceva capo a una parrocchia di Mergellina.

Era composto da ragazzi e ragazze non politicizzati e mossi solo da desideri concreti: aiutare i bisognosi durante le ronde notturne, scaricare i camion della Caritas, portare le provviste ai depositi, e poi divertirsi in modo sano, senza tanti paroloni o dibattitti, ma semplicemente stando assieme.

Così Angie aveva lasciato stare i collettivi universitari e le loro chiacchiere piene di idee e povere di fatti, e aveva deciso di aiutarli, sicura che con loro avrebbe trovato più facilmente uno scopo. Lì aveva conosciuto Robertina, e gli altri. Persone con cui era facile stare.

Si riassestò sulla cerata, disincrociando le gambe e incrociandole nel modo opposto perché iniziavano a formicolare. Si stava stretti, e la puzza di sudore e umido era sempre più forte.

«Mi si è addormentato un piede» disse a mezza voce, diretta a nessuno, ma Marcello la sentì.

«Vuoi che te lo massaggio?»

Angie annuì, fingendo di non vedere il cipiglio di Anna, che pian pianino si era spostata vicino a lui.

Marcello si alzò in ginocchio. «Qual è?» chiese.

Lei gli tese il piede sinistro, e lui lo prese tra le mani. Le sfilò il calzino di lana, piano, carezzando la pianta con i polpastrelli e Angie, senza volerlo, si lasciò sfuggire un brivido.

Marcello sorrise con i suoi bei denti bianchi.

Anna sbuffò con ostentazione e strisciò dal lato opposto verso un gruppetto di ragazzi.

Angie alzò gli occhi dal suo piede e incontrò gli occhi blu che ammiccavano.

«Come va?» Il suo piede era diventato caldissimo.

«Mi dà ancora fastidio» disse, e lui continuò.

Cominciarono a chiacchierare.

Angie gli raccontò che il suo gruppo faceva capo al centro parrocchiale vicino a casa, ma ci tenne a specificare che lei non era molto religiosa.

«Però facciamo molte cose interessanti» aggiunse quasi per giustificarsi. «Doposcuola per i bambini poveri, raccolte di soldi per strada. E poi abbiamo due tavoli da ping-pong.»

«E vai all'università?»

«Sì, Architettura.»

Lui intensificò la pressione delle dita.

«Interessante.»

A volte Angie si chiedeva ancora cosa avrebbero pensato i suoi precedenti amici di lei e della gente che frequentava adesso.

Sapeva che Carlo si era iscritto a Medicina per diventare un chirurgo come suo padre. Vincenzo era andato a studiare a Milano, e sarebbe entrato in banca. Le gemelle facevano Lingue all'Istituto Orientale. Lucia non stava più con Carlo, lo aveva lasciato per uno più ricco e più bello, così le aveva detto qualcuno.

Di Marina non sapeva niente. Meglio così.

Si concentrò sulle dita vigorose di Marcello. Peccato per i baffi, perché per il resto era carino.

Le aveva detto che era in campeggio con gli amici per risolvere una crisi personale, ma non aveva specificato quale.

«Sei fidanzata?» le chiese di botto.

«No» disse lei. «Al momento no. Avevo una storia ma è finita male.» Claudio si era dimostrato infedele quanto superficiale. «E tu?»

«Io pure.» Ma aveva esitato.

Robertina le venne a bisbigliare all'orecchio. Angie guardò fuori. Era vero: la pioggia si era fermata. Chissà per quanto.

«Devo andare» disse sfilando il piede al tocco di Marcello. Si rimise il calzino e si alzò.

Le scarpe erano tutte ammassate davanti all'uscita. Trovò le sue Superga blu nel mucchio delle altre e le infilò, poi uscì tenendo per mano Robertina. Anna le seguì.

L'aria era fresca, ricca di odori di erba e pino. Dopo tante ore al chiuso le sembrò meravigliosa. Aspirò a fondo allargando le braccia.

«Che meraviglia! Vedrete che ci divertiremo.»

«Speriamo. Non è cominciata un granché.» Anna aveva ancora il broncio. Lei era fatta così. Rimuginava.

Si inoltrarono nella pineta, sguazzando con le scarpe nel fango. C'erano delle specie di gabinetti ma molto lontano, e la pineta era più vicina. Si accovacciarono insieme, lei e Anna, mentre Robertina faceva la guardia, e poi fu il suo turno.

Anna si accese una sigaretta, appoggiandosi a un tronco.

«Ti piace quel tipo?» chiese. «Guarda che è fidanzato.»

«Mi ha detto di no.»

Anna scrollò le spalle. Robertina le raggiunse allacciandosi i pantaloni. «Andiamo, mi è caduta una goccia di pioggia nell'occhio.»

«Ma no, sono quelle che scendono dai rami» rispose lei, ma dopo mezzo minuto stavano correndo sotto l'acqua che aveva ricominciato a precipitare dal cielo con un boato.

Si tuffarono nella tenda, accolte da risate e applausi. I ragazzi cercarono magliette pulite per asciugarle, poi tirarono fuori una bottiglia vuota per giocare e si sistemarono in cerchio, stretti stretti, spalla a spalla e ginocchia contro gambe.

Dopo un'oretta Angie si era già stufata. Aveva dovuto baciare sulla bocca Antonello per una penitenza inflittale da Anna, e recitare *L'estate di San Martino* al contrario.

«Ultimo giro!» proclamò Elio, il loro capobanda. Era un ragazzo con i capelli biondi e lisci e gli occhiali, che quando parlava sembrava più vecchio dei suoi ventidue anni.

Studiava legge e la sua pesantezza lo rendeva attraente, ma in qualche modo fuori dalla portata di Angie.

Il collo della bottiglia finì di fronte a Marcello, che rise, si alzò con un movimento sciolto e venne a inginocchiarsi di fronte a lei. La guardò fisso, poi protese il viso e la baciò. Angie avvertì sulle labbra la sua lingua calda per un attimo brevissimo, poi lui si staccò.

Confusa ma contenta si unì agli altri che si accalcavano verso l'uscita.

Fuori era calata la notte. Si vedevano le ombre nere dei pini stagliarsi sul nero più chiaro e ovattato del cielo, punteggiato da tante stelle, molte più che in città.

«È bellissimo» sussurrò Robertina.

«Andiamo in spiaggia?» propose qualcuno e qualcun altro disse che dovevano portare coperte e sacchi a pelo per sedere sulla sabbia bagnata.

Tre ragazzi andarono a cercare legna asciutta dove la pineta era più fitta, e Marcello era uno di loro.

Angie avvertì un po' di delusione, ma si unì agli altri che prendevano barattoli di fagioli, pane e tutto quello che poteva servire.

Per lei il campeggio era un'esperienza nuova, molti dei ragazzi invece erano rodati.

Gietta aveva cercato di opporsi con tutte le sue forze, "perché solo le *faccetostone* vanno a dormire fuori casa con i maschi".

Durante le occupazioni non aveva protestato, forse immaginando una qualche tipo di attività culturale, ma il campeggio, le tende, i falò, evocavano in lei l'idea di qualcosa di promiscuo.

Anche Pina non l'aveva considerata una buona idea.

Sorprendentemente solo Italo si era detto favorevole, perché da ragazzo era andato in tenda con gli amici varie volte.

Adelaide le aveva dato un po' di soldi.

Gietta si era placata solo quando la sorella le aveva detto, mentendo, che il viceparroco, don Pasquale, sarebbe andato con loro. In realtà don Pasquale – che portava la barba, era giovane e cantava con loro *Il gorilla* di De André – era andato in Calabria in visita alla famiglia.

Angie seguì gli amici lungo un sentiero che portava alla distesa sabbiosa davanti al mare.

Spensero le torce quasi subito. Non c'era luna, ma le stelle bastavano a illuminare la sabbia che pareva grigio chiaro rispetto al mare scurissimo e ancora agitato. Si vedeva la spuma bianca sulle creste lontane che si inseguivano e venivano a dissolversi davanti ai loro piedi.

Robertina sospirò.

«È bellissimo» disse di nuovo, e stavolta un ragazzo basso di cui Angie non ricordava il nome le mise un braccio sulle spalle e se la tirò vicino.

Trovarono un grosso tronco spiaggiato e vi si raccolsero intorno, sistemando coperte e sacchi a pelo.

Marcello e gli altri arrivarono con la legna e con le chitarre. Nella confusione Angie si mise ad aiutare come poteva.

Contò diciannove teste, si erano aggiunti altri amici, ma le ragazze, oltre loro tre, erano poche. Ci misero parecchio per riuscire ad accendere il fuoco, e intanto mangiarono pane e fagioli freddi, direttamente dalle lattine, passandosi i cucchiai.

Angie si aspettava di sentire di nuovo Robertina dire che era tutto bellissimo, ma la vide seduta un po' di lato con il ragazzo basso. Parlavano fitto fitto e si tenevano la mano.

Fu contenta per lei.

Quando finalmente il fuoco iniziò a scoppiettare e a fumare, Marcello e uno che si chiamava Giovannino presero a suonare le loro chitarre. Cantarono tutti insieme prima *Bocca di rosa* di De André, poi *Vedrai vedrai* e *Ciao amore ciao*.

Angie si intristì pensando a Tenco. Non era giusto.

Ma la notte era bella, Robertina abbracciava il ragazzo basso e Marcello cantava guardando fisso negli occhi solo lei.

Angie si dimenticò delle tristezze e delle ingiustizie.

Continuarono a suonare mentre le fiamme mandavano riflessi sui loro visi, illuminando Anna, che cantava a occhi chiusi, Maurizio, che fissava pensoso il fuoco, e i gemelli, che ondeggiavano passandosi una birra.

Angie era felice, proprio felice, proprio nel posto dove voleva stare.

Marcello cantò una canzone che lei non aveva ancora mai sentito. Le parole erano bellissime. Chiese il titolo alla ragazza seduta di fianco: *Non sarà un'avventura*, di un cantante nuovo.

Angie capì che Marcello gliela stava dedicando, perché continuava ad avere gli occhi fissi nei suoi.

Poi lui passò la chitarra a uno che sedeva di fianco e si alzò, tendendole la mano.

Per Angie fu la cosa più naturale del mondo prenderla e alzarsi anche lei, per seguirlo nella pineta.

Si inoltrarono per un po', finché non trovarono un posto abbastanza asciutto, cosparso di aghi di pino che rendevano morbido il terreno. Marcello aveva portato una copertina, Angie se ne accorse solo allora.

Si sdraiarono sotto gli alberi.

Fecero l'amore senza spogliarsi. Marcello la baciò con un'urgenza che lei trovò eccitante, anche se i baffi le facevano il solletico.

Le parve di conoscere già bene le sue mani calde e grandi quando le strofinarono i capezzoli sotto la maglietta.

Fu molto bello, e nel silenzio della notte i loro gemiti parvero quasi una canzone, con il sottofondo delle chitarre lontane che ancora suonavano.

Finì troppo presto, ma il corpo di lui rimase a pesarle addosso in maniera confortante. Si vedeva che non aveva voglia di andare via. Continuò a baciarle il collo e il lobo dell'orecchio dicendole cose carine finché non fu pronto di nuovo, e ricominciarono.

Alla fine, quando si staccarono, Angie vide che la fibbia della sua cintura le aveva lasciato un segno rosso sulla pancia.

Fu contenta. Le parve un marchio della loro storia d'amore che stava iniziando. Dopotutto Ariccia non poteva essere troppo lontana. L'avrebbe cercata sulla cartina geografica.

Sedettero spalla a spalla appoggiandosi al grosso pino. Marcello accese una sigaretta, gliela passò. Angie aspirò, senza troppo entusiasmo. Avrebbe voluto qualche altra coccola.

Lui sospirò.

«Vorrei rimanere per sempre qui» disse.

«Anche io.» Angie gli strinse il braccio.

«E invece la mia vita sta finendo.» Marcello aveva parlato a voce talmente bassa che lei pensò di avere sentito male.

«Cosa?»

«Mi piacerebbe tanto.»

«Sì, ma che hai detto dopo?»

«La mia vita è finita.»

«Perché?» Si girò a guardarlo con gli occhi spalancati nella semioscurità. Il viso di lui era serissimo. Per via dei baffi non gli vedeva la bocca.

«Ho ventiquattro anni e la mia vita è finita.» Marcello guardò in alto, e il blu dei suoi occhi sembrò più chiaro.

«Ma perché?» Angie gli prese la mano.

Non sembrava malato. Lui gliela strinse.

«Ho messo incinta la mia fidanzata» disse.

Le sue dita erano all'improvviso pesantissime. Angie sfilò le sue da sotto.

«Questa è la mia ultima vacanza» continuò lui, sempre guardando in alto. «Quando torno la devo sposare.»

Angie si alzò in piedi.

Ma chi credeva che fosse lei?

Marcello restò seduto, la guardò da sotto in su.

«Grazie» disse. «È stato bello. Avevo proprio bisogno di un momento bello.»

Angie non rispose, si girò e andò via, calpestando gli aghi di pino. Il percorso nel bosco non le era sembrato all'andata così lungo e accidentato. Inciampò un paio di volte, ma la concentrazione necessaria per orientarsi al buio e non cadere le servì per tenere sotto controllo la rabbia.

Si sentiva sporca e disgustata, anche se mentre giacevano abbracciati le era sembrato tutto molto romantico.

Sbucò dalla pineta sulla spiaggia.

Il cielo nero era cosparso di nuovo di nuvole grigie e bianche bassissime. Attorno al falò vedeva le ombre dei suoi amici muoversi, sentiva le loro voci cantare una canzone.

Non aveva voglia di vedere nessuno.

Si diresse verso il sentiero che portava alle tende e iniziò a salire. Il suono di una risata la fece girare.

Dal bosco stavano uscendo in due. Il ragazzo basso che prima era con Robertina e un altro, che lei non conosceva.

Angie li vide dirigersi verso il falò, dandosi pacche sulle spalle e schiamazzando.

E Robertina dov'era?

Angie sapeva che aveva paura del buio, come di tante altre cose. Forse era già tornata dagli amici a cantare.

Stava per ricominciare la salita quando udì un rumore di passi affrettati e arbusti scostati con forza.

Robertina sbucò proprio sotto di lei, non dal sentiero ma da un ammasso di cespugli spinosi.

Aveva le guance graffiate, i capelli scomposti e la maglietta strappata su una manica che penzolava.

Si guardò attorno.

Angie poté vedere l'espressione dei suoi occhi, come quella di un animale braccato. Istintivamente si accucciò, ma continuò a guardare.

Robertina fece un grande respiro, cercò di sistemarsi i capelli alla bell'e meglio. Le sfuggì un singhiozzo, forte. Alzò la testa verso il sentiero e la scorse.

Angie si alzò lentamente, poi le tese la mano.

Robertina corse su, la afferrò.

Lei l'abbracciò, le fece una carezza sul collo, dove aveva il segno rosso di una unghiata.

Sorreggendola se la tirò appresso verso la loro tenda.

Non le chiese niente.

Solo quando furono al sicuro, mentre la aiutava a levarsi la maglietta lacera, vedendo i lividi che aveva sul seno e sulla pancia, le disse: «I ragazzi sono tutti delle merde».

«Sì» disse Robertina. «Specie quelli di parrocchia.»

Settembre

Angie vide sfilare il corteo degli operai dell'Italsider provenienti da Bagnoli. Per distinguersi dai lavoratori delle altre fabbriche indossavano tute blue e caschi gialli.

Lei era appena uscita dalla stazione di Mergellina.

Si fermò sul marciapiede del piazzale d'attesa assieme agli altri viaggiatori e osservò il corteo passare.

Gli operai erano migliaia, attraversavano la grotta con bandiere e striscioni e camminavano fumando, ridendo, intonando una canzone, dandosi spintoni, prendendosi in giro, alzando un pugno al cielo.

Un vecchio con i baffi la salutò.

Uno giovane le fece l'occhiolino.

Finite le occupazioni molti studenti erano tornati a studiare come se quegli anni fossero stati solo una parentesi nella loro vita di sempre.

Tanti invece si erano persi in altri percorsi, come era successo a lei.

Una piccola parte però aveva continuato la lotta fuori dalle fabbriche tentando di agganciarsi al dissenso degli operai che stava montando in quei mesi, poi concretizzandosi in proteste più grandi e con effetti economici molto maggiori.

Stava succedendo qualcosa.

Era successo qualcosa proprio quando che lei si era tirata fuori da tutto.

Gli operai presero a intonare tutti assieme *Bella ciao.*

Angie, anche se era una canzone trita e ritrita e l'aveva cantata mille volte in quei mesi, si ritrovò a sussurrarla di nuovo, ma con una sacralità nuova, come una preghiera.

E all'improvviso capì che aveva sbagliato ad allontanarsi da quel mondo.

Il suo posto era lì, in mezzo a quella gente e a quella lotta.

Non importavano le parole, le motivazioni, gli argomenti, contava l'emozione che provava in quel momento e che era troppo forte per essere sbagliata.

1970

La Camera dei deputati ed il Senato della Repubblica hanno approvato; il Presidente della Repubblica promulga la seguente legge:
Art. 1. Il giudice pronuncia lo scioglimento del matrimonio contratto a norma del codice civile, quando, esperito inutilmente il tentativo di conciliazione di cui al successivo articolo 4, accerta che la comunione spirituale e materiale tra i coniugi non può essere mantenuta o ricostituita per l'esistenza di una delle cause previste dall'articolo 3.

"GAZZETTA UFFICIALE", *n. 306, 3 dicembre 1970*

Febbraio

Anche se faceva freddo e le avrebbe fatto piacere andare a nascondersi nella sua stanza, Angie aveva bisogno di uscire il più presto possibile.

Non ne poteva più dell'atmosfera che si respirava lì dentro.

Gietta, distesa nel salotto sulla poltrona grande, coperta con una trapunta di lana, continuava a tossire e Pina le portava tisane bollenti.

La televisione era accesa, con il volume abbassato, perché quella sera c'era il Festival di Sanremo e nessuno voleva rischiare di perdere l'inizio, anche se mancavano ore.

Gietta non aveva voglia di bere, e la tazza fumante sarebbe diventata fredda sul tavolino come quella precedente. Adelaide sedeva in silenzio senza manifestare niente, solo la sua presenza.

«Come stai adesso?» le chiese Pina per la decima volta quel giorno.

«E come devo stare.»

«Questa è bronchite.»

«Polmonite» corresse Italo. «Che è peggio.»

«Bisogna chiamare il medico» intervenne Angie. «E comunque dovresti andare a letto nella tua stanza.»

«A letto mi scoccio.» Gietta sollevò la mano. «No. Voglio vedere il Festival. Sto bene qui.»

"Al centro della casa" pensò Angie, "per controllare ogni cosa. Altro che Festival."

«Sta' a sentire.» Italo gettò la testa all'indietro. Suo cugino stava assumendo sempre più i modi di fare e i toni da donna un po' volgare, come era sua moglie. Eppure nessuno in casa se ne accorgeva, nessuno ne parlava. «Una volta tanto, Gietta, sta' a sentire e va' in camera tua. Qui ci sono le correnti d'aria!»

Quel giorno era tornata da Roma anche Nina.

Se ne stava seduta su una sedia un po' in disparte e guardava Gietta con ansia, come se temesse davvero che la zia potesse aggravarsi e magari morire.

Con la lontananza e col tempo Nina aveva sviluppato un attaccamento alla casa – e a Gietta – crescente e inspiegabile, almeno per Angie.

Una volta glielo aveva domandato, senza troppi complimenti.

«Che vieni a fare?» le aveva chiesto. «Se ti diamo così fastidio?».

Nina l'aveva guardata con la solita sigaretta tra le labbra, poi le aveva sbuffato il fumo in faccia. «Mica vengo per te.»

«Lo so benissimo» aveva risposto Angie. «Ma non mi dire che vieni per Gietta, oppure per Italo.»

«E perché no? Loro sono la mia famiglia, e questa è casa mia.» L'aveva guardata con un misto di divertimento e disprezzo. «Tu non puoi capire.»

Era implicito che Angie era estranea a quel sentimento, a quella famiglia, a tutto.

Non le aveva più chiesto niente, ma osservandola, in ognuno di questi suoi ritorni, aveva capito che Nina diceva la verità.

Tornava per la casa, per la famiglia, per loro. Soprattutto per Gietta.

Era come se avesse bisogno di vederla, sentirla, odorarla ogni due o tre settimane, immergersi nella vecchia atmosfera napoletana, mangiare la sua cucina piena di grassi, ascoltare le solite chiacchiere, sentire le vecchie raccomandazioni, i lamenti di sempre e poi ripartire per Roma, di nuovo carica di energia.

Angie non ne capiva il motivo e non credeva possibile che la sua casa e i suoi abitanti potessero in qualche modo essere di conforto per una signora romana come Nina.

La guardò.

Nina se ne accorse. «Hai fatto qualche esame?» chiese all'improvviso, più per ferirla che per reale curiosità.

«Lo sai» rispose Angie guardando dall'altro lato. «Sempre la stessa domanda, Nina.»

«Nessuno?»

Non rispose. Non era andata molto oltre quelli del primo anno.

«Ma stai studiando?»

«Io?» Angie sollevò le spalle e rimase zitta chiedendosi se valesse la pena rispondere, poi disse. «Dovrei riprendere matematica, ma non riesco. E non ho voglia.»

«Ce ne vuole per ripartire» disse Italo.

«Tutto questo tempo perso» mormorò Nina osservando Gietta, che fece un cenno di assenso col capo. «Tutto tempo buttato.»

«Non è così.» Angie s'impose di non urlare, non davanti a Gietta, che stava in quelle condizioni, e non davanti a Federica, che era attenta e curiosa e che guardava un vecchio album di fotografie sul vecchio tavolo di legno. «Non è affatto così.»

«Dovresti essere già laureata» insisté Nina accendendo una sigaretta, ma poi subito spegnendola. «Lo dico per te.»

«Col cavolo.»

«Che vuol dire col cavolo?»

«Vuol dire che non lo dici per me. Lo dici per rompere.»

«La laurea è importante.»

«Con tutto quello che è successo, tu mi vieni a parlare della laurea?» Angie si alzò in piedi in uno scatto di irritazione. «Le occupazioni, le rivolte, gli scioperi. Il mondo sta cambiando e tu pensi alla mia laurea?»

«Tutti pensano che il mondo stia cambiando quando si è adolescenti» intervenne Italo. «Poi tutto resta sempre lo stesso. In realtà siamo noi che cambiamo, non è il mondo.»

«Il mondo è sempre il solito schifo» aggiunse Pina, per non far mancare il suo parere. «Anzi, oggi fa più schifo di prima.»

«Questo è quello che è successo a voi» disse Angie, guardando soprattutto Nina. «A te!»

«Non parlare di me» le rispose la cugina. «Non sai niente di me.»

«E allora tu non parlare di me. Neanche tu sai niente.»

Adelaide la guardò ma non disse niente. Il suo sguardo le passava attraverso come al solito.

Angie avrebbe voluto urlare qualcosa solo contro di lei, poi però vide che Federica aveva alzato la testa dall'album e la guardava, preoccupata, in attesa che accadesse qualcosa.

«Chi è questa?» chiese la bambina mostrando una vecchia fotografia dove si vedeva un gruppo di donne della famiglia Morelli vestite di nero, tutte vecchie e grasse. E brutte.

Nessuna le rispose.

«Hai rotto» disse Angie a voce bassa, rivolgendosi a Nina.

«E basta. Tutte e due» si lasciò uscire Pina, ma senza urlare per non dare fastidio a Gietta. «Non sta bene. Un poco di pace. E che cazzo!»

«Vabbè.» Angie si avvicinò alla poltrona. «Meglio che me ne vado.»

Gietta la guardò.

«Prendi le medicine, Gietta» disse senza riuscire a fissarla negli occhi. «Hai capito?»

«Che cosa?» Ma aveva capito benissimo.

«Le medicine.»

«Non fare tardi» disse la zia a voce bassa.

«No» rispose, poi sollevò la mano e salutò tutti con un gesto veloce.

Nina rispose con un cenno della testa.

Angie diede un pizzicotto a Federica e uscì dalla stanza, poi mise il cappotto, il cappello, la lunga sciarpa di lana.

Mentre stava aprendo la porta d'ingresso si accorse che Federica l'aveva seguita. Stava ferma e si tormentava le unghie.

«Ma poi torni Angie?» le chiese a bassa voce.

«Ma certo che torno.» Le diede un bacio sulla punta del naso e uscì senza voltarsi.

Al primo piano, lungo le scale, incrociò le gemelle Mazzullo che salivano.

Si fermarono a guardarla, forse volevano sapere cosa stava facendo, con chi si vedeva, se era fidanzata, se era laureata... erano mesi che non le incrociava ed erano anni che non parlavano.

«Ciao, Angie» disse Paola, che era un po' ingrassata e aveva un taglio corto che non le donava. «Come stai?»

«Ciao» le fece eco Lucia, che aveva messo gli occhiali e portava ancora i capelli lunghi.

Non erano più tanto belle.
«Bene» disse lei senza fermarsi. «Ho fretta, scusate.»
Continuò a scendere sentendo i loro sguardi dietro la schiena.
Aprì il portone e le dimenticò all'istante.
Faceva freddo però la giornata era limpida e la luce del pomeriggio dava agli alberi verdi della Villa Comunale un colore acceso che contrastava con l'azzurro pallidissimo del cielo.
L'aria era appesantita dal fumo delle auto ferme nel traffico della Riviera. Qualcuno stava suonando il clacson.
In mezzo alla strada c'erano due autobus verdi, uno dietro l'altro, i passeggeri si lamentavano all'interno. Il conducente aveva aperto le porte automatiche per farli scendere.
Angie preferì continuare a piedi.
Tornò indietro verso piazza San Pasquale, salì fino a via dei Mille e poi a piazza Amedeo, dove c'era la metropolitana.
Lungo la strada si guardò intorno senza curiosità. Al posto di vecchie botteghe o di qualche casa al piano terra c'erano adesso nuovi negozi di dischi, libri o abbigliamento.
L'effetto degli scioperi e delle rivolte era stato solo questo, pensò Angie, più attività commerciali e più denaro in circolo, e la gente sempre più appannata da un benessere privo di sostanza e senza cultura.
«Capitalismo» mormorò.
Una sorta di droga che rincretiniva tutti quanti.
Tranne lei.
Tranne Luciano.
Aveva rincontrato il fratello di Claudio da pochi mesi a una manifestazione, però all'inizio non lo aveva neanche riconosciuto. Era stato lui a salutarla.
Luciano aveva perso i capelli e si era fatto crescere la barba lunga, ma lo sguardo, intelligente e nevrotico, era sempre lo stesso. Erano andati a mangiare una pizza a Spaccanapoli e avevano parlato per tutto il tempo.
In verità Luciano aveva parlato e lei aveva ascoltato, anche per il resto del pomeriggio. Claudio, come per comune accordo, non lo avevano nemmeno nominato.
La sera avevano fatto l'amore.

Fisicamente non le era mai piaciuto, niente a che vedere col fratello, però ne aveva sentito il fascino, fatto di intelligenza, cultura e passione autentica.

Insieme a lui aveva ripreso a frequentare assemblee e gruppi.

Movimenti più piccoli, molto più motivati. A volte clandestini. Un misto eterogeneo di studenti di sinistra, sindacalisti agguerriti, operai istruiti, politici di frangia estrema, tutti giovani, concreti, convinti che non si poteva perdere ciò che era stato costruito a partire dal Sessantasette.

Tutti sicuri che il mondo dovesse essere trasformato.

Fece il biglietto della metro in piazza Amedeo e attese l'arrivo del treno assieme a un gruppo di donne di servizio che tornavano verso la zona orientale della città.

Sedette in fondo al vagone e accese una sigaretta.

Non sapeva spiegare cosa provasse per Luciano, l'unica cosa certa era che si sentiva attratta dalle sue idee e dalla sua vita, che le sembrava aderire perfettamente al modello nuovo verso cui anche lei tendeva.

Una vita in cui contava avere uno scopo e una funzione nell'ambito della Storia.

Tutto qui.

Non era solo un lasciarsi scorrere il tempo addosso come facevano i suoi familiari e i suoi vecchi amici, ma agire e reagire alla società e alle ingiustizie del tempo.

Il treno era arrivato alla fermata, scese e s'incamminò verso il mercato che stava alla periferia di San Giovanni a Teduccio, quasi al confine con Barra.

Era lì che abitava Luciano.

Faceva freddo. Si strinse nel suo cappotto e affrettò il passo.

Il palazzo era uno stabile costruito prima della guerra in cemento e tufo, ma già fatiscente e in parte semidistrutto dai bombardamenti, con i solai sfondati, i barbacane di pietra lungo il perimetro, le transenne torno torno.

Solo il piano terra, dal lato del Vesuvio, era agibile.

Lì vivevano in cinque.

La stanza di Luciano affacciava sulla strada.

Angie bussò al portoncino con la mano.

Venne ad aprire subito Mia, che in realtà si chiamava Maria ma che aveva voluto cambiare nome perché il suo – secondo lei e secondo tutti – era troppo *cattolico*.

Indossava un pullover largo a collo alto, tutto macchiato, i jeans e non aveva scarpe, solo calzettoni bianchi.

Si abbracciarono.

Lei era fidanzata con Ezio, vivevano nella stanza più grande dell'appartamento e facevano da padroni di casa, anche se erano tutti occupanti abusivi.

Dietro di lei riconobbe una ragazza che aveva conosciuto e ammirato ai tempi dell'occupazione. Si chiamava Francesca, era una tipa tosta e allo stesso tempo serena, che finse di ricordarsi di lei e la abbracciò con calore.

Poi Angie percorse il corridoio scuro che odorava sempre di brodo, di pasta e fagioli e di altre cose che lì dentro, inspiegabilmente, la rendevano felice. Senza bussare, entrò nella camera di Luciano.

Lui era in pigiama, ma con un pullover nero e il cappello di lana sulla testa.

Faceva freddo.

Luciano stava seduto al tavolo e scriveva un pezzo che avrebbero dovuto pubblicargli su una rivista sindacale. Ci stava lavorando da due settimane, come sempre pignolo e perfezionista.

L'anno prima, durante la stagione dei grandi scioperi, aveva tenuto una posizione intermedia tra sindacato e politica, però aveva rifiutato un piccolo incarico che gli aveva offerto il Partito e ora campava alla giornata.

«Pane e lotta» diceva, poi l'abbracciava. «Pane e amore.»

Ma quel pomeriggio non le disse nulla, era troppo impegnato a scrivere.

«Ancora non hai finito?» gli chiese.

«Sto alla parte migliore.»

«Cioè?»

«Un bilancio.»

«Tutti a fare bilanci.»

«Me l'hanno chiesto.» Luciano sollevò lo sguardò su di lei. «Per capire dove stiamo andando.»

«E dove stiamo andando?»

«E dove vuoi andare?» Luciano sorrise. «Secondo me le strade sono due.»
Angie lo guardò, in attesa, e lui enumerò le possibilità sulle dita, come se si stesse rivolgendo a una bambina. «O ci arrendiamo, o si spinge la lotta oltre i confini leciti. Tutto qui.»
«E tu che scegli?»
«Io ho già scelto. Altrimenti non vivrei così.» Luciano tornò sul suo scritto, poi si asciugò il naso sulla manica del pigiama. «E tu?»
«Io sto con te.»
Luciano smise di leggere.
Finalmente si alzò e l'abbracciò.
«Sono l'uomo più fortunato del pianeta.»
«Però puzzi» sussurrò Angie.
«Di cosa?»
«Di te.» Lei rise. «Da quando non ti lavi?»
Luciano si odorò le ascelle.
«Non abbiamo l'acqua calda» mormorò allargando le braccia. «Il problema è solo questo.»
Poi prese un asciugamano e le mutande da un cassetto, tirò via da un gancio un pantalone e le fece segno di aspettare.
«Pochi minuti e torno più profumato di una rosa.»
«Eh, non credo!» gli gridò dietro Angie ridendo.
Si sedette sul letto.
La stanza era disordinata e piena di roba sporca sparsa in giro, però lei non si sarebbe mai messa a lavare le sue mutande né i suoi calzini, questo no.
Né lui lo avrebbe preteso. Erano le cose che facevano i vecchi.
I ruoli. Quello che doveva cambiare.
Eppure quel disordine le fece tenerezza.
Sul letto c'era un blocco di magliette lavate, forse da Mia, ma non stirate. Angie lo prese e lo sistemò nel cassetto.
Nel sistemarle sentì sul fondo un oggetto duro.
Lo tirò fuori, era un involto pesante di panno nero.
Dentro c'erano due pistole, nere pure loro.

1971

Secondo le statistiche questa ragazza spende quasi cinquemila lire all'anno per la propria bellezza. Come ogni italiano, vecchio, giovane, poppante o pensionato. Molto più di quanto non si spende per acquistare dei libri. La bellezza ormai non è più un regalo della natura: la si acquista, anzi la si deve acquistare spendendo capitali in cosmetici, secondo la nuova morale della società capitalistica, che vuole fabbricanti arricchiti da consumi obbligati, e soprattutto bella presenza a ogni costo.

PATRIZIA CARRANO, *"Noi Donne", n. 34, 1971*

Novembre

Lo scantinato puzzava.

Fu la prima cosa che Angie notò mentre scendeva la scaletta della cantina nel palazzo di piazza Cavour.

Arrivando dall'esterno, dall'aria fredda e pulita di quel mese di novembre, con nelle narici ancora l'odore delle caldarroste, il tanfo le sembrò disgustoso.

Poi però, man mano che scendeva gli scalini, gli occhi si adattarono alla penombra e la puzza smise di darle fastidio.

Quando l'uomo con la barba che le faceva da guida aprì l'ultima porta e si fece da parte Angie si rese conto che tutti lì dentro stavano fumando, chi sigarette, chi toscanelli, chi spinelli, e il fumo che saliva dalle loro bocche si addensava in una nuvola che restava sospesa e poi aderiva alle pareti, e lì rimaneva.

Angie ci aveva messo parecchio ad arrivare allo scantinato. Era la prima volta, ma adesso, dopo mesi di esitazione, aveva deciso di integrarsi.

Salutò quelli che conosceva, abbracciò Luciano, sottraendosi subito alla sua stretta, e si fece offrire una sigaretta da Francesca. Poi sedette vicino a lei, fumando, e la conversazione ricominciò da dove si era interrotta.

«L'esigenza di un segnale forte di presenza» continuò uno riprendendo il filo di un discorso. «Bisogna darlo adesso.»

«E senza sensi di colpa. Il potere assoluto abusa» disse un altro. «E noi abusiamo il potere.»

«Non comprare la tua felicità.» Questa era Francesca, svogliatamente, alzando il pugno. «Rubala.»

Ad Angie la frase piacque molto, ma poi si rese conto che la stava leggendo da uno striscione mezzo arrotolato che teneva in grembo.

Francesca la guardò e fece un mezzo sorriso. «Mi sono rotta le scatole» disse. «Chiacchiere.»

«Pure io» sussurrò lei.

Dopo qualche minuto, approfittando di una pausa, Mia – che non stava più con Ezio – si alzò per far girare dei bicchierini pieni di Vov, dolce e fortissimo.

«Me ne vado» sussurrò Francesca ad Angie. «Non ne posso più.»

«Scusate!» disse a voce alta facendo un saluto con le braccia, e se ne andò.

Angie avrebbe voluto avere la sua sicurezza e il suo tempismo.

Prese un bicchierino di Vov e lo buttò giù in un sorso solo, cercando di non fare smorfie. Non le piaceva.

Luciano le si avvicinò. «Allora? Ci hai ripensato?»

Lei scosse la testa. «No.»

Luciano allungò la mano per stringerle il braccio. «Ripensaci.»

«No.»

Scosse la spalla e si spostò, andando a sedere più lontano.

Angie voleva iniziare a fare qualcosa di serio, mentre lui non pensava che alla loro storia finita male.

Ora Luciano si parò davanti a lei, in piedi. Aveva pure la pancia.

Si chinò, le bisbigliò all'orecchio: «Noi due insieme eravamo energia».

«Tanto tempo fa, Luciano.»

«Ma cosa è successo?»

«Niente. Le cose finiscono.»

«Eravamo una storia felice.»

«Adesso siamo solo storia» rispose lei. «Vattene.» Aveva alzato la voce, senza farlo apposta, e Luciano si ritirò, a testa bassa.

La conversazione di gruppo intanto continuava.

Angie intercettò tante frasi belle, qualche slogan che già conosceva, ma non riuscì a dire nulla e si sentì strana. Le parve, come ogni tanto le capitava, che anche questo gruppo, pur se con le idee molto chiare e decise, facesse fatica a concretizzarle in una forma di azione significativa.

«Ma allora?» chiese. «In concreto?»

Sentì la sua voce porre la domanda a voce alta, provocatoria, e se ne stupì. L'irritazione per il comportamento di Luciano, che tanto aveva stimato prima, ma che poi aveva scoperto essere solo concentrato su sé stesso, le aveva fatto aprire bocca.

Le voci si alzarono, in molti le risposero e si risposero sulle risposte. Iniziarono a lanciare proposte, alcune attuabili, altre meno.

La più interessante le sembrò quella di sequestrare un gruppo di deputati e chiedere, per il loro rilascio, che la Camera presentasse una proposta di legge per abolire la proprietà privata di più di un appartamento a persona.

La più assurda fu quella di andare per strada e sparare nelle braccia ai giornalisti che più si erano esposti con articoli su quotidiani di destra. Un ragazzo fece anche dei nomi.

Angie fu presa dallo sconforto.

Chiacchiere.

Solo chiacchiere, niente passione, niente realizzazione.

Cercò in tasca per trovare un'altra sigaretta, ma non ne aveva.

«Vuoi fumare?» le chiese il giovane alla sua sinistra.

Angie annuì.

Il ragazzo aveva una massa di capelli ricci e biondi che si confondevano con una barba dello stesso colore. Gli occhi, nella penombra fumosa dello scantinato, sembravano chiari. Indossava jeans e un maglione di lana grezza bianco. Sembrava una specie di Gesù Cristo, ma più bello e senza la corona di spine.

«Mi chiamo Andrea» disse mentre cacciava di tasca una macchinetta di metallo, delle cartine e un sacchetto di tabacco. Con gesti rapidi e precisi rollò una sigaretta per lei e una per sé. Gliela passò, la fece accendere. Sorrise.

Fumarono in silenzio, con soddisfazione, guardandosi mentre attorno le parole rimbalzavano di bocca in bocca.

«È la lotta, non il voto che decide.»
«Potere a chi lavora.»
«Fascisti borghesi ancora pochi mesi.»
«Io sono Angie» disse lei, soffiando il fumo di lato.
«Lo so. Ti ho vista in giro.»
Lei ne fu compiaciuta, ma si impose di non sorridere.
«Non ti sei ancora annoiata di questi?» disse lui. «Fanno solo chiacchiere.»
Angie scosse le spalle. «Sì» rispose dopo un po'.
«Stai ancora con quello?» Andrea, con il pollice, indicò dietro di sé Luciano, che si stava infervorando in una discussione.
«No.» Angie protestò. «È storia vecchia.»
«Bene» rispose Andrea, ma senza spiegare perché.
Dopo un po' si alzò e si allontanò.
Angie guardò l'ora. Si era fatto tardi, quasi le nove, e aveva promesso a Pina che sarebbe rientrata presto per dare una mano. Gietta in quei giorni stava peggio.
Tutto il carico era sulla moglie di Italo, per un motivo o per un altro, anche se Gietta non era nemmeno sua zia.
A malincuore salutò qualcuno, strinse qualche mano, lanciò uno sguardo a Luciano che ancora parlava e non se ne accorse, poi risalì la scala per tornare all'appartamento fatiscente che affacciava su piazza Cavour.
Da un lato e dall'altro dei gradini vide dei cunicoli chiusi, che parevano sprofondare nelle viscere della terra.
L'aria fredda le rinfrescò le guance accaldate. Si girò più volte lo sciarpone attorno al collo, ficcò le mani nella giacchetta di velluto e andò a testa bassa verso la stazione della metropolitana.
Quando stava per entrare, una figura le si parò davanti.
Era Andrea, col suo maglione bianco e i capelli scompigliati.
«Prendi.» Le porse un foglietto di carta. «Per quando ti sarai scocciata delle chiacchiere.»
Poi si girò e se ne andò nella notte.
Angie srotolò il foglio. C'era scritto, a penna rossa, un numero di telefono.
Lo mise in tasca, ripiegato con cura, poi scese a prendere il treno per tornare a casa.

A Mergellina non trovò il tram, quindi dovette camminare. Arrivò al palazzo che era tardi.

Già salendo su per le scale ebbe una strana impressione, ma senza capire perché.

Fuori della porta di casa sentì qualcuno che piangeva.

Bussò piano, ma avrebbe preferito girarsi e correre giù, di nuovo all'aria, oppure nello scantinato fumoso, ma lontano da lì.

Venne ad aprire Pina, con le guance bagnate di lacrime.

«Se n'è andata» disse tirando su col naso, che era tutto rosso.

Angie non chiese nulla, la seguì in corridoio.

Oltre la sua testa vide la porta aperta del salotto, il divano e una figura coperta da un lenzuolo ricamato.

Fino all'ultimo Gietta aveva rifiutato di stare a letto, tranne che poche ore la notte. Diceva che non riusciva a respirare, e pretendeva di stare seduta sul divano, come al centro di un trono da cui poteva sorvegliare tutto l'andamento della casa, anche quando ormai non aveva più il fiato per parlare.

Su quello stesso divano era morto lo zio Raffaele, di cui Angie conservava un ricordo affettuoso ma sbiadito.

Ora c'era il corpo di Gietta immobile sotto la tela bianca.

«Gietta» sussurrò.

Per Angie era incomprensibile che non ci fosse più.

Sua zia c'era stata per tutta la vita, sempre presente, fastidiosa, comandante, e sempre con qualcosa da dire di diverso da quello che pensava Angie. Sempre.

La volontà di Gietta era sempre stata la forza contro cui aveva provato a fare resistenza.

Più dura di Adelaide, ma reale, almeno qualcuno con cui combattere.

E adesso non c'era più, e al suo posto era rimasto il corpo di una vecchietta con la faccia tutta rattrappita, che lei, scostato il lenzuolo, si costrinse a baciare sulla fronte fredda.

«Gietta» ripeté.

Dicembre

Angie stava seduta sulla panchina di piazza san Pasquale e guardava il traffico delle auto che percorreva la strada senza interruzione. Macchine di tutti i colori e di tutte le forme, e poi tanta gente che camminava in fretta alla ricerca già di qualche dono per Natale.

Tutti sembravano ricchi e sereni in quel quartiere, eppure nessuno si preoccupava dell'essenziale.

«Ma come si fa a vivere così?» sussurrò scuotendo la testa.

Era passato quasi un mese dalla morte di sua zia, e le cose erano peggiorate da subito, invece di migliorare.

Italo, spinto da Pina, aveva fatto domande precise al loro notaio durante la stipula dell'atto di successione e la risposta non era piaciuta a nessuno.

Per motivi legali che a Angie parevano assurdi e incomprensibili, solo la presenza in vita di Adelaide li separava dalla perdita degli appartamenti in cui vivevano e degli altri il cui fitto costituiva la principale fonte di sostentamento della famiglia Morelli.

A parte il negozio di Italo, non c'era altro tra loro e la miseria.

Dal giorno in cui il notaio aveva parlato chiaro, c'erano stati momenti di isteria alternati a periodi di cupa depressione, tutti da parte di Italo e Pina. Adelaide pareva invece stordita, persa nel dolore per la morte della sorella. Federica era troppo piccola per capire bene, e Angie si sentiva l'unica che avrebbe dovuto fare qualcosa, ma cosa?

Qualche anno prima non le era sembrata una cosa importante, ma adesso che era più grande aveva cercato di capire. A quanto pareva, suo zio Raffaele – e con lui Gietta – si erano fatti fregare dal costruttore del palazzo che, con la scusa di pagare meno tasse, aveva proposto modifiche al contratto iniziale. Nella prima stipula l'intera proprietà del palazzo andava a una società intestata ai Morelli e agli eredi del commendator Porzio, il costruttore, in parti proporzionali. Qualche anno dopo, credendo di avere così meno problemi e meno spese, lo zio si era fatto convincere a vendere la nuda proprietà dell'immobile ai soci, mantenendo l'usufrutto. Non aveva capito che così, alla morte dell'ultimo legittimo Morelli intestatario del contratto, tutto il palazzo sarebbe passato di mano ai Porzio.

La causa civile intrapresa da Adelaide durava da anni, consumando soldi e tempo.

Aspettavano la sentenza, ma senza molte speranze.

Pina aveva anche suggerito a sua madre di cercare un contatto diretto con uno dei Porzio, che lei conosceva da giovane, ma pareva un'idea assurda.

La morte di Gietta li aveva resi più fragili, sul piano affettivo e su quello economico, e Angie si sentiva di nuovo in una posizione instabile.

Si alzò dalla panchina, gli occhi fissi in un punto lontano, dove un ritaglio di azzurro filtrava tra le nuvole.

Non sapeva che pensare. Fino ad allora avevano posseduto quattro appartamenti e due magazzini fronte strada. Ora stavano per perdere tutto.

«E chi se ne frega» provò a dire.

Non era quello che sostenevano lei e gli altri?

Che se ne facevano di tante case? Solo per aver più soldi?

Eppure, l'idea di non possedere più niente le metteva paura e la faceva stare male. Forse non era per i soldi, ma per la rabbia di essersi lasciati fregare così.

Da un mese non stava andando alle riunioni e scansava gli amici del collettivo.

Di nuovo si sentiva persa.

Non sapeva più chi era.

Angie Morelli, una borghese piccola piccola che si preoccupava delle proprietà di famiglia.

Ecco chi era.

Una volta aveva anche pensato di chiamare Andrea, il ragazzo biondo che aveva conosciuto il giorno in cui era morta Gietta. Forse con lui avrebbe potuto parlare, però non ricordava dove aveva cacciato il foglietto col suo numero di telefono.

"Il destino" pensò.

Poi avvertì la solita rabbia impotente e decise all'improvviso di tornare a casa, per cercarlo di nuovo.

Attraversò la strada correndo davanti a un tram che fischiò.

Adelaide era uscita quella mattina presto. Lei l'aveva sentita parlare con Pina a proposito della questione della proprietà.

Angie salì direttamente all'attico evitando di passare per l'appartamento del piano di sotto che, senza Gietta, sembrava troppo vuoto e silenzioso.

Angie avvertiva la sua assenza con irritazione, come se quella nostalgia e quella tristezza fossero dei sentimenti sbagliati.

Spalancò la porta di casa ed entrò.

Non pensava che sua madre fosse già rientrata.

Invece era lì, in salotto, in sottoveste. A terra c'era un vestito di seta bianco e oro con le maniche larghe.

Adelaide non mostrava alcun imbarazzo a farsi vedere in biancheria intima da lei, e anche stavolta si stava spogliando senza troppa cura.

Angie vide che sganciava il reggicalze e sfilava le calze, arrotolandole piano sulle cosce e sui polpacci. Vide anche che aveva un grosso livido all'interno di una coscia e un altro in alto sul collo.

Non era possibile. Adelaide era vecchia.

Non le faceva più quelle cose.

«Una donna di più di settant'anni queste cose non le fa» disse.

«Cosa?»

Angie si accorse di aver parlato ad alta voce.

«Niente.»

Cercò di andare in camera sua, ma la madre la seguì.

Angie si stese sul letto.

Adelaide si fermò sulla porta e si appoggiò allo stipite a braccia incrociate, in mutandine e reggiseno di pizzo nero. Il reggicalze penzolava inutile.

«Allora?» chiese con un tono autoritario cui Angie non era abituata. «Da dove vieni?»

Sua madre aveva ancora un bel portamento eretto, era magra e con i capelli tinti di biondo, e da lontano poteva sembrare più giovane. Da vicino però lo sfacelo degli anni era visibile nella pelle cascante sotto le braccia, nelle rughe sul collo e nelle pieghe ai lati della bocca. Anche le mani e le braccia erano cadenti, come quelle di una vecchia.

«Da dove vieni, tu?» chiese svogliatamente.

«Quando mai ti è interessato» disse Adelaide, e Angie si stupì nel sentire amarezza nella sua voce. «Sono stata in giro.»

«In giro?»

«Sempre per faccende della proprietà.»

«Ti ho sentita che parlavi con Pina» disse. «Le hai promesso di risolvere.»

Adelaide sospirò. «E invece no.» Abbassò la testa. «Mi sbagliavo.»

«Tu?» Angie rise, come per dire: *Tu non sbagli mai, mamma.*

«Sono andata dal figlio di Porzio» disse Adelaide guardando verso la finestra.

«Quel Porzio?»

«Il figlio. Adesso è vecchio pure lui.»

«Perché?»

«Perché pensavo di avere qualche argomento per convincerlo.»

Angie la guardò incredula e quasi le venne da ridere. «E quale?»

«Ti fa ridere?» chiese la madre.

«Quale?»

«Quando era un ragazzo Mariolino Porzio era pazzo di me, anche se io ero più grande.» Scrollò le spalle. «Gli uomini sono strani.»

«E tu li conosci bene» mormorò. «Gli uomini.»

«Sì, li conosco.» Adelaide fece una smorfia.

Angie non seppe che dire. Scosse la testa, sperando che sua madre la smettesse di parlare e se ne andasse.

«Quando una donna è abituata a ottenere quello che vuole, sempre, è difficile accettare che un giorno non potrà più.»

Adelaide si era spostata verso la finestra, aveva appoggiato la fronte sul vetro.

«Ma tu sei vecchia.» Angie non poteva crederci.

«Sì, hai ragione. Sono vecchia» rispose Ade a bassa voce. «E lui mi ha riso in faccia.»

Angie si raggomitolò sul letto, mettendo la testa sotto il cuscino e premendo con le mani per non sentire altro. «Vattene» disse.

Era tutto sbagliato.

Adelaide avrebbe dovuto essere solo una madre, invece era ancora una che usava il suo corpo. Ma non una povera donna disperata e costretta dalla miseria e dalla vita, no. Lei era una puttana borghese che aveva trovato quella scorciatoia per conquistarsi il suo piccolo posto nel mondo.

Quando, dopo un tempo che le parve lunghissimo, tirò la testa da sotto il cuscino, Adelaide se n'era andata.

1972

Gravissimo attentato presso Gorizia.
Sette militi sono stati attirati in un agguato con una telefonata anonima: «C'è una Cinquecento sospetta».
Quando ne hanno aperto gli sportelli la vettura è esplosa.
Tre carabinieri sono morti stanotte nell'Isontino, vittime del feroce agguato al tritolo nel quale il loro comandante ha riportato gravi ferite.
La strage di Peteano.

"CORRIERE DELLA SERA", *giugno 1972*

Marzo

Angie era in funicolare assieme a Federica, una accanto all'altra.

Seduto di fronte c'era un uomo assonnato, calvo, con lo sguardo spento e un neo grande sulla fronte.

«Sei mai stata in funicolare?» chiese a sua nipote.

«Un sacco di volte, zia.»

«Sai come funziona?»

«Sì.» Federica alzò la voce per farsi sentire anche dagli altri passeggeri. «Ogni volta che vado in funicolare, qualcuno mi vuole spiegare come funziona.»

«Non fare la saputa.»

«Non fare la scocciante, zia.» Le prese la mano, poi la guardò e abbassò la voce. «Tu non sei come tutti gli altri.»

«E come sono?»

Federica non rispose.

Angie le strinse le dita, felice.

Sua nipote aveva i capelli lunghi, lisci e il naso all'insù come quello di Nina, però era molto più curiosa, anche più attenta, sensibile, sveglia. Sarebbe diventata una donna bella e intelligente.

Angie l'amava, era l'unico componente della famiglia con cui lei aveva davvero piacere di passare il suo tempo.

Quando tornava a casa, ormai solo una volta a settimana, lo faceva per rivedere lei, Federica.

Prendeva qualche abito pulito, lasciava una borsa di panni sporchi che non era riuscita a lavare per i fatti suoi, e poi scendeva da sua nipote.

Aveva fatto così anche oggi.

Prima si era trattenuta un po' a parlare con Pina, che ogni volta sembrava più arrabbiata.

Povera donna, aveva pensato di fare chissà quale matrimonio, e invece adesso le proprietà erano in pericolo e la casa era una palude vuota.

«E mo' me so' scocciata» le disse. «Poi vedi che succede!»

Angie aveva bevuto il caffè con lei, poi era andata nella camera della nipote.

Con Federica voleva fare ciò che, anni prima, aveva desiderato inutilmente che sua cugina Nina facesse con lei.

Darle attenzione e affetto.

Quel pomeriggio la bambina aveva finito i compiti prima e le aveva chiesto di uscire. Ma Angie, che doveva portare il borsone nel nuovo appartamento vicino allo stadio Collana, non poteva.

«Per favore, zia!»

Sua nipote l'aveva guardata in una maniera che l'aveva riportata indietro nel tempo, a quando da bambina implorava Nina, o sua madre Adelaide, o la sua amica del cuore, di portarla con lei.

Sempre inutilmente.

«Dài, zia. Ti prego.»

Così aveva deciso che, in fondo, non era così pericoloso, né complicato, doveva solo lasciare la borsa ad Andrea e poi andare via.

Una volta deciso era stato facile ritrovarlo. E con lui Francesca.

Quel pomeriggio aveva un piccolo incarico, portare le vecchie pistole nere – che un tempo erano state custodite nel rudere di San Giovanni a Teduccio – al Vomero. Una era stata anche usata.

Ad Angie non avevano detto tutti i dettagli, però sapeva che quelle armi erano pericolose.

Le aveva custodite a casa per una settimana e adesso bisognava trasferirle alla nuova base, vicino al Collana.

Federica poteva aspettare un attimo in strada.

«Va bene.» Aveva chiuso il pugno. «Però devi fare tutto quello che dico io.»

Federica aveva annuito.

«Senza capricci.»

«Non faccio mai capricci.» La bambina si era già messa il cappotto bianco. «Ma dove andiamo?»

«Devo fare dei servizi» le aveva risposto. «Devo portare questo borsone a casa di amici al Vomero, poi andiamo in giro per negozi.»

E così adesso stavano assieme in funicolare.

Federica si girò di nuovo a guardarla e sorrise. Angie schioccò le labbra e le fece l'occhiolino.

Ai piedi aveva il borsone di pelle, pieno, pesante.

Di fronte c'era l'uomo calvo con il neo sulla fronte e lo sguardo spento che, a ogni sussulto della cabina, si accendeva per poi subito rispegnersi.

Angie portava occhiali da sole anche se non c'era sole. Lo faceva per abitudine.

I suoi capelli adesso erano tutti ricci e neri, lunghi. Servivano a coprirle parzialmente il volto.

Le piaceva non essere riconoscibile, magari venire confusa tra le tante ragazze con gli occhiali da sole e i capelli lunghi e ricci.

Era diventata un'abitudine più che una necessità, una divisa.

Indossava degli stivali col tacco alto, i jeans e un pullover largo, marrone.

Accese una sigaretta, poi tossì.

«Non fumare troppo» disse Federica ripetendo le frasi inutili che sentiva a casa. «Fa male.»

«Fa bene» disse lei soffiando via il fumo. «Fa bene alla testa.»

L'uomo calvo di fronte a lei la guardò per un istante poi rientrò nel suo torpore e intanto la cabina arrivò lentamente al Corso Vittorio Emanuele e poi al Petraio.

«Siamo arrivati?»

«La prossima.»

«Quanto è lenta.»

Finalmente giunse al Vomero. Piazza Fuga.

Angie spense la sigaretta, prese il borsone pesante e, preceduta da Federica, uscì assieme a tutti gli altri nella piazzetta.

Aveva fatto le sue scelte e nulla più la teneva legata al passato. Era una donna libera, per la prima volta nella vita. Non più una bambina dipendente dalla famiglia, non più una ragazza in balia degli amici, non più un'adolescente schiava delle emozioni, non più una giovane studentessa assoggettata a ideologie astruse, adesso era una persona con degli obiettivi semplici, precisi, uno scopo.

E questo nella vita significava tutto.

Aveva anche smesso di vivere a casa con sua madre. Si era trasferita da Andrea, che cambiava appartamento quasi ogni mese. A volte con loro c'era Francesca, oppure degli altri ragazzi.

Con loro, in ogni caso, aveva fatto il salto, non verso la piena clandestinità, ma ci era vicina.

Pina e Italo, invece, si erano rintanati nel loro appartamento, tutti concentrati su Federica. I loro rapporti coniugali, quando Pina si era resa conto che non sarebbero arrivati altri figli – soprattutto per colpa di *chillu strunz e merd!* – erano peggiorati profondamente. Forse, pensava Angie, a un certo punto doveva aver scoperto il segreto del marito, o forse Italo si era fatto sorprendere come era già successo in passato. Eppure Pina non ne aveva mai parlato con nessuno, si era lasciata crollare il mondo addosso in silenzio per poi adattarsi alla nuova vita. Adesso si vestiva con più cura e si truccava meglio. Forse si stava guardando in giro.

Chissà se Federica lo aveva capito.

Angie non aveva mai provato per Italo l'adorazione che aveva sentito all'inizio per sua cugina Nina.

Non le importava niente dei suoi gusti e delle sue frequentazioni, ognuno era libero di fare ciò che voleva, però le deva fastidio l'ipocrisia con cui fingeva di essere un bravo marito.

Angie ricordava perfettamente di averlo sorpreso con un amico, tanti anni prima, di aver pianto, di aver capito, di aver raccontato tutto alla famiglia. Di aver fatto un guaio.

Era stata per colpa sua se poi Italo si era sposato in fretta con Pina.

Però era stato merito suo se poi era nata Federica.

La bambina le prese la mano.

«Dobbiamo andare lontano?» chiese.

«Già sei stanca?»

«Sì.» La bambina rise.

«Non ti porto più con me.» Angie finse di essersi già scocciata e cambiò mano al borsone.

Chi le vedeva forse pensava che fossero madre e figlia. Angie era sicura che un giorno sarebbe stata una brava madre.

Il contrario della sua, che poi madre nemmeno lo era. Adelaide l'aveva raccolta da qualche parte, chissà perché, per poi depositarla nella sua famiglia d'origine, affidandola all'affetto degli altri.

Aveva risolto così.

La sua indifferenza continuava a ferirla. La superficialità del suo affetto era peggio di mille schiaffi e la sua distrazione più crudele di qualsiasi litigio.

Angie non voleva nemmeno più rivolgerle la parola.

«Ma siamo già passati di qua, zia!» Federica girò la testa prima a destra e poi a sinistra. «L'abbiamo già fatta questa strada!»

«Mi sono confusa» disse Angie fermandosi, accendendo un'altra sigaretta e guardandosi intorno per vedere se qualcuno era dietro di loro.

Glielo aveva insegnato Francesca, anche se probabilmente non c'era reale necessità di farlo.

Era diventata una specie di abitudine, un vezzo. Fare giri tortuosi, tornare sui propri passi, guardarsi alle spalle nelle vetrine, voltarsi all'improvviso, focalizzare e ricordare i volti dei passanti che incrociava.

Non era mai successo nulla.

Non immaginava che sua nipote potesse accorgersene. Due erano le possibilità: o Angie era una frana come depistatrice o Federica era molto attenta.

«Dobbiamo andare di là, zia.» Federica indicò via Scarlatti.

«Tu che ne sai?»

«Hai detto che era vicino allo stadio Collana.» Sua nipote tornò a indicare la strada. «Non dobbiamo girare ancora.»

«Come fai a conoscere il Vomero?»

«Ci sono stata con papà.» Federica la prese per mano sotto i platani di via Scarlatti. «Di qua. Vieni.»

Angie si lasciò tirare smettendo di fare attenzione alla strada, tanto non poteva accadere nulla.

Poi Federica si fermò davanti a un negozio che vendeva giocattoli. Si incantò davanti a dei pupazzetti colorati esposti su una mensola in vetrina. Nell'angolo, in alto, c'erano due Barbie, una bionda e l'altra con i capelli rossi. La bionda aveva un abito blu, l'altra uno verde. Tutte e due con la pelle bianchissima.

Angie pensò per un attimo di entrare e di comprarne una per Federica, anche se ormai viveva con i soldi contati.

Nel riflesso della vetrina però fu colpita da un volto che le sembrò noto, già visto.

Non si girò.

Era l'uomo calvo con il neo sulla fronte e lo sguardo spento che in cabina sedeva di fronte a loro.

La stava seguendo.

La stava seguendo da prima che entrasse in funicolare e lei se n'era accorta solo adesso, per caso.

Angie si sentì stupida, maldestra e incapace.

Non era più un gioco.

All'improvviso il borsone che reggeva col braccio destro divenne pesante, insostenibile.

«Ti piace?» chiese a voce bassa a Federica, che continuava a guardare le Barbie in vetrina.

«Mi piace Skipper Roberts.»

«Chi?» Ad Angie tremava la voce.

«La sorella di Barbie.» Federica la indicò.

«Quella?»

«Sì.»

«La vuoi?» Angie non aspettò la risposta ed entrò nel negozio senza mai girarsi verso la strada. Federica la seguì.

Rimasero dentro per un tempo lunghissimo. Federica guardò tutte le bambole, anche se già aveva deciso, e Angie, nel vedere il suo viso felice, si sentì per un attimo in pace.

Quando uscirono, si accorse che l'uomo col neo sulla fronte era fermo vicino a uno degli alti platani di via Scarlatti.

Non sapeva cosa fare, strinse la mano di Federica e accelerò. Non poteva far insospettire il tizio tornando sui suoi passi, né poteva andare al rifugio dove Andrea la stava aspettando. Anzi, doveva allontanarlo da quella zona, il più possibile distante dallo stadio Collana.

S'incamminò verso piazza Medaglie d'oro, ma il cuore le batteva forte e le mancava l'aria.

Federica accanto a lei era sempre più felice.

«Grazie.»

Dopo un po' passarono davanti all'istituto tecnico Vanvitelli che si affacciava su un piccolo parco.

Un gruppo di ragazzi sedeva sulla scala e urlava qualcosa contro altri ragazzi che stavano imbrattando i muri dall'altro lato della strada. Avevano appena scritto: FASCISTI DI MERDA.

Angie rallentò e strinse la mano a Federica.

Poi si fermò.

Uno dei ragazzi seduti sulle scale della scuola si alzò in piedi.

«Stronzi comunisti» urlò. «Vi ammazziamo tutti.»

«Fascio, sei morto» risposero in coro gli altri. «Sei morto!»

Uno dei ragazzi seduti prese un sasso e lo tirò verso quelli che stavano vicino al muro.

Angie fece un passo indietro e strinse Federica. Anche gli altri passanti si arrestarono.

All'improvviso iniziarono a piovere pietre, poi uno dei ragazzi della scuola prese una spranga di ferro che teneva nascosta chissà dove e corse verso quelli di fronte, che intanto si proteggevano dai sanpietrini.

Sbucarono dal nulla altri ragazzi su entrambi i fronti, tutti con sciarpe, mazze, pietre. Tutti identici, tutti urlando.

In un attimo la scena si trasformò in una zuffa enorme.

Angie indietreggiò con Federica fino a urtare l'uomo col neo sulla fronte.

Allora si girò finalmente a guardarlo.

Lui però adesso era tutto preso dalla scena e il suo sguardo non era più assonnato o distratto, ma attento e pronto a intervenire.

Quando uno dei ragazzi tirò fuori un coltello e colpì un altro tizio, che non si capiva se era fascista, comunista o cosa, allora l'uomo cacciò da dietro la schiena una pistola e il distintivo.

«Fermi!» urlò correndo verso di loro.

Angie approfittò di quel momento per indietreggiare dietro l'angolo della scuola, poi corse nella direzione opposta sempre tenendo per mano Federica, che stringeva la Barbie.

«È pericoloso, zia?»

Non le rispose. Continuò a correre.

Arrivarono in piazza Fuga e presero la funicolare al volo.

Nel vagone quasi vuoto Angie si sedette, sudata e stanca, posò il borsone pesante per terra e chiuse gli occhi.

«L'abbiamo scampata, zia Angie.»

«Già» rispose lei, e sorrise. Era stata brava.

1973

Spezzare la catena di condizionamenti che si trasmette pressoché immutata da una generazione all'altra non è semplice, ma ci sono momenti storici in cui simili operazioni possono risultare più facili che in altri. Come oggi, quando tutti i valori della società sono in crisi e tra questi il mito della "naturale" superiorità maschile contrapposta alla "naturale" inferiorità femminile.

ELENA GIANINI BELOTTI, *Dalla parte delle bambine, Feltrinelli, 1973*

Gennaio

Angie aveva deciso di partecipare a quel pranzo alla Bersagliera per un motivo chiaro, quasi un dovere.

Però adesso, già all'antipasto di pesce, se n'era pentita.

Alla televisione, accesa in fondo al locale, si vedeva il presidente Giovanni Leone che parlava seduto a un tavolo nero.

Angie scosse la testa.

Aveva tagliato i capelli corti e portava gli occhiali da sole anche a tavola, e fumava.

«Sempre a fumare e sempre con questi occhiali» disse Italo, sorridendo. «Che marca sono?»

Lei sollevò le spalle come per dire *che cavolo te ne importa?*

«Stai bene con i capelli più corti, Angiole'.» Pina le carezzò la spalla. «Però sembri più grande. Mo' quanti anni tieni?»

«Venticinque» disse Angie soffiando il fumo sulla frittura di pesce.

«Sembri più vecchia» disse Nina dall'altro lato del tavolo, osservandola. Sempre stronza.

«Pure tu sembri più grande.» Angie guardò sua cugina, che aveva superato da poco i quarant'anni ma ne dimostrava dieci di più. «Molto più grande.»

Nina era dimagrita. Vestiva benissimo, ma alla moda di quindici anni prima, con un abito a tubino fantasia che le arrivava al ginocchio. Sembrava che avesse voluto congelare il tempo a prima del matrimonio.

"A quando era felice" pensò Angie.

«Tu però sembri una stracciona» disse Nina fissando il suo pullover largo, lungo e rattoppato.

«La moda di oggi» commentò Italo per stemperare i toni.

Angie non aveva mai visto sua cugina in pantaloni, oppure in jeans, sempre gonne, tailleur, abitini da donna, da signora.

Non replicò ma smise di guardarla.

«Sempre bellissima, Nina» mormorò Pina agitando le mani.

Pina aveva la stessa età della cognata ma era rimasta identica al giorno del matrimonio che – cosa strana – Angie ancora ricordava con tenerezza ed emozione.

Pina aveva sempre begli occhi e belle labbra, e si era pure rifatta i denti davanti. Una napoletana genuina nel pieno del fiore, peccato che suo marito non se ne fosse mai accorto, né prima, né adesso. Eppure, nonostante ciò, da qualche mese lei sembrava una persona diversa e finalmente felice.

Forse, pensò Angie osservandola con attenzione oltre gli occhiali da sole, aveva trovato il modo di consolarsi.

Chissà con chi.

La tavola era stata sistemata nella veranda.

Dalla vetrata si vedevano il Castel dell'Ovo e il mare, che era mosso. Anche il cielo era nuvoloso e grigio, con improvvisi sprazzi d'azzurro e di sole.

Le barche all'attracco dondolavano disordinatamente nel piccolo porto e un uomo col cappello, in piedi sul molo, guardava il mare e scuoteva la testa.

L'idea del pranzo era stata di Italo, per festeggiare in ritardo i quindici anni di matrimonio, *passati velocemente e con una certa armonia*, aveva detto. Beato lui che ci credeva.

A tavola erano in nove.

Dario a capotavola, accanto a lui Nina, poi Adelaide e Angie. Vicino a lei, seduta all'altro capo del tavolo, di fronte a Dario, c'era Giovanna, una vecchia amica dell'università di Nina, cugina del marito.

Sull'altro lato c'erano Italo, Federica e Pina.

Accanto a Pina c'era Oreste, un giovane commesso del negozio di Italo che lavorava con loro da anni e che era diventato un pezzo di famiglia.

Angie lo guardò in viso e cercò di capire se dimostrava segni che in qualche misura lo legassero al mondo di Italo. Ma l'uomo, belloccio e allegro, un po' rozzo, simpatico, non sembrava in nessun modo interessato ai maschi.

Anzi, sfiorava in continuazione Pina con la spalla e ogni tanto si girava e le sorrideva con uno sguardo fin troppo intimo.

"Ecco con chi si consola" pensò Angie.

Andava bene così, ognuno era libero di fare ciò che voleva.

E poi a Italo non importava. In qualche modo erano diventati una coppia moderna, senza neanche saperlo.

Le venne da sorridere e si mise la mano davanti alla bocca.

«Che hai?» le chiese Federica.

«Nulla.» Le strizzò l'occhio. «Ieri ho fatto tardi e sono un po' stonata.»

«Che hai fatto?»

Era rimasta a casa con Andrea, Francesca e altri due a organizzare un piccolo esproprio proletario, come dicevano loro, ai danni di una gioielleria di corso Umberto, un certo Sarvio, che vendeva oro e pietre preziose.

In qualche modo bisognava finanziarsi.

«Sono andata a ballare» disse.

«Dove, alla Mela?»

«No. Un locale al centro.»

«E come si chiama?» Federica non faceva che interrogare tutti su tutto.

«Il Gioiellino» inventò.

«Mai sentito.»

«Sei piccola.»

«Fra poco faccio tredici anni.»

«E sei piccola!» intervenne Pina.

«Quello è stato il periodo più bello della mia vita» intervenne Nina posando il bicchiere di vino e guardando Federica e poi Dario. «Dai tredici ai vent'anni. Goditeli.»

Dario aveva i baffi e le basette folte, lo sguardo distratto, annoiato, da uomo d'affari preso da mille incombenze.

Soprattutto dalle donne.

La gelosia che aveva caratterizzato i primi anni di matrimonio, di cui tutti in casa parlavano con una certa soddisfazione, aveva pian piano lasciato il posto a una critica attenta, chirurgica e fredda.

Angie sapeva che tra Dario e Nina erano scoppiate più crisi coniugali e che c'erano state due brevi separazioni durante la quale lei si era trasferita a Napoli nella casa di Parco Margherita. Una durata due settimane e l'altra due mesi. Alla fine però Nina aveva sempre deciso di tornare a Roma, dal marito.

Era tutto quello che aveva, aveva pensato Angie.

«Hai deciso cosa fare?» chiese all'improvviso Dario osservandola con attenzione e, forse, anche con un po' di interesse. «Per il lavoro, intendo. Angie?»

«Non l'architetto, ormai» mormorò Nina scuotendo la testa.

Angie si era risolta a partecipare al pranzo per un motivo nitido e giusto, però se n'era pentita appena aveva preso posto a tavola. E ora avrebbe voluto alzarsi e andare via senza rispondere.

«Sono in un collettivo di sinistra» mentì come sempre. «Ci occupiamo di sociale.»

«Di estrema sinistra» commentò Italo.

«E i denari?» chiese Dario senza smettere di osservarla.

Espropri proletari, rapine. Forse anche un sequestro tra sei mesi, ma non a Napoli.

«Ci autosovvenzioniamo.»

«E come?»

Angie spense la sigaretta nel posacenere e bevve un sorso d'acqua. «Sono fatti nostri.» Cazzi miei.

«Dario potrebbe aiutarti» intervenne Nina, ma senza calore. «Diglielo pure tu, Ade.»

Sua madre se ne stava zitta e un po' curva accanto a lei.

Tutti la guardavano ma nessuno fino a ora le aveva rivolto parola. Anche lei era invecchiata all'improvviso.

Gli anni le erano piombati addosso come una cascata spazzando via ogni traccia dell'antica bellezza.

Adesso Adelaide dimostrava interamente l'età che teneva nascosta a tutti ma che tutti conoscevano.

Settantasette anni.

«Angie fa come vuole. Come sempre» disse sua madre nel silenzio della tavolata. «È libera.»

«Tanta libertà non aiuta, Ade» disse Dario. «Comunque io posso aiutare. La famiglia c'è e, se Angie vuole, le porte sono sempre aperte. Spalancate.»

«Grazie. Gentilissimo» rispose lei, però avrebbe voluto alzarsi, mandarli tutto affanculo, e andarsene.

La famiglia c'è.

C'era solo Federica.

Era solo lei a tenerla ancora seduta a quel tavolo.

«Che bella famiglia» mormorò Giovanna.

A guardarla ricordava un po' una giraffa, con quel collo lungo e lo sguardo ansioso. Angie sapeva, dalle chiacchiere di Pina, che aveva avuto una gran cotta per suo cugino.

«Che bella riunione» disse terminando il secondo bicchiere di vino.

«Io mi sento una di voi» aggiunse, ma nessuno le rispose.

Giovanna era ancora innamorata di Dario – lo sapevano tutti – e forse era rimasta zitella per quel motivo.

«Zia Ade?»

Era Federica.

«Ci racconti la storia dell'America?»

«L'America?» chiese sua madre per un attimo illuminata. «Cosa vuoi sapere, cara.»

«Di quegli anni.» Federica guardò Angie e sorrise, lei poteva permettersi tutto. «Di quando nacque tua figlia.» La indicò.

«Ma lascia stare» disse Nina.

«Ma sei tutta scema?» domandò Pina. «Federi'!»

«Che c'è di male?». Federica si rivolse a Adelaide, lei sollevò le spalle.

Non avrebbe mai raccontato nulla, Angie era sicura che si sarebbe portato il segreto nella tomba.

«Tanto lo sapete tutti» disse invece Adelaide guardando solo lei.

«Cosa c'è da sapere?»

«Come andò.»

«E lo sanno tutti?» Angie sbatté il bicchiere sul tavolo. "Io non so niente!" urlò dentro di sé.

«Io non so nulla» disse Federica.

«Tutti...?» disse ancora Angie, mentre la rabbia le montava dentro.

«No, forse non tutti.» Adelaide era vecchia e stanca, forse non era neanche così lucida. «Lo raccontai a Genoveffa e Raffaele. Non so a chi l'abbiano riferito.»

«E allora racconta anche a me» disse Angie. «Ora. Qui.»

«Qui?» Nina fece un cenno veloce verso Giovanna e Oreste, entrambi assorti a guardare il piatto o il bicchiere, facendo quasi finta di nulla. «Ora?»

Arrivò il cameriere per togliere i piatti sporchi, seguito da altri due camerieri con le linguine vongole e lupini.

Angie guardò la pietanza di fronte a sé, allontanò il piatto, fissò sua madre. «Racconta» disse. «Non fa nulla se c'è gente.»

«Non c'è molto da dire, Angie.»

«E perché non l'hai fatto in tanti anni?»

«Eri piccola e già ti ribellavi» spiegò Adelaide a bassa voce. «E poi sei diventata furiosa. Temevo che la verità ti allontanasse ancora di più da me.»

«Più di quanto sono lontana adesso?» Angie scosse la testa. «Eri solo distratta e raccontare significava impegnarti, fermarti e parlare con me, ma non volevi. Tutto qui.»

«No. Non era importante.» Sua madre la fissò col suo solito sguardo distratto, trasparente. «Ho evitato perché credevo che fosse inutile, superfluo.»

«E racconta. Cazzo!»

Angie stava per esplodere.

Non era importante.

Si era sentita sempre fuori posto, sempre sbagliata, e adesso questa donna si permetteva di dire che la verità sulla sua vita era inutile, non era importante.

Si sentivano i rumori delle forchette nei piatti, tutti mangiavano, tranne Angie e Adelaide.

Adelaide si accese una sigaretta. «Vivevo a Boston con Jack. Stavamo assieme da qualche anno, lui veniva da una famiglia del Texas. Lavorava per una fabbrica di motori per navi.» Adelaide guardò le linguine, prese la forchetta ma non la mise nel piatto. «Lui mi voleva bene, non era giovane ma neanche tanto vecchio. Poi morì d'infarto e mi lasciò tutto ciò che aveva, tutto ciò che ho adesso.»

«E io che c'entro?».

«Mi lasciò anche il giardiniere, Carlos, e una cameriera portoricana, Ines.» Sua madre continuò a fissarla come se stesse raccontando la storia di qualcun altro. «Aveva diciotto anni ma ne dimostrava quindici, magra, piccola, le ossa sottili come le tue.»

«Era mia madre?»

«Quando Carlos se ne andò, portandosi via molti dei miei gioielli, lei pianse più di me. Poi mi raccontò che era rimasta incinta e che voleva abortire.» Adelaide scosse la testa. «Ma io le dissi che l'avrei aiutata a tenere il bambino. L'avremmo cresciuto assieme.»

«E poi?» chiese Federica.

«Poi nacque una bambina. Al Brigham and Women's Hospital.»

«E Ines?»

«Se ne andò pochi giorni dopo. Era troppo giovane.» Sua madre posò la forchetta. «Presi la bambina e la portai a Napoli. Volevo essere aiutata. Qui c'era la mia famiglia.»

«La famiglia» ripeté Angie disgustata.

«La bambina eri tu. Tutto qui.» Adelaide sorrise. «La verità non è mai così interessante. Te l'avevo detto.»

«E il nome Angie, chi l'ha deciso?» chiese Federica.

Angie non volle sentire.

Si alzò in piedi e rovesciò la sedia. «Mi fai schifo» disse senza urlare, poi fissò Nina. «Fate tutti schifo. Tutti!»

Un attimo dopo, a grandi passi, abbandonò la sala.

Angie aveva deciso di partecipare al quel pranzo alla Bersagliera solo perché voleva salutarli prima di entrare in latitanza. Ma se n'era pentita.

Aveva ricevuto l'ennesimo schiaffo.

«Angie!» sentì la voce di Federica che la chiamava, però lei non si girò. Uscì dal ristorante e camminò lungo via Caracciolo.

Aveva iniziato a piovere.

Pioveva da giorni. Napoli era allagata sotto una pioggia inutile e costante.

Angie e Francesca entrarono nella stazione saltando, per evitare le pozzanghere. Gli zaini, i cappotti, le sigarette, tutto era bagnato, ma loro erano contente.

Ogni tanto si guardavano e sorridevano. Stavano per iniziare una nuova vita a Torino dove nessuna delle due era mai stata e dove conoscevano solo i compagni del loro piccolo nucleo.

Gli altri erano partiti nelle settimane precedenti per rafforzare il gruppo di Moncalieri.

«Mimmo pensa solo a scopare» disse Francesca ridendo. «Ci facciamo mancare tutto, tutto, tranne quello.»

«Il bello della libertà.» Anche Angie sorrise.

«L'importante è non perdere la testa.»

«In che senso?»

«Innamorarsi.»

«A me non è mai successo» mormorò Angie riflettendoci per la prima volta. «Non mi sono mai innamorata davvero di nessuno, Francesca, mai.»

«Io di tutti.»

«Ma come fai?»

«Semplice, mi piace scopare.»

Angie le diede una spinta e salirono nel vagone letto del treno Napoli-Torino, seconda classe.

Si sistemarono nelle cuccette con altre due signore che tornavano dai mariti, anche loro amiche ma vent'anni più vecchie.

Angie era felice, mentre si dondolava nella sua cuccetta al secondo piano, fissando il soffitto.

Partire da Napoli significava lasciarsi alle spalle il passato con tutte le sue ferite.

Non le importava nulla della verità sulle sue origini.

Tanto l'aveva sempre saputo che non era figlia di Adelaide.

A farle davvero male era stato quel silenzio inutile, quel vuoto.

Non era importante, perciò non glielo aveva detto.

Questa era stata la giustificazione di sua madre, ed era una cosa che le toglieva il respiro e che la riempiva di rabbia.

Tutta la sua rabbia veniva da quel silenzio.

Però era un bene. Forse l'avrebbe spinta avanti sulla sua strada. E la sua strada era la lotta, perché l'unica cosa che aveva senso adesso era la lotta per la lotta.

"È stata lei a salvarti." Il pensiero attraversò la mente di Angie nel buio del vagone, mentre il treno correva verso Torino.

"È stata lei a convincere tua madre Ines a non abortire" insisté il pensiero. "A farti nascere, a tenerti, a portarti con sé, a adottarti, a darti un nome."

Era stata Adelaide.

1974

> L'aborto deve essere libero. È ora di dire basta a ogni processo. Il gioco delle parti tra l'ala clericale e quella laica della classe dominante. Necessaria e urgente la mobilitazione su questa importante battaglia democratica.
>
> "QUOTIDIANO DEI LAVORATORI", *dicembre 1974*

Aprile

Francesca la guardava con gli occhi sbarrati, enormi, le pupille piccolissime e perse nel bianco.

Anche la faccia era bianca, esangue.

Sembrava che la paura si fosse portata via, oltre al coraggio, tutto il colore dal suo corpo.

Stava stesa sul tavolo da cucina della Tonia, con le ginocchia strette, ancora vestita.

«Non voglio.»

«Cosa?»

Allungò una mano e prese quella di Angie, che le stava in piedi di fianco. Le sue dita la strinsero in una morsa dolorosa.

«Non voglio morire» le disse.

Angie si chinò sul suo viso. Le passò una mano sui capelli biondi e sudati.

«Non muori mica» rispose. «Risolvi solo questo problema.»

Il problema era un lieve rigonfiamento sotto il maglione nero. Era magra e poteva mettere ancora i jeans, ma solo slacciando il primo bottone.

Le aveva detto che pensava di essere al quarto mese, ma non ne era certa. Non sapeva neanche chi fosse il padre.

«Forse il Gamba» le aveva confidato.

«Gesù» aveva sospirato Angie.

Da quando erano a Torino la vita andava un po' così.

C'era tanto di cui parlare e di cui preoccuparsi, e tanto da organizzare.

Sembrava che non ci fosse tempo per preoccuparsi di cose futili come l'amore o la fedeltà. Erano stupidaggini.

Ti piaceva uno, scopavi. Non ti piaceva più, restavate amici, o almeno fingevate.

Francesca aveva avuto un sacco di amici e, a quanto pareva, uno aveva quasi rischiato di diventare padre.

«Ma ti pare?» le aveva detto solo un paio di settimane prima. «Io a fare la mammina? Con le pappine e i pannolini?»

Francesca aveva accentuato il tono, poi si era gettata una lunga ciocca di capelli dietro l'orecchio ed effettivamente le era sembrato impossibile immaginarla con un bambino in braccio.

«Angie, abbiamo fatto tutto questo e poi?»

Angie aveva convenuto che l'unica cosa da fare era sbarazzarsi del guaio.

L'avrebbe aiutata lei nella ricerca della persona adatta.

Ma non era stato per niente facile.

A Torino avevano ormai molti contatti, un medico, un dentista e perfino un veterinario, però uno per quel problema, no.

Non c'era.

A Napoli sarebbe stato molto più semplice.

Poi, per caso, uno dei compagni calabresi che abitavano vicino ai Murazzi si era ricordato della Tonia.

Era la cugina di una cugina, originaria di Vibo Valentia, ma a Torino da quindici anni. Aveva studiato per fare l'ostetrica, poi si era innamorata di un siciliano e ci aveva fatto tre figli.

Per mantenerli metteva a frutto le nozioni apprese e i bambini, invece di farli nascere, li uccideva.

La Tonia lo aveva raccontato a loro due con tono un po' lugubre, davanti a una macchinetta di caffè nella sua cucina.

C'era la luce elettrica accesa perché fuori il cielo di aprile era nuvoloso e grigio anche la mattina, come se fosse novembre.

La casa era nei pressi di corso Regina Margherita, dove il sole non entrava quasi mai.

«Io tornerei volentieri a Vibo» aveva detto accendendo la seconda sigaretta «Ma lui non vuole. Gli piace qui.»

Dopo un'altra sigaretta Angie non ne poteva più. «Vogliamo iniziare?» aveva chiesto.

Tonia aveva annuito e poi, quasi controvoglia, era uscita dalla cucina.

Nel frattempo Francesca era stata presa dalla paura, una paura espressa a bassa voce ad Angie, per timore di farsi sentire da Tonia, che era andata a *preparare*.

«Angie!»

«Tranquilla. Passa subito» aveva detto lei.

«Non lo so se lo voglio.»

«Il bambino?»

«Tutto questo.»

«È la decisione migliore» aveva sussurrato Angie, non capendo neanche lei da dove traesse tale conclusione. «Pochi minuti e sei di nuovo libera.» In ogni caso non c'era più tempo. «Coraggio.»

Tonia era tornata con i capelli neri legati, una bacinella piena di pezze e un paio di ferri da calza dorati.

«Dài» aveva detto sistemandosi vicino al tavolo.

Francesca si era stretta a lei. Angie le aveva messo un braccio sulle spalle.

«Avanti, vieni sul tavolo» aveva detto Tonia spostando le tazzine e la caffettiera. «Facciamo una cosa veloce.»

«Te ne vuoi andare?» le aveva sussurrato Angie all'orecchio, colta da uno scrupolo improvviso. Francesca aveva scosso la testa, forte, molte volte.

«No» aveva detto poi. «Non me ne voglio andare.»

Tonia stava facendo scorrere l'acqua dal rubinetto.

«Non esce» aveva sbuffato girandosi verso di loro.

«Cosa?»

«Non esce bollente» aveva spiegato. «Vado a prenderla in bagno.»

Sulla porta si era girata: «Sdraiati. E levati jeans e mutande».

Francesca aveva obbedito, ma senza spogliarsi.

«Risolvi il problema» disse di nuovo Angie.

Poi sentirono l'acqua scorrere in bagno e Tonia che imprecava in calabrese stretto: «'Sti buttanùne».

«Sei sicura?» chiese di nuovo Angie. «Se non vuoi ce ne andiamo. Nessuno ti sta costringendo.»

«Sì, e dopo che faccio?» chiese Francesca con la voce incrinata. «Torno a casa da mamma e papà?»

Sembrava che stesse per piangere.

«Ma no, resti a Torino.»

«E come faccio?»

Angie era meravigliata per quella trasformazione. Per anni Francesca era stata una sorta di modello ideale, quasi irraggiungibile, piena di fuoco, passione, libertà e capacità di farsi valere, e adesso si lamentava, assalita da dubbi, paure e debolezze come una ragazza qualunque.

Si sentì tradita.

«Forse i tuoi sarebbero contenti di diventare nonni» azzardò lei, ma senza crederci.

Il padre di Francesca era un ingegnere, soldi in casa ce n'erano.

Francesca sollevò la testa, le vene del collo tese.

«No. Voglio solo tornare alla mia vita» disse a denti stretti. «Chi lo vuole un bambino?»

«E allora perché tremi?» Angie si stava irritando. «Tranquilla.»

«Perché ho paura che mi faccia male!» sbottò l'altra, lasciando ricadere la testa. «Vorrei vedere te a farti bucare la cosa da quello!» Indicò col dito uno degli aghi da calza in bilico sul lavello. «Non sarà nemmeno sterilizzato.»

"La prossima volta fa' attenzione" pensò Angie, ma se ne pentì. Oggi era capitato a Francesca, domani sarebbe potuto capitare anche a lei.

«Vedrai che è brava e farà veloce» le disse carezzandole i capelli. Doveva mostrarsi solidale.

Tonia tornò dal bagno, le rimbrottò perché Francesca non si era spogliata completamente.

Poi si sistemò davanti alle sue cosce nude e le legò mani e piedi alle gambe del tavolo.

«Ma perché?» chiese Angie.

«Esperienza» disse Tonia. «Per stare più tranquilli e per il bene di tutti.»

Poi cominciò, e fu effettivamente brava.

Ma non veloce.

Era una faccenda complicata, come spiegò a bassa voce ad Angie mentre lavorava.

«Il feto è di diciotto settimane almeno, forse pure di più» disse. «Molto vitale, ma piccolo. E sguscia di qua e di là.» Scosse la testa mentre con una mano premeva la pancia e con l'altra frugava col ferro. «E la tua amica si muove troppo.»

Angie non capì perché si ostinasse a sussurrare, visto il casino che stava facendo Francesca nonostante stringesse tra i denti una pezza per non urlare.

Il suo era un gemito lungo e soffocato che riempiva tutta la cucina.

«Per fortuna la mattina nel palazzo non c'è nessuno» disse Tonia, soddisfatta. «Lavorano tutti.»

Il sangue cominciò ad allargarsi come una piccola pozza sotto le natiche di Francesca.

«I giornali!» disse Tonia agitando la mano. «Piglia i giornali e mettili a terra!»

Lei obbedì, appena in tempo.

«L'ho preso» mormorò a un tratto Tonia. «Però si muove.»

«Aaaahhh.»

«Tienimi aperto qua.»

Angie avrebbe voluto urlare anche lei, chiudere gli occhi e poi infilare la porta di casa e correre giù per le scale. E scappare per sempre da quella scena, anche dal ricordo.

Stava morendo.

Il guaio che Francesca aveva nella pancia stava morendo prima ancora di cominciare a vivere.

Quella cosa – *quell'operazione*, se così poteva definirsi – era terribile, ed era completamente diversa da tutte le chiacchiere astratte che aveva sentito e fatto sull'argomento.

Era una cosa schifosa.

«Sapessi quante ne vedo come te» disse Tonia, mentre con le sopracciglia corrugate continuava il suo lavoro. «Ragazze libere, e libero amore.»

Mosse un po' il polso, Francesca cercò di inarcarsi.

«Poi bum! Ti cresce la panza.» Mimò il gesto con l'altra mano, un po' sporca di sangue. «E allora venite qui. La vita è la mia, questo coso non lo voglio.» Estrasse il ferro, lucido, e si girò verso Angie, con la faccia arrabbiata. «Ma lui che colpa ne ha?» chiese. «Io li volevo far nascere, i bambini. Non mi piace fare questo.»

Angie non seppe cosa rispondere, scosse la testa.

Tonia si guardò attorno nella cucina. «Prendimi quella.» Indicò col mento una bottiglia di vino. «Dammene un bicchiere, subito.»

Angie obbedì, glielo porse.

Lei lo bevve tutto d'un fiato, poi le passò il bicchiere vuoto e sporco di sangue. Anche Angie avrebbe avuto bisogno di un sorso di vino ma non ebbe il coraggio.

«E invece guarda che devo fare, per campa'?»

«Aiuto» disse Francesca con voce flebile. Aveva gli occhi da pazza e i capelli incollati al viso.

«Queste si divertono, e io sono in peccato mortale.» Tonia prese di nuovo il ferro, si abbassò verso le cosce spalancate e tremanti. «E gli uomini dove stanno? I compagni? Pure loro si divertono, ma poi qui non viene mai nessuno. *So' cose di donne!*»

«Vabbè, ma mica è proprio vivo» tentò di dire Angie. Aveva caldo, si sarebbe voluta levare la maglia.

«Ah no?»

«Il bambino» ripeté, poi implorò. «Non è vivo.»

«Secondo te?» Tonia girò la testa e la guardò. «E dimmelo fra poco» continuò.

«Che succede fra poco?» Angie aveva la nausea, sperava che parlando le passasse. «Non è finita?»

«Eh, no.» Tonia scosse la testa e infilò lo sguardo tra le gambe di Francesca. «Se non viene fuori da solo tutto intero, devo prendere il coltello e tagliare.»

«Ma perché?»

«Per farlo uscire.» Scosse la testa. «Dio santo, ma da dove vieni?»

Angie cominciò a vedere macchie nere davanti agli occhi e fece un passo indietro.

Poi si sedette.

Basta.

"Poteva capitare a te." Sentì la vocina nella testa. "Potevi essere tu quel bambino."

Se la sua *madre portoricana* avesse avuto i soldi per abortire, se non ci fosse stata sua *madre Adelaide*, se non avesse deciso di intervenire e se non avesse insistito...

Angie chiuse gli occhi pensando a come lei era stata salvata tanti anni prima, ma li riaprì subito perché sentì un rumore ritmico, dei tonfi, come se qualcuno stesse bussando alla porta.

Poi vide che i tonfi venivano da Francesca.

Stava sbattendo la testa sul tavolo sotto di lei, sempre più forte.

I suoi occhi adesso erano tutti bianchi.

1975

Cala il sipario sul Vietnam dopo trentacinque anni di lutto e sangue.
Saigon è caduta, la guerra è finita. L'America scossa dalla sconfitta.
Gli ultimi americani erano partiti da poche ore; in tutto seimila persone sono riuscite a fuggire prima della capitolazione. Gli ordini impartiti dai vincitori: ritornare al lavoro, non abbandonarsi a vendette.

"CORRIERE DELLA SERA", *aprile 1975*

Gennaio

Angie stava aspettando da parecchio, ormai.

La pioggia le bagnava il viso ogni volta che si sporgeva per vedere se la loro automobile arrivava, eppure lei lo faceva ugualmente.

Ogni tre minuti.

Contava piano fino a duecento, a occhi chiusi. Poi si sporgeva dal portone, bagnandosi naso e capelli, e guardava la strada fino a dove riusciva.

Poi tornava al riparo e ricominciava la conta.

Le macchine passavano rare, lentamente, sollevando acqua dalle pozzanghere. Qualcuno aveva proposto di rimandare, ma Francesca e Andrea avevano insistito.

O adesso o mai più.

Finalmente, dopo sette conte, la vide.

Una Renault 4 grigioverde con un fanale posteriore difettoso.

Avanzava sotto la pioggia con un moto riluttante, come se ci stesse ripensando.

Ma era troppo tardi.

Si fermò davanti a lei, lo sportello posteriore dal suo lato si aprì e Angie si precipitò nell'abitacolo caldo.

I sedili erano rossi, di pelle scrostata, i finestrini appannati.

«Mi stavo preoccupando» disse.

«Tranquilla.» Francesca si girò dal posto di guida, con una sigaretta tra le labbra. Sorrideva anche se era tesa. «Siamo in orario.»

Di fianco a lei c'era Andrea con una mano poggiata sulla sua coscia.

Dopo l'aborto Francesca era tornata quella di prima, una pasionaria pronta a tutto.

"Però oggi su quel treno ci salirò io" pensò Angie.

Di fianco a lei c'era Martino.

Sarebbe stato lui il suo compagno di viaggio. Basso e tarchiato, con gli occhiali e la faccia simpatica.

Le fece un cenno con la mano, ma non parlò. Aveva una sciarpetta rossa attorno al collo. Si vedeva che era nervoso.

Vicino a lui, al centro del sedile, c'era un borsone Invicta blu.

«Pochi minuti e siamo a Porta Susa» disse Andrea.

Angie annuì.

«I biglietti» continuò lui mostrandogli due tagliandi gialli.

Era sempre bello. Adesso portava grossi baffi a manubrio ed era il capo del gruppo. Le decisioni operative le prendeva lui, con Francesca, ma gli ordini arrivavano da un tale "Compagno Lupo" che veniva da Milano e che Angie non aveva mai conosciuto, però aveva visto da lontano.

Andrea sventolò i biglietti e li passò a Martino, che li prese mantenendo il silenzio.

Il tergicristallo strideva sul parabrezza e Angie si rese conto che aveva smesso di piovere.

«Vi ricordate tutto?» chiese Francesca, mentre parcheggiava davanti alla stazione. Poi, siccome non rispondevano, si girò. «Allora?» Puntò il mozzicone ancora acceso verso il sedile posteriore. «Strizza, eh?» disse in tono provocatorio.

«Ma no.» Angie scosse la testa, senza entusiasmo.

Era ineluttabile.

Tutto deciso, e fra poco sarebbe stato anche tutto finito.

Finito il tempo delle chiacchiere, delle attese, dei proclami.

Finito.

Adesso loro facevano la Storia.

Guardò Martino in cerca di conferme, forse di appoggio, ma vide che era pallido.

Lui scosse la testa.

«Non mi sento troppo bene» disse a bassa voce. «Forse ho mangiato qualcosa che mi ha fatto male.»

Veniva da un paese vicino ad Ancona, aveva solo ventidue anni ed era iscritto a Filosofia.

«Vabbè, scendete.» Francesca allungò il braccio dietro e aprì lo sportello di Martino, che obbedì tirandosi appresso il borsone. Angie scivolò sul sedile e lo seguì.

Rimasero in piedi vicino alla Renault, come due bambini che aspettano istruzioni dai genitori.

Andrea e Francesca scesero anche loro.

Lui girò attorno all'auto e si avvicinò a Martino, lo prese da parte e – in fretta – gli disse qualcosa all'orecchio.

Francesca si appoggiò alla portiera, a braccia conserte. Sorrideva. I capelli biondi erano più lunghi, e il loden verde chiaro le faceva risaltare l'azzurro degli occhi.

Sembrava non avere un pensiero al mondo.

«Andrà tutto bene» disse.

Angie pensò in quel momento che il suo bambino, se fosse vissuto, avrebbe avuto quattro mesi, o poco più.

Era un gioco mentale che faceva da un po', ogni volta che stava con Francesca.

La guardava e pensava: "Tuo figlio starebbe per nascere"; "Tuo figlio avrebbe un mese, peserebbe quattro chili e sette".

Un giochino innocuo, ma non ne poteva fare a meno.

«Scendiamo prima di Caselle, giusto?» chiese con fare noncurante.

«Giusto» rispose Francesca e si accese un'altra sigaretta.

Avevano deciso che era un posto significante, visto che esattamente un anno prima là si era verificato un incidente aereo.

Un sacco di morti e loro lo facevano succedere proprio lì, di nuovo.

Bum.

«Ora dovete andare.»

Andrea si incamminò dietro Martino verso l'ingresso della stazione, ma seguendolo a qualche metro di distanza, per non dare nell'occhio.

«Allora vado anche io» disse Angie, con le mani ficcate nelle tasche del montgomery. Si girò, fece due passi, poi tornò indietro.

«Tuo figlio avrebbe quattro mesi e mezzo, più o meno» disse. «Ci pensi mai?»

Francesca, che stava per fare un tiro, allontanò la sigaretta dalle labbra e la fissò, come se volesse chiederle qualcosa, ma Angie si voltò e andò verso Martino.

Prese una delle maniglie del borsone e lo trascinò verso l'atrio e i binari. Andrea alle loro spalle, sempre più lontano.

Scelsero il penultimo vagone.

Quando furono sistemati sui sedili di legno della carrozza, lei, dal lato del finestrino, si mise a pensare alla cazzata che aveva fatto.

Francesca non glielo avrebbe mai perdonato.

Chi era lei per giudicare?

E dopo tanto tempo, poi?

E perché?

Ma non poteva fare a meno di pensarci.

La sua vera madre – Ines – si sarebbe sbarazzata di lei con la stessa facilità con cui Francesca aveva dimenticato il suo feto di diciotto settimane. Un grumo di carne e sangue inutile che le poteva rovinare il futuro.

Adelaide – la vecchia odiata Adelaide – era invece sua madre per scelta. Era lei ad averle donato la vita non meno, anzi molto di più, della giovane cameriera che ci aveva messo di malavoglia l'utero e il tempo di una scopata.

Angie dette un pugno sul finestrino e Martino, seduto al suo fianco, sobbalzò.

«Che ti prende?» bisbigliò. «Sei matta!»

La carrozza era quasi vuota, solo due vecchi in fondo, che leggevano il giornale.

Martino l'aveva scelta forse per questo, anche se Andrea aveva detto loro di salire su una affollata.

Il treno ripartì sussultando e Angie guardò la stazione allontanarsi.

Non sapeva perché, ma negli ultimi giorni quel pensiero la assillava, come la voglia di telefonare a Ade.

Ci aveva pensato tanto, ma non lo aveva mai fatto.

Non sapeva bene come le avrebbe comunicato quella emozione complicata che sentiva.
Rimorso, gratitudine, rimpianto. Ma anche rabbia, rabbia e curiosità. Voglia di parlarle, di sapere.
Forse amore.
Voleva tornare a casa.
Adesso capiva Nina e i suoi continui ritorni per respirare quell'aria asfissiante.
Avrebbe chiamato più tardi, si era detta, e sarebbe andata. Voleva rivedere Adelaide e Federica.
Il treno si fermò alla prima stazione.
Entrarono delle persone. Due ragazze con i capelli ricci, una madre con un bambino in braccio e due uomini in tuta da lavoro.
Angie abbassò la testa.
A Martino sussultava il ginocchio, ma lui non ci faceva caso. A un certo punto dovette accorgersene, perché ci poggiò una mano sopra per fermare il movimento.
«Devi stare tranquillo» disse Angie. «Andrà bene.»
«Sì?» chiese lui.
«Certo.» Ma avrebbe voluto dirlo con più forza.
La verità era che aveva paura anche lei.
Potevano sbagliare qualcosa. Farsi scoprire o scendere troppo tardi.
Oppure potevano salire troppe persone.
Era solo un atto dimostrativo, non c'era bisogno di fare tanti morti.
E poi c'era quel bambino in braccio alla mamma.
Doveva avere due anni, forse tre, con le guance rosse per il calore del vagone.
Non andava bene.
Il treno fischiò prima di entrare in un'altra stazione.
«Vado a prendere aria» disse Martino. «Non sto bene.» Si era allentato la sciarpa, ma il suo colorito non era migliorato.
Lei continuò a guardare fuori dal finestrino, senza rispondergli.
Sulla banchina c'erano un sacco di persone, pronte a salire.
Troppe persone.
Continuò a guardare attraverso il vetro, finché il convoglio ferroviario non si rimise in moto, ballonzolando.
Angie seguì con gli occhi il marciapiede che correva via, e pro-

prio alla fine, dove la banchina finiva, c'era lui, Martino, con la sua sciarpa rossa e gli occhiali, girato di profilo.

«Martino!» Angie scattò in piedi, batté sul finestrino, ma lui non si girò, e in un istante era scomparso.

«Vigliacco» sussurrò. «Vigliacco!»

Masticò la rabbia a bassa voce, perché adesso che era sola più che mai non poteva permettersi di attirare l'attenzione.

Spostò con il tallone il borsone blu, per nasconderlo meglio sotto il suo sedile.

Si guardò attorno.

Nelle immediate vicinanze non c'era nessuno. La mamma con il bambino era scesa, e pure le due ragazzine.

Gli uomini in tuta, i vecchi col giornale, tre donne di mezza età con i fazzoletti in testa, un tipo con la coppola.

Tutti seduti nel vagone, nessuno vicino.

Fece un sospiro grosso, si alzò.

"Danni collaterali."

Così li aveva definiti Andrea, spalancando le braccia.

«Ci sono sempre danni collaterali. È necessario.»

Il treno si stava avvicinando a un'altra stazione.

Angie guardò l'orologio. Erano in orario, doveva muoversi.

Uscì dallo scompartimento.

Nel disimpegno c'erano dei giovani che si stavano salutando.

Una ragazza con il cappotto e i ricci lunghi e neri baciò un amico sulle guance, poi le passò di fianco per andare a sedersi dove stava lei prima, ma di spalle. Il giovane si fermò davanti all'uscita, mentre il treno rallentava.

Angie rimase come paralizzata.

Guardò oltre le spalle del ragazzo verso lo sportello, il marciapiede che si avvicinava.

Guardò dentro, la ragazza di spalle, con i riccioli neri, la nuca delicata, il profilo nitido.

Era Federica.

No. Non era possibile che fosse Federica.

Federica era al sicuro, a Napoli.

Angie non la vedeva da due anni.

Non era Federica.

«No.»
Il treno si fermò con uno stridore metallico.
Guardò di nuovo attraverso l'anta.
Non si girava, ma la mano era la sua. La guancia era la sua.
La porta si aprì, il ragazzo scese.
L'orecchio era quello di Federica.
Lo sportello si richiuse, non era salito nessuno.
Ma Angie non era scesa.
Quella era la sua fermata, sarebbe dovuta scendere. Non c'era tempo.
Non c'era più tempo.
Nel vagone Federica – che non poteva essere Federica – si stava massaggiando il collo, si girava verso il finestrino, faceva ciao con la mano al suo amico.
Il treno riprese velocità verso la stazione successiva ma non c'era più tempo.
Angie guardò attraverso il vetro nel vagone successivo, l'ultimo, e le parve vuoto.
Si precipitò nel suo, verso il posto di fronte a Federica. Il borsone era lì dove l'aveva lasciato, vicinissimo alle gambe dell'altra.
Angie non voleva pensare a cosa avrebbe fatto il contenuto del borsone alle gambe di Federica, al corpo di Federica.
Lo afferrò per le cinghie, borbottò qualcosa alla ragazza, lo trascinò fuori e corse via, senza guardare Federica, perché non c'era il tempo di parlarle, nemmeno di dirle ciao.
Si buttò contro le ante e, dal passetto, si spinse contro le altre porte, poi corse lungo il vagone successivo.
Questo era vuoto davvero, per grazia di Dio.
Angie corse per andare il più lontano possibile, stringendo il borsone al petto.
La porta in fondo era chiusa.
Angie crollò in ginocchio, strinse il borsone come se fosse un bambino che non doveva uscire dalla sua pancia, poi sentì solo una botta fortissima, e poi più niente.
Il silenzio, un grande silenzio.
Le sue orecchie non sentivano più niente, ma i suoi occhi vedevano ancora.

Non c'era dolore e nemmeno calore, anzi, aria fresca che entrava da fuori e le soffiava sulla guancia.

Si muoveva tutto, poi era fermo, ma roteava.

Angie vide facce. Bocche che si muovevano, occhi sbarrati. Parlavano, gridavano, ma lei non sentiva niente.

Poi vide Federica, che non era Federica, ma solo una ragazza che le somigliava, più grande, con i ricci neri e gli occhi azzurri, e il rossetto rosso sulle labbra spalancate.

Anche lei gridava, ma Angie non sentiva niente.

La guardò.

Era contenta di avere salvato Federica.

"Adesso torno a casa, mamma" pensò, e poi non pensò più niente.

FEDERICA
1976-1990

1976

> E la realtà oggi è appunto questa: se è vero che non esistono ancora tutte le condizioni per dare al paese il Governo che abbiamo chiesto e che crediamo gli sia necessario per essere in grado di far fronte ai gravi e grandi compiti di questo periodo della vita nazionale, sta di fatto, perché dipende da noi e, direi, principalmente da noi che vi sia o non vi sia un Governo e, dunque, in concreto che questo Governo passi o non passi alle Camere. Tutti sanno, infatti, ormai, che se noi votassimo contro, il Governo cadrebbe all'istante.
>
> ENRICO BERLINGUER, *Discorso alla Camera sul compromesso storico, 10 agosto 1976*

Luglio

Federica aveva coperto le pareti della sua stanza con i poster dei Beatles e dei Rolling Stones che si fronteggiavano sui lati lunghi. Stava cercando da settimane il manifesto di un concerto di De André, ma non era facile trovarlo. Per adesso, sulla mensola, si accontentava dei suoi LP. *La Buona Novella* e *Non al denaro non all'amore né al cielo* si contendevano lo spazio con *Alice non lo sa, Francesco de Gregori* e *Rimmel.*

In disparte, nascosto, il contenitore a scacchi verdi e blu dove conservava i 45 giri che le piacevano prima: Celentano, Mina e I Cugini di Campagna, tutta roba di cui ormai si vergognava.

Sulla mensola c'erano anche le sue Barbie che si stavano riempiendo di polvere. Doveva decidersi a metterle via.

E poi qualche libro. *L'arte di amare, Dalla parte delle bambine, L'antologia di Spoon River* e *Ragazzo negro* – prove concrete dei suoi nuovi interessi – stavano di fianco ai libri di Salgari, Cronin e Mark Twain, insieme a *Porci con le ali,* appena uscito, consigliato dalla professoressa Berti e ancora non letto.

Federica era distesa sul letto a guardare il soffitto. Dentro sentiva un'assenza, come se qualcosa di lei fosse sprofondato fin dentro il materasso. Come un buco.

La radio che suo padre aveva acceso risuonava in tutta la casa a volume alto, proprio per svegliarla.

«Che stronzo.» Lo disse a bassa voce, e nemmeno arrabbiata.

Sua madre stava già in cucina a preparare la roba da mangiare.

Federica avrebbe dovuto scendere dal letto, lavarsi, mettere il costume, salire in macchina e passare la giornata al mare, a Sorrento, con mamma e papà che litigavano per tutto il tempo su tutto.

Una stanchezza pesante la schiacciava sopra al letto. Con sforzo, si mise a sedere. Ma il buco, l'assenza, era una cosa diversa, e stava sempre lì.

Si lasciò di nuovo cadere giù.

«Che palle.»

Quelle gite stavano diventando un incubo. Suo padre cercava una casetta per le vacanze a Sorrento, ma nessuna andava bene: troppo cara, troppo grande, troppo in salita. E da due mesi Federica e la madre erano costrette a tornarci ogni volta che lui ne voleva vedere una, con la scusa di fare i bagni di mare.

Obbediva sempre, più per quieto vivere che per gentilezza, ma era difficile.

Almeno sprecare il tempo con loro le serviva per non pensare tutto il tempo ad Angie.

Quando poi era da sola veniva travolta dal rimpianto, e allora, insieme alla tristezza e all'inquietudine, arrivavano le domande.

Perché non era riuscita a farla restare a Napoli con loro?

Perché era finita così?

Avrebbe lei, Federica, potuto fare qualcosa?

Ad aprile faceva sedici anni – non era più una bambina – e non riusciva a capire, però aveva tutte quelle domande e voleva trovare le risposte.

Guardò il foglietto che aveva ripiegato sul comodino la sera prima. Lo stese, poi si tirò di nuovo su e compose il numero.

Aveva combattuto per ottenere un apparecchio telefonico tutto suo, in camera, e aveva vinto.

Imprevedibilmente era stata sua madre Pina a cedere, perché

"così puoi parlare con i ragazzi la sera", le aveva detto strizzandole l'occhio e mettendola in imbarazzo come sempre.

Ma il risultato era che adesso aveva un telefono suo, verde come il copriletto.

Prima che dall'altra parte qualcuno rispondesse, la mamma entrò in camera e lei attaccò subito.

«E sòsete.»

«Devo fare una telefonata» disse lei senza guardarla. «Esci.»

«Sì, ma ti devi alzare.»

«Va bene!»

«Mo' mo'.»

«Esci!» urlò Federica.

Poi, quando sua madre ebbe sbattuto la porta ricompose il numero di telefono.

Aveva trovato la vecchia rubrica di Angie in fondo a un cassetto. Era degli anni del liceo, e non se l'era portata dietro quando era andata via.

Federica aveva provato a fare i numeri seguendo l'ordine alfabetico, collezionando rifiuti e telefoni chiusi in faccia, finché non era arrivata a Santopane Vincenzo.

La madre gli aveva dato il telefono di Milano, dove faceva il funzionario in una banca.

Lui era stato incerto, forse intenerito, quando Federica gli aveva spiegato il perché della sua richiesta. Poi le aveva fatto un quadro di Angie lusinghiero, forse idealizzato, e le aveva passato un altro numero, un certo Claudio.

Costui aveva accettato di vederla in un bar, ed era sembrato deluso di scoprire quanto fosse giovane. Non aveva perso altro tempo con lei, ma le aveva dato il numero di un'amica stretta di Angie, tale Francesca, che era a vissuta a Torino nello stesso periodo.

"La devi chiamare di mattina" le aveva detto. "E dille che il numero te l'ha dato Luciano."

Il problema era che questa Francesca non c'era mai e non rispondeva mai, di mattina, di pomeriggio e di sera.

Con un sospiro fece di nuovo il numero in teleselezione.

«Bar Antonelli» rispose stavolta una voce maschile con la cadenza piemontese.

«Volevo parlare con Francesca.» Federica temeva un altro telefono chiuso di colpo.

«Eccola» disse invece l'uomo, poi urlò per farsi sentire da qualcuno che stava lontano: «Franci! Ti vogliono».

Dopo pochi secondi rispose una donna, con la voce bassa.

«Sì?» rispose.

«Ciao» disse Federica mettendo i piedi per terra e guardando il poster dei Beatles. «Mi chiamo Federica Morelli.»

«Chi?»

«Federica Morelli» ripeté. «Sono la cugina di Angie Morelli.»

«Chi ti ha dato questo numero?» La voce si fece brusca e sospettosa.

«È stato Luciano» rispose in fretta lei. «Veramente Claudio per conto di Luciano.»

Francesca non disse nulla.

«Sono la nipote di Angie» aggiunse Federica.

«Sì» disse l'altra.

«Scusa. Ti disturbo?»

«Che vuoi?»

«Niente.» Federica non seppe cosa dire. «Volevo solo cercare di capire.»

«Capire cosa? Io non so niente più di quello che c'era sui giornali.» Nella sua voce adesso c'era rabbia, e paura.

«Quello che è successo» disse Federica. «Perché.»

«Ma che vuoi?» L'altra stava gridando. «Chi la conosceva a quella? Ma che cazzo vuoi da me?»

Federica represse un singhiozzo. Gli altri erano stati evasivi, ma gentili, o non le avevano proprio risposto, ma non era preparata ad affrontare quella donna arrabbiata.

«Volevo solo sapere della sua vita» disse, guardando la porta della stanza che era sempre chiusa. «Se era felice» sussurrò.

«Che cosa? Tu sei pazza.»

Adesso la paura nel suo tono era più forte della rabbia, e Federica si rese conto di avere fatto una sciocchezza.

Quella donna forse era coinvolta nei guai che avevano portato Angie a morire su quel treno.

Prima del funerale la loro casa era stata invasa da poliziotti in borghese che avevano fatto un'infinità di domande, perfino a lei, e i giornalisti avevano stazionato per due giorni in strada.

Federica non aveva avuto niente da dire di utile, ma in compenso aveva capito che Angie era un'eroina e che, col suo sacrificio, aveva salvato molte vite.

Poi aveva scoperto con dispiacere che non tutti la pensavano così. Era uscito perfino un articolo su "Panorama" con un titolone: "Luci e ombre su Angie Morelli. La terrorista buona?".

«Senti, ti lascio il mio numero» si affrettò adesso perché aveva capito che Francesca stava per chiudere. «Segnatelo, così se ti ricordi qualcosa mi puoi chiamare.» Glielo dettò, senza sapere se l'altra stesse scrivendo. «21, 43, 44. Col prefisso di Napoli, 081.»

Poi rimase col telefono in mano, ascoltando il suono di occupato, come se volesse dirle chissà cosa di significativo, *tu-tu-tu*.

«Tu, io, cosa?» Sbatté la cornetta e tornò a distendersi sul letto.

La porta si aprì di colpo.

Suo padre era già pronto, con pantaloncini bianchi e maglietta a righe. «Ma stai ancora così?» Allargò le braccia. «Troviamo traffico in costiera. Muoviti!»

Si vedeva la pancia e il petto un po' prominente. Aveva anche gli occhiali da sole già pronti sulla fronte.

«Va bene» rispose senza guardarlo, e lui uscì sospirando.

Federica voleva bene a suo padre, però le faceva anche un po' schifo, specie quando girava per casa in mutande e canottiera. Non sembrava mai una persona perbene, un uomo autorevole. Non dava sicurezza come i papà delle sue amiche, in giacca e cravatta, educati, distanti. Lui aveva amici strani e imbarazzanti, e poi sembrava che scappasse sempre da qualsiasi responsabilità.

Era una finzione.

Meglio sua madre, un po' elementare, istintiva, incazzosissima, ma almeno normale.

Di malavoglia andò a rovistare nel cassettone per prendere jeans, maglietta e costume. Per fare prima non si sarebbe lavata, tanto poi andava nell'acqua, e chi se ne fregava.

Il telefono suonò facendola sussultare. Lo guardò incerta.

«È per te! Rispondi!» La voce di sua madre. «E datti 'na mossa, se no ti lasciamo qui!»

«Ma sei pazza?» La voce di Francesca dal Piemonte la aggredì subito dopo il suo "pronto".

«Scusa?»

«Ma che fai, mi telefoni?» continuò l'altra.

«Non pensavo che fosse grave.»

«Avanti. Ti sto chiamando da una cabina ora, che vuoi?»

«Perché?» chiese Federica che non si raccapezzava.

«Che vuoi?» Sentì dall'altra parte un rumore strano, come di risucchio. «Io non ho niente da nascondere.» Adesso aveva un tono formale, forse pensava che qualcuno potesse ascoltare quella telefonata. «Cosa volevi sapere di Angie?»

«Non lo so. Tutto.»

Francesca rimase in silenzio per un attimo. «Quanti anni hai?»

«Sedici. *Quasi* sedici. Che ti importa?»

«Niente» borbottò l'altra. «Niente.»

«Tu la frequentavi, mi hanno detto. Magari puoi dirmi qualcosa.»

«Quel cazzone di Claudio» disse l'altra, poi fece un grosso sospiro. «E va bene» disse. «Eravamo amiche. Angie era una brava ragazza. Non ha fatto niente di male, almeno che io sappia.» Sputò fuori le ultime parole, a voce più alta.

«È andata via senza salutarmi.» Federica stava per mettersi a piangere al telefono. «E poi è morta in quel modo.» Tirò su col naso, e tacque.

Si sentiva il respiro dall'altro capo della linea.

«Scusa tanto» disse Federica dopo qualche secondo asciugandosi il naso con la mano. «Le volevo bene.»

«Pure lei ti voleva bene.» Francesca usò un tono appena un po' più dolce. «Parlava spesso di te.»

«Che diceva?»

«Che eri intelligente e sveglia.» Federica sentì lo scatto di un accendino. «E pure molto curiosa.»

«È vero.» Le venne da sorridere suo malgrado. «Mi prendeva sempre in giro.»

«Ho ancora le sue cose» aggiunse l'altra di fretta. «Le vuoi?»

«Le sue cose?»

«Due borsoni con i vestiti e qualche oggetto.» Francesca aveva la voce di nuovo dura. «Hanno svuotato la sua camera, dopo.»

Federica aspettò, stringendo forte la cornetta.
«Dovevo mandarli alla madre, ma mi sono dimenticata. Ho l'indirizzo da qualche parte.»
«Abita al piano di sopra» si affrettò a dire lei. «Puoi farli avere a me.»
«Ok, trovo qualcuno che scende e te li mando. Ridimmi il recapito.»
Federica obbedì e la ringraziò.
«Anche io volevo bene ad Angie» disse Francesca. Non aveva più fretta di attaccare.
«Com'era?»
«Coraggiosa. Giusta.» Fece una pausa. «Sempre in cerca di un maledetto qualcosa.»
«Cosa?»
«Non lo so. Forse un motivo per vivere. O per morire.»
Federica aspettò in silenzio, ma il silenzio si prolungò. Francesca non diceva più niente.
«E l'ha trovato?» chiese piano lei.
Sentì distintamente lo sbuffo del fumo dall'altra parte. «E che ne so.»
«E tu?»
«Io, cosa?» Il tono di Francesca cambiò. «Che vuoi?»
«Tu stai bene?»
«Ma che cazzo vuoi da me? Chi sei?» Era di nuovo arrabbiata.
«Scusa.»
Silenzio.
«Scusa» ripeté Federica.
«Adesso ti devo salutare.»
«Grazie» si affrettò a dire lei.
«Di nulla.» Ma Francesca non attaccò la cornetta. «Comunque sono incinta» disse poi velocemente. «E se nasce femmina la chiamo Angela.»
Poi abbassò la cornetta.
Federica sedette di nuovo sul letto. Stava per rimettersi a piangere, ma suo padre tornò nella stanza.
«Ce ne andiamo senza di te!»
«Non vengo» rispose lei.
«Cosa?» Suo padre non seppe che replicare, come spesso succedeva, poi corse dalla moglie.

«Pina! Non vuole venire. Pina!»

Sua madre cominciò a urlare prima ancora che lui avesse finito di parlare, ma Federica si coprì la testa col lenzuolo mentre il buco che aveva dentro il corpo si faceva più grande e più vuoto.

«NON VEN-GO.»

Ottobre

Nel cortile del liceo, dietro la fontana senza acqua, Federica accese una Marlboro.

Fumava da un po', di nascosto ma con orgoglio. Marlboro morbide di contrabbando. E aveva anche il suo venditore di fiducia, don Peppino, che teneva il suo banchetto due vicoli oltre l'angolo della scuola.

«Da quant'è che fumi?» Nicola si fermò accanto a lei.

Era un anno più grande, carino, bruno, con gli occhi grandi e un po' bovini. Da qualche settimana, durante la ricreazione, le si appiccicava addosso, impedendole di fare nuove conoscenze.

«Da anni» mentì lei.

«E perché?»

«Perché mi piace.»

Le piaceva anche lui, pure se era timido e a volte noioso. Apparteneva a una famiglia di professionisti, il padre primario, la madre avvocato, il nonno magistrato.

Nicola raccontava spesso di loro, forse perché non aveva altri argomenti e a Federica quella famiglia perbene piaceva. Probabilmente era la cosa che più apprezzava di lui.

«Io gioco a pallacanestro» disse Nicola. «Fumare mi toglierebbe il fiato.»

Lei fece spallucce.

Nel cortile passò il professore di Latino e Greco.

Li vide e si avvicinò.

Era un uomo simpatico e intelligente, ci sapeva fare con gli alunni e piaceva a tutti. E poi amava le sue materie, e le faceva amare a loro. Si chiamava Armando Tagliaferri e Federica aveva scoperto che era stato compagno di studi di sua zia Nina.

Forse per questo aveva un debole per lei.

Sei tale e quale a Nina, diceva. *Sei la sua fotocopia esatta, però quasi trent'anni dopo. Fa impressione.*

Sua zia Nina era una signora di mezza età. Federica non si riconosceva affatto in lei. Ma, se per questo, nemmeno nei suoi genitori. I suoi modelli familiari erano altri, però si vedeva che il destino attribuiva le somiglianze in modo casuale.

A cazzo, avrebbe voluto dire, ma era una parola che pensava soltanto e non pronunciava.

«Che fai co' 'sta sigaretta.»

Il professore mimò scherzosamente di darle un pugno in testa. «Tale e quale a Nina, sempre con un mozzicone in bocca.»

Federica sorrise senza dire nulla, nascose appena la sigaretta.

Poi Armando fu chiamato da un collega e si allontanò.

«È vietato in cortile!» gridò a mo' di saluto indicando il cartello.

«Quanto è simpatico» commentò Federica.

«È omosessuale» rispose Nicola.

«Dài! Ma che dici?» Federica non ci voleva credere.

«Già. Pare che ci provi con quelli dell'ultimo anno.» Nicola fece una smorfia. «Dopo che hanno fatto diciotto anni.»

«Non è possibile.»

«Non lo cacciano solo perché è bravo. Ma si deve stare attento.»

«Non ci sarebbe niente di male, anche se fosse.» Federica fece scattare la testa all'indietro. Non voleva pensare a suo padre, ma l'imbarazzo le fece arrossire le guance.

«Mio nonno dice che andrebbe messo in galera. O comunque che non dovrebbe stare a contatto con i giovani nelle scuole.»

«Tuo nonno, il giudice?» chiese lei. Lo guardò con occhi nuovi.

«Già.»

«E tu sei d'accordo?»

Nicola scosse la testa, evitando il suo sguardo. «No, però... Cioè, in prigione no, figurati. Però che non dovrebbe corrompere noi ragazzi... Mi sembra giusto.»

Federica si mise a ridere. Così forte che dovette coprirsi la bocca con le mani.

Lui fece un passo indietro. «Perché ridi?»

«Tu. Mi fai ridere.» Federica tornò seria. «Tutto compreso delle idee di tuo nonno. Sembri un vecchio.»

«Mica si deve per forza contestare tutto» disse lui in tono ragionevole e Federica si sentì infantile. «Questi brigatisti hanno rotto un po' le scatole.»

«Le idee sbagliate vanno contestate sempre» si impuntò lei.

«E chi lo decide se sono sbagliate?»

Nicola era un ragazzo maturo, pensò Federica, orgoglioso della sua famiglia, sincero. Perbene.

Lo guardò.

«Che pensi?» chiese lui. «Ti sei arrabbiata?»

Federica si sentì di nuovo forte. «No, arrabbiata no.» Fece spallucce. «Solo mi sembra che hai paura di decidere le cose da solo.» Incrociò le braccia e gli sorrise con sfida. «Pure di baciare una ragazza.»

«Che hai detto?»

«Hai paura pure di baciare una ragazza» ripeté lei.

«Come no.»

«Sei anche più grande di me.»

«Non ho paura.» Nicola arrossì e fece un passo verso di lei.

Federica alzò il mento, ma lui si era fermato.

«Però non l'ho mai fatto» confessò tutto d'un fiato.

«Ti insegno io» disse lei.

«Chi hai baciato tu, Sebastiano Quarelli?»

«Sì.»

«E poi?»

«Qualcuno.»

«Quando?»

Federica sorrise.

«Quando?» incalzò lui.

«Il primo in terza media.»

«Così presto? Ma perché?»

«Perché no?» Federica fece un passo verso di lui, alzò la testa.

Nicola avvicinò la bocca alla sua, poi si ritrasse come se si fosse ricordato una cosa importante.

«Aspetta» disse.

«Aspetta cosa?»

«Ti vuoi mettere con me?» chiese.

«Vediamo prima come baci.»

1977

> Quale domani prepara questa scuola a voi compagni studenti e ai lavoratori? È questa la domanda che noi ci dobbiamo porre, e a questa domanda deve rispondere non solo questa nostra manifestazione, ma l'impegno del mondo studentesco e culturale e l'impegno di lotta delle grandi masse dei lavoratori italiani.
>
> LUCIANO LAMA, *Discorso contestato e poi interrotto alla Sapienza di Roma, febbraio 1977*

Maggio

«Goal! Goal! Goal!»

«Non vale. Hai rollato!»

Le urla dei sei o sette ragazzi al biliardino rimbombavano sotto la volta a botte della sala. I due giocatori di ping-pong invece combattevano in silenzio, concentrati sulle loro racchette e muovendosi al ritmo coi rimbalzi della pallina.

Federica si assestò meglio a gambe incrociate sul divano. «Ma che casino che fanno» sospirò.

«Lasciali. So' ragazzi» commentò Antonella, sistemando dietro le orecchie le bande di capelli ossigenati che facevano un bel contrasto con il colore scuro naturale dei suoi capelli lunghi. Portava Ray-Ban a goccia graduati e aveva le cosce grosse, ma era popolare e simpatica a tutti. Antonella aveva innumerevoli gruppi di riferimento con cui organizzare cinema e pizzeria, e un sacco di amici maschi passavano il tempo a confidarsi con lei.

Federica aveva capito da tempo che era necessario avere un'amica così, brutta, ma abile a mantenere i contatti. Lei si metteva a traino e faceva la bella, la difficile, e il loro rapporto funzionava.

«Allora, che facciamo?» chiese. «Ce l'hai una Marlboro?»

«Quanto scrocchi.» Antonella gliene accese una e gliela passò.

Il divano, di pelle verde con un paio di grossi buchi, era accostato a un compagno gemello marrone e a due poltrone di velluto di tinta indefinibile. Costituivano, insieme a un tappeto che in passato era stato rosso, l'angolo dove il gruppo si riuniva a chiacchierare nella grande sala.

Dall'altro lato c'erano biliardino e ping-pong e, in mezzo, il tavolo lungo con le sedie, tutte spaiate, dove si facevano le riunioni.

Era la sede parrocchiale della chiesa di San Rocco in piazza San Pasquale a cui si accedeva da un passaggio dietro la sacrestia.

Federica amava quel posto, amava i suoi amici e anche padre Giorgio, un prete molto diverso da quelli della parrocchia che frequentavano i suoi genitori.

Padre Giorgio, o meglio solo Giorgio, come preferiva essere chiamato lui, aveva meno di trent'anni, era biondo, con i riccioli, gli occhi azzurri e sapeva suonare la chitarra. Vestiva in jeans e maglione, fumava e non aveva problemi a lasciarli da soli quando aveva da fare.

La porta del suo studio, lì di fianco, era sempre aperta per tutti e, in cambio dell'uso della sala e del cortile dove giocavano a pallone e a pallavolo, chiedeva solo di partecipare a una riunione settimanale, e magari un po' di collaborazione per le sue attività, ospizio, doposcuola e raccolta di soldi per strada.

A novembre Federica era entrata a far parte del gruppo trascinata da Antonella. Si sentiva molto più a casa lì che in famiglia.

«Che si fa?» Silvia venne a buttarsi su una delle poltrone.

Aveva dei polpacci enormi imprigionati negli stivali attillati e le cosce in vista sotto la gonna troppo corta, ma il viso era bellissimo, con una bocca carnosa e gli occhi verdi da attrice.

Si sapeva che era una facile. Passava il tempo nascosta con qualcuno nello sgabuzzino oppure a lamentarsi per l'ennesimo amore infranto.

A Federica stava molto simpatica, anche se era una pettegola tremenda.

«Che ne so?» rispose. «Se non finisce la partita.»

A far eco alle sue parole un urlo risuonò nella sala, poi i ragazzi fecero ruotare le aste del biliardino tutte insieme e lo abbandonarono.

Passando di fianco al tavolo da ping-pong Sergio afferrò la pallina al volo mentre Antonio stava per colpirla e così, tra proteste e parolacce, anche i due giocatori furono costretti a interrompersi.

Giuliano sedette sull'altra poltrona, tirò fuori una chitarra, l'accordò velocemente e iniziò a suonare.

Sergio ne prese un'altra dallo sgabuzzino e si accosciò per terra vicino a lui.

Federica sbuffò, ma di nascosto.

El pueblo unido, che jamas sarebbe stato vencido era la canzone del momento. Non si cominciava a suonare se non quella, che a lei aveva già stufato.

Ciononostante cantò a squarciagola con gli altri per mostrare il suo impegno.

Dopo fu la volta di *Dio è morto*, ma alla fine, come sperava, Simone intonò *Acqua azzurra acqua chiara*, e poi *Pezzi di vetro* e *Porta Portese*.

Il sabato pomeriggio passava così, con piena soddisfazione di tutti, anche dei genitori che li sapevano al sicuro tra le mura di una chiesa e in compagnia di un prete, se pure un prete sospetto come lui.

Giorgio, che era stato a colloquio fino ad allora, uscì dallo studio e si appoggiò al muro, intonando con loro le ultime strofe di una canzone che lei non conosceva, e che parlava di un angelo azzurro. Bella.

«Allora» disse battendo le mani, ma piano, perché non aveva bisogno di fare chiasso per farsi seguire. «Avrei da dire due cosette.»

Loro iniziarono ad alzarsi per spostarsi al tavolo, ma Giorgio li fermò.

«Non c'è bisogno, restate qui» disse. «Solo un minuto, non è una riunione.»

Loro obbedirono, contenti ma prestandogli attenzione.

A Federica quel gruppo piaceva. Erano seri, sapevano dare importanza alle cose, però erano anche allegri, giocosi.

Non come Nicola, il tipo con cui stava quando aveva conosciuto Antonella e di cui si era stufata quasi prima ancora di cominciare. Uno che non sapeva baciare e che valutava la gente in base all'importanza della famiglia.

Federica lo aveva lasciato senza pietà.

Poi, subito dopo Natale, si era accorta di avere una cotta per Sergio, che però era interessato solo a quelle impegnate e motivate.

Federica si era messa a cantare le canzoni degli Inti-Illimani e di Guccini con fervore, e cercava di dire cose intelligenti alle riunioni.

Sergio aveva iniziato a guardarla con interesse.

Lui, Giuliano e Antonio erano i più grandi, sui vent'anni, mentre tutti gli altri erano liceali.

«Vorrei sapere in quanti sarete domani per la raccolta» esordì Giorgio. «Così da distribuirvi a coppie.»

Dalla porta entrarono anche altre ragazze, Gabriella, Gina e Giosetta, che si muovevano in branco.

«Dove ci mandi?» Antonio si alzò e dallo sgabuzzino cacciò alcuni grossi salvadanai per la raccolta delle offerte in chiesa, tutti dipinti di celeste.

«Questa volta farei il Vomero.»

«Tutto?»

«Le piazze» continuò il prete. «Vi mettete a due a due in ogni piazza, Arenella, Medaglie d'Oro, Vanvitelli, la Madonnina.»

Si guardò attorno.

«Eccoli» disse prendendo dei manifesti dal tavolo. «Mettete questi bene in vista e fate vedere che raccogliete i soldi per il Biafra.»

«Fermi o ci muoviamo?» chiese Silvia, soffiando il fumo verso di lui.

A Federica qualcuno aveva detto che Silvia in realtà era pazza di Giorgio, ma lui non le dava nessuna particolare attenzione.

«Vi muovete. Girate per tutta la piazza» rispose lui. «E mi raccomando: per nessun motivo» scandì le parole, «ripeto, per nessun motivo, dovete aprire il coperchio delle scatole per contare i soldi, che se no la gente pensa che ve li fregate.»

Annuirono tutti, rumorosamente, un po' offesi ma sapevano che il rischio c'era. Nessuno si fidava molto di loro, solo perché erano giovani.

Fecero rapidamente il conto di quelli disponibili per il giorno dopo, quasi tutti, e Federica, per miracolo, si trovò accoppiata con Sergio.

Lui le strizzò l'occhio dall'altro lato della stanza poi riprese la chitarra e iniziò a cantare *E tu* di Baglioni.

Sergio portava i capelli lunghi fino al colletto della camicia azzurra, che teneva sempre sbottonata fin quasi all'ombelico, per far vedere che non soffriva il freddo, anche in inverno. Era iscritto a Medicina, e aveva occhi neri e un bellissimo sorriso.

Federica cantò continuando a cercare il suo sguardo, sorridendo quando lo incontrava.

C'era qualcosa tra loro, lo sentiva.

Dopo la canzone, come sempre, decisero di fare a sorte per andare a prendere le pizze *Da Rotondo*, che stava lì vicino.

Sergio e Giosetta avevano perso, ma Giosetta, la più timida di tutti, si sedette sul divano in braccio a Gabriella.

«Non ho voglia» disse. Era una ragazza piccolina con la carnagione scura e i capelli corti, che parlava poco e sorrideva tanto.

D'impulso Federica si alzò dal divano. «Vado io con Sergio» disse, e lui sorrise. Uscirono insieme dalle sale parrocchiali, senza parlare.

Lui era più alto, ma non troppo, con una corporatura solida come il suo carattere. Quando erano insieme Federica non sentiva il bisogno di riempire l'aria con chiacchiere vuote.

Arrivarono alla pizzeria e ordinarono cinque marinare e cinque margherite, più tutta la coca-cola che riuscirono a prendere con la colletta che avevano fatto.

Si appoggiarono al muretto vicino alla pizzeria, che era in un vicolo che saliva verso la parte alta di Chiaia. Sergio cacciò la macchinetta e rollò una sigaretta per lei e una per sé. Fumarono in silenzio per un po'.

«Lo sai che sei proprio carina?» disse lui. «Te lo diranno in molti.»

Federica scrollò le spalle.

Era emozionata.

«Quanti anni hai?»

«Diciassette.»

«Sei piccola.» Le fece un largo sorriso. «Io quasi ventuno.»

Lei si staccò dal muro con una mossa indolente che le mise in risalto il seno. Aveva una maglietta aderente blu a maniche lunghe e un jeans, con una cinturina che le faceva molti giri attorno al corpo e le metteva in evidenza la vita sottile.

«Perché, cosa hai contro le piccole?» provocò.

«Hanno paura.»

«Io non ho paura di niente.»

«Eh! Dite, dite.» Le soffiò il fumo in faccia. Aveva una bocca bellissima. «Poi vi mettete paura di farvi toccare o di fare l'amore veramente.»

«Non è vero» rispose Federica, ma con un po' di esitazione, perché non l'aveva fatto mai ancora. «Io non sono così.»

Voleva fare l'amore la prima volta con un ragazzo di cui si fosse innamorata davvero. Uno per cui lei fosse unica, speciale, la più bella, la più intelligente.

Guardò Sergio a occhi spalancati, la testa alta in segno di sfida.

«Lo sai» disse lui, e le carezzò una guancia con un tocco veloce. «Questo viso da ragazzina innocente contrasta con tutto il resto.» Lasciò scorrere gli occhi sul suo seno, e poi in basso.

Federica non indietreggiò e sostenne il suo sguardo.

«Sergio!» La voce alle sue spalle la fece sobbalzare.

Si girò.

«Ciao Luca.» Sergio si protese a darsi una pacca sulla spalla e una stretta di mano con un tipo magro e dinoccolato con i capelli rossi.

«Mi hanno detto che stavi qui a prendere le pizze.»

«Questo è Luca, Luchino per gli amici.» Sergio glielo presentò. «Federica.»

«Luchino per te» fece l'altro, stringendole la mano un po' troppo. Aveva occhi chiari con le ciglia lunghe come quelle delle femmine, molto belli, e il naso grande con qualche foruncolo sulle guance. Non era davvero bello ma Federica sentì come un'energia passare dalla sua mano alla propria.

«Attento» disse Sergio alzando l'indice e tirandola verso di sé, come per fargli capire che era di sua proprietà.

Federica ne fu contenta e infastidita allo stesso tempo. Luca fece una smorfia allegra e cacciò una sigaretta tutta schiacciata dalla tasca e se la accese.

«Ho qualcosa per te» disse poi. «Mica mi dimentico.»

«Cinque margherite, cinque marinare!» L'urlo da dentro la pizzeria li riscosse.

«Vado io» disse Federica.

Non le risposero.

Quando tornò, un minuto dopo, con le braccia ingombre di cibo e bevande, la tensione tra i due sembrava essersi dissolta.

Fumavano entrambi, e l'aria era impregnata dall'aroma dolciastro che saliva dalle loro sigarette.

«Che è 'sta roba?» chiese lei arricciando il naso, mentre Sergio le levava la busta con le bevande dalle mani.

«Fumo» rispose Luca, e le offrì la sua sigaretta stropicciata.

Era un po' più larga delle solite.

«No, a lei non piace.» Sergio tese una mano avanti. «Lascia stare.»

«Come vuoi. Decidi tu» rispose l'altro. «È roba tua.»

E si girò per scomparire tra le ombre del vicolo.

«*Roba tua?*» Federica inarcò un sopracciglio sorridendo.

Come correva!

Però era anche lusingata.

Sergio sembrò imbarazzato. «No, alludeva a questo.» Le mostrò un piccolo pacchetto di carta argentata, e poi lo ricacciò in fondo alla tasca dei jeans.

«Non è tabacco, vero?» Federica era stupita. Aveva sentito parlare della droga, chiaro, ma vederla così, in mezzo alla strada, era diverso.

«Non è mica droga» disse Sergio, come leggendole nel pensiero. «Solo fumo, hashish. Una cosa leggera che non fa male. Rilassa.»

A casa le avevano fatto una testa così riguardo ai rischi della droga. Perfino zia Adelaide che, nonostante l'età, in genere non si preoccupava di nulla, aveva sentito l'esigenza di spiegarle perché era meglio stare lontana da chi ne faceva uso.

Dalla morte di Angie la zia si era spenta. Restava sempre lei, stravagante, imprevedibile, colorata, ma a volte rimaneva lì a occhi aperti a fissare qualcosa che non c'era.

Federica le voleva bene e sulla droga l'aveva ascoltata con attenzione. Cosa che non aveva fatto quando sua mamma, sempre chiassosa e confusionaria, aveva provato ad affrontare lo stesso argomento.

Adesso guardò Sergio, illuminato dalla luce di un lampione. Lui certo non era un drogato.

«Ha uno strano odore» disse cauta.

«Sì.»

«Di cosa sa?»

«Come una sigaretta, ma più aromatica.»

«Che effetto fa?»

«Non fa male.» Lui soffiò via il fumo. «Ti espande la mente.»

«In che senso?»

«Ti rilassa.» Sergio non sapeva cosa dire. «Ti lascia andare dove normalmente non andresti. Ti riempie i vuoti e ti fa sentire leggero.»

«Mi sembra una figata. Perché non hai voluto che Luca me la facesse provare?»

Lui scosse la testa.

«Non è che non voglio» disse. «Ma sei piccola.»

«Io non sono piccola per niente» disse lei alzando il mento. «E sono curiosa.» Allungò la mano con indice e medio divaricati. «Dài.»

«Sicura?»

«Fammi provare.»

1978

Articolo 1.
Lo Stato garantisce il diritto alla procreazione cosciente e responsabile, riconosce il valore sociale della maternità e tutela la vita umana dal suo inizio.
L'interruzione volontaria della gravidanza, di cui alla presente legge, non è mezzo per il controllo delle nascite.

LEGGE N. 194, *22 maggio 1978*

Maggio

I suoi genitori erano partiti per Sorrento e avrebbero dormito lì, nella nuova casa di via Marziale appena comprata e quasi finita di ristrutturare.

Federica aveva detto che doveva studiare per l'esame di maturità visto che stava indietro con il programma di Greco e quello di Storia.

Sua madre Pina, che non aveva mai studiato e che non conosceva il liceo, ma che era furba, aveva intuito che voleva liberarsi di loro. E che voleva far venire Sergio a casa, eppure non aveva opposto resistenza.

«Statt'accorta» le aveva sussurrato uscendo.

«Sì, sì, tranquilla.» Federica l'aveva spinta fuori ridendo.

In realtà la casa, senza genitori e di sabato sera, diventava il rifugio del suo gruppo, al posto della parrocchia di San Rocco, che adesso nessuno frequentava più.

Nel salotto, nell'aria densa di fumo e musica, c'erano gli amici più stretti.

Stavano cantando in coro la canzone del macellaio che uccise il toro che bevve l'acqua eccetera. Una noia mortale, per Federica, ma piaceva a tutti gli altri.

Sergio non cantava ma era concentrato a rollare uno spinello a due cartine – un cannone, come diceva lui – perfetto. Silvia aspettava accanto a lui.

Antonella, la migliore amica di Federica, non fumava, però stava comunque con loro, pur criticando. Era distesa sul divano e cercava di parlare con Luchino, appena tornato dal bagno. Lui aveva abbandonato la testa sulla spalliera e guardava il soffitto.

«Che hai preso?» gli chiese Federica avvicinandosi. «Hai bevuto?»

Luca rise. «Sì, bevuto.»

Antonella gli sfiorò la spalla. «Diventerai un drogato.»

«Sì, *drocato.*» Luchino cominciò a ridere, ma sembrava più un lamento, e finì piegato in due senza poter fermare i colpi di tosse.

Giosetta, la piccola del gruppo, gli toccò la gamba.

Dopo essere stata con Antonio, Simone e Mario – praticamente tutti i maschi migliori del gruppo – ora puntava a lui.

Federica aveva capito da tempo che era un'acqua cheta, di quelle che facevano le santarelline ma che poi, di nascosto, ne combinavano di tutti i colori.

Adesso Giosetta se ne stava per terra ai piedi del divano e guardava Luchino con occhi imploranti.

Chiagne e fotte, diceva Antonella, che non la sopportava.

«Che hai preso?» chiese Federica a Luca. «Roba?»

«Sì, la *roba.*»

«Cos'è 'sta *roba*?» domandò Antonella.

«Eroina» rispose.

«Che?»

«E-ro-i-na» ripeté lei.

«Ti sei bucato?» Antonella si alzò di scatto. «Ma sei tutto scemo?»

«No, no!» Luchino ricominciò a ridere, ma la risata pareva arrivare dal fondo di un pozzo. «No, che non mi sono bucato.»

«Allora che vuole dire 'sta *roba*?»

«Si prende e basta.»

«Si fuma?»

«No, che non si fuma». Luca aprì gli occhi e si tirò su, poi li richiuse subito. «Si tira.»

«Si tira?»

«Si tira col naso.» Luchino tornò a stendere la testa sul cuscino

della spalliera. «È polvere. Tu la tiri col naso e dopo pochi minuti vai in paradiso.»
Giosetta si alzò in piedi si accucciò vicino a lui sul divano. «E ne hai?»
«Eh, no che non ne ho.» Luca scosse la testa a occhi chiusi. «L'ultima striscetta me la sono tirata in bagno due minuti fa.»
«Che cavolo.»
«La prossima volta» disse Luca abbracciandola. «Se fai la brava.»
Antonella si allontanò infastidita. «A me fa schifo tutta 'sta merda che prendete.» Agitò le braccia. «Fumo, erba e adesso pure questo. State impazzendo tutti quanti?»
«Fatti un tiro e non rompere, Antone'» disse Sergio porgendole lo spinello che spargeva il suo odore nel salotto. «Così ti passa la rabbia.»
«Ma quale rabbia, voi pensate solo a drogarvi.»
«Drogati!» urlò Simone dal fondo del salotto.
Federica attraversò la stanza e prese la canna.
Cominciò a fumare. Era già la terza e si sentiva parecchio stordita, però serena.
Le piaceva stare a casa con i suoi amici e fumare. Qualcuno portava le birre, qualche pizzetta, e così passava la serata, in tranquillità.
Era un nido fatto di amicizia, calore e scherzi conosciuti e perciò rassicuranti. Come una famiglia esterna, con i suoi pregi e i suoi difetti.
«E l'aborto?» chiese Giosetta all'improvviso, sempre con la sua subdola ingenuità. «È passato oppure no?»
«Racconta, quanti ne hai fatti?» Sergio cominciò a ridere.
«A che mese sei?» chiese Simone. «Mica si vede.»
«Siete cretini.» Silvia *la facile* – che poi non era così "facile" come dicevano – tirò un cuscino a Simone. «Comunque è passato, è passato, e io sono d'accordo con Giorgio. Non bisogna far confusione tra la libertà di una donna di scegliere, che è sacrosanta, e il diritto alla vita. Chi siamo noi per...»
«Oh, madonna!» Federica non ce la poteva fare ad ascoltare quei discorsi.
Sull'aborto aveva letto i giornali e ne aveva parlato con padre Giorgio, che aveva idee moderne. Aveva anche ascoltato sua ma-

dre, prigioniera dei sensi di colpa e del dispiacere di aver avuto una sola figlia.

Alla fine non si era fatta una sua idea precisa.

Avrebbe mai abortito?

Non lo sapeva, ma era sollevata che esistesse finalmente una legge.

Lei, comunque, figli non ne voleva. Non si sarebbe mai fatta rovinare il corpo da una gravidanza. Al limite, se avesse voluto un bambino, lo avrebbe adottato. C'erano tanti orfani. Magari africano.

«Che palle, è sabato. Parliamo d'altro» disse.

«Passa, allora.» Giosetta le indicò la canna. Federica ubbidì e Giosetta fece un tiro veloce, poi avvicinò la canna alla bocca di Luchino, che aveva sempre la testa reclinata sulla spalliera e gli occhi chiusi.

«Tra poco questo si addormenta.»

«E tu come fai?» tuonò sempre Simone dal fondo del salotto.

Antonella stava guardando dalla finestra il traffico serale lungo la Riviera di Chiaia. «Ma dove vanno tutti quanti?»

Sergio scrollò le spalle «A Posillipo, alla Jungla» disse.

«Non andiamo a ballare da un secolo. Perché non usciamo anche noi?»

«Io sto meglio qui» disse Giosetta.

«Siete diventati tutti una palla.» Silvia si avvicinò ad Antonella. «Andiamoci noi due, che dici?»

«Che coppia!» disse Sergio mimando qualcosa che aveva a che fare con i fianchi larghi di entrambe.

«Sei uno stronzo» disse Federica, andando a prendere le birre in cucina, poi tornò nel salotto e le mise sul tavolo.

Simone fumava, Giosetta stava carezzando la fronte di Luca. Antonio aveva ripreso a suonare la chitarra, e cantava a bassa voce una canzone che parlava di gennaio, un fiume addormentato e un corpo malato.

"E che palle!" pensò lei.

Sergio le venne vicino e provò a baciarla.

I suoi baci sapevano di noia e di abitudine. Lei non provava più nulla, da mesi. Forse da quasi subito.

Federica se n'era accorta già dalla prima volta che avevano fatto l'amore. Una cosa senza emozione e un piacere piccolo, insignificante. Tante aspettative per niente.

Eppure l'amore doveva esistere da qualche parte visto che se ne parlava tanto nei libri, nelle canzoni, nelle poesie, nei film.

Era l'emozione fondante di tutto. Ma dove stava?

Anche i suoi amici si cercavano, si trovavano e poi si lasciavano o si adattavano, come loro due.

Federica aveva cercato di parlarne con Sergio, ma lui l'aveva buttata sul ridere. Continuava a baciarla, toccarla ed esibirla come una cosa sua, soprattutto davanti agli altri.

In quel momento squillò il telefono. Lei si staccò da Sergio e andò a rispondere.

La musica era forte, non riusciva a sentire, perciò alzò la voce incollando la cornetta all'orecchio.

«Pronto?»

«Pronto.» Era una voce maschile, fredda. «Sei Pina?»

«No, sono Federica.»

«Ah, Federica.» La voce assunse un tono più familiare. «Sono zio Dario.»

Zio Dario?

Ah, il marito di zia Nina.

«Ciao, zio!» Quasi non ricordava che faccia avesse.

«C'è papà?» chiese lui.

«No» disse Federica, un po' offuscata dal fumo. «No.»

«C'è mamma, allora?»

«No, sono andati a Sorrento.»

«Ah.»

«Vuoi dire a me?» Qualcuno passò la canna a Federica, che fece un tiro veloce. «Lì non c'è ancora il telefono.»

«Ah.» Zio Dario sembrava incerto. Ci fu una pausa lunga.

«È successa una disgrazia» disse poi all'improvviso.

Dalla voce sembrava che stesse per mettersi a piangere.

«Cosa?» Federica strinse la cornetta mentre il cuore iniziava a batterle più forte.

«Zia Nina» disse Dario. «Se n'è andata.»

«Andata?»

«Oggi pomeriggio. Era malata da molto ma non ha voluto farlo sapere a nessuno. Non c'è stato nulla da fare. I migliori medici e le migliori cliniche.» Dario parlava di fretta, come per giustificarsi. «Tumore al seno. Nina non voleva che vi preoccupaste.»

Federica sentì un vuoto che si espandeva e franava dentro di lei.

«Zia Nina.» Non seppe cosa aggiungere.

«Per favore, dillo a papà quando viene.» Zio Dario era tornato calmo e pragmatico. «I funerali si faranno lunedì a Napoli. Lei ha voluto così.»

Maggio

La messa sarebbe stata officiata da padre Giorgio. In chiesa c'erano anche alcuni dei suoi amici. Erano venuti per lei, perché nessuno conosceva zia Nina.

Neanche Federica la conosceva, a voler essere sincera.

Padre Giorgio entrò da dietro l'altare. Con i paramenti sacri era anche più bello che in borghese. Federica si girò verso i suoi amici in quinta fila e vide che Silvia se lo stava divorando con lo sguardo.

«Così giovane» sussurrò suo padre seduto accanto a lei. «Così giovane.»

Era in giacca e cravatta nera da cerimonia, ma tutto stropicciato, come se fosse stato vestito da qualcun altro. Si inginocchiò volgendosi verso la bara al centro della navata e riprese a piangere. Non aveva mai smesso da quando aveva ricevuto la notizia. Però piangeva in una maniera che a Federica sembrava indecente. Quasi come una donna. E per questo le faceva pena, ma anche un'enorme vergogna.

Non voleva che i suoi amici lo vedessero così.

Era suo padre, però. E i padri non si scelgono. In ogni caso, proprio in quel momento difficile, lei aveva fatto molta fatica ad accettarlo, perché aveva capito un po' di cose del rapporto tra suoi genitori.

Sulla panca in prima fila, accanto a loro due, c'era sua madre, e poi il commesso del negozio – "zio Oreste", come lo chiamavano tutti – che adesso era socio dell'impresa.

Era lui l'uomo di casa.

In quei due giorni prima del funerale Federica aveva finalmente avuto la spiegazione a stranezze, dubbi e sospetti che avevano stimolato la sua curiosità di bambina e poi di ragazza.

Le barriere protettive che i suoi genitori avevano eretto per nascondersi si erano rotte all'improvviso.

L'ultima conferma era giunta il giorno prima quando Federica stava entrando in cucina. Si era fermata sulla soglia. Davanti al lavello Oreste stava abbracciando Pina, che appoggiava la testa alla sua spalla e piangeva chiamando la defunta. «Ninetta bella» diceva. «Ninetta mia.»

L'amico di suo padre, invece – che poi si chiamava Federico, come lei, e chissà come mai –, dopo aver saputo la notizia era corso a casa e aveva preso le mani di Italo con un'intimità e una disinvoltura che andava al di là dell'amicizia. Adesso era seduto due file dietro di loro, forse per rispetto nei confronti di Dario, che occupava, da solo e a testa alta, il primo banco dall'altro lato della navata.

Federica aveva voglia di piangere anche lei.

Non per Nina, che per quanto la riguardava aveva poca sostanza. Quando era piccola la zia le portava regali da Roma ed era affettuosa, poi però con gli anni era cambiata. Sembrava un'estranea elegante e annoiata, e nemmeno tanto simpatica.

Sua madre una volta le aveva detto che Nina avrebbe voluto dei figli, ma che non poteva averne, e che lei era l'unica nipote, e che le avrebbe lasciato i suoi gioielli. E quindi doveva volerle bene.

A Federica queste cose non importavano, anzi le facevano schifo, però sapeva anche che Pina, al di là di quelle parole, era stata davvero legata alla cognata.

Le sue lacrime erano sincere.

Quelle di Federica invece venivano dal dolore di vedere i suoi genitori nudi e scoperti così, come nessuna delle famiglie che lei conosceva.

Tirò su col naso mentre le lacrime le scorrevano sul viso, e avvertì una presenza in piedi di fianco. Alzò la testa. Zio Dario era venuto a chiamarla per farla sedere al proprio banco, forse scambiando il suo dolore per sincero rimpianto della zia perduta.

Un po' imbarazzata Federica lo seguì, mentre il rito iniziava.

«Tu sei identica a Nina da giovane» le sussurrò lui.

Era vestito di nero, alto ed elegante. Con i capelli biondi appena brizzolati sembrava molto più giovane di suo padre, anche se erano coetanei.

Lei provò fastidio per quella frase detta in quel momento e in quel modo, e non rispose. Avrebbe solo desiderato una canna, per allontanarsi un po' dalla tristezza, dal funerale, dai suoi familiari, da tutto.

Ormai fumava tutti i giorni, mattina pomeriggio e notte.

Stare *fatta* era la sua condizione normale, se non era in quello stato allora arrivavano i pensieri strani, e la tristezza.

Soprattutto adesso.

«Così giovane» stava ripetendo Italo, inginocchiato in prima fila.

«Volontà del *Pateterno*» mormorò sua madre, asciugandosi gli occhi.

Federica si girò per cercare con lo sguardo zia Ade, che però aveva voluto fermarsi verso il fondo. Era da sola in un angolo della panca, con un velo di pizzo nero ricamato in testa e lo sguardo assente.

Chissà quante cose aveva in testa, e chissà se pensava a sua figlia morta.

Ormai parlava pochissimo e Federica a volte temeva che non ricordasse più niente. Avrebbe voluto chiederle più cose della sua vita, ma forse ormai era tardi.

Si alzò e sedette al ritmo degli altri e all'improvviso scoppio in un pianto dirotto.

Zio Dario le mise una mano sulla spalla per confortarla e lei pianse più forte, senza sapere per chi, se per Nina, per Adelaide o per i suoi genitori.

O per Angie.

Il dolore la prese alla bocca dello stomaco in un lampo di chiarezza, come forse non le era mai capitato prima.

Non ci voleva pensare. Voleva solo una canna.

La cerimonia fu lunghissima, alla fine non ce la faceva più.

Neanche riuscì a seguire l'omelia di Giorgio che parlava del *male del secolo* come di un segno, un elemento di riflessione per meditare sull'allontanamento dell'uomo dalla Natura, da Dio.

Poi la bara fu portata via e tutti vennero a baciare la famiglia.

Federica, dopo aver ricevuto la sua quota di abbracci da sconosciuti, si sedette e attese che la piccola folla defluisse, poi si alzò e andò verso l'uscita, dove i suoi continuavano a stringere mani e a baciare persone.

Il buio fresco della navata contrastava con il sole all'esterno, e le persone parevano già più allegre, come a una festa tra amici.

Il suo sguardo fu attratto da un uomo seduto in ultima fila.

Era piegato su sé stesso, le mani sul volto, e piangeva.

Le sue spalle sussultavano sotto i colpi di un dolore forte.

Dolore per sua zia Nina, la persona più fredda e indifferente della sua famiglia.

Federica si fermò al suo fianco, quasi senza rendersene conto.

Lui alzò il viso scavato, intenso. Aveva i capelli neri con pochi fili grigi, e occhi verdi grandi e magnetici, bellissimi.

La guardò con un'espressione stravolta, incredula.

Rimasero a fissarsi per qualche istante, entrambi paralizzati.

L'uomo si alzò in piedi.

Era molto alto, magro ed elegante, e poteva avere l'età di Dario e di suo padre. Stava per dire qualcosa, quando proprio Italo tornò dentro di corsa.

«Federica bisogna andare!»

Si fermò. Vide l'uomo e subito lo abbracciò.

«Fabrizio!» disse. «Fabrizio caro.»

1979

L'ayatollah Khomeini dall'esilio al carisma.
Solo qualche mese fa possedere un ritratto, un messaggio ciclostilato con mezzi di fortuna, una cassetta registrata, un libro di questo vecchio dalla barba bianca e le folte sopracciglia nere, poteva costare la galera. Ora il suo profilo, col turbante nero dei discendenti del profeta, campeggia su tutti i muri di Teheran. L'hanno accolto, al rientro dopo quindici anni di esilio, con una commozione popolare che forse non ha precedenti nel mondo. Sono pronti in centinaia di migliaia a prender le armi e a farsi massacrare ad un suo cenno. La sua figura, quale simbolo della rivoluzione iraniana, e la sua autorità sono in questo momento indiscusse. Da dove viene tutto questo carisma?

"L'UNITÀ", *febbraio 1979*

Giugno

Federica aveva lasciato Sergio subito prima dell'estate.

«Cos'ho fatto?»

«Niente, non hai fatto niente.»

Era vero, non faceva mai niente. E non era quello l'amore, ed era inutile spiegarglielo.

«Sei sempre la stessa.» Sergio era furioso. «Fare complicate le cose semplici. Stiamo bene insieme. Che vuoi di più?»

Lei non gli aveva risposto, e lui le aveva detto che era una stronza, e se n'era andato. Poi aveva provato a telefonarle, molte volte, ma lei gli aveva sempre riattaccato.

L'ultima volta aveva fatto in tempo a dirle: «Tanto lo so che hai un altro».

Era vero, e non aveva dovuto cercarlo lontano.

Una sera aveva incontrato Luchino a una festa, era andata via con lui e poi avevano fatto sesso senza parlare.

Di lui le piaceva la mancanza di formalismo, la sfrontatezza, la curiosità, e una certa scelleratezza quasi eroica.

Era come lei, ma elevato al quadrato. Il contrario di Sergio.

Federica era convinta che l'amore stesse nel disordine, nella disarmonia e nel caos più che nella coerenza.

Luca era tutto ciò.

Come quasi tutte le sere stavano al Parco della Rimembranza, vicino al Virgiliano, nella Renault azzurra e ammaccata del padre di Luca.

Era tardo pomeriggio e il sole stava tramontando piano piano oltre Pozzuoli. Il cielo era rosso e arancione, e il mare aveva assunto una tinta blu bellissima.

Federica aveva appena rollato una canna e ora la stava fumando lentamente. Lui, invece, da qualche mese si faceva.

Lo aveva visto già altre volte trafficare con il cucchiaino, il succo di limone, l'accendino e l'eroina, ma non voleva interferire con la sua vita.

«Vacci piano, fa male» disse di malavoglia.

«Ma no.»

Luchino scioglieva la roba con l'accendino, poi succhiava tutto in una siringa per l'insulina, che era più sottile, quindi si iniettava il contenuto della capsula nella vena del braccio, una volta il destro, un'altra volta il sinistro.

Le aveva detto due volte a settimana, mercoledì e sabato, ma da un po' Federica si era accorta che aveva iniziato anche la domenica. Forse pure il giovedì.

Della droga si parlava tanto, ma anche i giornalisti facevano casini su tutto, confondendo hashish con marijuana, eroina con cocaina.

Dopo che si era fatto, Luchino diventava tenero, come se avesse capito all'improvviso il senso del tutto, e di conseguenza a lei pareva che insieme funzionassero bene.

Forse era questo l'amore.

Perdersi nel disordine delle cose e dimenticare tutto il resto.

Luchino aveva reclinato la testa all'indietro.

«Che fai?» chiese lei.

«Niente. Esisto.» Aveva una voce profonda e metallica che le dava fastidio. Meglio non farlo parlare.

«Vuoi fare l'amore?» chiese lei.
«Sì.» Ma non si mosse.
«Metto i giornali?»
«Sì» rispose Luchino, sempre con gli occhi chiusi.
Federica prese la piletta del "Mattino" che aveva portato da casa, lo scotch e foderò i finestrini con i grandi fogli. Le altre macchine lungo il marciapiede avevano tutte lo stesso aspetto.
Cominciò col vetro posteriore, poi tutti quelli laterali, quindi il parabrezza davanti. Alla fine sembrava di stare in una tenda che odorava di carta e di inchiostro, circondati da parole e da fotografie.
Soprattutto quella di Moro. E poi della Faranda, di Cossiga, di Andreotti, che la guardavano mentre si sfilava le mutandine e si tirava su la gonnellina ricamata come una sottoveste della nonna.
Il fumo le faceva venire una voglia pazzesca. Luca, invece, rimase disteso sul sedile davanti.
«Oh, cos'hai?» gli si avvicinò. «Non ti senti bene?»
«Sto benissimo.»
«E allora?» Federica lo scosse. «Facciamo che è già tardi e ci aspettano. Poi non riusciamo a entrare.»
«Ok.»
«Ma non ti va?»
«Mi va tutto.»
Lei lo tirò e lui si spostò su di lei, delicatamente, neanche avesse paura di sciuparla.
Poi si mosse piano, al rallentatore, come se non stesse davvero lì. Un fantasma.
Dopo aver fatto l'amore però sembrava tornato il Luchino di sempre, allegro e menefreghista.
«Quando arrivi urli come una sirena.»
«Che ne sai tu delle sirene?»
«Me ne sono fatte tante.»
«Maiale.» Risero insieme.
Forse a Luchino stava già passando l'effetto.
«Ne hai ancora?» domandò lei.
«Vuoi provare?» Le mise un dito sulle labbra. «Avevi detto *mai*.»
«Magari un giorno.» Federica scosse le spalle. «Solo un tiretto. Sono curiosa.»

«Ok. Un giorno. Quella di oggi è finita.»

«Allora andiamo adesso, che non ci fanno entrare.»

Luca mise in moto.

Arrivarono nei pressi della Jungla e parcheggiarono la macchina sulla discesa. All'ingresso della discoteca c'era già una lunga coda.

Si misero in fila anche loro.

Luca muoveva la testa al ritmo con la musica che usciva dalla porta nera della discoteca.

Federica ebbe l'impressione di vedere più avanti, tra la folla, anche Sergio. Stava con Silvia.

Capace che si era fidanzato, per lui l'importante era stare con qualcuno, baciare una bocca e sentirsi al telefono la sera.

Come per Luchino farsi di eroina e per Silvia farsi chiunque.

Per un attimo, solo per un attimo, pensò che anche lei era già paralizzata in un ruolo. Gli spinelli. Poi pensò: «No, io non sono solo questo».

Antonella forse era l'unica che non aveva una natura definita. Forse per questo non aveva neanche una vita.

«L'hai vista?» chiese Luca.

«Chi?» Federica girò la testa.

«Giosetta.» Luca la indicò. Sorrideva incerto.

Federica si voltò dall'altro lato e vide, all'imbocco delle scale di pietra che portavano di nuovo verso via Posillipo, un corpo raggomitolato sull'asfalto.

«Ma che ha?» Federica uscì dalla fila e lo tirò. «Che cazzo, ma vieni!»

Raggiunsero Giosetta. Era vestita con un abitino nero striminzito, corto e tutto scollato che metteva in evidenza il suo corpo minuto ma ben fatto. Si vedevano le gambe coperte da calze a rete, i seni piccoli, i fianchi tondi. Aveva gli occhi aperti ma non guardava in nessuna direzione.

Era da un po' che Federica non la vedeva in giro.

«Giosetta!»

«Sto bene» disse lei alzando il viso. «Mi sto solo riposando un po'.»

Un ragazzo alto che Federica non aveva mai visto si avvicinò. Aveva il viso pallido e magro da tossico, tirò Giosetta per la mano facendola alzare.

«Sta bene» disse lui, con la voce di uno che invece stava male.

Federica vide che il braccio della sua amica era coperto di punture.

«Ma ti fai?» le domandò. «E da quanto?»

«E chi se lo ricorda. E tu?» chiese lei. «È bellissimo.»

«Io no.»

Novembre

Anche quel giorno Federica aveva fumato con Maurizio, un collega grasso dell'università che cercava inutilmente di conquistarla con marjuana e hashish.

Avevano diviso uno spinello piccolo nel bagno, poi lui, come sempre, approfittando del momento, aveva cercato di avvicinarsi, ma Federica lo aveva scansato.

«Ci vediamo dopo, Maurizio.»

«Sì, ma dove?»

«Io ho due lezioni, Istituzioni di Diritto Romano e Filosofia del Diritto, una di seguito all'altra.» Federica allargò le braccia. «E che palle.»

«Magari ti aspetto.»

«Ok» disse lei, poi si avviò a testa bassa verso il grande corridoio su cui si affacciavano le aule.

Per un attimo il suo cervello seguì il rumore dei passi sul marmo del pavimento, isolandolo dal caos che gli altri studenti facevano attorno a lei. Colpa dell'erba.

Il fumo faceva viaggiare la sua testa in ogni direzione, in un vortice di emozioni e di curiosità che nascevano e svaporavano nell'arco di pochi secondi.

Però a volte Federica era stufa di quello stato da rintronata cronica.

Cercò la sua classe.

L'aula in cui si sarebbe dovuta tenere la lezione di Istituzioni di Diritto Romano – sempre affollatissima di studenti – adesso era vuota.

Un po' spaesata guardò la bacheca accanto alla porta e lesse il cartello scritto con inchiostro rosso: LA LEZIONE DELLA PROFESSORESSA VARANI È RIMANDATA ALLA PROSSIMA SETTIMANA PER MALATTIA.

"Meglio così" pensò. Adesso aveva un'ora e mezza di libertà.

Magari poteva scendere giù al bar del Rettifilo e incontrare qualche amico, oppure cercare Maurizio. O chiamare Luchino e raggiungerlo a casa.
«Meglio di no» sospirò.
Scese al primo piano e da lì si mosse tra i corridoi della facoltà. Tutto le sembrava pomposo e sovradimensionato. Marmi, colonne, soffitti decorati, vetrate, stucchi e cornici ovunque, sembrava di stare in un tempio.
Mentre camminava lungo il corridoio una porta si aprì e un professore con una cartellina uscì dalla stanza.
Si fermò di colpo a guardarla.
Federica lo riconobbe e si arrestò.
Era Fabrizio, l'uomo dagli occhi verdi che aveva conosciuto al funerale di zia Nina. Lui le aveva detto che insegnava a Giurisprudenza, ma Federica se l'era dimenticato.
«Buongiorno» disse educatamente. Sorrise, poi provò ad allontanarsi, ma l'uomo la fermò posandole una mano sul braccio.
«Sei Federica.»
«Sì.»
«La nipote di Nina.»
«Sì» rispose lei un po' intimidita.
Fabrizio era sui quaranta o poco più, alto, con i capelli neri e quegli occhi così belli. Però vestiva da vecchio, neanche avesse sessant'anni, giacca scura, cravatta blu, camicia bianca, pantaloni di velluto.
Sembrava un uomo serio. Troppo serio.
«Stavo andando a prendere un caffè» disse lui. «Ti va?»
«Va bene, grazie.»
Scesero lungo lo scalone di marmo senza parlare, poi sul pianerottolo Fabrizio si fermò all'improvviso.
«Conoscevo molto bene Nina, da quando eravamo ragazzi» disse. «Le volevo bene.»
Federica non disse nulla, anche se avrebbe voluto sapere tutto.
Ma non poteva chiederlo così. O forse magari sì.
«Quando vi siete conosciuti?» domandò in tono impersonale, non sapendo se dargli del lei o del tu. «A scuola?»
«No. Io ho abitato nello stesso palazzo per qualche anno, alla Riviera.»

«Dove vivo io.»

«Sì, lo so.» Lui sorrise. «Con Nina ho passato l'adolescenza e la prima giovinezza.»

Si fermò e la guardò. «Era bellissima.»

«Sì, lo dicono tutti.»

«Ti somigliava» disse a voce bassa lui, timidamente. «Scusa.»

«Grazie, professore.» Federica pose le distanze. «Anche questo me lo dicono in tanti.»

«Questo è il motivo per cui...»

«Per cui?»

Lui non completò la frase.

Per cui volevo rivederti, immaginò lei, *per cui volevo parlarti.*

Attraversarono la strada affollata di auto ed entrarono nel bar pieno di studenti, molti con i capelli lunghi e la barba.

Federica si sentiva un po' frastornata per via dell'erba, però anche allegra, euforica.

Fabrizio ordinò i caffè al banco, poi si guardarono.

«Non fraintendere, per favore, io sono una persona perbene.» Abbassò la voce. «Insomma, non molesto le studentesse.»

«Si vede» disse Federica arrossendo.

Poi pensò: "Che peccato".

«Solo che sei identica a lei» disse. «Tutto qui.»

«Stavate assieme?» chiese senza alcuna titubanza. «Con zia Nina intendo: stavate assieme?»

«Come?»

«Eravate fidanzati?»

Lui rise, poi si fece di nuovo triste. «Non lo so. Non l'ho mai capito.»

«C'era stato qualcosa però?»

«Qualcosa?» Fabrizio scosse la testa. «È dal giorno del funerale che ci penso. Non lo so più.»

«Non sa cosa c'è stato tra di voi?» Federica voleva ridere.

Lui era impacciato come un ragazzo. Scosse la testa. «Scusa» disse. «Mi ha fatto piacere rivederti.»

«Anche a me, prof.»

«Sei iscritta al primo anno?»

«Sì.»

«Se vuoi posso darti qualche informazione utile per scegliere i docenti migliori.»

«Grazie, magari quelli dell'anno prossimo.»

«Alcuni colleghi sono molto bravi, altri no.»

«Immagino. Il mondo è così.»

«Il mio esame è al quarto anno, Storia del Diritto Medievale.» Ebbe l'impressione che Fabrizio tentasse di trattenerla parlando. «Io cerco di affrontarlo in maniera diversa, con continui collegamenti con la contemporaneità.»

«Interessante» disse Federica sorseggiando il caffè.

Si sentiva sicura e tranquilla, forse proprio per via dell'insicurezza di quell'uomo più adulto. Si sentiva importante.

«Mi può raccontare di zia Nina, prof?» chiese.

«Cosa vuoi sapere?»

«Non la conoscevo. Quando veniva a Napoli parlavamo poco. Io ero molto legata a un'altra zia, Angie.»

«Nina era una donna molto complessa, anche se poteva apparire semplice. Combattiva e risoluta.»

«A me ha dato sempre l'impressione di una persona infelice» azzardò Federica. «Eppure aveva ricchezza, bellezza e giovinezza.»

Forse il suo matrimonio era stato un errore, pensò, ma non sapeva se dirlo.

Fabrizio rimase in silenzio. Poggiò la tazzina sul banco.

A Federica venne in mente una cosa. Una domanda assurda da fare, però prese coraggio. «Secondo lei, professore, Nina era innamorata di suo marito?» chiese abbassando la voce.

Lui rimase in silenzio, con aria infelice. «Come si fa a dirlo» disse poi. «Non lo so.»

«E lei?»

«Io che?»

«Lei era innamorato di Nina?» Mentre lo diceva maledisse e benedisse l'erba di Maurizio, che la faceva parlare tanto e che la liberava di ogni freno.

Fabrizio alzò gli occhi verdi e la fissò. «Io sì» disse. «Io sono stato molto innamorato di Nina» sussurrò. «È stato il grande amore della mia vita.»

Lei poggiò il mento sulla mano. «Ed è stato un amore felice?»

«No.» Lui agitò la testa. «Mai. Ci siamo cercati per anni ma non ci siamo mai trovati. La vita ci ha allontanati.»

«Forse, allora, anche zia Nina era innamorata?»

Fabrizio la guardò, poi gli scappò una risata, ma con gli occhi lucidi. «Sì, penso di sì.»

Scrollò le spalle e guardò verso l'uscita del bar, come per trovare una via di fuga.

«Ci siamo conosciuti che eravamo molto giovani e forse ci siamo innamorati allora. Quando succede così, è difficile capire.»

«Però poi lei ha sposato Dario.»

Fabrizio le fece un cenno gentile con la mano per uscire dal bar. «Preferisco non parlarne. Scusa» disse.

«Era mia zia» Federica moriva dalla voglia di sapere.

«Non c'è niente altro da dire.»

"Oh, madonna" pensò Federica, "che uomo terribile."

«Vi siete cercati in questi anni?»

«Come?»

«Vi siete cercati in questi anni?» ripeté lei.

«Qualche volta.» La sua riluttanza era evidente. Si stava ritraendo come una tartaruga nel suo guscio.

Attraversarono la strada e continuarono a camminare verso la facoltà. Salirono le scale esterne.

«Però non sapevo che era malata» disse Fabrizio a un tratto, seguendo il suo pensiero.

«Non voleva farlo sapere.»

«Non voleva mai apparire fragile.»

«Però il funerale l'ha voluto a Napoli, forse significa qualcosa.»

«Tu dici?»

«Sì. Un messaggio per lei, prof.»

Fabrizio si fermò davanti all'ingresso. Pareva colpito da quello che aveva detto.

«Prof?»

«Sì?»

«Posso darti del tu?»

«Certo che puoi.»

1980

> Cresce in maniera catastrofica il numero dei morti (sono 10.000?) e dei rimasti senza tetto (250.000?).
> FATE PRESTO.
> Per salvare chi è ancora vivo.
> Per aiutare chi non ha più nulla.
>
> "IL MATTINO", *novembre 1980*

Settembre

«Pensi a zia Nina qualche volta?» chiese Federica.

Sua madre stava con gli occhi persi nel vuoto, affacciata alla finestra. «Le volevo bene. Un sacco di bene.»

«Perché?»

«Come perché?»

«Non me la ricordo molto affettuosa.»

Pina la guardò, scosse la testa e continuò: «Non c'è un perché. Ne abbiamo passate tante insieme».

Si allontanò dalla finestra, accese una sigaretta e sedette al tavolo.

«Me la ricordo fuori dalla chiesa il giorno del mio matrimonio. Mi aggiustava il vestito.»

«Com'era da ragazza?»

Sua madre fece due tiri rapidi, rabbiosi. «Quando l'ho conosciuta era vivace e piena di vita. Teneva *'o pepe n' culo.*»

«E dopo?» chiese lei. «Dopo che si è sposata?»

Federica era curiosa. Forse perché il ricordo che le rimandava Pina era talmente diverso dalla donna fredda e poco interessante che ricordava.

«Irrequieta, infelice e incazzosa, soprattutto a Roma.» Pina la guardò cercando le parole per spiegarsi. «Però tornava sempre in questa casa. Sempre.» Si alzò, andò in corridoio.

La sentì rovistare da qualche parte.

Poi sua madre arrivò con il grosso album del matrimonio. Federica ricordava che quando era piccola si divertiva tanto con Angie a sfogliarlo e a commentare le foto dei parenti vecchi e grassi. Specie delle donne.

«Guarda qui.» Pina indicò con il dito. «La Ninetta mia. Guarda quanto le somigli.»

Federica se lo era sentito dire mille volte, ma non lo aveva mai davvero compreso. Adesso si ritrovò a guardare un'altra se stessa nelle foto in bianco e nero.

Pettinatura e vestito erano datati ma i riccioli neri erano i suoi, gli occhi brillanti pure, le fossette, il sorriso.

Federica si rispecchiò nei tratti di Nina, in quella ragazza felice e sicura che sembrava sapere cosa voleva dalla vita.

Una ragazza morta che lei non avrebbe mai conosciuto.

La Nina di Fabrizio.

«E Fabrizio?» chiese.

«Chi?»

«Fabrizio, il suo primo fidanzato.»

«Quello?» Sua madre scrollò le spalle. «Non l'ho mai conosciuto. Ma era solo uno che le faceva perdere tempo.»

Uno con cui non aveva fatto sesso, tradusse Federica.

«Però è bello.» Federica la provocò. «Fa il professore alla mia università.»

«E vabbè.» Pina si alzò in piedi. «Uomo inutile, senti a me. E poi che è tutto 'sto interesse? Potrebbe essere pateto.»

«Non è vero.»

«Come se lo sarebbe.» Pina si alzò e finse di darle uno schiaffone. «Nun fa' 'a scema.»

Ottobre

«Andiamo al bar?»

Fabrizio alzò la testa dalle carte sulla scrivania.

Era capitata nel suo ufficio come per caso. La terza volta quella settimana. E lo stesso la settimana precedente e quella prima.

Dall'inizio dell'anno accademico Federica era stata attratta in modo quasi irresistibile da quella stanza e da quell'uomo, ma non sapeva spiegarsi il motivo.

L'anno precedente, dopo il primo incontro, era sembrato che volesse evitarla, e Federica si era adeguata. Dopotutto era solo un vecchio innamorato di sua zia, un po' noioso e triste.

Però le era rimasta la curiosità nei confronti di Nina, che adesso le appariva completamente diversa da come lei l'aveva sempre vista.

Poi era iniziata la sessione di esami e non aveva avuto più tempo per niente. Figuriamoci pensare a lui.

Di quel periodo ricordava poco, se non tanto fumo e tanto studio, e le due cose non sempre andavano bene insieme. Ciononostante aveva passato gli esami, tutti, e in maniera discreta.

Luchino, a un certo punto della primavera, era scomparso dalla sua vita, così come vi era entrato. Semplicemente aveva smesso di risponderle al telefono, e poi un giorno lei lo aveva rivisto in giro con Giosetta.

Non aveva provato nessun dolore né rabbia, e questo la diceva lunga sul suo sentimento.

Poi aveva approfittato della pausa estiva per decidere di smettere col fumo.

La lunga estate sorrentina l'aveva aiutata.

La spiaggia della Marinella, gente nuova con cui andare a prendere il gelato di notte da Gabriele, o con cui andare a ballare a Positano.

Ragazzi normali.

Tra le nuove amicizie aveva anche ritrovato Antonella, che era parsa sollevata di scoprire che lei aveva *smesso di far uso di droghe*.

Poi, proprio il primo giorno del secondo anno di corso, Federica aveva incontrato Fabrizio lungo i corridoi della facoltà.

Erano andati al bar come due vecchi amici e lei si era sentita addosso i suoi occhi tutto il tempo. E di nuovo aveva capito di essere importante, come la prima volta.

Avevano di nuovo parlato di Nina, di come era stata da ragazza, e come sempre di quanto lei le somigliasse.

Da quel giorno avevano iniziato a vedersi con regolarità, senza un motivo.

Fabrizio aveva tanti ricordi e Federica aveva voglia di scoprire chi fosse stata davvero sua zia.

Fabrizio le raccontava le cose più strane e meno ovvie, così come gli tornavano in mente. Ricordarle forse gli dava l'impressione di riviverle.

Quella volta che lei gli aveva rotto il braccio correndo giù per le scale. Il loro primo incontro. Si era innamorato in quel momento, le disse, anche se allora non l'aveva capito.

Quella volta che avevano iniziato a fumare le stesse sigarette, solo per fare una cosa proibita e intima.

Quella volta che aveva aspettato di essere baciata, ma lui non lo aveva fatto.

Quella volta che gli aveva detto che avrebbe baciato un altro, solo per fargli dispetto, e lui non aveva mai saputo se lo avesse fatto oppure no.

Fabrizio la rievocava in mille modi. Simpatica, imbronciata, ribelle.

Federica lo ascoltava come se quella vecchia, timida e storta storia d'amore fosse una favola sempre nuova e sempre avvincente.

Ogni volta, Fabrizio concludeva con un sospiro.

«Quanto le somigli!»

E lei pensava che volesse dire *non solo fisicamente*, ma anche per il suo modo di essere, e questo, chissà perché, invece di farla sentire la copia sbiadita di una morta che nemmeno le piaceva, la faceva sentire speciale.

Importante. Come se giustificasse la sua esistenza, da inconsistente e inutile a presenza, rimpianto, sostanza.

Anche se era la sostanza di un'altra.

E così, suo malgrado, Federica tornava da lui con ogni pretesto possibile.

Una spiegazione. Una domanda. Un caffè.

Un altro caffè.

«Scusa» rispose lui stavolta. «Forse oggi è meglio di no.»

Non la guardò.

Teneva gli occhi fissi sui suoi libri. Nella stanza c'era un odore di polvere che le fece pizzicare il naso, ma non starnutì.

«Hai da lavorare molto?» chiese cercando di non far trapelare la delusione nella voce. «Torno più tardi se ti va.»

Non voleva sembrare insistente, ma aveva bisogno di ascoltarlo e di sentirsi i suoi occhi addosso.

E poi le rare volte che la sfiorava, sempre per caso, Federica se le ricordava per ore.

"Mioddio, mi sto innamorando?" Se lo chiese anche in quel momento, e le sembrò assurdo.

Allora era questo l'amore?

Perdere la testa per un uomo molto più vecchio?

Almeno venticinque anni più di lei. Anche di più.

«Forse è meglio che non torni, Federica» disse Fabrizio all'improvviso.

La stava guardando, adesso.

Si alzò dalla sedia dietro la scrivania, un po' impacciato, aggiustando la camicia.

Aveva delle mani molto belle, pensò lei per non ascoltare quello che stava dicendo.

«Questa cosa non va bene» disse lui. «Per te e per me.»

«Che cosa, prof?» Rialzò la testa, sfrontata, coraggiosa. «Che cosa non va bene? Spiega.»

Incrociò le braccia sul petto, per sfidarlo, poi le scappò uno starnuto.

«Non va bene» ripeté lui scuotendo la testa. «Sei una ragazza, non devi perdere tempo qui.»

«Ma io non sto perdendo tempo.»

«Io sì» disse Fabrizio. Qualcosa nei suoi occhi supplichevoli la costrinse a girarsi e ad andarsene di corsa, inghiottendo lacrime di rabbia e di vergogna.

«Ma che stronzo.»

Al piano di sotto incontrò Maurizio, con cui aveva studiato Privato. Era grasso e continuava a corteggiarla senza speranza.

Lo prese sottobraccio.

«Mi offri un caffè?»

Dicembre

Federica aveva le narici gelate.

Erano l'unica parte di lei allo scoperto. La testa era protetta da un cappellino di lana rosso col pompon recuperato tra gli indumenti inviati per gli aiuti.

Ogni giorno arrivavano sacchi e sacchi di abiti da smistare che venivano ammucchiati in un immenso capannone, in montagne multicolori dove seta, lana e sacco si intrecciavano in grovigli difficili da districare.

La prima settimana ci avevano trovato di tutto, anche costumi da bagno e un travestimento di carnevale da dama spagnola per bambina.

Chi mai poteva immaginare che una roba del genere sarebbe potuta servire alle popolazioni sfollate di Conza della Campania?

Federica se lo era chiesto, poi aveva trovato il cappello e lo aveva preso senza troppi scrupoli. Loro erano lì per aiutare, ma non potevano morire congelati.

Con cautela espose al gelo il polso e guardò l'orologio. Erano quasi le sei e mezzo di mattina, così si sfilò con riluttanza dal sacco a pelo sul pavimento della roulotte.

I primi giorni erano stati in tenda. In roulotte era meglio, anche se ondeggiava troppo di notte.

La prima volta lei aveva pensato al vento, ma Titti le aveva spiegato ridendo che erano scosse di assestamento.

Titti rideva sempre, ed era uno dei tanti motivi per cui a Federica non piaceva molto.

Era alta, bella, bionda e capace, una so-tutto-io che calamitava l'attenzione dei maschi e l'ammirazione delle femmine.

Federica l'aveva vista per la prima volta il giorno in cui era arrivata, con gli altri ragazzi volontari, il secondo turno della Caritas dopo il terremoto del 23 novembre.

Titti era a gambe divaricate sul mucchio di vestiti più alto, con stivaloni e cappello da cowboy, i capelli lunghi e biondi e gli occhi azzurri scintillanti. Dava ordini a destra e a manca, e Mario, di fianco a lei, aveva sussurrato: «Mondiale».

Federica l'aveva odiata subito.

Titti era a capo del loro gruppetto di volontari e lei sperava, finita quell'avventura, di non rivederla mai più.

Dormiva lì accanto, ma come al solito si era già alzata e stava per uscire.

Federica si affrettò. Odiava essere l'ultima.

In quei giorni si sentiva sempre in competizione, e non le piaceva.

Sotto al pigiama di flanella indossava le calze di lana fino a mezza coscia che aveva usato qualche volta sopra ai jeans per sciare, sentendosi molto alla moda.

Adesso erano un indumento indispensabile che non si levava da quindici giorni, e sicuramente puzzavano. La pelle delle cosce era arrossata e pizzicava, ma vabbè.

Si sfilò le mutandine e le cambiò con un paio pulite.

Lavarsi era un'operazione complicata che faceva di rado.

«Vabbè» ripeté. Pazienza. Tanto era ancora per poco.

Si vestì, strato su strato, poi uscì al gelo.

Il rubinetto dell'acqua si era ghiacciato di nuovo durante la notte e per lavarsi i denti dovette scaldare un po' di ghiaccio con Mario e Giovannella, che erano ritardatari come lei.

Poi corsero tutti verso il loro posto di lavoro che per quell'ultimo giorno era allo smistamento alimentari.

Un capannone immenso dove arrivava cibo, pannolini, carta igienica, sapone e tutto quello che poteva servire.

Veniva donato da gente benintenzionata o spedito dalle organizzazioni umanitarie. Qui niente costumi di carnevale, ma scaffali e scaffali di vettovaglie classificate per genere, come in un enorme supermercato fornito di tutto.

Si diressero tutti e tre verso il reparto del cibo a lunga conservazione.

Una bella scatoletta da trecento grammi di tonno era la cosa migliore per avviare la giornata.

Le aprirono e le mangiarono con gusto.

Avevano bisogno di energia. Il caffè sarebbe arrivato più tardi, ma era pessimo e appena versato nei bicchieri di plastica si raffreddava subito.

«Non ci credo che è l'ultimo giorno.»

Mario batteva i piedi per il freddo. Aveva alle mani delle muffole rosa e pelose, con le dita tutte unite. Erano caldissime e lui ne era molto orgoglioso.

Andarono a sedere su una pila di pannoloni per vecchi e mangiarono in silenzio.

Poi Mario ripeté: «Non ci credo che è finita».

Loro annuirono.

«Io ci torno fra un mese» disse Giovannella, e Federica la guardò con ammirazione.

Giovannella era seria, concreta. Studiava matematica, portava gli occhiali e non era molto femminile, ma affidabile.

No. Lei non sarebbe tornata mai più.

Mai-più.

Aveva accettato di partire con la Caritas perché aveva scoperto che Fabrizio era andato col primo gruppo, insieme ad altri professori volontari.

Federica aveva sperato di incontrarlo. Ma poi, appena arrivata, aveva capito che lui era già andato via, finito il suo turno. Poi era tornato una volta con la sua macchina, portando medicinali e accompagnando un dottore, e si era stupito di trovarla lì.

«Federica.»

«Ciao, prof.»

Federica sapeva di essere molto carina, con le scocche rosse come il cappello di lana, e i riccioli neri che ne sfuggivano, ma se lui avesse detto ancora quanto lei somigliava a Nina gli avrebbe dato un pugno sul naso.

Invece Fabrizio si era limitato a un *brava* e a un buffetto sulla guancia, ed era andato via.

Lei ci aveva pensato tutta la notte, contenta e arrabbiata.

Il giorno dopo aveva fatto l'amore con un soldato belloccio che faceva parte della squadra dell'esercito accampata vicino a loro.

A tutte le ragazze era stato detto di fare molta attenzione con i militari, ma lui era gentile, allegro, serio. Parlava poco, aveva i capelli biondi e uno strano accento, perché era di Nuoro.

Avevano fatto l'amore in piedi, senza levarsi i pantaloni, incastrandosi l'uno nell'altra dentro uno sgabuzzino che non si chiudeva a chiave.

Federica non ricordava nemmeno il suo nome, e non lo avrebbe rivisto mai più. Però si sentiva soddisfatta, quasi vendicata.

«Ma voi dove eravate quando è successo?» chiese Mario ancora a bocca piena, e non dovette specificare.

Era la domanda che facevano tutti.

Federica ebbe la percezione che per tutta la sua vita sarebbe stata una domanda importante.

Lei e i ragazzi della sua età avrebbero sempre ricordato dove erano quella sera specifica di novembre.

«Ero in macchina con amici» disse. «Fermi alla Riviera di Chiaia.» L'automobile si era mossa e loro avevano pensato a uno scherzo di qualcuno fuori. Poi aveva ondeggiato più forte, fortissimo, e Roberto, al volante, aveva avuto la presenza di spirito di mettere in moto e correre davanti a Villa Pignatelli, dove non c'era il rischio che cadesse un palazzo.

«Io mi stavo sedendo a cena con i miei genitori» disse Giovannella. «Non me lo scorderò mai.» Aveva la faccia seria. «Siamo scappati in strada ma ci siamo dimenticati la gabbia col criceto, così sono dovuta tornare a riprenderla.» Ci pensò un attimo, con la fronte corrugata, poi disse: «Si chiama Fame in India. È uno di famiglia» come per giustificarsi.

«Io ero sul gabinetto» rise Mario. «Non sapevo se fuggire o finire di fare la cacca!»

Rise anche lei.

Mario era simpatico, sperava di rivederlo una volta tornati a Napoli.

Giovannella li fissò con disapprovazione, poi disse che era meglio se andavano a scaricare, visto che era appena arrivato un camion di scatolette di carne e cartoni di latte a lunga conservazione.

Dopo di quello ne giunsero ancora tre, e quell'ultima giornata passò uguale alle altre, tra scherzi, lavoro fisico e istruzioni al nuovo gruppo che subentrava su come affrontare i primi momenti di difficoltà.

Tra i suoi amici Federica avvertì un po' di malinconia, di rimpianto per quella che era stata la loro grande impresa, la loro avventura, ma che adesso stava arrivando al termine.

Se lo dissero consumando l'ultimo pasto freddo, stavolta scatolette di carne Simmenthal.

Lei aveva solo voglia di tornare alla sua vita. Le pareva di avere fatto abbastanza, e lo disse a Giovannella mentre nella roulotte preparava la sua sacca con i pochi indumenti ormai sporchissimi da riportare indietro.

Titti la sentì. «Come fai a sapere che hai fatto abbastanza?» le chiese spalancando gli occhioni azzurri in un'espressione di finta ingenuità.

«Perché so quale è il mio limite» rispose lei. «Quello oltre il quale non voglio andare.»

L'altra non ebbe niente da ribattere, e Federica registrò quel piccolo insignificante trionfo, ma dentro di sé sapeva che non era vero.

Lei non sapeva quale era il suo limite, non sapeva proprio dove poteva arrivare, e voleva scoprirlo, e allo stesso tempo aveva paura di scoprirlo. Aveva vent'anni e si sentiva informe, ma anche piena di potenzialità che non vedeva l'ora di esplorare.

Mario venne a chiamarle. I mezzi che li avrebbero riportati indietro erano arrivati.

Corsero fuori dalla roulotte e Federica vide che l'amico gettava le muffole rosa sopra un mucchio di immondizia. Le fece tristezza, senza capire perché.

Poi si stiparono insieme ad altri in un pulmino a otto posti. Non era ancora calata la sera, ma il luogo aveva già quell'aspetto malinconico dei posti che abbandoni per sempre.

Mentre si avviavano guardò fuori verso il loro accampamento. Non capiva perché non provava la contentezza di fuggire via che aveva immaginato. Le sembrava che quelli che iniziavano il turno avrebbero trovato qualcosa che a lei era sfuggito. Qualcosa di importante.

Alla fin fine non era cambiato niente. Si sentiva inutile come quando era partita.

Scorse un gruppo dell'esercito davanti alla catena che sbarrava la strada verso Conza.

Il paese era ancora chiuso perché pericoloso. Le scosse erano continue, e i crolli anche.

Cercò con gli occhi il suo soldato sardo, ma non lo vide.

«Guarda.» Mario, vicino a lei, le diede una gomitata. «Sono entrati a Conza.»

Federica si girò verso il lunotto posteriore.

L'ultima immagine che vide della sua avventura da volontaria fu una gru con il verricello alzato che si stagliava nella luce calante.

Aveva appena tirato fuori dalle macerie l'immensa carcassa, gonfia e tumefatta, di un maiale morto da un mese.

1981

Carlo e Diana hanno unito i loro destini.
Un milione di persone acclamanti schierate lungo il percorso del corteo. La sfarzosa cerimonia, svoltasi alla presenza di sovrani e di capi di Stato giunti da ogni parte, presieduta dall'Arcivescovo di Canterbury. Gli invitati erano circa 2500. Trionfale il ritorno a Buckingham Palace. Saluto dal balcone. Un pranzo per 250 "intimi". Dopo una sosta a Gibilterra, la luna di miele sul panfilo *Britannia*.

"LA PROVINCIA DI CREMONA", *luglio 1981*

Luglio

«Tieni.»

Le mani di zia Adelaide tremavano.

Erano mani da vecchia, piene di rughe e di macchie d'età, eppure erano belle, con le dita lunghe e sottili. Portava sempre due anelli d'oro con diamanti a entrambi gli anulari.

Federica non l'aveva mai vista senza.

Quanti anni aveva? Non lo sapeva con esattezza, certo più di ottanta.

A volte pareva fragile come un foglio di carta spiegazzato. Altre volte, come quella sera invece, era dura, determinata e lucida, e lei intuiva la donna che era stata, la ragazza coraggiosa che era andata in America col suo amore, che era tornata in quella casa con una bambina non sua, che aveva messo i propri soldi e le proprie risorse al servizio della famiglia, e che aveva sostenuto tutti loro, in modo silenzioso e discreto, per molti anni.

"Le voglio bene" pensò con un pizzico di stupore, perché non se l'era mai detto. Eppure Zia Ade stava lì da sempre, al piano di sopra.

C'era sempre stata.

Dell'altra vecchia zia, Gietta, morta quando lei era piccola, ricordava poco. Solo che era allegra, grassa, con le mani a salsiccetta e che cucinava bene e strillava tanto.

La gente moriva e pian piano scompariva anche dalla memoria della famiglia.

All'improvviso calò su Federica una tristezza che non riuscì ad allontanare. Le venne voglia di prendere qualcosa per non pensare, magari un po' di fumo ai Quartieri.

Non è che proprio aveva ricominciato. Solo una canna ogni tanto, così per distrarsi.

Poteva tranquillamente farne a meno, se voleva.

Prese il fascio di lettere dalle mani di Adelaide.

«Grazie. Te le riporto appena le ho finite.»

«Non c'è bisogno.» La vecchia zia le sistemò il colletto della camicia. «Conservale tu. Tanto sono tue comunque» disse. «Io le conosco a memoria, ed è giusto che tu sappia qualcosa di più su tua nonna.»

Federica non seppe che dire, ma si commosse.

Se ne andò in camera sua tenendo le lettere tra le mani come se potessero volare via.

Si mise a gambe incrociate sul letto.

Dalla finestra entrava l'aria calda della sera, con un odore di mare e di qualche fiore che non riconobbe.

Entravano anche le voci dei ragazzi e il rombo di automobili in corsa sul lungomare.

Federica era contenta di stare a casa, una sera normale.

Papà e mamma erano andati al cinema a vedere *Bianco rosso e Verdone*, e lei aveva cenato presto con zia Ade.

Davanti al gattò di patate che Pina faceva buonissimo era venuto fuori il nome di Maddalena, la nonna che lei non aveva conosciuto. Poi Adelaide l'aveva aiutata a ricostruire l'albero genealogico della famiglia.

«Tu sei figlia di Italo» disse. «Italo aveva una sorella, zia Nina.»

«Ma lo so, zia!»

«Nina e Italo erano figli di Maddalena.» Adelaide continuò: «Maddalena aveva tre sorelle: prima c'era Angela, la più grande, poi Genoveffa, che noi chiamavamo Gietta, poi Maddalena, e poi io. Vivevamo tutte nella vecchia casa, prima che la guerra la buttasse giù e che venisse ricostruita la nuova com'è adesso».

«Com'era Maddalena?»

«Maddalena era quella più intelligente. L'unica che si sposò e che fece carriera.»

Federica sfogliò le carte con curiosità, ma anche con delicatezza e timore. Le pareva di spiare nell'intimità di qualcuno senza il suo permesso.

Le lettere erano lo scambio di comunicazione fra le due sorelle durante il periodo americano.

In realtà erano solo quelle scritte da Maddalena.

Federica le mise in ordine cronologico, partendo dalla più vecchia, che era stata scritta nel dicembre del 1930.

L'inchiostro era ancora nero dopo tanti anni.

Sua nonna aveva una calligrafia decisa, facile da decifrare. Metteva i punti marcati, come a sottolineare la conclusione di un discorso. Erano le parole di una donna che sapeva cosa voleva e dove andava.

Federica si perse nei racconti di Maddalena sul suo impegno lavorativo, su quanto era capace, magnetico e splendido il Duce, di come si fosse commossa la volta che gli era stata quasi vicina, l'aveva quasi sfiorato, gli aveva quasi parlato.

Sua nonna era stata fascista.

«Che cazzo» sussurrò.

Una fascista convinta ed entusiasta che adorava Mussolini non solo per una questione ideologica, ma quasi per fede.

«Non ci credo.» Federica rise e s'immerse nelle lettere per cercare di capire.

In altre missive, più avanti, lesse poi della delusione, dello sconcerto, a volte dell'indignazione di chi si era sentita tradita nelle proprie convinzioni. Eppure non c'era mai una presa di posizione decisa contro la figura di Mussolini.

"Forse era normale a quei tempi" pensò.

Quella faccenda, invece di farle disprezzare sua nonna, gliela rese più vicina, umana. Una donna che aveva sbagliato con il cuore e con la testa. Credendoci fino alla fine.

Quando incappò per la prima volta nel nome di Tullio Morgera, in una lettera del 1934, capì subito di che si trattava.

Maddalena si era innamorata.

Ne accennava al principio con timidezza e pudore, poi, man mano, negli scritti seguenti – evidentemente anche incoraggiata dalla sorella ben più evoluta – con passione e sentimento.

Federica lesse di una emozione lacerante, della disperazione e dell'esaltazione di un'anima divisa tra amore e dovere.

Ma anche della pragmaticità di sua nonna che, nonostante tutto, pensava comunque alla reputazione, alla carriera, alla famiglia, all'onore, al dolore che avrebbe provocato a tanti altri, e metteva tutto questo carico su un piatto di una bilancia immaginaria.

Sull'altro piatto c'era Tullio, e le emozioni che provava anche solo vedendolo. Il rossore in viso, il cuore che batteva forte, le mani sudate e le labbra secche, il corpo che si scioglieva e le gambe che non la reggevano.

C'erano i pochi momenti insieme, di cui accennava a Adelaide di sfuggita, con tratti di inchiostro che accarezzavano la pagina.

Federica sollevò la testa.

Non aveva mai immaginato che anche gli altri, le persone vecchie o ormai morte, avessero provato quelle cose. Erano le stesse sensazioni che avrebbe voluto provare lei, per un uomo che fosse apparso nella sua vita.

O magari per qualcuno che già c'era.

Fabrizio.

Lesse poi, in due righe brevi e aride alla sorella, della morte di Tullio e capì che un po' Maddalena era morta con lui.

Quindi trovò i racconti del periodo in cui la famiglia era stata sfollata, e alcune delle storie la fecero ridere.

Suo padre Italo che diventava una specie di piccolo delinquente. Sua zia Nina – ora la vedeva, la bambina allegra e capricciosa che Fabrizio ricordava con amore – che rischiava di essere rapita dai soldati americani.

Il cibo razionato, le uova in polvere, la povertà dignitosa, l'arte di arrangiarsi e andare avanti con un sorriso. Le venne anche, per la prima volta, la curiosità per la casa che non aveva mai conosciuto, la grande casa dei Morelli che era crollata in macerie subito dopo la guerra. Le venne da pensare che non conosceva nemmeno le facce delle tante persone che ci erano vissute, col suo stesso sangue. Chissà se in casa c'erano foto dei suoi nonni, della bisnonna o delle prozie.

Federica passò così un paio d'ore nella lettura, appassionandosi e orientandosi sempre con maggior chiarezza tra quei nomi sconosciuti, man mano che le vicende di famiglia si dispiegavano.

Si mise perfino a prendere appunti.

Lo studio universitario le aveva fatto comprendere l'importanza degli schemi. Così cominciò a delineare un albero genealogico delle tante persone sconosciute che erano state parte della famiglia Morelli. E più ne scopriva, nominate per caso nelle lettere di Maddalena, più si incuriosiva.

"Chiederò a zia Ade" si disse.

Poi rifletté, di nuovo, sul fatto che le lettere di risposta di Adelaide a Maddalena non c'erano. Forse le aveva zia Ade, pensò, e non gliele aveva fatte vedere.

Chissà che segreti raccontava lei. Chissà quante avventure e faccende spregiudicate, forse imbarazzanti.

"Scoprirò tutto" si disse.

La porta si aprì all'improvviso.

Suo padre non aveva perso l'abitudine di entrare senza bussare, anche adesso che lei era grande.

«Che vuoi?» gli chiese infastidita, e poi, per quieto vivere: «Com'era il film? Già rientrati?».

«Ci siamo fatti due risate» rispose lui. «Niente di che.»

In quei giorni sembrava stanco, sempre pensieroso. «Che leggi?» chiese e allungò la mano, e Federica gli lasciò la lettera per non rischiare di strapparla.

«Ma è la scrittura di mia madre!» esclamò lui. «Come le hai avute?»

«Me le ha date zia Ade» rispose Federica alzandosi dal letto e sfilandogliela tra le dita.

Radunò le altre, le strinse al petto. «E adesso sono mie.»

«Ma quando mai.» Suo padre tese la mano. «Tu le perdi.»

Lei indietreggiò. «Le ha date a me.» Fece un respiro. «Non ti preoccupare. Le terrò con cura.»

Italo allargò le braccia. «Ci sono cose delicate lì dentro.» Abbassò la voce. «Mamma non voleva che fossero lette da estranei.»

«Io non sono un'estranea e non le farò vedere a nessuno.» Cosa temeva di più dei segreti di sua madre, l'adesione al fascismo, o il suo amante nascosto?

«Era fascista» disse.

«Lo erano tutti» disse lui. «In ogni caso oggi la gente potrebbe pensarne male.»

«E Tullio?»

«Chi?»

Federica capì che suo padre non sapeva niente.

«Non ti preoccupare. Sarà un segreto solo mio» disse cercando di sorridere. «Però ho letto che da ragazzino eri un mariuolo» aggiunse. «Andavi a rubare la frutta dai contadini.»

Italo, per un attimo, sembrò smarrito, poi un sorriso gli si dipinse sulla faccia mentre ricordava. «Oh, quello» disse. «Sì, ero un mariunciello, e siccome avevo sempre fame ero pure magro, e potevo scappare veloce.»

Risero tutti e due, e per un attimo Federica si sentì di nuovo bambina, quando la sua famiglia era fatta di tante persone, e lei si sentiva protetta e amata. Suo papà e sua mamma erano solo suo papà e sua mamma, senza complicazioni, e Angie era come una sorella maggiore.

E la vita era bella e facile.

Poi avvertì che qualcosa dentro di lei si stava scollando e fu colta da una nuova, pesante, tristezza.

Non c'era più nessuno, e quelli che c'erano lei non li riconosceva più. Era sola.

Le tornò di nuovo, prepotente, la voglia di stordirsi, di fumare.

O magari di qualcosa di più forte.

Ottobre

Fumare non aiutava.

Anche la *roba* non aiutava.

La *roba* era l'eroina, e Federica aveva iniziato a tirarla con Luchino.

Dopo una lunga estate noiosa e vuota, senza amore e senza amici, a settembre Luchino era tornato nella sua vita.

Non come innamorato e nemmeno come amico, solo un compagno di sballo pomeridiano.

Veniva a prenderla di pomeriggio col Gilera, per poi andare ai Quartieri a comprare la roba.

Lui aveva bisogno di soldi in continuazione, e Federica aveva iniziato a prenderli in casa, di nascosto.

Non dal portafogli del padre o dalle riserve della madre. Entrambi se ne sarebbero accorti immediatamente. Meglio al piano di sopra, dove c'era zia Adelaide, che era sempre stata generosa, e che adesso era pure un po' svagata.

"Rubare" era forse la parola adatta, ma non le piaceva, e allora si diceva che tanto zia Ade non se ne sarebbe accorta, e comunque i soldi non le servivano.

E se glieli avesse chiesti, glieli avrebbe dati volentieri.

Così saliva di sopra, come era normale che facesse e come faceva da sempre, e vedeva soldi lasciati distrattamente su un tavolo o sul comò. Non c'era neanche bisogno di cercarli.

Diecimila, ventimila lire, o anche solo una carta da mille. Federica prendeva tutto. La zia non le aveva mai detto niente.

Non se ne accorgeva, pensava lei ogni volta, anche per placare il senso di colpa.

Però zia Ade, per quanto distratta sulle questioni economiche, su altre cose teneva duro. Per esempio non aveva mai voluto darle le sue lettere a Maddalena.

Quando Federica gliele aveva chieste, in un paio di occasioni, lei aveva finto di non ricordare, poi aveva promesso che le avrebbe cercate, e infine aveva detto un enigmatico: "Non è il momento", che però era stato definitivo.

Con quei soldi lei e Luchino compravano nei Quartieri Spagnoli mezzo grammo di eroina in una bustina di carta argentata.

Poi se ne andavano sul lungomare, scavalcavano il parapetto, procedevano in equilibrio sugli scogli fino a sottrarsi alla vista dei passanti, si sedevano con le spalle appoggiate sui blocchi di granito a fissare il mare.

Anche quel giorno, sotto un piccolo riparo di legno, Luchino prese la parte maggiore e si fece subito con una siringa che aveva comprato nella farmacia di San Pasquale.

Federica invece tirò una striscetta di polvere bianca stesa sullo specchietto che aveva portato nella borsa.

Poi si mise a guardare il mare.

Un senso di pienezza e soddisfazione non ben definita si impadronì di lei, piano piano, come un intorpidimento dolce.

Quello con Luchino era il momento più bello della sua giornata.

Non importava che quell'anno non avesse ancora messo piede in facoltà.

Non importava che non sapesse nemmeno che esami avrebbe dovuto dare più avanti, e non le importava della tesi, a cui avrebbe già dovuto pensare.

Non importava che i suoi genitori erano strani, e rendevano strana pure lei.

Non importava che non c'era nessuno a cui importasse qualcosa di lei, e che anche il ricordo di Angie, la sua faccia, e il modo in cui la faceva sentire protetta e importante stesse sbiadendo col passare degli anni.

Non importava che l'unica persona – in quel periodo stupido che non riusciva a capire quando fosse cominciato – che le avesse fatto provare la stessa sensazione di importanza fosse un uomo anziano come suo padre, un uomo che di lei non voleva saperne, che le aveva dedicato un po' di attenzione solo perché somigliava al suo amore perduto, e non perché lei, Federica, contasse davvero qualcosa.

Non importava nemmeno che i suoi amici stessero scomparendo.

Alcuni, come Antonella, avevano preso la loro strada perbene, calcolata, allineata, e non avevano più tempo da perdere con lei.

Altri se n'erano andati per un'altra via. Come Giosetta, che era morta in un bagno della stazione di servizio della tangenziale, verso Agnano, con un ago nel braccio.

Alla fine, che importanza aveva?

Nessuna.

Quello che contava era questo benedetto torpore, e il sollievo che portava.

Si girò verso Luchino. Bastava lui.

Lo guardò, intontita dalla roba, e gli fece una carezza sulla mano. Non importava che stesse con lei soltanto perché gli portava i soldi di zia Ade. Luchino era l'unica cosa vera che aveva.

La vita, in quella mezzoretta pomeridiana in cui l'eroina faceva il suo effetto massimo, era meravigliosa e l'universo sembrava bello e candido, disteso di fronte a lei, a portata di mano.

«Come stai?» chiese a Luchino, che ciondolava la testa senza neanche guardare il mare.

«Andiamo a prenderne un altro po'?» disse lui.

Federica non rispose subito.

«Adesso?»

«A me sta passando.»

«Anche a me.»

«Tu tiri. Senti meno.»

Federica era felice lo stesso.

«Andiamo?» chiese ancora Luca.

Perché no.

«Questa volta compriamo un'altra siringa, però» disse lei. «Voglio farmi pure io.»

«Sicura?»

«Sì.» *No*, però voleva capire cosa si provava ad aprire quell'ultima porta. «Sicura.»

«Vedrai» sussurrò Luchino emozionato come se stesse partecipando a un rito d'iniziazione e lui fosse il massimo sacerdote. «È meraviglioso.»

1982

Campioni del Mondo! Campioni del Mondo! Campioni del Mondo!

NANDO MARTELLINI, *al termine della finalissima contro la Germania dell'Ovest, ai Mondiali di calcio di Spagna, 11 luglio 1982*

Aprile

Federica si sedette davanti al professore per la prima revisione della tesi di laurea sui *Processi contro la stregoneria nell'Europa del XV e XVI secolo.*

Indossava una camicia rosa e un pullover grigio largo che era stato di Angie.

Aveva tirato le maniche fino ai polsi per coprire i segni degli aghi.

«Buongiorno.»

Le tremavano le mani e la voce era un po' metallica.

"Anche io sono una strega" pensò, ma non le venne da ridere.

La voce le usciva sempre così dopo che si era fatta, e rimaneva strana per tutto il giorno.

«Ecco.»

Era passata solo un'ora da quando aveva usato la siringa nel bagno della facoltà.

«Ecco» ripeté avvicinando un fascicolo spillato sul piano di formica marrone. «Tutto come concordato, prof.»

Il professore alzò la testa e la fissò.

«Tutto a posto.» Federica si morse il labbro screpolato.

Non aveva le idee chiare e adesso non le veniva nient'altro da dire che quello.

«Tutto ok» continuò come una cretina.

«A me non sembra» disse lui.
«No?» Lei tentò di sorridere. «Invece sì.»
Lui scosse la testa e guardò l'aula quasi vuota.
Alle spalle di Federica c'erano solo due studenti, ma erano seduti all'ultimo banco e non potevano sentire quello che loro si stavano dicendo.
«No» disse lui. «Ti avevo detto che era meglio evitare.»
«Cosa prof?» Era davvero stordita. Non ricordava cosa le avesse detto.
«La tesi con me.» Gli occhi di Fabrizio erano verdi da perdersi dentro, ma anche stanchi e molto tristi.
Anche imbarazzati.
«Ti avevo messo in contatto con Caracciolo, che è bravissimo. La dovevi consegnare a lui. Ti seguirà con cura e ti farà laureare bene.»
Federica scosse la testa. «Io voglio laurearmi con te.»
«Meglio di no.»
«Perché?»
«Lo sai.»
«Non lo so se non me lo dici» lo sfidò lei.
Fabrizio non rispose.
Federica rimase seduta in silenzio, sentendo un vuoto enorme precipitare dentro di sé.
Perché si doveva sentire così quando era con lui? Il resto del tempo non ci pensava, e la roba aiutava, anzi, diventava l'unica cosa importante. Ma poi capitava una cosa così, e lei non sapeva spiegarsi nemmeno com'era successa.
Com'erano arrivati a quello?
«Federica.»
«Sì.»
«Io sono stato molto innamorato di tua zia Nina.» Lui parlava con calma, cercando di spiegarsi e di spiegarle. Aveva abbassato la voce. «Vederti la prima volta è stato un colpo. Proprio quando lei era appena morta. Le somigli tanto, e mi hai riportato a un tempo in cui eravamo giovani insieme, io e lei.» Distolse gli occhi, poi tornò a fissarla, con fermezza. «Sono stato confuso, per un attimo. Mi dispiace di avere confuso anche te. È solo responsabilità mia.»

Lei chinò la testa, scuotendola. «Non è vero, prof» disse a bassa voce, guardando il piano di formica della scrivania.

«Cosa non è vero?» chiese Fabrizio in tono ragionevole.

«Tutto quello che dici. Io so che c'è qualcosa tra di noi» mormorò. «E la tua Nina non c'entra.»

Fabrizio si alzò in piedi.

Sul suo viso c'era un'espressione di fastidio.

Federica pensò: "Adesso lo perdo. Adesso se ne va per sempre e io non lo vedrò mai più".

E non sapeva nemmeno perché si fosse presentata da lui con quella maledetta tesina, perché lo stesse provocando così.

Allungò le mani sulla scrivania, prese le sue. Fabrizio piombò a sedere di nuovo, sciogliendo le dita dalla sua stretta. Gettò un rapido sguardo attorno, e anche lei si girò, ma i due studenti erano andati via.

Erano soli nell'aula.

Federica sentì all'improvviso freddo, come se il largo pullover di Angie fosse fatto solo di aria.

«È così che facevi anche con zia Nina? Perché non l'hai sposata? Oppure è stata lei a non volerti?»

"Adesso ho esagerato" pensò, vedendo la sua espressione.

«Tu non stai bene» disse Fabrizio scuotendo la testa.

«Perché non sono perfettina come lei? Come la tua Nina?» chiese Federica alzando troppo la voce. «Per questo non mi vuoi, nemmeno per scoparmi?»

Fabrizio si tirò indietro come se avesse ricevuto uno schiaffo.

Lei si rannicchiò nelle spalle, poi ripeté a voce più bassa: «Non sono abbastanza per te?».

«Federica, tu non stai bene, veramente.»

C'era qualcosa di diverso nella sua voce, e lei alzò la testa a guardarlo.

La stava fissando, la stava vedendo *veramente.*

«Sei magra. Sei troppo magra» disse Fabrizio sporgendosi in avanti. «E sei così pallida. Ti tremano le mani.»

Girò intorno alla scrivania, si chinò su di lei, così vicino.

Federica sentì l'odore del suo alito che sapeva di menta e di sigarette.

Lui pareva spaventato, ma i suoi occhi erano fermi e attenti.

«Che hai?» chiese.

«Mi faccio» mormorò lei.

Fabrizio non capì subito.

«E non riesco a farne a meno» disse Federica a voce bassa, allungando le braccia sulla cattedra. «Ho la rota. Mi devo fare tutti i giorni. Mi buco. Non riesco a smettere. Oggi mi sono fatta in bagno, prima di venire qui.» Fece un respiro profondo. Le girava la testa. «Ecco. Ora te l'ho detto.»

Poi si accasciò sul piano della scrivania.

Non voleva più guardarlo né farsi vedere.

Lontano, molto lontano, sentì la voce di lui che diceva il suo nome.

Luglio

Il Cavallo d'oro, ad Agnano, era una piccola villetta che affacciava su uno dei crateri, a mezza costa.

Federica si sedette sotto il portico di legno e rimase in attesa.

Attorno non c'era nulla a parte qualche pino nano. In basso si vedeva la piana verde, coltivata a pomodori e peperoni, attraversata da una strada diritta e bianca.

Federica aveva sempre caldo.

Prese la bottiglia di limonata col ghiaccio e si riempì un bicchiere. Poi lo bevve, a piccoli sorsi, per non vomitare.

Eppure stava molto meglio, da due settimane le erano passati i crampi alle gambe, i dolori allo stomaco, la cacarella, la nausea e i brividi.

Era rimasta solo l'insonnia.

Adesso era stanca e senza forze. Ancora però si sentiva perseguitata da quella sensazione di vuoto eterno. Come se avesse bisogno di qualcosa da mettere dentro l'anima, qualcosa che le mancava.

Sapeva che l'eroina, anche se si riusciva a smettere di usarla, diventava poi questo.

Una sorta di buco, un pozzo nero da cui si era attratti e nel quale si voleva precipitare di nuovo, almeno per un'ultima volta.

Una sola volta ancora.

Una sola.

Federica però si conosceva. Forse si era salvata. Non era proprio sicura, ma forse si era salvata.

Forse.

Bevve un altro sorso, poi posò il bicchiere sul tavolino di legno.

Era inciampata per noia, curiosità, fragilità, e per Luchino. Questa la spiegazione che si dava.

Ora però era tutto finito.

Padre Giorgio aveva creato la comunità del Cavallo d'oro da pochi mesi sul modello di un'altra casa di accoglienza in Trentino, l'Orso d'oro.

La villetta poteva accogliere non più di sei ragazze, due per ogni camera. C'erano poi tre suore e tre volontarie.

Federica si svegliava la mattina presto.

Per prima cosa facevano, tutte insieme, le pulizie della casa. Pulizie tanto profonde quanto inutili, visto che era già tutto pulitissimo.

Poi si lavorava nell'orto, nel pollaio e con i maiali, quindi si cucinava, si metteva in ordine. Nel pomeriggio c'erano gli esercizi comuni, le letture, la messa.

E poi ancora si metteva tutto a posto e ci si preparava per la cena e per la notte.

Stare lì significava mettere in ordine, sempre, come se dall'ordine esteriore derivasse in automatico quello interiore.

E forse era davvero così.

Padre Giorgio non veniva tutti i giorni ma cercava di essere lì almeno due volte a settimana.

Una delle aiutanti era Silvia, che aveva scelto di continuare il volontariato assieme al suo grande amore.

Che non era più padre Giorgio.

Adesso il suo cuore era tutto per Dio.

Silvia era più grassa di un tempo, ma anche più felice. Adesso sorrideva sempre, anche quando aiutava le tossiche a superare i primi giorni.

Con Federica era stata fantastica, soprattutto nelle due settimane terribili di uscita dalla rota.

Senza di lei forse non sarebbe rimasta in quella casa. Avrebbe trovato il modo di scappare.

Adesso stava bene. Aveva voglia di tornare a casa.

Faceva solo un caldo terribile.

Rimase a guardare la strada polverosa, in attesa.

Finalmente vide la macchina che scendeva lungo il crinale del vulcano sollevando un po' di polvere gialla. La seguì con gli occhi mentre si avvicinava.

Fabrizio parcheggiò nel piazzale davanti al portico, scese, le andò incontro.

Federica si alzò in piedi.

Era grazie a lui se si era salvata.

Dopo la sua confessione l'aveva portata a casa. Aveva spiegato tutto ai suoi genitori, tenendo a bada l'isteria di Pina e gestendo l'irresolutezza di Italo.

Insieme a Oreste, chiamato in soccorso da Pina, che si era dimostrato l'unico con un po' di equilibrio, l'aveva sorvegliata per quella notte e il giorno seguente, fino a che padre Giorgio non aveva potuto prenderla in carico.

E lei, in pochi mesi, era rinata.

Scese gli scalini verso di lui. Un raggio di sole filtrato tra i rami dei pini gli illuminava la testa, mettendo in evidenza i fili grigi nella massa di capelli neri.

Federica lo abbracciò, si strinse a lui.

Era caldo, solido. Sentì la testa di Fabrizio poggiata sulla sua, le braccia che la circondavano.

"Chissà se pensa a me o a lei" si chiese. E poi: "Non ha importanza. Posso aspettare".

1983

> Io credo nella nostra gioventù. È molto più sana di quello che pensano certi anziani che stanno con molto sussiego lontano dai giovani o che sono pronti a giudicarli, a dare giudizi del tutto superficiali. È vero, sono esuberanti. E perché non devono essere esuberanti alla loro età? Vorrei essere io esuberante, vorrei avere io la loro età, la loro giovinezza che è un bene prezioso (che io ho trascorso in carcere nella rinuncia), e che avrei voluto vivere in tutta la sua pienezza. Hanno diritto i giovani di vivere gioiosamente e di guardare con tranquillità al loro domani.
>
> SANDRO PERTINI, *Messaggio di fine anno, 31 dicembre 1983*

Dicembre

«Dove ho messo le scarole maledette?» La voce di sua madre si muoveva da una stanza all'altra e Federica non riusciva a concentrarsi. «Dove?»

Sospirò, mise una mano sulla pagina del libro di Commerciale, che stava fissando da cinque minuti senza capire niente.

Sospirò di nuovo e lo richiuse.

A Natale mancava ancora una settimana ma Pina aveva affrontato le preparazioni della festa come si faceva ai tempi di Gietta, senza badare a spese e senza alcuna attenzione allo spreco.

L'importante era che vi fosse cibo per un esercito, anche se erano solo in quattro. Quindi non c'erano requie per nessuno in casa mentre lei spignattava, impastava, affettava, sminuzzava, triturava, e poi friggeva, bolliva e cuoceva, sempre commentando ogni passaggio ad alta voce, e ricordando a tutti quanto dovesse fare tutto da sola, e come loro due – Federica e Italo – fossero ingrati, ma poi mangiassero senza neanche fare mai un apprezzamento.

Suo padre, più furbo, usciva la mattina presto per andare al negozio. Lei, invece, rimaneva nella sua stanza, che – dopo il suo ritorno e nonostante le proteste di Italo – aveva fatto ridipingere tutta di bianco.

Quel giorno Federica decise di scappare da zia Ade. Così infilò silenziosamente la porta d'ingresso diretta al piano di sopra.

Salì la rampa di scale e si trovò di fronte alla porta che, come al solito, non era chiusa a chiave.

Il palazzo era sicuro, certo, non era mai successo nulla e poi il portone al piano terra era sempre serrato. Federica però non aveva paura degli estranei, temeva più di vedere zia Adelaide, un giorno o l'altro, in camicia da notte a passeggio in strada, come capitava alle vecchie quando perdevano il senno.

Lei non era ancora a quel punto, certo, ma la sua naturale vaghezza si accentuava ogni giorno di più.

D'altra parte aveva ottantasette anni.

Federica lo sapeva bene visto che la sua età – e la sua salute, soprattutto – era oggetto di fitte conversazioni tra Italo e Pina, per motivi che avevano a che fare con la proprietà della casa.

Si inoltrò nell'ingresso buio.

Era un umido pomeriggio invernale. Zia Ade aveva acceso solo la luce del grande abat-jour fiorato in salotto, e sedeva lì, sul divano, con delle cartoline tra le mani.

A vederla entrare sorrise.

«Sei venuta a studiare qui?» chiese. «Pina ti sta facendo impazzire?»

"È sorprendente" pensò Federica.

Lei a preoccuparsi che uscisse di testa, e invece la zia controllava tutto e comprendeva tutto, pure quello che accadeva al piano di sotto.

«Sì, infatti» confessò ridendo. «E non ha nemmeno ancora cominciato sul serio a cucinare.»

Adelaide annuì.

«Le polpette, è presto.» Enumerò sulle dita. «La cassata, è presto. Il capitone, è presto. Le salsicce, è presto.» Pensò un attimo. «L'insalata di rinforzo? La pizza di scarole?»

«Brava» fece lei. «La pizza di scarole.»

«Tua madre è una grande donna» disse Ade. «Ha tenuto insieme la famiglia, nonostante tutto.»

Stettero in silenzio per un po', con quel *tutto* in sospeso tra loro, che significava un sacco di cose.

La morte di Angie.

Italo e i suoi segreti imbarazzanti.

E lei, Federica, tutto quello che le era successo.

Però era finito. Finito e risolto.

«Hai ragione zia» disse, e si sedette sul divano vicino a lei.

Con l'eroina aveva chiuso, per sempre. Il recupero dopo il ritorno a casa non era stato facile, ma la sua famiglia, padre Giorgio e soprattutto Fabrizio erano stati fondamentali.

Erano passati solo pochi mesi ma le sembrava impossibile che proprio lei avesse attraversato quell'inferno di dolore e di immensa stupidità.

La vita era altro.

Ogni tanto vedeva Fabrizio, certo. Veniva a trovarla oppure lei andava in facoltà, a volte si davano appuntamento al bar del Rettifilo. Ma Federica si sentiva ancora convalescente da una malattia pericolosa, e sapeva che era meglio non fermarsi a pensare troppo alle cose che potevano squilibrarla.

Soprattutto a lui.

Anche Fabrizio forse la pensava così. Per questo la trattava con cautela, come una porcellana fragile, appena riparata e che forse poteva di nuovo andare in pezzi, nonostante la colla. Mai una disattenzione, ma mai un'attenzione di troppo. Sembrava un equilibrista sul filo dei sentimenti, e lei faceva lo stesso.

La cosa buona era che stava recuperando gli esami e che la laurea non era più un miraggio lontano.

Alle spalle si era lasciata un mondo intero di esperienze e di amici. Anche Luchino.

Lui si era perso lungo la strada.

Era stato ricoverato al Policlinico nel febbraio di quell'anno col fegato rovinato e il fisico devastato dall'eroina.

Non era potuto scappare via. Era rimasto per due settimane nel letto della corsia, riempito dai medici di metadone e di sedativi per fargli passare la rota e poi curarlo, ma era morto prima di Pasqua.

Federica lo aveva saputo da padre Giorgio.

Lei non c'era stata per Luchino, e nemmeno avrebbe potuto, ma lui rappresentava comunque un pezzo importante della sua vita che era andato via.

Scosse la testa, come se bastasse a scacciare i pensieri tristi.

«Che stai facendo?» chiese alla zia.

«Niente» rispose Ade col solito tono distratto. «Guardo un po' di vecchia roba, cartoline, appunti di viaggio.»

Radunò le carte tra le mani e sorrise, con gli occhi brillanti, due turchesi contornati da una rete di rughe sottilissime sulla pelle delicata.

Era così fragile. Pareva che con un soffio potesse volare via.

Vedendo gli oggetti che aveva sul letto Federica si ricordò delle lettere di Maddalena e di come avesse desiderato leggere quelle di Ade, qualche tempo prima.

«Fammi vedere» e allungò le dita.

Le cartoline erano in bianco e nero, ma belle.

Vedute di città straniere. New York, Chicago, Boston.

Architetture diverse da quelle a cui lei era abituata, grandi panorami, grattacieli, piazze affollate di auto e monumenti moderni.

I messaggi erano tutti scritti in inglese da calligrafie sconosciute.

«Che dicono?» chiese.

A scuola Federica aveva studiato francese, lingua che considerava difficile oltreché inutile. Si vergognava sempre quando gli amici intonavano canzoni dei Beatles o dei Pink Floyd e lei doveva fingere di sapere le parole, mentre invece cacciava dei fonemi senza senso.

«Niente. Cose del passato» rispose Ade facendo un gesto annoiato con la mano. «Amici ormai morti. Saluti.»

«Mi piacerebbe sapere un po' di più della tua vita» disse lei sfogliando le cartoline. «Perché sei andata in America?» E avrebbe voluto anche chiedere: *E perché sei tornata?*, ma non lo fece.

La zia rise, una risata fresca che per un attimo le lasciò intravedere la bellissima ragazza che era stata, poi si alzò in piedi.

«Fai sempre domande» disse. «Hai fatto sempre domande, anche quando eri piccola.»

«Sono curiosa» rispose lei. «E poi mi appassiona la storia della nostra famiglia.»

«Davvero?» Zia Adelaide si girò con un movimento elegante della sua figura sottile. «E come mai? Sei troppo giovane per pensare a queste cose.» Sospirò, ma sorrideva ancora. «È alla mia età che si cominciano a fare bilanci, che si vuole ricordare. Che si ha paura di perdere pezzi di vita, di ricordi.»

Federica si guardò le mani, scosse la testa. «Io invece è un po' che ci penso. Al passato, alle vecchie storie di famiglia. Mi sento come se mi mancasse qualcosa che devo trovare, zia.» La fissò. «Mi manca qualcosa» ripeté.

«Cosa?» L'altra le si avvicinò, le fece una carezza sul viso, ma era già distratta. «Sei troppo giovane per questi pensieri. È inutile guardare indietro, Federica.»

"Già sta pensando a qualcos'altro" si disse lei.

Avrebbe voluto dirle come si era sempre sentita a disagio, anche da bambina, per la *diversità* di suo papà.

Avrebbe voluto raccontarle che si era sempre un po' vergognata perché la mamma era volgare, e si era vergognata di vergognarsi.

Avrebbe voluto dirle che si sentiva sola, senza amici che la capissero, senza un amore certo che avesse un significato.

Avrebbe voluto confessarle che, a volte, aveva paura di potersi perdere di nuovo, perché non aveva una strada chiara davanti, una direzione, ma solo qualcosa che mancava, senza sapere cosa.

Ma zia Ade non avrebbe capito, perché niente di tutto ciò avrebbe avuto significato per lei.

Da quel tanto che Federica sapeva, era una donna che aveva sempre voluto correre incontro al suo destino, senza paure, senza rimorsi, senza incertezze. Pagando ogni prezzo, ma vivendo con intensità. Lei non ci sarebbe riuscita mai, probabilmente.

Perciò le confessò l'unica delle sue sofferenze che la zia avrebbe compreso, quella che era la più pesante e dolorosa.

«Mi manca Angie» disse.

«Anche a me.» Adelaide rimase assorta a guardare oltre i vetri del balcone.

Stettero in un silenzio sereno e un po' triste. La presenza di Angie passò tra di loro. Per un istante Federica rivide il suo sorriso sicuro, gli occhi buoni e sinceri, quasi sentì la mano che stringeva la sua di bambina, e la faceva sentire amata.

«Bando alle tristezze» disse Adelaide in tono forzatamente allegro.

Le si avvicinò, le prese la mano. «Ti racconto tutto quello che vuoi» disse, e la tirò per incitarla ad alzarsi. «In ogni caso la storia della famiglia Morelli non è una storia speciale, e non fa affatto chiarezza. Non so quanto potrà piacerti.»

«Perché l'America?» chiese di nuovo lei.

«Per amore» rispose lei. «Che credi? Tutte le scelte della mia vita, quelle giuste e quelle sbagliate, le ho fatte solo per amore.»

Le fece segno di seguirla. Federica obbedì.

Entrarono nella camera da letto della zia, dove lei era stata spesso da bambina. Non ci veniva da un po', e fu colpita dall'odore di vecchiaia e di polvere che vi aleggiava.

Una sensazione di tempo passato e depositato ovunque.

Il letto era una struttura antica e intagliata, francese. Alle pareti c'era ancora la tappezzeria di un verde delicato a piccole roselline, che la zia aveva voluto far mettere tanti anni prima.

Poi c'erano le tende, la lampada da terra, la poltroncina davanti al piccolo scrittoio, pure francese, vecchio almeno di due secoli, e i quadri, tutti acquarelli di soggetto floreale, con piccoli tocchi di rosa, arancio, azzurro e giallo.

Ai piedi del letto c'era un grande baule di pelle verde con i bordi di metallo intagliato che sempre aveva acceso la curiosità di Federica da piccola, ma che mai ricordava di avere visto aperto.

Sua zia avvicinò la poltroncina al baule, lei si inginocchiò di fianco.

«Apriamo» disse Ade provando a forzare il coperchio.

Quando, con una certa difficoltà, il coperchio fu sollevato, dal vano uscì un profumo di fiori vecchi, carta vecchia, vestiti vecchi e qualcos'altro che prese Federica alla gola, come il ricordo di una vita intrappolata lì dentro.

Zia Ade vi rovistò con un po' di fatica.

«Eccolo» esclamò a un certo punto.

Tirò fuori un rotolo. Glielo porse. Lei lo aprì con attenzione, e lo stese a terra.

Era una tela a olio che ritraeva una giovane donna nuda e bellissima, adagiata su un divano del colore del sangue vivo. I capelli biondi scendevano sul seno ma senza coprirlo.

La pelle della modella era bianca e quasi trasparente, e contrastava col rosso su cui era distesa.

«Sei tu?»

«Certo che sono io.»

«E non ti imbarazzava posare nuda?»

«Ma no. Perché? E mica è il solo. Ce ne saranno molti in giro, appesi sulle pareti di chissà quante case.»

«Chi ti dipingeva così?»

Di nuovo Adelaide fece quel gesto vago con la mano. «Un uomo che mi amava. Ma è stato tanto tempo fa.»

«È con lui che sei andata in America?»

La zia rise. «Con suo figlio.»

«Suo figlio!» fece lei, scandalizzata.

«Te l'ho detto.» Ade osservò la tela. «Ho sempre seguito il mio cuore, anche danneggiando me stessa e gli altri.»

Nei suoi occhi passò un'ombra di malinconia, ma scivolò via subito.

«Quando avrò la tua età voglio essere come te» disse Federica d'impulso, stringendole la mano. «Se ci arrivo.»

«E cioè, come?» Adelaide sorrideva con un fondo di malizia.

«Senza rimpianti, con un sacco di ricordi, tante esperienze. E senza aver rinunciato a niente.»

«Anche tu ne hai di esperienze, Federica.»

«Parlo di sentimenti, zia. Di amore.»

«Si rinuncia sempre a qualcosa» disse Ade con un sospiro. «Rinunci a un amante per un altro amante. A una città per una diversa. A una vita possibile per un'altra esistenza.»

Rimasero in silenzio per un po'.

Adelaide, con lo sguardo perso nel vuoto, forse contemplava le vite a cui aveva rinunciato.

«E sei rimasta col figlio del pittore?» chiese poi Federica.

«Solo un paio d'anni, a Boston. Poi mi sono innamorata di un altro.» Sorrise. «E poi di un altro ancora. E così ho girato un po'.»

«E poi?»

«E poi ho incontrato il grande amore della mia vita.»

«Davvero?» Federica era emozionata da quella confessione.

«Sì, la persona che ha giustificato tutta la mia esistenza. Quella per cui è valsa la pena vivere.» Adelaide si era chinata e stava rovistando nel baule.

«E perché poi hai abbandonato questo grande amore, quando sei tornata qui?»

«Ma io non l'ho abbandonato» rispose zia Ade alzando il capo e fissandola con i suoi occhi celesti. «L'ho portato qui con me.»

Il silenzio si pose tra loro come un muro invisibile. Poi, dopo qualche attimo, Federica capì.

«Stai parlando di Angie?» chiese titubante. «È stata lei il tuo grande amore?»

«Sì. Angie.»

«Ma lei» non sapeva come dirlo, «lei, insomma, litigava sempre con te. Diceva che non la capivi...»

La zia le prese le mani tra le sue, calde e secche come ramoscelli. «Non sempre il grande amore della tua vita ti ricambia come vorresti.»

Federica fece di no con la testa. «Angie ti voleva molto bene» sussurrò, ma forse neanche lei ci credeva.

«Lo sai che non era davvero figlia mia?»

«Sì.»

«L'ho presa a una donna – quasi una bambina – che non poteva, e voleva, tenerla.»

«Lo raccontasti a tavola, alla Bersagliera» sussurrò Federica. «Angie si alzò e se ne andò. Me lo ricordo.»

«Il più grande errore che ho fatto è stato cercare di ingannarla, di nasconderle la verità. Non volevo capisse. Ma Angie intuiva qualcosa e voleva sapere. E cosa potevo dirle? Che la sua vera madre era una ragazzina portoricana di quattordici anni?» Si fermò, la guardò con occhi supplichevoli: «Che forse l'aveva messa incinta il mio uomo? Che avrebbe abortito se non ci fossi stata io? Che l'ho adottata per non lasciarla in un istituto e che non me ne sono mai pentita?». Gli occhi le si erano riempiti di lacrime. «Non erano cose belle da raccontare. Non servivano a nulla.»

«Mi dispiace» disse Federica stringendole forte le mani.

«Non ha più importanza, ormai» rispose zia Ade dopo un attimo, sciogliendosi dalla sua stretta. «Angie è morta e anche io sono morta con lei. E tutta la mia vita sta qui dentro.» Indicò il baule. «Quando voglio ricordare qualcosa lo apro.»

«Mi racconti della tua vita?» Federica si era messa a sedere a gambe incrociate sul tappeto, con le mani strette attorno alle ginocchia, come faceva quando era piccola e Angie inventava storie per farla divertire.

«Cosa vuoi sapere? Di quando stavo per farmi monaca ma ebbi una relazione con un prete molto più vecchio di me?»

«Naaa!» Federica si portò le mani alla bocca ridendo.

«Oppure di quando andai a Milano con un uomo ma lui mi lasciò, e così mi misi a fare l'intrattenitrice in un salotto milanese?»

«*Intrattenitrice*?»

«Tu come lo diresti?»

«Ma che dici?» Federica smise di ridere. «Stai scherzando?»

«Non scherzo.» Zia Ade sorrideva ancora, però seria. «Ho fatto tante cose.»

«E perché me lo dici adesso?» chiese lei, capendo di colpo che le stava dicendo la verità. «A me?»

«Perché se non le racconto a qualcuno, queste storie spariranno per sempre con me» disse Adelaide con semplicità.

«Hai ragione.» Federica le si fece più vicina. «E allora racconta.»

1984

Il 24 gennaio Apple introdurrà Macintosh. E capirete perché il 1984 non sarà come "1984".

RIDLEY SCOTT, *Frase conclusiva dello spot pubblicitario della Apple*

Agosto

Il giorno prima una pioggia improvvisa aveva portato via l'afa che stagnava sulla costiera da settimane.

Quel pomeriggio si stava bene.

Federica era distesa sulla sdraio del piccolo terrazzo della casa di Sorrento e guardava le montagne che salivano verso i Colli delle Fontanelle. Fumava.

A giugno si era laureata, non con Fabrizio, col professor Caracciolo. 110, senza lode.

Un grande successo, considerato dove stava sprofondando poco tempo prima.

Federica era la seconda laureata della famiglia Morelli.

"Dopo Nina" pensò.

Sempre dopo di lei, anche in amore. Almeno agli occhi di Fabrizio.

«Ancora ci pensi...» mormorò per scacciare quel chiodo fisso che tornava ogni tanto, soprattutto nei momenti di pace.

Forse per ricordarle che c'era qualcosa che mancava, da colmare.

Spense la sigaretta nel posacenere bianco decorato con limoni gialli e rientrò.

Il motivo dei limoni tornava sulle pareti, sui vasi del salotto e nelle mattonelle a terra.

«La casa dei limoni» diceva sua madre fierissima di quel piccolo appartamento comprato con i soldi – sudati, sudatissimi – del negozio di Santa Brigida.

L'unica casa che possedevano davvero, considerato il grave problema che invece coinvolgeva la proprietà alla Riviera.

Colpa della superficialità e degli imbrogli seminati mezzo secolo fa da tuo nonno Raffaele.

Quante volte Federica se lo era sentito dire, quasi fosse colpa pure sua.

Lei, dopo la laurea, era stata informata nei dettagli. Come se il titolo di *avvocato* le attribuisse chissà quale talento giuridico istantaneo.

Suo padre aveva tirato fuori due grosse cartelline piene di documenti e glieli aveva messi sul tavolo, sotto gli occhi.

«Da studiare bene» aveva detto.

Federica non conosceva a memoria le norme sull'eredità, sulla nuda proprietà e sull'usufrutto, e neanche le interessavano. Ma le era bastato fare qualche breve ripasso sui libri per capire che non c'era nulla da fare.

Alla morte di zia Adelaide, l'ultima erede Morelli, secondo quanto riportato alla data della stipula del primo contratto, l'intera proprietà sarebbe andata agli eredi del commendator Porzio – il costruttore ed ex socio –, che intanto si erano moltiplicati.

Federica si era consultata con Fabrizio e poi con un suo collega esperto della materia. Per entrambi non c'era nulla da fare: l'usufrutto della casa si sarebbe estinto alla morte di Ade e l'intera proprietà sarebbe andata ai Porzio.

Fine.

Per fortuna che c'era la casetta di Sorrento.

Era lì che sua madre pensava di trasferire l'argenteria, i mobili più belli e qualche quadro. «Se succede un guaio all'improvviso» diceva, senza specificare. ma tutti loro, anche zia Ade, sapevano benissimo quale potesse essere il guaio.

Nel frattempo, ci avevano portato alcune cose di minor valore, tra cui il dipinto che rappresentava zia Adelaide.

Federica se l'era fatto regalare e l'aveva incorniciato.

L'immagine di Ade giovane – forse più giovane di lei – nuda sul divano, le aveva fatto compagnia per tutta l'estate.

A Sorrento quell'anno non erano venuti né sua madre né suo padre. Per un motivo e per un altro, e con la scusa di fare turni a casa con la zia che non voleva spostarsi da Napoli, entrambi avevano trovato il modo di passare separati le poche settimane concesse dall'attività commerciale. Pina era andata a Ischia da una sua *amica*, che però – Federica sapeva benissimo – si chiamava Oreste ed era il suo secondo e vero amore.

Italo, invece, era partito per un viaggio tra Siria, Giordania, Israele e Turchia con un gruppo di commercianti del centro riuniti in associazione turistica. Tra loro, quasi certamente, c'era Federico, il suo *uomo*, e qui Federica preferiva non andare oltre col pensiero.

Infilò le espadrillas e si guardò allo specchio. Non si curava molto del suo aspetto, forse perché sapeva di essere bella.

D'altra parte in estate, con l'abbronzatura e i vestitini attillati, era difficile non esserlo.

Aveva voglia di un gelato. Si era data appuntamento con Antonella, che stava con la famiglia in una casa fittata in piazza Tasso.

Poi avrebbero mangiato una pizza e magari incontrato altra gente, però le pareva di non conoscere mai nessuno di interessante, qualcuno con cui valesse la pena parlare.

L'intera estate era passata così, lenta e poco divertente, ma tranquilla. In quel momento le andava bene. Sentiva di essere alle soglie di una nuova stagione della sua vita.

Aspettava.

Scese le scale di pietra e nel piccolo cortile del palazzo incontrò Giovanna, carica di buste della spesa.

Era una vecchia amica di famiglia. Era venuta in visita, si era innamorata della casa e della zona e quindi, siccome era ricca, aveva comprato su due piedi l'appartamento al piano ammezzato.

«Federica!» La abbracciò. Era sempre un po' su di giri.

Indossava un camicione lungo a fiori da cui proveniva una lieve puzza di sudore. Aveva il collo lungo che ricordava quello di una giraffa e gli occhi mansueti, proprio come un grande erbivoro.

«Ciao, Giovanna.» Le faceva una grandissima pena. Il suo alito, come spesso accadeva, odorava di alcol.

«Sei sempre così uguale a Nina» sospirò la donna.

«Così dicono.» Federica si sentì obbligata a fermarsi per qualche chiacchiera, come sempre sul nulla. «Come stai?»

«Chiusa in casa.» Fece una smorfia che voleva essere maliziosa, ma apparve solo un ghigno triste. «Alla mia età non c'è tanto da fare. E nessuno mi pensa.»

Glielo ripeteva ogni volta che si incontravano. «Sembri giovanissima.» Non era vero.

«Ho la stessa età di tua madre» rispose, come sempre, la donna. «La stessa di Nina.»

Dunque aveva più di cinquant'anni.

«Te la ricordi bene, zia Nina.»

«Le ero molto amica. Lo sai, vero?»

«Sì, lo so.»

«Eravamo compagne di università. Sorelle. Le ho presentato io Dario.» Lo disse con un sospiro.

«Me la ricordo poco» insisté Federica. «Com'era?»

«Come te. Tale e quale.»

«No, come carattere?»

Giovanna abbassò gli occhi sulle buste, le poggiò a terra. Federica intravide due cartoni di birra.

«Nina voleva *tutto* dalla vita, ma non sapeva *cosa* esattamente.»

«Che vuoi dire?»

«Niente di importante.» Giovanna riprese le buste e fece un passo verso la scala. «Era allegra. Era una capa tosta. Pensava di poter avere tutto e non si decideva.»

Federica cercò di sottrarle il carico, che era pesante. «Ti aiuto.»

«Ma no. Sono vecchia, non decrepita. Ce la faccio.»

«Così mi racconti un altro po' di Nina.»

«E che ti devo dire?» Giovanna scrollò le spalle e le porse le buste. «Ci siamo conosciute all'università. Eravamo un bel gruppetto, tutti giovani e allegri, e poi c'era il dopoguerra, c'era il boom economico e anche il boom della vita. Il futuro sembrava una cosa meravigliosa.»

Federica la seguì per i gradini alti e un po' rovinati. Era un palazzotto vecchio, ma pieno di fascino.

«Nina era innamorata?»

«Tutte le ragazze sono innamorate.» Si fermò e si girò a guardarla. «Anche tu, scommetto.»

Lei non rispose. «E di chi era innamorata?»

Giovanna la fissò con malizia. «Lo vuoi proprio sapere?»

«Certo che sì!»

All'improvviso seppe che voleva davvero conoscere Nina. Forse per capire, al di là della somiglianza, cosa avessero in comune. E soprattutto in cosa fossero diverse. In cosa lei, Federica, era del tutto unica e irripetibile.

«Non era innamorata di mio cugino, eppure lo sposò» disse lei senza rispondere direttamente, ma con un tono agro, e Federica ricordò quello che si diceva in casa, e cioè che di Dario era innamorata lei.

«Fu un grande errore e io glielo dissi tante volte.»

«Perché lo sposò?»

«Perché lui era bello e tutte le donne lo ammiravano. E pure ricco. Solo per questo.» Giovanna usò un tono severo, quasi risentito. «Ma lei amava un altro.»

«Chi?» La donna si strinse nelle spalle. «Fabrizio» la anticipò Federica. «Mamma mi ha raccontato tutto. Lo so.»

«Fabrizio, già. Un suo amico d'infanzia. Uno strano, che non andava bene per lei.»

«Perché *strano*?»

«Indeciso. Non mi piaceva.» Sospirò, si girò e ricominciò a salire, con le spalle curve.

Sul suo pianerottolo si fermò. «Una volta se ne andava Nina, ma poi tornava, e allora Fabrizio scappava via, ma poi ci ripensava e in quel momento fuggiva lei.» Giovanna guardò verso le piante di gerani sul mezzanino, si perse nel passato con un'espressione triste sul viso. «E alla fine Nina scelse Dario.»

«E tu? Ne eri innamorata?» domandò Federica posando le buste davanti alla soglia dell'appartamento.

«Innamorata di chi?» Il reticolo di venuzze che Giovanna aveva sulle guance risaltò ancora di più quando lei arrossì.

«Di Dario.»

«Ma neanche per sogno!» Aprì in fretta la porta d'ingresso. «Ci vogliamo bene perché siamo cugini. Di primo grado, non scherziamo.» Entrò in casa e si girò. «E poi stiamo parlando di Nina, che c'entro io?»

«Scusa.»

Per un attimo si fissarono negli occhi senza filtri né convenevoli.

Nel suo sguardo Federica riconobbe i segni della dipendenza che aveva già visto in sé stessa e nei suoi amici, quella voglia di scappare e di rifugiarsi tra i propri demoni, in solitudine, senza nessuno scocciatore attorno. Le fece molta pena.

«Parlami ancora di Nina e Fabrizio» sussurrò.

«Non c'è più nulla.» Giovanna sembrava offesa. «Te l'ho detto, era un continuo scappare e poi ritornare.»

«Ma perché?»

«Non lo so. Perché si scappa?» Giovanna accennò un sorriso e subito richiuse la porta.

Settembre

La conversazione con Giovanna scomparve tra le pieghe della memoria di Federica e lei non ci pensò più per qualche settimana, fino al giorno del matrimonio di Sergio a Capri.

Partì in aliscafo da Mergellina con Silvia, entrambe vestite di giallo – come richiesto dallo sposo –, un po' allegre un po' preoccupate, forse tristi.

Sergio era stato l'ex fidanzato di Federica, un secolo prima, ma anche quello di Silvia, mezzo secolo prima. Poi ne aveva avute tante altre, sempre storie più o meno lunghe e sempre serie.

Non riusciva a stare da solo, ma veniva puntualmente lasciato da tutte. Lui però non si era mai arreso in tanti anni e alla fine ne aveva trovata una che non solo non lo aveva lasciato, ma addirittura aveva voluto sposarlo. Addirittura a Capri.

Alla festa Sergio aveva invitato tutte le sue ex. Tutte quante.

E tutte erano vestite di giallo.

Quando Silvia scoprì quello scherzo – che forse non era uno scherzo, ma un segnale per la sposa, o una mania dello sposo – si arrabbiò da morire. Federica invece si divertì moltissimo e arrivò perfino a riabilitare il suo vecchio fidanzato.

Quel giorno però fu segnato soprattutto dall'incontro con lo zio Dario, che possedeva una grande villa a Capri dove Federica era stata da piccola ma che non ricordava.

Dario era seduto a un tavolo della Piazzetta e la riconobbe mentre passava con Silvia, subito dopo la funzione.

Si alzò in piedi e la chiamò.
Stava bevendo un cocktail Martini, e fece un elegante baciamano a entrambe, poi le invitò a sedere, ma Silvia rifiutò perché voleva fare un giro per via delle Botteghe prima di andare al ristorante dove si teneva il rinfresco.
Federica si fermò, incuriosita da quello zio che tutti definivano ingombrante, fastidioso, ma non cattivo.
Dario cominciò subito a parlare del passato senza mai citare la somiglianza tra lei e Nina, e Federica apprezzò.
Non le piacque invece il suo modo di tenerle gli occhi addosso, non per interesse, ma solo per abitudine.
Anche Federica provò a osservarlo con gli occhi di sua zia Nina, cercando di capire cosa ci avesse trovato in lui tanto da sposarlo e da preferirlo a Fabrizio.
Era ancora un bell'uomo, con i capelli color biondo cenere, grazie forse all'abilità del suo parrucchiere. Li portava un po' lunghi, con un ciuffo sull'occhio, come avrebbe fatto uno più giovane, e quel dettaglio le mise malinconia. Indossava jeans di marca e costosi, e un Rolex Submariner al polso abbronzato. Solo le palpebre un po' gonfie e il ventre che premeva contro i bottoni della costosa camicia a fiori rivelavano che gli anni erano passati lasciando tracce. Ma Federica riusciva a vedere in lui il bel ragazzo che era stato. Un marito perfetto, ricco, devoto, innamorato.
Eppure zia Nina non l'aveva amato, era stata infelice e si era spenta. E tutto questo per Fabrizio.
Cosa aveva avuto Fabrizio e cosa aveva ancora di così speciale? Mentre se lo chiedeva, per la prima volta Federica si rese conto – realmente – di quanto si somigliassero lei e la zia morta. Quanto fossero entrambe in cerca di qualcosa di introvabile.
Dario, che era un uomo abituato a trattare le donne, aveva ordinato anche per lei un cocktail Martini. Le spiegò con garbo la procedura con cui si faceva.
«Alla fine bevi solo gin aromatizzato da ghiaccio che sa di vermut» disse quando furono serviti. Per lui era già il terzo. «Una magia di sapori in equilibrio.»
Sorseggiarono in silenzio guardando il passeggio per la Piazzetta. «Ti sei laureata, brava» le disse. Prese lo stuzzicadenti con l'oli-

va e la mangiò. «Anche se, detto tra noi, la laurea oggi come oggi conta ben poco. Ma va bene. Auguri.»

«Ci ho messo un po'.»

«Ho saputo, ho saputo.» Dario sputò il nocciolo nella mano e poi nel piattino. «L'importante è farcela. Superare gli ostacoli e andare avanti. Diventare più forti. E adesso che programmi hai?»

«Trovare lavoro, zio Dario.»

«Vuoi venire a Roma? Nella mia azienda?» Agitò la mano. «Abbiamo bisogno di legali bravi e fidati. Non scherzo.»

«Non lo so.»

«E tu pensaci. La mia porta è sempre aperta per te.» Vuotò il bicchiere. «Ma non far passare troppo tempo. Ho la pressione alta e mi curo poco, e magari schiatto prima di assumerti.» Rise della sua battuta.

Due signore al tavolino vicino lo guardarono. Una si toccò i capelli cercando di attirare la sua attenzione. Abbronzato, con gli occhi azzurri e il portamento eretto.

"È proprio un bell'uomo" pensò Federica.

«Zio Dario.»

«Che c'è?»

«Parlami di Nina.»

«Che ti devo dire. Ci volevamo bene.» Bevve un sorso. «Siamo stati felici, però poi la felicità passa. Ricordatelo, dura poco, soprattutto se non fai figli.»

«Ma eravate innamorati?»

«Ma certo! Ero molto innamorato. Mica me la sposavo se non ero innamorato.» Rise di nuovo. «Forse troppo. Ed ero geloso, gelosissimo. Uno stupido.» Voltò le spalle alle signore in ammirazione. «Sai quante ne avrei potute scegliere?» Fissò dentro il bicchiere vuoto. «Certo che ero innamorato» ripeté.

«Ma lei ti amava, zio Dario?»

Dario scoppiò a ridere di nuovo, ma senza allegria. Però aveva bevuto, e aveva voglia di parlare. «E che domande sono?» Ci pensò su. «Credo di sì.» Poi ci ripensò. «No. Forse no. O non solo. Era giovane. Distratta.»

«Distratta da cosa?»

«Magari era innamorata anche di un altro. E chi lo sa.» Dario rise, forse non aveva mai detto a nessuno quelle cose, o forse ci pensava per la prima volta.

Chiamò il cameriere per un altro giro. Anche Federica aveva vuotato il suo bicchiere, ma rifiutò.

«Non sono cose che mi interessano molto, ormai. Siamo stati bene insieme, e io sono uomo di mondo.»

«E l'altro era Fabrizio?» mormorò lei. Non sapeva quanto in là poteva spingersi con questo zio che a ora di pranzo si accingeva a bere il quarto superalcolico come se fosse acqua fresca.

«Pina ti ha raccontato un po' di cose, eh?» Non sembrava infastidito. «Sì. Esatto. Fabrizio.»

«Si frequentavano?»

«No, non credo» disse lui con una noncuranza che a Federica parve eccessiva.

«E perché?» chiese lei cercando di buttarla lì, una chiacchiera con uno zio di mondo.

Non voleva fargli capire quanto fosse interessata e curiosa, ma non di lui, e nemmeno di Nina e del loro matrimonio.

Di Fabrizio.

«E che ne posso sapere io?» Dario spalancò le braccia. Il vetro del massiccio Rolex scintillò al sole.

«Forse Nina era fedele. Oppure lui non la voleva più perché aveva scelto di sposare me. Chi lo sa?» Scosse la testa e in quel momento a Federica parve di scorgere nei suoi occhi un po' di tristezza. O forse era rimpianto, o tutti e due.

«Sicuro è che doveva essere il contrario di me.»

«Perché lo pensi? Zia Nina te ne ha mai parlato?»

«Lo sai che sei strana, Federica?» Era tornato il cameriere con la sua ordinazione. «Certo che non me ne ha mai parlato, ma io sono un uomo di mondo.» Le strizzò l'occhio, prese il bicchiere. «Di tradimenti sono esperto, non so se mi spiego.» Bevve un sorso del Martini. «Però quei due avevano un segreto.»

«Un segreto?» Federica si raddrizzò sulla sedia. «Che segreto?»

«Un gran segreto. Ho sentito Nina dirlo al telefono, anni fa. E penso parlasse con lui.»

«Che diceva?»

Lui bagnò le labbra nel bicchiere. «Diceva: *Non lo dirò mai a nes-*

suno, e lo stesso devi fare tu. In realtà strillava. Poi si è accorta che io ero entrato e ha riattaccato.»

«Ma non sai di cosa parlavano?»

«Pensai a un aborto. Glielo chiesi, ma si mise a ridere. Litigammo.»

«E poi?»

«E poi niente. Non ne parlammo più.»

Dario vuotò il bicchiere in un sorso. «Era una cosa molto importante. Figurati se Nina la diceva a me.»

Si guardò attorno, poi alzò il braccio per chiamare di nuovo il cameriere.

1985

> Qui ricordiamo le 39 vittime di Bruxelles il 29-5-1985
> trucidate da brutale violenza.
> Quando onore, lealtà, rispetto cedono alla follia, è tradita ogni disciplina sportiva. Alla nostra memoria il compito di tenerla viva.
>
> GIOVANNI ARPINO, *Epitaffio in memoria delle vittime della strage dell'Heysel, maggio 1985*

Febbraio

«Se devi andare, vai.»

«Scusami, Fabrizio.» Federica raccolse i documenti sparsi sul tavolo. «Mi porto le carte a casa e per domani trascrivo gli appunti su tutte le testimonianze.»

Lui si alzò in piedi per accompagnarla alla porta.

«Non ti devi scusare.» Sorrise. Sorrideva sempre. «Lo capisco, se tua zia non sta bene è giusto che tu sia preoccupata.»

Federica prese il cappotto dall'appendiabiti.

«Ha quasi novant'anni» mormorò come parlando tra sé e sé. «È solo un po' di bronchite, il dottore le ha dato gli antibiotici, ma ci voglio fare attenzione.»

«E fai bene.»

Fabrizio l'aiutò a infilare il soprabito, e lei sentì la sua mano sfiorarle il collo in modo involontario. Si girò per incontrare i suoi occhi ma lui già guardava da un'altra parte.

«Bello il colore di questo cappotto» disse tanto per dire.

Lei pensò: "L'ho comprato perché mi ricordava il colore dei tuoi occhi", ma non fiatò.

Nella piccola anticamera Fabrizio sembrava più alto, e anche un po' curvo. I suoi capelli neri erano segnati da qualche filo bianco, e adesso, per leggere, aveva bisogno degli occhiali.

Federica sapeva che aveva cinquantadue anni, ventisette più di lei.

«Non ti preoccupare per le testimonianze.»

Le sfilò delicatamente la cartellina dalle dita.

«Tanto avevo intenzione di fermarmi un altro po' questa sera e di rileggerla. Tranquilla.»

«Ma è San Valentino» scherzò Federica. «Non hai nessuna bella signora da portare fuori?»

«Proprio no» rise scuotendo la testa. «E tu? Davvero dalla vecchia zia con la bronchite? Oppure è una scusa per correre a un appuntamento romantico?»

«Magari!» Federica fece una smorfia allegra. «No, mi aspetta solo zia Ade, lo giuro.»

Mentre scendeva per le scale di marmo del bel palazzo di via Monteoliveto dove c'era lo studio di Fabrizio, Federica pensò di essere fortunata.

Sul piano professionale Fabrizio era un avvocato capace, un datore di lavoro giusto e generoso, e con lui stava imparando tante cose. Era grata che le avesse dato quella possibilità, in uno studio piccolo – solo altri due collaboratori e un socio – e voleva dimostrare di meritarlo.

Meglio, certo, che trasferirsi a Roma e lavorare nell'azienda dello zio Dario.

Uscì in strada e la morsa del vento freddo le fece bruciare le guance. I lampioni erano già accesi, le vetrine illuminate e nei bar facevano mostra di sé tante belle confezioni di cioccolatini, soprattutto di Baci Perugina che lei adorava.

Fece pochi passi, poi d'impulso entrò in un locale dove in genere prendevano il caffè e acquistò un piccolo tubo di Baci.

"Tanto, se non me li compro io non me li regala nessuno, quest'anno" pensò.

Meglio non pensarci.

Aveva appena terminato una relazione che definire insulsa sarebbe stato un complimento. L'amico di un'amica. Tre mesi noiosi sprecati senza un briciolo di sentimento.

Alla fine aveva capito che non c'era futuro. *The end* anche con lui, come con gli altri che lo avevano preceduto.

A passo svelto, con le mani in tasca e la borsa a tracolla, Federica si diresse veloce verso via Toledo e poi Chiaia. Era davvero preoccupata per Ade, eppure non riusciva a pensarci. Il suo cervello tornò a Fabrizio.

Lei gli doveva tanto dal punto di vista umano.

L'aveva raccolta quando più ne aveva bisogno, l'aveva supportata senza mai chiedere niente, l'aveva spinta a completare gli studi, e alla fine l'aveva assunta.

E in tutto questo, Federica percepiva una specie di attrazione da parte sua, ma la intravedeva nelle mancanze più che nelle attenzioni, che non c'erano.

Fabrizio era corretto, distaccato, simpatico, e niente di più.

Però evitava – sempre, *sempre!* – di guardarla negli occhi.

Non la sfiorava, non la prendeva sottobraccio, non creava occasioni per lavorare a stretto contatto di sera, da soli. Non scherzava come faceva con l'altra collaboratrice e non le faceva mai un vero complimento.

Quel pomeriggio era stata la prima volta, in tanti mesi, in cui Fabrizio aveva fatto un'allusione personale e scherzosa, ma solo dopo che Federica aveva iniziato.

Andavano avanti così, in punta di forchetta. Eppure lei continuava a provare verso di lui un'attrazione irresistibile, nonostante la differenza di età.

Una follia. Se lo diceva continuamente. Una follia.

A volte rimaneva fino a tardi al lavoro solo per poter entrare nel suo studio con una scusa, e trovarlo con la testa illuminata dal cerchio di luce della lampada, immerso nella lettura di una pratica. Lei si fermava nella zona d'ombra e lo guardava in silenzio per un attimo, poi si faceva avanti e gli portava un documento.

Un gioco, era solo un gioco, in definitiva.

Fabrizio non aveva mai mostrato un reale interesse. Era solo la somiglianza, la maledetta somiglianza con la maledetta Nina.

A volte le pareva di sentire la sua voce: *Mi piaci perché sei come lei, solo per questo.* Anche se non era nel suo stile.

Passando sotto il ponte di Chiaia Federica si accorse di essere arrabbiata. Arrabbiata con una zia morta. Solo perché aveva saputo destare un sentimento così forte.

Nina era come un'ombra che si portava dietro, pesante, densa.

Anche se da viva era stata per lei quasi inesistente, da morta aveva assunto una consistenza quasi fisica, opprimente.

"E intanto chi sono davvero io?" si chiedeva, poi con la mente tornava sul suo passato, l'eroina, la famiglia, Angie, gli amici, i fidanzati, il volontariato. Ricostruiva un puzzle di sé stessa, in cui tutti i pezzi si incastravano per restituire una figura senza profondità.

Scese per largo Santa Caterina, ed entrò in una pasticceria, nella cui vetrina erano già esposte le chiacchiere di Carnevale. Ne comprò un sacchetto, fritte ovviamente.

Aveva bisogno di qualcosa di dolce, ne assaggiò una mentre percorreva via Calabritto. Lo zucchero a velo le imbiancò il cappotto, e, una dopo l'altra, mangiò tutte le sfoglie ancora calde.

Arrivata al suo palazzo fece le scale quasi correndo. Entrò in casa, lasciò cappotto e borsa all'ingresso. Suo padre rientrava più tardi, e sua madre, di pomeriggio, aveva spesso impegni.

Nel corridoio le lampade erano spente, ma una luce proveniva dal salotto. Lì trovò zia Ade, che ormai stava buona parte della giornata da loro, raggomitolata sul divano, sotto una piantana accesa. Vicino, una stufetta rilasciava calore.

«Come stai?» le chiese Federica.

Era da un po' che la zia si trascinava da un raffreddore a un'influenza, senza mai guarire. La vedeva invecchiata e indebolita.

«Molto meglio, grazie cara.» Ma non sembrava davvero così.

«Guarda che ti ho portato, zia.»

Le chiacchiere le aveva mangiate tutte quindi protese il tubo blu con le stelline argentate. Gli occhi della zia si illuminarono. Con l'età si era fatta molto golosa, come se avesse bisogno di maggiore dolcezza.

Zia Adelaide sedeva eretta al centro del divano, la sua figura sottile era avvolta in una liseuse finissima, di lana azzurra e bianca, e il resto del corpo scompariva sotto una trapunta imbottita.

Di fianco a lei c'erano vecchie fotografie, cartoline e lettere. Pareva che sempre di più sentisse il bisogno di andare a cercare tra i ricordi della sua lunga vita, per rievocarli e riviverli.

E a volte, temeva Federica, per censurarli.

Le era infatti capitato in un paio di occasioni di trovare resti di carta incenerita nella sua cucina, vicino al fornello.

La zia non avrebbe lasciato dietro di sé tracce di quello che non voleva che gli altri sapessero.

Si sedette sul divano vicino a lei.

«Hai preso le medicine?»

Adelaide annuì.

«Hai mangiato?»

«Pina mi ha fatto il brodo di pollo con le polpettine.»

«E io ti do un Bacio.» Lo scartò e glielo porse.

Ade se lo mise in bocca. «Che dice?»

Federica estrasse il foglietto con il messaggio. «*Amore e tosse non si possono nascondere.*» Risero tutte e due, la zia anche tossendo. «È di Ovidio» commentò Federica.

«È vero» disse l'altra. «Anche se nella nostra famiglia spesso ci abbiamo provato a nasconderlo.»

«Anche tu?»

Lei ci pensò sopra. «Io forse meno delle altre.»

«Certo mia nonna, con Tullio Morgera, doveva per forza.»

«Quello è stato un grande amore. Povera Maddalena.» Ade aveva finito il cioccolatino. «Ma non solo lei.»

«Nina?» Il nome le uscì senza permesso. «Nina che non doveva sposare Dario...?»

Zia Ade scrollò le spalle esili. I suoi capelli erano così sottili che si poteva vedere la pelle rosa della sua testa. «No, Nina non è stata mai capace di nascondere niente, povera ragazza.»

«E chi allora?»

«Tante. Tante donne della famiglia Morelli hanno pensato di poter nascondere l'amore, e ne hanno pagato le conseguenze.»

«Ma chi?»

«Un giorno ti racconterò» disse la zia soffocando un altro colpo di tosse.

"Non c'è tempo" pensò Federica.

Zia Ade prese una lettera ingiallita, tutta coperta da una fitta calligrafia elegante scritta con un inchiostro che il tempo aveva reso marrone.

Sospirò.

«Di chi è?» chiese lei.

«Di mia madre. Mi scriveva quando ero dalle monache.» Adelaide aveva gli occhi lucidi.

«Giuseppina?»

«Sì.»

«La mia bisnonna» rifletté Federica. «Che persona era? Non ricordo di averne mai sentito parlare, se non qualche volta da Gietta.» Rise: «Quando da piccola facevo un dispetto, diceva: "Se ci fosse mia madre saprebbe cosa farti", con tono minaccioso, ma io sapevo che scherzava».

«Povera Gietta.» Altro sospiro.

«Parlami di tua madre» insisté Federica per distrarla, senza una reale curiosità per quell'ava lontanissima nel tempo. «Parlami di Giuseppina.»

«Giuseppina.» La zia guardava la parete di fronte, dove c'era un quadro che la ritraeva da giovane. Qui però non era nuda, ma avvolta in un abito elegante di lamé dorato con lo strascico. Emergendo dalla penombra nel raggio di luce della lampada da terra, sembrava che il vestito scintillante ondeggiasse. «Giuseppina» ripeté Adelaide, con lo sguardo sfocato verso il passato.

«Era bella?»

«No, per niente.» La zia scosse la testa. «Ma era forte. Sembrava gentile e tranquilla, però dentro era dura come la pietra.»

«Un bel carattere, quindi.»

«Insomma.» Adelaide scosse la testa. «Potrei raccontarti cose di lei che ti spaventerebbero.»

Aveva uno sguardo sognante e – non per la prima volta in quegli ultimi tempi – Federica si preoccupò che il senno la stesse abbandonando.

«Tipo?» chiese. «Che può avere fatto di così terribile?»

«Dammi un altro Bacio» disse zia Ade, e lei obbedì.

Il foglietto recitava una citazione di Nietzsche: "Quel che si fa per amore è sempre al di là del bene e del male".

«Com'è vero» disse zia Ade, sempre pensierosa.

«Allora?»

«Potrei raccontarti molte cose, Federica.» La guardò, con gli occhi di nuovo a fuoco su di lei. «Ma è passato tanto tempo che a volte ho il dubbio di confondermi. I ricordi sono una cosa strana. Mica sono sempre veri.»

Federica si assestò meglio a sedere, incrociò le braccia.

«Potrei dirti che era una donna terribile, ma buona. Molto coraggiosa, molto sfortunata, capace di gesti orribili e di grandi atti d'amore.»

Federica non disse nulla per non arrestare il flusso di ricordi di sua zia. Le parole uscivano dalle sue labbra come se le stesse sognando.

«Potrei raccontarti che preferiva mio fratello. Sarebbe morta per lui.» Ade aveva tra le mani la foto color seppia di un giovane uomo con gli occhi seri, in divisa da soldato. «Oppure potrei dirti che mi ha chiusa in convento a nemmeno quindici anni. Lo sai perché? Perché ero troppo bella.»

Federica rimase zitta.

«Oppure che è stata costretta a sposare un uomo che le faceva schifo – mio padre, il tuo bisnonno – e che alla fine lo ha ucciso.»

«Non ci credo!» Il commento le uscì di bocca prima che potesse reprimerlo.

La zia la fissò. «È stata in prigione per questo. Tanti anni.»

«Ma che dici?»

Zia Ade la ignorò. Sembrava presa da una nuova energia.

«E potrei anche raccontarti che ha costretto a restare zitelle due delle sue figlie, perché era attaccata a loro con morbosità e non le lasciava mai andare.» Ade fece un colpo di tosse.

«Ma dài, zia!» Stava partendo con la testa, povera zia Ade.

«E anche che una volta ha ammazzato un neonato.» Si fermò di nuovo, di nuovo la guardò fissa. «Io c'ero. L'ho visto con i miei occhi.»

Federica si guardò le mani. Non sapeva che dire.

«Non mi posso sbagliare su questo» disse la zia. «Non credo che mi sbaglio.» Una lacrima le scese dall'angolo di un occhio sulla guancia avvizzita.

"Povera zia" pensò lei.

Era stato un errore sollecitarla. Forse aveva di nuovo la febbre, che la faceva delirare.

«È meglio che adesso riposi un po'» le disse, mettendole una mano sul braccio sottile.

«Pensi che stia vaneggiando?» rise Adelaide.
All'improvviso sembrò lucidissima.
«No, solo non voglio che ti stanchi.»
«Ti potrei raccontare tante altre cose di mia madre.» Di nuovo sfocò lo sguardo. «Ma potrei dirti anche che era coraggiosa. Avrebbe dato la vita per noi, e anche per i quattro figli di sua sorella che aveva adottato. Potrei dirti che si sacrificò per amore di sua sorella. Che amò sua madre con tutto il cuore, anche se lei non la ricambiava. Che cercò di aiutare chiunque avesse bisogno attorno a lei. Che fu sempre sola tutta la vita, senza capire che noi le volevamo bene.»
«Povera Giuseppina» disse lei. «Che vita terribile.»
Federica non capiva quante di quelle storie fossero vere e quante delle fantasie. Zia Ade lo aveva premesso: il tempo confondeva il passato. Ciascuno ha una prospettiva differente di quello che ha vissuto. Forse Gietta le avrebbe raccontato cose diverse.
«Ma il mistero più importante è un altro, ed è quello che significa di più per noi.»
"E che ci può essere di più importante – se sono cose vere – di un infanticidio, e tutte quelle altre azioni orribili?" si chiese lei.
«Mia madre Giuseppina era stata adottata» disse zia Ade tutto d'un fiato. «Per pietà, alla Ruota degli Esposti, dove si lasciavano i bambini non desiderati.»
«Che cosa triste» disse Federica ormai distratta, senza riflettere su cosa significava.
«Sua madre, la sua matrigna, non la amava. Non sentirsi voluta è stato il grande dolore della sua vita. Per questo ha fatto tutto il resto, per dare a noi protezione e serenità. Quelle che lei non ha avuto mai.» Si fermò. «Pensava di non essere niente per nessuno.»
«Che cosa triste» ripeté lei, frastornata.
«E questo, però» la zia le prese la mano tra le sue, calde e secche, «vuol dire che noi, tutti noi, io, le mie sorelle, Italo e Nina, tu, tutti noi Morelli non siamo Morelli, non abbiamo il loro sangue. Siamo un'altra cosa.» Ci pensò su. «Veniamo da un'altra parte.»
«E da dove?» chiese lei, però adesso cominciava a capire.
«E chi lo sa?» Adelaide scrollò le spalle. «Non l'ha scoperto mia madre, noi non lo sapremo mai.» Le strinse di nuovo le mani, poi

le lasciò andare e affondò tra i cuscini del divano. «Ma tu non ci pensare. Adesso sono stanca.»

Federica si alzò, la coprì meglio con la trapunta e spense la piantana, lasciando accesa la stufetta.

Sulla soglia si girò. Zia Ade pareva già appisolata, con un'espressione serena e innocente sul viso.

"E come faccio a non pensarci?" si chiese andando in cucina.

1986

È in balia dei venti la nube radioattiva sprigionatasi dal reattore di Chernobyl in Ucraina. Paura nucleare sull'Europa. Kiev città "chiusa", l'URSS chiede aiuto, migliaia i morti? Brucia ancora la centrale. Evacuata tutta la zona nel raggio di 30 km. Ufficialmente il Cremlino annuncia solo due vittime.

"CORRIERE DELLA SERA", *aprile 1986*

Ottobre

Federica uscì dalla direzione e attraversò i saloni della Biblioteca Nazionale diretta verso lo scalone monumentale che conduceva al piano terra.

Fabrizio era rimasto a parlare col direttore di questioni accademiche che interessavano entrambi.

Lei oltrepassò le sale di consultazione avvertendo gli occhi furtivi e veloci degli studiosi – grassi, bassi, calvi e miopi – che strisciavano lungo le sue gambe.

Pioveva, ma faceva caldo e c'era umidità nell'aria.

Federica aveva indossato un impermeabile di gomma lucida, corto, rosso, che era stato di Angie e che lei, da bambina, aveva sempre desiderato. Anche la gonna era stretta e le lasciava scoperte gambe e cosce. Era da un po' che si divertiva a sperimentare un abbigliamento un po' rétro. D'altra parte, una ragazza, vestita in modo originale, veniva notata di più. Il suo ammiratore principale era Roberto Brancati, con cui era fidanzata da un anno.

Un ragazzo perfetto. Simpatico, affascinante, intelligente e ricco. Perfino innamorato. Peccato che Federica provasse per lui un sentimento intermittente che alternava momenti di grande passione a periodi di dubbio e ripensamento.

In sostanza le sembrava troppo compiuto e completo.

E poi Federica aveva sempre quel chiodo fisso, quel piccolo demone nascosto nella testa che a volte si riaccendeva.

Era successo anche quel mattino in cui avevano trascorso tanto tempo insieme.

Fabrizio era stato invitato dall'università a un convegno per parlare su certi regolamenti in difesa dei beni culturali, promulgati dal governo e applicati dalla Pubblica amministrazione nel lontano 1918.

La legge all'epoca aveva riscosso proteste nel mondo politico e intellettuale. Perfino Benedetto Croce si era espresso, in un articolo sul "Mattino". Fabrizio aveva bisogno di recuperarlo e bisognava spulciare un po' di vecchi giornali dell'epoca.

Lei era stata felice di accompagnarlo per rendersi utile.

Trovava piacere a badare a lui e alle sue esigenze. Fabrizio era puntiglioso e preciso. Serio. Una roccia di granito, pensava Federica, e per questo anche fragile. Lei era convinta che un urto improvviso potesse ridurlo in frammenti.

Così cercava di proteggerlo dagli attacchi del mondo reale e pian piano anche lei stava diventando come lui, sempre attenta all'errore, rigida, chiusa, anche in amore.

Roberto, a volte, glielo rinfacciava. Sosteneva che l'eccesso di profondità e di attenzione generava insicurezza, paralisi e, di conseguenza, infelicità.

Bisogna lasciarsi andare!

A volte con lui Federica si sentiva vecchia. Avrebbe voluto avere sempre la sua spensieratezza, come quando cantavano a squarciagola *We Are the World* col suo messaggio di speranza. «Giusto tu e me» diceva sempre alla fine Roberto, e la baciava.

«Che cazzo» sussurrò tra sé e sé scendendo lo scalone monumentale della biblioteca, diretta al piano terra. Uscì nel cortile delle Carrozze, che era stretto e lungo, e che ospitava una ventina di auto lì dove un tempo c'erano stati cavalli e landò.

Pioveva forte.

Lo spiazzo era diventato una gigantesca pozzanghera dentro cui si specchiavano le facciate rosse del palazzo e il cielo grigio.

Federica aprì l'ombrello e camminò in fretta verso uno dei portoncini di legno che davano sul cortile su cui era scritto in caratteri color rame: EMEROTECA.

Entrò.

Di fronte a sé si profilarono subito una serie di sale lunghe e strette come gallerie dentro cui c'erano – accostate ai muri o allineate a creare corridoi nel mezzo dell'ambiente – centinaia di scaffalature in legno con migliaia di mensole. Sulle mensole erano accatastati grandi volumi rilegati che contenevano tutti i giornali dell'epoca, dall'Unità d'Italia fino al presente, divisi per data e per testata.

Vicino all'ingresso c'era un tavolo grande, inclinato, con delle lampade azzurre per leggere. A destra c'era un visore con schermo a ingrandimento per consultare i giornali che erano già stati trasferiti su pellicola.

C'era puzza di umidità e di polvere stagnante.

Il responsabile della sezione fumava sereno alla sua scrivania sotto il grande cartello su cui era scritto: SEVERAMENTE VIETATO FUMARE.

Federica si avvicinò e si presentò come assistente universitaria, gli spiegò ciò che cercava, gli disse l'anno, i mesi, il quotidiano, e poi concluse informandolo che il professore stava per arrivare.

«È ancora in direzione» disse. «Ma scenderà tra qualche minuto.»

L'uomo spense la cicca e s'incamminò verso uno dei corridoi tra le grandi scaffalature. Accese qualche luce, poi si mosse in quel labirinto di carta e di legno come a casa sua.

Si fermò davanti a una mensola alta, salì su una scala di legno traballante e sfilò un grande volumone.

«Questo è il mese di agosto del '18.» Glielo passò. «Adesso le prendo settembre e ottobre. Sono pesanti.»

«Potrei avere anche novembre?»

«Peggio per lei.» L'uomo rise e sfilò altri tre volumoni, ne passò uno a lei, poi scese lentamente con gli altri due, che trasportò fino al tavolo inclinato.

«Grazie.» Federica si sedette e cominciò a sfogliare i giornali rilegati iniziando da agosto.

Le pagine del "Mattino" che aprì erano interamente dedicate alla Prima guerra mondiale e in particolare alla memoria della battaglia della Bainsizza, combattuta su un altopiano in Slovenia occidentale poco distante da Gorizia.

«Bainsizza.» Per Federica non era un nome nuovo. Poi ricordò che le era stato nominato in qualcuno dei confusi racconti di zia Ade.

Quella della Bainsizza era la battaglia dove aveva perso la vita il fratello di sua zia e di sua nonna, l'unico maschio di casa Morelli.

Il preferito dalla bisnonna Giuseppina, quello che le appariva in sogno, per cui la madre aveva fatto costruire addirittura un'armatura.

Federica non aveva mai creduto a tutte le storie che le aveva raccontato Ade, però adesso, sfogliando il giornale, vide che c'erano davvero pubblicità di corazze a scaglie, a fasce, ad anelli da spedire al fronte e da mettere sotto la divisa.

"Incredibile" pensò, immergendosi nella lettura.

L'articolo rievocava la terribile battaglia della Bainsizza dove, dopo un anno, si valutava potessero essere morti più di cinquantamila uomini, oltre centosessantamila feriti tra austriaci e italiani.

Continuò a sfogliare e leggere, dimenticando completamente la ricerca originaria sull'articolo di Croce, finché non sentì alle sue spalle la presenza di Fabrizio.

«Sono questi?» chiese lui. «Quattro mesi del "Mattino"?»

«Sì, sono questi.» Federica gli sorrise cercando di non mostrarsi imbarazzata. «Da agosto a novembre, come avevi chiesto. Sto esaminando il primo.»

«E hai trovato qualcosa?»

«Ancora niente.»

Non aveva neanche iniziato, però.

«Va bene. Allora questo lo guardo io.» Lui le sedette accanto e fece scorrere un altro volume verso di lei. «Tu passa direttamente al mese di novembre, anche se non troverai nulla, ma per sicurezza cerchiamolo anche qui.»

«Ok.» "Che bello" pensò Federica.

Però era piacevole stare gomito a gomito con lui.

L'addetto, in piedi, accese un'altra sigaretta.

Fabrizio alzò il viso e lo fissò con il suo sguardo verde, serio, severo, ma senza parlare.

L'uomo sollevò gli occhi al cielo ma poi aprì il portoncino del salone che dava sul cortile delle Carrozze dove scendeva sempre più forte la pioggia, e rimase sulla soglia a fumare.

«Che gente» sussurrò Fabrizio scandalizzato.

«Infatti.» A Federica venne da ridere. Se non ci fosse stato Fabrizio si sarebbe accesa una sigaretta con piacere pure lei.

Prese il volume di novembre e lo aprì a caso. Si bloccò. In alto, sulla parte destra della pagina, c'era una rubrica chiamata "Mosconi".

Subito sotto c'era una foto di un ragazzo in divisa.

"Vittime ed eroi."

Federica cominciò a leggere.

> Morelli Eduardo del fu Alfonzo, da Napoli, sottotenente di fanteria. Chiamato alle armi, quantunque figlio di madre vedova, fu nominato per i suoi titoli accademici sottotenente e aggregato al 19° Reggimento. Giovane intelligente, d'illibati costumi, di cuore nobile e generoso, non mancò di compiere tutto il suo dovere in difesa della Patria, stando in trincea per ben dieci mesi e prendendo parte a sette avanzate. Dopo un breve licenza fece ritorno in linea e, durante un attacco, cadde da eroe alla testa del suo plotone, colpito in pieno petto dal fuoco nemico sull'altopiano della Bainsizza. Raccolto cadavere dai suoi soldati che tanto l'amavano ebbe sepoltura nel cimitero di Bukowiec. Lo piangono la madre Giuseppina e le sorelle: Angela, Genoveffa, Maddalena e Adelaide.

Era tutto vero.

Quello che Adelaide le aveva raccontato non era frutto della demenza di una vecchia stravagante, ma stava lì, nero su bianco.

Federica rilesse i loro nomi, la famiglia, le zie.

Dopo più di un anno dalla battaglia i Morelli avevano avuto finalmente notizie della morte di Eduardo e avevano fatto pubblicare quell'articolo a pagamento in memoria dell'unico maschio di casa.

Federica fu presa da un attimo di emozione e giurò che avrebbe fatto ricerche per sé stessa, per capire qualcosa in più delle sue origini, della sua storia.

Non riuscì a trattenersi.

«Fabrizio» disse toccandogli il braccio. «Questo era mio zio, il fratello di Adelaide!»

Lui si alzò e mise il viso accanto al suo per guardare la piccola foto sulla carta ingiallita.

Federica sentì il suo profumo e lui – forse – sentì quello di lei.

Rimasero così per qualche istante mentre un'energia si diffondeva tra loro in quella grande stanza che sapeva di polvere, muffa, umidità e carta vecchia.

Non parlarono.

Forse neanche lui stava guardando la pagina.

Poi Federica sentì le mani di Fabrizio che cercavano le sue, sotto il tavolo. Girò piano la testa.

Anche lui si era girato.

Le loro bocche non erano mai state tanto vicine, ma Fabrizio arretrò all'improvviso e si alzò.

Il custode era rientrato. Fece sbattere il portoncino d'ingresso e scrollò via un po' di acqua che gli aveva bagnato la giacca.

Fabrizio tornò al suo posto.

«Eduardo Morelli» disse in tono fermo. «Non ne avevo mai sentito raccontare.»

«Zia Adelaide me ne parlò. Ora però non ricorda più nulla.» Federica era rossa in faccia ma cercò di sembrare disinvolta quanto lui. «Tutto perso.»

«Il passato non si perde mai, Federica.» Anche lui sembrava arrossito. «Quando meno te lo aspetti torna e ti cerca, ti trova, ti prende.»

"Cosa significa?" pensò lei fissandolo negli occhi. "Ci troveremo mai, io e te?"

Fabrizio sostenne il suo sguardo.

Federica era sicura che, se non ci fosse stato il maledetto sorvegliante, lui l'avrebbe baciata.

O almeno, lei di sicuro lo avrebbe fatto.

Entrambi abbassarono la testa sui volumi finché, dopo un po', Fabrizio la chiamò.

Aveva trovato un lungo articolo su due colonne con i commenti di Croce al nuovo provvedimento in materia di cultura e turismo.

«Eccolo qui.»

«Che bello.» Federica sarebbe rimasta lì dentro per un altro secolo e mezzo.

«Ricopio» disse Fabrizio.

«Vuoi che lo faccia io?»

«No. Ci penso io, tu detta.» Però lo disse senza entusiasmo. Magari anche lui stava ripensando a quel piccolo momento di intimità del quale non aveva saputo approfittare.

Federica dettò l'articolo a voce bassa mentre lui scriveva, poi ringraziarono l'addetto e uscirono sotto la pioggia.

Entrambi avevano l'ombrello. Lo aprirono e subito si fecero più distanti.

Camminarono in silenzio attraverso i giardini di Palazzo Reale fino all'uscita su piazza Trieste e Trento, entrambi immersi nello stesso pensiero – sperò Federica – poi, sotto il portone d'accesso, si salutarono stringendosi la mano.

Federica continuò verso piazza Municipio e poi per via Medina.

Una strana sensazione le riscaldava il petto.

Non era solo la meraviglia di aver trovato le tracce del passato della sua famiglia per puro caso, come se fosse stato il passato a cercare lei. C'era anche quella improvvisa vicinanza con Fabrizio, quella nuova cedevolezza che aveva avvertito in lui, quella strana titubanza, quel timido stringerle le mani, il volto vicino, le labbra, gli occhi. Un attimo e avrebbero potuto baciarsi.

Per Roberto non aveva mai sentito la stessa emozione.

«Mi dispiace» mormorò.

A piazza del Gesù aveva appuntamento proprio con lui per mangiare una pizza a Port'Alba. Solo che Federica era arrivata in anticipo e adesso pioveva di nuovo forte.

Così si riparò sotto un palazzo con due grandi giganti ai lati del portone. Palazzo Degas, le aveva detto che si chiamava così.

Pioveva.

Dall'interno del cortile sentì le porte dell'ascensore che si aprivano, mentre il portiere si affrettava, con un grande ombrello nero, ad andare incontro a qualcuno che usciva dalla piccola cabina.

Federica si girò. Aveva messo in testa il cappuccio impermeabile e l'ombrello aperto le copriva il viso, non era riconoscibile.

Lei però riconobbe la coppia che usciva dall'ascensore e che si fermava sotto una pensilina di vetro a pochi metri.

La donna aveva il collo lungo come quello di una giraffa e gli occhi mansueti, ma anche un po' offuscati. Stringeva le mani attorno alla spalliera di una carrozzina per disabili.

Nella carrozzina c'era un uomo, col braccio paralizzato e le gambe coperte da una trapunta rosa.

Era zio Dario.

Federica aveva saputo dell'ictus di sei mesi prima. I suoi le avevano raccontato che era stato ricoverato in una clinica, poi non aveva più avuto notizie, né le aveva cercate.

Adesso zio Dario stava lì, con sua cugina Giovanna.

«Hai visto che pioggia?» Federica sentì la voce di Giovanna chiara e squillante, quasi allegra, mentre si chinava su Dario. «Pure qui piove, certo, ma molto meno che a Roma.»

Dario aveva metà volto paralizzato e la bocca semiaperta, gli occhi fissi in avanti, il viso gonfio. Ma i capelli erano ben pettinati.

«Ci penso io» disse ancora Giovanna contenta. «A te ci penso io.»

Federica si faceva piccola piccola dietro il portone del palazzo mentre la pioggia continuava a cadere.

Si ricordava benissimo di aver sentito parlare suo padre e sua madre di come Giovanna fosse stata innamorata di nascosto e senza speranza di suo cugino per tutta la vita. Ne avevano riso. Dario era così bello, come Nina, mentre la cugina era sempre stata goffa e brutta.

«Mica ti lascio in clinica. Che follia.» Giovanna era allegra e parlava a voce alta. Federica si ricordò anche che beveva troppo.

«Ci sono io adesso. Io.» Carezzò la testa di zio Dario, che sembrava un pezzo di pietra. Il portiere, impassibile, li seguì riparandoli con il suo grande ombrello.

Le passarono davanti, l'uomo bloccato in carrozzella e la donna che lo spingeva con l'entusiasmo del possesso.

Giovanna non si accorse nemmeno di lei, ma Dario, pur tenendo il volto fisso in avanti, guizzò con gli occhi.

Per un attimo a Federica parve di scorgervi il bagliore di un leone ingabbiato.

Non avrebbe saputo dire se l'aveva vista, se l'aveva riconosciuta, se avrebbe voluto chiedere aiuto.

Lei rimase ferma nell'ombra mentre la pioggia continuava a scendere.

Le balenò davanti agli occhi l'immagine dei due appena passati, ma sulla carrozzella c'era Fabrizio, ed era lei che spingeva.

In quell'istante ebbe la percezione che la sua ostinazione era una speranza folle.

Ma se Giovanna era una povera illusa, cos'era lei?

1987

> C'è solo un'azione che i sovietici possono fare che sarebbe inconfondibile, che farebbe avanzare drammaticamente le cause delle libertà e della pace. Segretario generale Gorbačëv, se cerca la pace, se cerca la prosperità per l'Unione Sovietica e per l'Europa orientale, se cerca liberalizzazione, venga qui a questa porta. Signor Gorbačëv apra questa porta. Signor Gorbačëv, Signor Gorbačëv, abbatta questo muro!
>
> RONALD REAGAN PRESSO LA PORTA DI BRANDEBURGO,
> *Tear down this wall!*, 12 giugno 1987

Marzo

Federica chiuse il faldone.

Odiava il tempo che trascorreva in quello che, pomposamente, veniva definito "archivio", ma che in realtà era solo uno sgabuzzino nello studio notarile Palumbo & Figlio.

Già il primo giorno le avevano spiegato che era questa la prassi: essendo l'ultima arrivata, toccava a lei qualunque tipo di ricerca.

Non poteva lamentarsi.

Portò il faldone alla sua scrivania nell'ufficio che condivideva con altri cinque praticanti che subivano la petulanza del notaio Palumbo e la prosopopea di Palumbo figlio che, pur non avendo ancora superato l'esame di abilitazione alla professione, già sfoggiava il nome sulla carta intestata del padre.

Mentre stava per cominciare a studiare le carte si avvicinò proprio Palumbo figlio.

Era un giovane della sua età, col viso grasso, gli occhi piccoli e un sorriso fatuo sempre pronto.

Si appollaiò sulla sua scrivania.

Leonardo Palumbo amava le belle giacche di sartoria e le cravatte di Marinella. L'unica cosa che Federica riusciva a trovare di apprezzabile in lui era proprio il suo gusto nel vestire, che in genere non ritrovava nei suoi coetanei.

Peccato che per il resto l'aspirante notaio Palumbo fosse noiosissimo.

«Allora?» le chiese. «Ci hai pensato?»

Dalla sua assunzione a gennaio le aveva fatto una corte silenziosa ma incessante e, fino a quel momento, senza esito.

«Un tavolo romantico alla Cantinella» le sussurrò con un sorriso sulle labbra rosse. «Cocktail di aragosta, *foie gras* e Pavlova.»

Federica la Pavlova non sapeva nemmeno cosa fosse, il *foie gras* le faceva schifo, e di aragosta ne aveva assaggiata un po' – forse – al matrimonio di un'amica, ma non sapeva dire se le piacesse oppure no.

Rispose con gentilezza ma cauta, perché non voleva inimicarsi il figlio del suo datore di lavoro.

«Un'altra volta, stasera non posso proprio.»

Lui scivolò giù dalla scrivania con aria dispiaciuta ma non arrabbiata. «Troverò la porticina che apre l'ingresso al tuo cuore» disse. «Prima o poi.»

«Scemo.» Lei rise.

A suo merito si poteva dire che, pur essendo cretino, non era cattivo, e più di tanto non si spingeva.

«Hai molto da lavorare?» le chiese chinandosi a guardare le carte sulla scrivania.

«Sì, devo compilare questo elenco di eredi ma non mi ci raccapezzo» confessò Federica, e lui, subito disponibile, si tirò vicino una sedia per aiutarla.

Federica aveva deciso a fine anno di lasciare lo studio di Fabrizio, per motivi legati alla propria sopravvivenza.

Se non si fosse allontanata da lui, se non avesse smesso di averlo tutti i giorni sotto gli occhi, non sarebbe mai stata capace di superare quella che era una disgraziata e infantile cotta senza speranza, ormai patologica.

"Hai quasi ventisette anni" si era detta a inizio di dicembre. "Ti meriti di meglio che inseguire un vecchio che neanche ti vuole", e si era licenziata.

Fabrizio non aveva fatto nulla per trattenerla. Probabilmente anche per lui, dopo l'episodio di ottobre in emeroteca, la sua presenza era diventata solo fonte di imbarazzo.

Al notaio Palumbo era stata segnalata dal loro notaio di famiglia, quello che seguiva la disgraziata vicenda dell'usufrutto della casa, e Federica, a parte i goffi tentativi di Leonardo e la polvere dell'archivio, non aveva troppi motivi di lamentarsi.

Lo studio era al Vomero, in via Scarlatti, e lei si era anche iscritta in una palestra lì vicino. Stava facendo nuove amicizie.

«Leo, tuo padre ti vuole.» Il praticante più anziano aveva accompagnato una signora nell'ufficio del notaio e adesso si era avvicinato. «Vai anche tu, Federica, al notaio serve che batti a macchina un appunto della riunione, velocemente.»

Federica si alzò fingendo un sorriso.

La sua abilità nello scrivere a macchina era stata una delle qualità che le avevano assicurato il lavoro. Stare lì non era interessante come fare l'avvocato da Fabrizio, ma stava imparando un sacco di cose nuove e, in quel momento della vita, aveva deciso di accontentarsi.

E poi il notaio pagava bene. Meglio di Fabrizio.

Seguì Leo nello studio del padre.

Leonida Palumbo aveva la conformazione fisica del figlio, ma non il suo sguardo bonario. Con lui si stava sull'attenti.

Federica sedette al tavolino discosto dalla scrivania intarsiata e per un'ora prese appunti a macchina sulla conversazione tra i due Palumbo e la cliente.

Era una bella donna sulla quarantina, con una chioma di ricci rossi e grandi occhiali da vista con la montatura leggera che mettevano in evidenza due occhi chiari e intelligenti.

La sua era una complicata questione di eredità legata all'imminente trasferimento della signora in Svizzera e alla vendita delle quote di un patrimonio ancora indiviso con i suoi fratelli.

C'erano in mezzo anche problemi di salute. La signora aveva una qualche rara malattia degenerativa e quindi il tutto aveva caratteri di complicazione e d'urgenza al tempo stesso.

Federica riportò ciò che il notaio sottolineava. Fece anche un paio di osservazioni pertinenti, chiedendo delucidazioni su una data, un fondo, un grado di parentela.

Al termine della conversazione il notaio si alzò e salutò la cliente con un baciamano.

«Morelli, accompagna la signora Marina, per favore» le disse.

Federica sfoderò di nuovo il suo sorriso di obbedienza.

A volte le chiedevano di fare il caffè, altre volte una decina di fotocopie. Andava bene tutto, pur di non avere più a che fare con Fabrizio.

«Prego» disse. «Faccio strada.»

La signora la seguì attraverso la sala principale e poi nell'ingresso rivestito di boiserie in legno, dove una donna anziana fungeva da segretaria.

Sulla soglia la signora Marina si fermò.

«Mi può accompagnare in ascensore?» chiese. Poi rivolse un sorriso alla segretaria. «Soffro di claustrofobia. Non posso scendere da sola in cabina. Può dire al notaio che la signorina perde cinque minuti per causa mia?»

«Ma certo.» Federica sorrise divertita.

In ascensore la donna la guardò. Sfilò gli occhiali e strizzò gli occhi da miope. Indossava un completo scamosciato di Ferragamo in una tinta di marrone che le donava moltissimo. Federica glielo invidiò con tutto il cuore, insieme alla borsetta e alle scarpe coordinate.

«Io mi chiamo Marina Carpentieri» disse.

«Lo so, signora» rispose lei compunta. «Ho preso appunti.»

«Lei si chiama Morelli?»

«Sì, Morelli.»

«E abita alla Riviera?»

«Sì. Come lo sa?» chiese Federica.

Nel frattempo erano arrivate al pianterreno. Uscirono dalla cabina e attraversarono l'androne del palazzo.

«Perché sono stata a casa sua, più di una volta.» La signora Carpentieri si fermò prima del portone. «Mi ricordo perfettamente di lei, Federica.»

«Mi dispiace, io no.» Federica continuò a sorridere. «È forse un'amica di mia madre?» chiese, anche se lo riteneva improbabile considerata l'eleganza della donna.

L'altra rise in un modo che le sembrò offensivo. «No, assolutamente, no. Ero amica di sua zia.» Fece una pausa e guardò la strada fuori. «Angie.»

«Angie?» Federica ebbe un moto di gioia. Non le pareva vero di incontrare qualcuno che ricordasse Angie.

Poi, improvvisamente, le tornò in mente una ragazza con i capelli rossi che veniva a studiare con sua zia tanto tempo prima. Ma non era un ricordo gradevole. Lo associava al viso di Angie in lacrime, anche se non riusciva a rammentare il perché. Era troppo piccola all'epoca.

«Mi ricordo» disse.

«Mi è dispiaciuto molto per Angie» continuò adesso Marina Carpentieri. Si erano fermate sulla scalinata di marmo che dava verso piazza Vanvitelli. «Ho saputo.»

«Cos'ha saputo?»

«Quello che le è successo.»

«È morta per salvare altre persone» disse lei raddrizzando le spalle. In qualche modo sentiva che doveva difendere Angie dalla pietà di quella donna.

«Sì. Va bene» commentò l'altra, ma il tono diceva tutt'altro.

«È stata una tragedia terribile» ribadì Federica poi, senza volerlo, fece un passo in avanti.

Marina Carpentieri non si ritrasse. Frugò nella borsa e prese gli occhiali, che alla luce del sole assunsero una sfumatura ambrata, celandole l'espressione degli occhi.

«Mi sono sentita in colpa» disse. «Quando ho saputo.» Federica rimase zitta. «Da ragazze eravamo stupide.» Marina continuò a fissarla dietro gli occhiali. «Litigai con lei per delle sciocchezze, non ricordo neanche per cosa, ma Angie si dispiacque molto. Era una ragazza speciale. Molto dura. Anche con sé stessa.» Cercò la parola giusta: «Rigorosa. Forse troppo. Per lei le cose erano o bianche o nere. Perciò, credo, ha fatto quello che ha fatto».

«Cosa vuol dire?» Federica allungò una mano e toccò il suo braccio scamosciato. «Cosa ha fatto?»

Aveva paura e allo stesso tempo aveva bisogno – aveva fame – di sentir parlare di Angie.

«Mio marito è un magistrato, perciò poi ho saputo tutto» disse quasi in tono di scusa.

«E cioè?» Federica lasciò cadere la mano.

Marina scosse la testa. «Perché era su quel treno, secondo lei?»

«Non lo so.» Non voleva più ascoltare. «Però so che Angie si è sacrificata per delle persone.»

La signora Carpentieri la guardò senza parlare, forse chiedendosi se continuare o smettere. Federica non vedeva i suoi occhi dietro le lenti sfumate, ma le parve di scorgere un'espressione di pietà.

«Forse ha ragione.» Si girò per andarsene. «Inutile rovistare nel passato.»

«No, aspetti. Che intendeva dire?»

«Non intendevo niente.» L'altra provò a sorridere. «È solo che a volte ho molti rimpianti e mi viene voglia di chiedere scusa a persone che non ci sono più, come Angie.»

«E vuole chiedere scusa a me?»

«Forse.»

«Angie è stata eroica» ripeté Federica. «Ha salvato delle persone in quel treno.»

Ma le parole le sembrarono false.

«Ha ragione. Mi scusi ancora.» La donna si girò e corse via senza darle il tempo di replicare.

Federica, frastornata, si girò e andò a sbattere contro Leonardo Palumbo.

«Eccoti!» Lui sorrideva. «Papà mi ha mandato a vedere se la signora Carpentieri ti aveva rapita.»

«No, è claustrofobica» rispose lei senza quasi capire cosa stava dicendo.

«Pure? Povera donna.» Leo, gentilmente, la fece rientrare nel palazzo e abbassò la voce. «Dice papà che morirà presto: un male incurabile.»

Federica lo guardò. Era un bravo ragazzo.

E lei era stanca.

«Leo, è ancora valido l'invito a cena alla Cantinella per stasera? Vorrei provare la Pavlova.»

Settembre

Federica trovò il libro francese proprio l'ultimo giorno.

Sorrento si era svuotata di turisti ed era tornato il paese incantevole dove a volte, soprattutto Italo, vagheggiava di ritirarsi a vivere in vecchiaia.

Aveva parlato al telefono con sua madre, che quell'estate era stata più a Napoli che lì. Zia Ade non stava bene e si faceva a turno per assisterla, ma come sempre a Pina toccava il carico maggiore, e poi se ne lamentava.

Se non ci fossi io. Perché sono troppo buona, ma mica sono fessa. Dopotutto mica è zia a me, eccetera.

«Parto prima di pranzo» le aveva detto Federica per placarla. «Così tu puoi riposare.»

«Era ora! Mangia in treno perché io oggi di cucinare non ho voglia.»

Era uscita quindi per comprare un panino imbottito, e poi era passata per la sua libreria preferita, sotto i portici di piazza Lauro. Si era messa a spulciare tra i libri usati in offerta. Molti erano in lingua straniera, abbandonati negli alberghi dai tanti villeggianti di ogni paese, e in vendita per poche lire.

Sfogliò distratta una copia di *Emma* di Jane Austen, in inglese. Era un libro che aveva già letto, tradotto in italiano ovviamente, ma aveva una bella copertina. Lo posò e prese il successivo, in francese.

Federica lo parlava e a scuola aveva sempre preso bei voti.

Anche qui fu attratta dalla copertina. Un bel volto di donna, appassionato, con occhi intensi e neri che sembravano vivi. Era un dipinto a colori, e la donna vestiva abiti di un'altra epoca.

Il titolo, *Une femme dans la tempête*, le fece pensare a una di quelle belle storie romantiche che le piacevano.

Lo comprò d'impulso, pensando che era l'occasione per rinfrescare una lingua utile anche per lavoro.

Tornò a casa, le valigie erano già pronte.

Suo padre era partito la mattina, dicendosi preoccupato per Pina. Con lui la mamma non si sfogava mai. Anzi, ormai andavano quasi d'amore e d'accordo. Misteri di quel matrimonio.

Italo le aveva lasciato le piante di geranio da mettere dentro casa.

Federica chiuse in fretta e scese verso la stazione della Circumvesuviana, dove salì sul primo treno per Napoli.

Occupò due sedute libere ammassando valigia e borsone nel sedile accanto al suo, poi si guardò attorno con un po' di imbarazzo, ma il vagone era quasi vuoto.

Scartò il panino, però si accorse di non avere affatto fame, quindi prese il libro francese che aveva appena comprato e lesse il testo in quarta di copertina. Con un po' di fatica capì che non era un romanzo sentimentale ma l'autobiografia di una pittrice dell'Ottocento francese mai diventata famosa, ma che aveva avuto una vita movimentata, *scandaleuse*, per l'epoca, e per questo l'aveva poi raccontata.

L'immagine in copertina era un suo quadro.

E la didascalia in quarta recitava *Angela* di Valérie Blanchard.

Federica provò a immergersi nella lettura, però si accorse subito di aver sovrastimato i suoi ricordi della lingua francese.

Andò avanti con difficoltà, solo il tempo di capire che la scrittrice aveva vissuto anche a Napoli da giovane.

«Valérie Blanchard» ripeté.

Però si era stancata di tradurre, così mise da parte il volume e mangiò il panino guardando fuori. Poi abbassò lo sguardo e le sembrò che la *donna nella tempesta* dipinta in copertina la stesse osservando.

Gli occhi della modella, neri e brucianti di passione, la stavano invitando a riaprire il volume.

Così si sistemò sul sedile scomodo di plastica con l'intenzione di leggere fino all'arrivo. Saltò interi paragrafi, i più ostici, lunghe riflessioni sulla vita, delle quali poteva fare a meno.

Poi l'occhio le cadde su un nome: Angela Morelli.

Lo trovò nel secondo capitolo. Allora, incuriosita, lo cercò ancora, facendo scorrere veloce lo sguardo sulle pagine.

E lo trovò di nuovo.

Angela, o *Angèle*, o *mon Ange* stava dappertutto nel libro.

E varie volte era citato di nuovo il suo cognome: *Morelli*.

Rimase a guardare il nome stampato.

Angela Morelli.

Non era possibile.

Oppure sì?

Zia Ade, quando ancora ci stava con la testa, le aveva parlato di una Angela Morelli.

La sorella di sua madre Giuseppina.

Angela Morelli che era morta di colera. Quella per cui Giuseppina – la sua bisnonna Giuseppina – si era sacrificata sposandone il vedovo, tanto più vecchio di lei.

«Cavolo» sussurrò.

Quel libro in francese parlava di una sua antenata.

"Devo dirlo a zia Ade" pensò, e subito ricordò che sarebbe stato inutile visto che non era più in grado di capirla né di sostenerla come aveva fatto per tanto tempo.

Guardò il libro, lo rigirò tra le mani, fissò la copertina, con quel viso pieno di sentimento. Angela. La fissò con attenzione, le parve di riconoscere qualcosa di sé in quei lineamenti tracciati dalla mano della pittrice.

Era un segno del destino.

All'inizio era stata solo curiosa del passato di Angie, cui voleva bene, e di sua zia Nina, che invece odiava. E forse era stato anche un modo per non pensare al *suo* passato, a quei mesi bui in cui era sprofondata. Ma poi, a mano a mano che aveva iniziato a scoprire fatti della sua famiglia, si era appassionata alla storia delle donne Morelli.

Donne come lei, con il suo cognome e il suo sangue. Le pareva che le avessero camminato accanto, e ora la facevano sentire forse meno sola. Perché, come lei, ciascuna di loro aveva cercato una strada diversa da quella prevista, sbagliando, pagando, vivendo.

Peccato che i racconti della zia non erano né affidabili né verificabili, e che negli archivi avesse trovato poco più che date di nascita, di matrimonio e di morte.

Però poi ecco che, anche quando lei non cercava, il passato tornava a cercare lei.

Prese una penna e abbassò la testa sulle pagine per capire cosa stesse scritto lì dentro.

Giunta a Napoli, sarebbe voluta tornare subito a casa per finire il libro, ma il giorno prima si era messa d'accordo con Antonella per vedersi.

L'amica aveva un fidanzato geloso che spesso le poneva domande tipo: "Ma preferisci vedere le tue amiche invece che me?", e così gli appuntamenti erano scarsi e andavano organizzati per tempo.

Sedettero ai tavolini del Gran Riviera. Federica le mostrò il libro e i pochi appunti che era riuscita a scrivere in treno.

«È una storia incredibile» le spiegò, mentre aspettavano i caffè e la sfogliatella divisa per due. «Questa Valérie Blanchard viveva qui vicino, alla Riviera, e la sua amica – Angela – di cui parla in tutta la prima parte del libro, era una mia antenata. La sorella della mia bisnonna.»

«Ma sei sicura?» Antonella ringraziò il cameriere e diede un morso alla sua metà di sfogliatella. Col fidanzamento si era rilassata, e stava diventando grassa. «Cioè, ne avevi mai sentito parlare?»

«Da mia mamma, credo. Volevo sapere da dove veniva il nome di mia cugina Angie.»

«Domanda pure a tuo padre.»

«Lui del passato non ricorda niente. O si scoccia. *Chiedi a zia Ade*, dice sempre. Anche se ormai è inutile chiedere a lei.»

«Povera zia Adelaide» disse Antonella, che la conosceva da tanto tempo. «Quanti anni ha?»

«Novantuno, quasi novantadue. Ormai i momenti in cui è lucida sono rari. In genere ti risponde una cosa per un'altra, come se stesse sognando.» Federica bevve il caffè. «Ma hai capito che cosa pazzesca, Antonella? Ho ritrovato la mia prozia!»

«In che periodo ha vissuto? Nell'Ottocento?»

«Lei è morta giovane, ma Valérie Blanchard ha avuto una vita lunga e avventurosa, a Parigi e altrove. Nella Belle Époque.»

«Che cosa interessante» disse Antonella, ma sembrava già distratta. «E ci sono storie d'amore, di sesso, nel libro?»

«Non lo so, non l'ho letto tutto ma non penso. Sono memorie della sua vita.» Federica avrebbe detto di più, ma l'indifferenza della sua amica la indispettì. «Però parla spesso di Angela. Era la sua modella preferita a Napoli. Deve essere stata importante per lei.»

«Che storia.» Antonella guardò il suo orologio.

«Ho deciso di scrivere all'editore.» Federica cercò di ricatturare la sua attenzione. «Ho visto che la casa editrice ha lo stesso cognome.» Le mostrò il libro. «Vedi? Blanchard Éditions. Forse mi sapranno dire qualcosa.»

«Figurati se ti rispondono.» Antonella non era più interessata. Finì il suo caffè. «Senti, io devo andare.»

«Di già?» Federica cercò di non mostrare la sua delusione. Non si vedevano da un mese, e aveva sperato di passare tutto il pomeriggio insieme.

«Cosimo poi mi fa storie. Devo andare da sua madre.»

«E che palle!»

Antonella si alzò. «Pure tu, però, con questa storia della pittrice e della modella. Io volevo sapere che avevi combinato quest'estate.»

«Ma questa faccenda è pazzesca.» Federica era un po' seccata. «Un caso incredibile.»

«Mica tanto. Stai sempre a rovistare tra la roba vecchia. Anche io, se lo facessi, scoprirei un sacco di cose, ma chissenefrega.»

Lei era così. Concreta.

Superficiale, ma giusta.

«Paghi tu?» chiese, già pronta a scappare via. «La prossima offro io e mi dici di quel Renato.»

«Renato chi? Ah, quello.» Federica scosse la testa. «No, poi sono uscita con altra gente, un gruppo di Sant'Agnello.»

«Me lo racconterai!» gridò Antonella correndo verso la Torretta.

Federica andò alla cassa a pagare e prese anche un vassoio di paste assortite per casa. Poi s'incamminò, un po' sovrappensiero.

Quello che non aveva detto ad Antonella – perché non ce ne era stato il tempo, forse – era la cosa più affascinante di tutta la storia.

Tra Valérie e Angela c'era stata una relazione sentimentale, intima, fisica e, per quanto Federica sapeva, non era una cosa comune a quei tempi.

Non vedeva l'ora di chiudersi in camera e finire il libro. Con l'aiuto del vocabolario sarebbe stato più facile.

Valérie era tornata a Parigi. Angela era morta a Napoli.

Perché non erano scappate insieme?

Voleva sapere tutto.

1988

Troppo spesso la storia dell'Europa viene descritta come una serie interminabile di guerre e litigi. Eppure, dal nostro punto di vista odierno, ciò che ci colpisce di più è sicuramente la nostra esperienza comune. Ad esempio, la storia di come gli europei esplorarono e colonizzarono – e sì, senza scuse – civilizzarono gran parte del mondo è una straordinaria storia di talento, abilità e coraggio.

MARGARET THATCHER A BRUGES, *20 settembre 1988*

Giugno

Federica era tornata presto dal lavoro.

Dopo aver lasciato il notaio Palumbo, padre e figlio, alla fine dell'anno precedente, aveva aperto il suo studio professionale con un collega, Renato Nicosia.

L'aveva conosciuto in tribunale durante gli anni di praticantato con Fabrizio. Avevano fatto amicizia, nonostante Renato, all'inizio, avesse anche provato a corteggiarla.

Poi, un pomeriggio di novembre, lui l'aveva chiamata e le aveva spiegato che lasciava lo studio dell'avvocato di cui era stato assistente per cinque anni. Non ne poteva più. Le aveva proposto di aprire in società un piccolo ufficio al piano terra di un palazzo in via Toledo, di fronte a Caflish.

«Il proprietario è mio zio e ce lo fitta per pochi soldi. È un locale nel cortile interno del palazzo.» Aveva esitato. «Può venir fuori uno studietto moderno. Spese e profitti, tutto diviso al cinquanta per cento.»

Federica non ci aveva pensato un attimo. «Ci sto» aveva detto. «Ci sto!» E si era licenziata dal notaio.

Aveva messo nella società i pochi risparmi che aveva accumulato grazie al lavoro da Palumbo, contribuendo così alla ristrutturazione dei locali e all'arredo, e lo studio si era avviato.

Si occupavano di piccole cause, liti condominiali, morosità e incidenti automobilistici. Niente di straordinario o esaltante, e per adesso ancora guadagni minimi, giusto le spese, ma Federica si era appassionata alla *professione libera*, come diceva a suo padre, sempre scettico.

Fino ad allora non le era mai sembrato di essere davvero un avvocato. Adesso, finalmente, sentiva di fare qualcosa di utile non solo per sé stessa.

In questo non era allineata col suo socio che, per sua stessa ammissione, considerava i clienti – poveri o ricchi – vacche da mungere.

«Le persone perbene non vanno dall'avvocato» diceva Renato, convinto. «Questi sono stronzi ed è giusto che paghino.» Era un bravo ragazzo, un bravo socio e un bravo amico, e Federica passava molto del suo tempo con lui, ma stava ben attenta a non illuderlo.

In genere lavoravano fino a sera, ma quel venerdì Federica era tornata a casa nel primo pomeriggio. La signora che badava a Adelaide si era ammalata e sua madre non poteva stare tutto il giorno con lei. Così si erano date frettolosamente il cambio sul pianerottolo di casa di zia Ade, perché Pina aveva cose urgenti da sbrigare.

Adelaide sedeva in poltrona accanto al letto, davanti al televisore acceso. Guardava le immagini ma non sembrava ascoltasse ciò che veniva detto.

Ormai, giorno e notte, era costretta a usare il pannolone.

A Federica pareva una violazione terribile, specie per una donna come sua zia, che era stata indipendente, libera, coraggiosa, bella e desiderata.

La accompagnò in bagno, la lavò e le sistemò meglio i capelli, poi la riportò a sedere davanti al televisore acceso.

Adelaide si faceva fare tutto, ubbidiente e grata come una bimba piccola, con un sorriso svagato sulle labbra. Federica le voleva bene, ma sentì una voglia terribile di scappare da quella stanza e da quel disfacimento. Fuori c'era il sole, lì dentro c'era la morte.

Uscì sul terrazzo, si accese una sigaretta, fece qualche passo nervoso, poi sedette sulla sdraio di metallo e plastica verde che zia Ade teneva là fuori, e provò a sfogliare una brochure dell'agenzia di viaggi.

Voleva partire, ad agosto, ma non sapeva ancora dove andare.

L'America, forse, anche se costava un sacco. Oppure Vienna, Londra, Parigi. Non era stata mai da nessuna parte.

Il suo fidanzato, un ingegnere di nome Pierpaolo, le aveva lasciato carta bianca. Era più grande di lei di dieci anni, socio di un'impresa edile importante, e le aveva detto che avrebbe pagato tutte le spese, ma Federica non aveva intenzione di accettare.

I prezzi dei voli erano altissimi. Posò la rivista sul tavolo di vetro e si affacciò alla ringhiera.

Era proprio una bella giornata nitida.

Dal terrazzo si vedeva il mare, il Vesuvio e la costiera con Capri.

Federica guardò giù e osservò il traffico che scorreva lento. Accanto al portone era parcheggiato un grande camion rosso con l'insegna di una ditta di traslochi. Gli operai portavano dentro le casse di legno mentre sulla strada erano ammassati un paio di scatoloni di cartone.

Sull'altro marciapiede c'era gente che guardava, i soliti curiosi che si fermavano a osservare i lavori in corso e qualunque cosa fuori dall'ordinario.

Federica notò una figura, si sporse, ma non era sicura.

Tornò dentro, controllò zia Ade che si era appisolata, e uscì di casa, pensierosa.

Al primo piano una delle due porte era spalancata.

Le sorelle Mazzullo, dopo la morte della madre, avevano mantenuto l'appartamento in fitto fino alla scadenza del contratto, anche se vivevano altrove. Adesso si erano decise a svuotarlo. Si chiamavano Paola e Lucia, e Federica le conosceva fin da quando era una bambina. Non le aveva mai trovate simpatiche.

A quanto ricordava, non erano state neanche amiche di Angie.

Un tempo bionde e graziose, adesso erano due quarantenni intristite, una grassa con la permanente riccia, l'altra magra e con gli occhi sporgenti per non ben precisati problemi alla tiroide. Venivano a trovare la madre solo la domenica e i Morelli, dal piano di sopra, potevano sentire gli strilli e i litigi.

Nemmeno Pina, in genere bendisposta verso il prossimo, poteva trovare qualcosa di buono da dire su di loro.

Adesso stavano sulla soglia e spingevano coi piedi un pesante scatolone pieno di libri.

«Come va?» chiese Federica.
«Abbiamo finito» disse Paola, quella grassa. «Questo era l'ultimo pacco. I libri di scuola di mamma.»
Le Mazzullo non piacevano a nessuno, però la loro partenza aveva amareggiato molto suo padre, visto che la casa necessitava di lavori, senza i quali nessuno l'avrebbe voluta più in fitto. D'altra parte, date le condizioni di salute di Adelaide, e considerato che alla sua morte tutto l'immobile sarebbe passato agli eredi di Porzio, non era il caso che ci spendessero soldi. Quindi, quella rendita piccola ma significativa sarebbe venuta a mancare alla famiglia proprio in un momento delicato.
«Deve essere terribile liberarsi di tanti ricordi» disse Federica. Cercava di essere gentile, anche se avrebbe voluto scendere in strada. «Siete state veloci, però.»
«Già. Tutta 'munnezza senza valore» sospirò Paola. «Mamma era una che accumulava. Bottoni, stoffe, libri, piatti spaiati. Non ti dico cosa abbiamo dovuto buttare.»
«Una cosa dolorosa» intervenne Lucia, che i capelli tinti di biondo, e ancora lunghi, non facevano sembrare più giovane, anzi. «Tanti ricordi di quando eravamo bambine, e poi ragazze. La vita di mamma e papà. Uno strazio.»
«Mi dispiace.»
«Vabbè» disse Paola, che era più sbrigativa. «Ormai è fatta. Volevamo salire per salutarvi, ma a questo punto lo facciamo qui.» E l'abbracciò goffamente.
Federica si lasciò stringere ma rimase immobile, un po' distante.
Ricordava di aver visto Angie piangere per colpa loro e poi, se perfino suo padre Italo si riferiva alle Mazzullo come a *due demoni fetenti*, qualche motivo ci doveva pur essere.
Anche Lucia l'abbracciò in fretta.
«Salutami mamma e papà» disse. «Gli vogliamo tanto bene.»
«Anche loro, tanto» mentì lei.
«Noi volevamo bene anche ad Angie» disse poi Paola.
«Anche lei. Tanto tanto.»
Le gemelle tornarono a guardare la scatola di cartone e Federica le lasciò lì.

Si affrettò verso il piano terra, anche se aveva perso troppo tempo in chiacchiere inutili.

Eppure lui stava ancora lì.

Fabrizio era fermo accanto al camion dei traslochi. Indossava una giacca chiara, camicia azzurra e pantaloni grigi e, come al solito, addosso a lui i vestiti, se pur di buon taglio, sembravano larghi.

Federica non lo vedeva da più di un anno, eppure non le apparve più vecchio, anzi. E gli occhi erano ancora belli.

«Sei bellissima» disse lui, fissandola. «Hai tagliato i capelli?»

«Un poco.» Lei sorrise. «E come sto?»

«Come sempre. Bella.»

"Ora mi dice qualcosa di Nina" pensò lei, già pronta a irritarsi: *come lei, tale e quale, simile, mi ricordi...*

«Ho saputo del nuovo studio. Brava. Non potevi fare la praticante a vita.»

«Magari passavo il concorso per notaio.»

«No, non tu» disse lui. «È un lavoro noioso e senza stimoli. Tu sei curiosa, una ricercatrice.» Ci pensò su. «L'avvocato va bene, ma ti avrei vista pure all'università con una docenza.»

Federica fu contenta. Allora in qualche modo la vedeva, la conosceva.

«E tu come stai?» chiese sfiorandogli la giacca leggera con un dito. Poi si lanciò: «Sempre bello e impossibile?».

Lui non arrossì, ma distolse gli occhi per guardare le gemelle Mazzullo che, uscite dal palazzo con il loro pacco, si stavano dirigendo verso un'auto rossa.

«Qualcuno sta traslocando?»

«Le Mazzullo.» Federica le indicò.

«Non le conosco.»

«Due stronze che abitavano al primo piano» rispose lei abbassando la voce.

«Al primo piano?» Fabrizio scosse la testa e sorrise. «Anch'io abitavo al primo piano.»

«Caspita, non me lo ricordavo! Allora quella è casa tua.» Federica lo prese sottobraccio. «Ora è libera. Se vuoi tornare qui, te la diamo a un ottimo prezzo.»

Lui guardò il portone, che era rimasto aperto.

«Magari.»

«Sul serio?»

«No, scherzavo, però...» Guardò in alto verso le finestre.

«Sei curioso? Vuoi salire a vederla?» chiese lei, interpretando la sua esitazione. «Vuoi entrare nella tua casa d'infanzia?»

«Mi farebbe piacere.»

«Andiamo. Ti offro anche un caffè, allora.»

Mentre loro tornavano nel palazzo il camion dei traslochi si mosse lentamente per inserirsi nella careggiata trafficata.

Salirono le scale in silenzio. Fabrizio sembrava emozionato.

«E come stai?» gli chiese lei. «Capo.»

«Come sempre» disse lui, ma gli mancava il fiato.

Arrivati sul pianerottolo Fabrizio si fermò.

Le Mazzullo avevano lasciato la porta spalancata e lui esitò.

«Non è la mia vecchia casa» disse.

Poi indicò l'appartamento di fronte, in fitto ai Coppola.

«Io abitavo qua.»

«Mi dispiace, ti ho fatto salire inutilmente.»

Fabrizio stava guardano la porta lasciata spalancata dalle Mazzullo.

«Qui, tanto tempo fa, abitava un'altra persona» disse.

«Chi?»

«La signora Trovati.»

«Non me la ricordo.»

«Una signora strana» disse lui. «Ma non puoi ricordarla, morì prima che tu nascessi.» Fabrizio fece un passo avanti verso la soglia di casa. «Ho passato dei momenti indimenticabili qui dentro.»

"Con zia Nina" immaginò Federica gelosa, e anche stufa. "Sempre la stessa storia" pensò. "Questo non cambia mai."

«Vuoi entrare?» chiese e si infilò dentro l'abitazione. «Vieni, vediamo se hanno dimenticato qualcosa.»

Fabrizio esitò ma la seguì.

Dopo un piccolo passetto c'era una stanza, forse il salotto, e poi da lì si andava in un corridoio stretto che conduceva alle due camere da letto e alla cucina.

Nella cucina c'era una piccola porta aperta su un vano stretto e buio, affollato di mensole.

Fabrizio si fermò lì davanti.
«Che c'è?» chiese lei.
Lui non rispose, e a Federica venne da abbassare la voce. «Che c'è?» ripeté.
Fabrizio cercò l'interruttore della luce ed entrò nello sgabuzzino.
Federica lo seguì, curiosa di capire cosa stesse cercando, ma lo spazio era poco e loro si trovarono subito immobili e vicinissimi.
Troppo vicini.
Il vano puzzava di muffa, di cibo, di sapone.
Poi lui si voltò e la guardò.
Gli occhi verdi erano grandi e adesso sembravano quelli di un adolescente incerto, o di un bambino spaventato. Un attimo dopo avvicinò le labbra alle sue, come se fosse naturale, come se si fossero già baciati un istante prima, come se fossero amanti.
Si baciarono.
Federica si lasciò andare. Lo abbracciò e lo strinse, ma intanto non riuscì a non pensare.
Possibile?
Il desiderio che la perseguitava da anni si stava esaudendo in quell'istante, in quello sgabuzzino fetido, senza preavviso e senza un perché, dopo tanto tempo senza vedersi.
Continuò a baciarlo, cercando di assorbire il sapore delle sue labbra e ogni altra sensazione di quel momento, che non sapeva quanto sarebbe durato.
Però intanto il suo cervello continuava a farle domande.
Perché adesso?
Perché in quella casa e in quello stanzino?
Perché ci era stato con Nina, si rispose.
Perché ci aveva baciato Nina, in quello sgabuzzino.
E adesso ci stava baciando lei.
O invece perché lì *non* aveva baciato Nina?
Mentre adesso ci stava baciando lei?
Federica si aggrappò a lui e continuò a cercare le sue labbra.
Ma alla fine lui chi stava baciando in quel momento?
Lei, oppure Nina?

1989

> Berlino apre il Muro. Torna la libertà sui confini tra le due Germanie.
> I mattoni sono ancora lì, come i fili spinati, le mine anti-uomo, i cavalletti di Frisia, le lugubri torrette dalle quali i vopos non sparano più. Ma da ieri il Muro di Berlino sembra un'illusione ottica, l'inutile reminiscenza di un incubo che per quasi trent'anni ha marcato d'infamia la storia dell'Europa postbellica.
>
> FRANCO VENTURINI, *"Corriere della Sera", novembre 1989*

Dicembre

Non era stata una buona idea.

Federica se lo ripeteva a ogni forchettata di sartù e a ogni sorso di Amarone.

Però era sembrata buona, quando le era venuta in mente, e anche nei due giorni successivi.

Fabrizio, seduto dall'altro lato della tovaglia bianca ricamata, mangiava assorto, con gli occhi rivolti verso il piatto, e non la guardava. Attorno a loro il salotto era in penombra, illuminato solo da luci soffuse.

Fabrizio viveva in un bell'appartamento di sua proprietà in un palazzo dell'Ottocento che affacciava sui giardinetti di piazza Mercadante al Corso Vittorio Emanuele.

Maioliche marroni rivestivano il grande pavimento. Pochi mobili moderni, in acciaio e cuoio disegnati da un famoso architetto milanese e qualche quadro astratto in tinte neutre.

La cucina, stretta, lunga e nuova, mostrava chiaramente di non essere usata.

Era stata la fonte dell'ispirazione di Federica.

«Ti invito a cena» gli aveva detto per telefono qualche giorno prima. «A casa tua. Tu però non dovrai fare niente. Penso a tutto io.»

E così era stato.

Ma forse non era stata una buona idea.

Fabrizio, che al telefono era parso curioso ma arrendevole, aveva spalancato gli occhi quando aveva aperto la porta al suo arrivo, un'ora prima.

Le aveva tolto dalle mani i pacchi più pesanti, quelli col cibo, e le aveva fatto strada verso la cucina.

Lei era entrata in salotto e aveva posato il piccolo albero di Natale finto, tutto bianco e con le palline rosse.

Sulla mensola di vetro e acciaio non faceva un grande effetto, dovette constatare.

Era stato quello il primo momento in cui aveva avuto un dubbio sulla sua iniziativa. Poi aveva apparecchiato con la tovaglia appartenente al corredo che sua mamma le stava preparando dalla nascita.

Fabrizio aveva preso una bottiglia da stappare, mentre lei si occupava del cibo.

«Ho cucinato tutto io» aveva detto accendendo il forno per riscaldare il sartù.

Non era neanche vero: Pina aveva lavorato per due giorni, se pur con il suo aiuto sporadico.

Se anche Fabrizio si era chiesto il perché di quell'organizzazione, non lo aveva dato a vedere, e l'aveva lasciata spadroneggiare osservandola divertito.

Federica aveva messo vicino all'alberello la cartellina di pelle in cui c'era la cosa che voleva mostrargli – il motivo vero della cena –, anche se adesso le sembrava tutto sbagliato.

«Veramente buono, brava» disse Fabrizio con cautela provando il sartù.

Sembrava temere una trappola.

«Volevo fare una cosa per te» disse lei mentre gli levava il piatto. «Volevo farti sentire un senso di famiglia, forse.»

Lo fermò con un gesto della mano, prima che lui potesse dire quanto era stata gentile o frasi del genere. «In realtà ha cucinato tutto mia madre. E quindi sono stata una bugiarda, come di abitudine sono e lo sono state le donne della mia famiglia.»

Si stupì lei stessa della frase che le era uscita di bocca. Fabrizio la guardò un po' incerto e lei andò in cucina a posare i piatti.

Era presto per quello che voleva spiegargli.

Dopo il bacio nello sgabuzzino si erano evitati. Federica aveva aspettato una mossa da lui, che non c'era stata. Erano passati i mesi ed erano tornati a una normalità impacciata, qualche telefonata, qualche incontro senza significato. Ma adesso, quasi un anno e mezzo dopo, era decisa a capire e a farsi capire.

Quando rientrò con la teglia del polpettone farcito, lui le stava riempendo il bicchiere.

«Quello che davvero mi piace di te, Federica» disse, «è che sei imprevedibile.» Si guardarono dai lati del tavolo, poi Fabrizio allungò il bicchiere per toccare il suo. «Con te non so mai cosa sta per succedere. Un momento mi provochi, un altro mi eviti. Anche le tue scelte di vita e lavorative sono sempre, diciamo così, una sorpresa.»

Non accennò, ma era tacito, al periodo terribile in cui l'aveva letteralmente tirata per i capelli e salvata dallo sfascio dell'eroina. Anche adesso, a distanza di tanti anni, Federica non poteva pensarci senza avvertire una morsa nello stomaco, una vergogna come di una cosa stupida e sporca, nascosta lì, nel buio dietro le sue spalle.

Allontanò il pensiero, come faceva sempre.

«Quindi sei curioso» disse. «Mi pare una buona cosa.»

«Sono curioso» ammise lui. «E questa tua mutevolezza è uno dei tratti che più mi ricorda Nina. A parte l'aspetto fisico, ovviamente.»

Lei tacque, cercando di non mostrare il fastidio che provava.

«A me piaceva proprio questo. Era il non capire mai cosa le passasse per la testa, cosa potevo aspettarmi, che mi stregava e mi intrappolava.»

Il tono di Fabrizio era un po' sognante e il resto della cena passò in silenzio.

"Decisamente non è stata una grande idea" pensò Federica.

Dopo sedettero sul divano di pelle verde, unica nota di colore della stanza, e lei si mise sulle ginocchia la cartellina con il suo contenuto. «Ho portato qualcosa che vorrei spiegarti.»

«Spiegarmi?» chiese lui con un sorriso al di sopra del bicchierino di amaro. «Ecco, un'altra cosa: mi manipoli, mi spieghi, mi interpre-

ti, mi giustifichi e mi accusi. Fai tutto tu.» Guardò dentro il bicchiere, sorrise di nuovo. «E mi piace, però. Mi fai sentire importante.»
Lei voleva chiedere: *E anche Nina lo faceva?*, ma stette zitta e aprì la cartellina.
Ne tirò fuori un grosso quaderno senza copertina e con le pagine sciupate e macchiate.
«Cos'è?» chiese Fabrizio subito interessato, avvicinandosi. «Hai ricominciato a fare ricerche negli archivi?»
«No, questa è una cosa privata» rispose lei. «È il diario della madre della madre di mia nonna.»
«Caspita! Dove lo hai trovato?»
«Tra le carte di mia zia Adelaide.»
«Come sta?»
«Come se non ci fosse.» Federica guardò davanti a sé. «È carne che vive. Dentro di lei non c'è più niente.»
Fabrizio annuì. «Lo aveva nascosto?»
«Non lo so. Però non credo che lo abbia mai fatto leggere a nessuno.»
«Un altro dei segreti di tua zia» disse lui stringendole la mano. A Federica il contatto fece correre un brivido lungo la schiena.
Non pensava che le potesse fare ancora quell'effetto.
Dopo tanti anni.
Si discostò e anche Fabrizio allontanò le ginocchia.
«Non i segreti di zia Adelaide, ma quelli di Elvira» rispose. «Elvira Morelli, madre adottiva di Giuseppina. Le figlie di Giuseppina erano appunto Adelaide, mia nonna Maddalena, Gietta e un'Angela che non ho mai conosciuto.»
«Il nome Angela ritorna nella tua famiglia» notò lui.
«Già. Oltre ad Angie e a questa zia ce n'è stata un'altra. Una donna sfortunatissima e morta ancora giovane di colera, e che ha passato un sacco di guai nella sua vita.»
«Stai ricostruendo il tuo albero genealogico? La tua linea femminile?»
«Un po'» ammise lei, con ritegno. «È cominciato per caso, un racconto di famiglia, una notizia letta su un vecchio giornale, un libro francese che parlava di questa Angela.» Era imbarazzata, ma si accorse che Fabrizio stava sorridendo e prese coraggio. «Ho conti-

nuato pensando, chissà, forse un domani qualcun altro ricostruirà la mia vita, anche se non avrò mai fatto niente di eccezionale, e mi ricorderà, in qualche modo.» Lo guardò. «Perché tutti vorremmo essere ricordati, ti pare?».

«Questo è quello che intendevo col fatto che mi stupisci sempre» disse e lei si perse nel suo sguardo.

Gli occhi verdi che l'avevano fatta innamorare quando era ancora una ragazzina erano sempre gli stessi.

"Io ti stupisco, non lei" pensò. "Io, *Federica*. Dimmelo."

Abbassò lo sguardo sul diario. «Elvira ha scritto questo resoconto – più che un diario è una narrazione – verso la fine della sua vita.» Fabrizio allungò la mano e lei gli passò il manoscritto. «Stava iniziando a perdere il contatto con la realtà, se ne rendeva conto, e volle scrivere tutto. Tutta la sua vita, per non dimenticarsela.»

«Sei riuscita a decifrarlo?» chiese lui sfogliandolo con delicatezza. Si era messo gli occhiali. «La grafia è molto fitta.»

«Ci ho messo un po'» ammise lei. «In sostanza Elvira racconta di essersi dovuta sposare per denaro. Cioè per mancanza di denaro. Sposò un uomo ricco senza amarlo, subendo la vita matrimoniale, ma in realtà era innamorata del fratello del marito, Luigi, e soffrì tantissimo per il suo abbandono e la sua morte.»

«Sembra un romanzo d'appendice.»

«Credo fosse normale all'epoca. Elvira pensava che sua figlia Angela – quell'Angela sfortunata di cui ti dicevo – fosse figlia di questo amante. Comunque, morto lui, morto anche il marito, rimasta vedova ancora giovane, ebbe una relazione segreta con un garzone di casa, giovanissimo.»

«Guarda qui» lesse lui, continuando a cercare di decifrare la scrittura. «*Quando mi è caduto morto davanti ai piedi ho sentito una gioia feroce dentro di me.*»

«Lì si riferisce al marito. Credo che morì di colpo.» Federica indicò la pagina che Fabrizio aveva tra le mani. «Era una donna dura.»

Era questo che aveva pensato di fargli capire portando il diario di Elvira. Le era parsa una buona idea.

Le donne Morelli mentivano, imbrogliavano, tradivano.

«Anche sua figlia Angela ha nascosto la sua vera natura, amava un'altra donna. Così Giuseppina, la mia bisnonna, che ha nascosto innumerevoli segreti, così tanti che ancora devo scoprirli tutti. E così Maddalena, mia nonna, che amò in segreto un gerarca fascista. Tutte hanno mentito o nascosto qualcosa, anche Nina.»

Ognuna di loro era stata costretta a fingere e a mostrarsi diversa per proteggersi in un mondo gestito dai maschi. Però aveva un senso, per lei, adesso, vederle nella loro realtà, senza coperture o giustificazioni. Anche Nina. E quindi che senso aveva idealizzarla, metterla su un altare, amarla come se fosse ancora viva, invece che morta e sepolta da anni?

E anche lei, Federica, se fosse stato necessario, avrebbe mentito, nascosto e forse ucciso: quindi perché idealizzarla? Perché non toccarla? Quale assurdo malinteso senso di onestà intellettuale c'era sotto? Se pure era questo?

Non disse nulla.

Avrebbe voluto dirgli tante cose, ma rimase zitta. Il discorsetto che si era preparata le sembrò in quel momento stupido e superficiale, ingenuo, senza capo né coda.

Le pareva di avere capito qualcosa, finalmente, e invece adesso provava di nuovo solo confusione.

Era tutto – come il sartù e come l'albero di Natale finto – inutile e fasullo.

"Uno, due, tre" pensò, "e invento una scusa per andare via", ma proprio in quel momento Fabrizio si poggiò alla spalliera, allargando le braccia fino quasi a toccarla, di nuovo.

Tolse gli occhiali, guardò verso il soffitto, riflettendo.

«C'è sempre stato in Nina un fondo di durezza, di mancanza di scrupoli, che io attribuivo ai patimenti della guerra. Invece no. Fa parte della vostra famiglia.»

Federica si morse le labbra e tacque. *Sempre lei.*

«E c'è anche in te. No, non fraintendermi.» Le posò di nuovo la mano sulla mano, e anche stavolta lei sentì il calore diffondersi e propagarsi in un brivido su per la sua schiena. «Non sto parlando di nuovo delle vostre somiglianze» disse. «È un tratto di famiglia. C'era in tua zia Ade, che all'occorrenza sarebbe stata pronta a tutto, e c'era perfino in tua zia Gietta. Io da ragazzino ne avevo paura, figurati!» Si mise a ridere, poi tornò serio. «È come se l'esperienza di queste difficoltà si fosse trasmessa da una generazione all'altra. Come dei fantasmi, dei demoni che, finché non vengono esorcizzati, devono ripresentarsi, vita dopo vita, forgiando le donne della tua famiglia.»

Si girò verso di lei, e tra di loro passò qualcosa attraverso gli occhi che non si lasciavano, e le mani, ancora unite.

Federica stavolta non ebbe il tempo di pensare a nulla, mentre i loro visi si avvicinavano piano piano, e le loro labbra si univano.

E non pensò niente mentre si spogliavano a vicenda, mentre sentivano l'una il contatto della pelle nuda dell'altro, mentre si prendevano senza parlare, ma con l'urgenza e il bisogno di un atto atteso a lungo, e disperato.

1990

In questa responsabilità per l'amore e per la vita, Dio creatore invita i coniugi a essere non passivi esecutori, ma piuttosto "cooperatori e quasi interpreti" del suo disegno (*Gaudium et spes*, 50). Essi, infatti, nel rispetto dell'ordine morale oggettivo stabilito da Dio, sono chiamati a un insostituibile discernimento dei segni della volontà di Dio circa la loro famiglia.

DISCORSO DI GIOVANI PAOLO II A UN GRUPPO DI STUDIOSI,
14 dicembre 1990

Aprile

Federica aveva un segreto che non voleva raccontare a nessuno.

Al telefono aveva chiesto a Fabrizio di venire entro un'ora.

Lui aveva detto di sì.

Adesso posò il telefono e si girò verso il salotto vuoto.

I suoi genitori stavano per andare via.

Federica aveva fatto pacchi assieme a loro per giorni e giorni. Aveva trovato tanta roba vecchia conservata da Gietta e da Adelaide, carte di sua nonna Maddalena e tanti ricordi inutili che nessuno più voleva, né riconosceva.

Una montagna di cose da buttare via. Peso e polvere.

Si era ricordata dello sgombero delle gemelle Mazzullo, pochi anni prima, della noia e dell'indifferenza con cui trascinavano via oggetti e ricordi della madre, e si era resa conto, con dispiacere, di provare lo stesso sentimento di fastidio e disgusto.

Il passato degli altri le pesava addosso e le impediva di vivere.

Zia Adelaide era morta a gennaio, a quasi novantaquattro anni. In realtà era morta dentro già molto prima, forse da quando aveva smesso di ricordare.

Oppure da ancora prima, dalla fine di Angie.

In ogni caso lei le aveva voluto bene. Le aveva tenuto la mano per tutta l'ultima notte, mentre la zia, lentamente, smetteva di respirare.

A quattro giorni dal funerale era giunta la prima raccomandata dell'avvocato dei Porzio.

Dopo un'altra settimana la seconda.

La famiglia Morelli però era pronta già da tempo. La morte di Adelaide era aleggiata sopra i loro progetti per anni e, anzi, la zia era vissuta più a lungo di ogni loro speranza.

Italo stava pagando già da due anni il mutuo di una casetta a via Napoli, un piano terra con un piccolo giardino. Pina aveva scelto da tempo i mobili che avrebbero portato, visto che le dimensioni della casa erano minori. Quelli inutili erano stati i primi ad andare via.

Federica non sarebbe andata a vivere con loro. A trent'anni desiderava stare da sola e adesso che il suo studio con Renato cominciava a ingranare era in grado di mantenersi.

In via dei Tribunali, nei pressi di piazza del Gesù, aveva trovato una casa per pochi soldi. Poco più di una camera soppalcata, ma con un affresco semicancellato sul soffitto, nel cuore antico della città.

«Abbiamo finito» disse sua madre. Teneva le braccia strette al petto, come se avesse freddo.

I trasportatori stavano portando giù le ultime scatole. Mobili, quadri e tappeti erano già stati caricati sul furgone.

Suo padre aveva tirato via personalmente le tende stracciandole, perché ai Porzio non voleva lasciare niente.

Gli armadietti in cucina avevano seguito un destino simile. L'appartamento pareva devastato, come dopo una guerra.

Al centro del tinello era rimasto solo il vecchio tavolo di legno che proveniva dalla cucina della vecchia casa dei Morelli e che per quasi cinquant'anni era stato nella casa nuova. Testimone di eventi, discussioni, litigi, pranzi e chissà cos'altro, adesso nessuno lo voleva più.

«Tutto a posto mamma?» chiese lei, ma Pina si era chinata per ficcare un pacco di scarpe dentro uno scatolone ancora aperto e non le rispose.

La voce di suo padre che si lamentava con gli operai giunse fino a loro dalle scale. Pina tirò su col naso.

«Mamma?»

«Che c'è? Che vuoi, Federica?»

«Mamma, perché non te ne vai?»

Non aveva bisogno di dire dove.

Oreste aveva rilevato il negozio del suo datore di lavoro – Italo a sessant'anni precisi aveva deciso che era il momento di godersi la pensione e la libertà – e abitava in una casa spaziosa a Salvator Rosa, da solo.

«Non dire fesserie.» Sua madre mise lo scotch sullo scatolone con rabbia, e lo chiuse anche se dentro c'era ancora spazio. «Non dire fesserie» ripeté dando una manata al cartone.

«Ma perché?» Non era la prima volta che affrontavano l'argomento. «Lo so io, lo sa papà, lo sanno tutti.»

La guardò.

A cinquantacinque anni sua madre era una donna piacente.

Non aveva messo peso, i capelli corti erano tenuti a posto da una permanente di un color mogano discreto e, anche grazie al suo innamorato, aveva imparato a vestire in modo sobrio.

«Ma che dici? Il matrimonio è una cosa sacra.» Pina la fissò, arrabbiata. «È un sacramento.»

Federica scosse la testa e preferì non aggiungere altro.

«A tuo padre voglio bene» aggiunse sua madre. «Italo mi capisce. Ci rispettiamo a vicenda. Va bene così, per tutti e due.»

Ma stava piangendo.

Federica andò ad abbracciarla. «E allora perché piangi?»

«Come perché?» Pina si staccò da lei. «Perché qui io ho vissuto per tanti anni. Eravamo una bella famiglia. Tanti di noi. Tuo nonno, Gietta, Nina, poi Ade e Angie. Io e tuo padre, che veramente lo amavo tanto, all'inizio. E poi sei nata tu. Mi sembra che la vita sta finendo.»

«È solo un trasloco.»

Italo entrò in casa, tutto sudato.

«Andiamocene via» disse agitando le mani. «Che non voglio che quelli arrivano e ci trovano.»

Quelli erano i Porzio, i quali non si sarebbero presentati fino a lunedì, ma lui voleva mostrarsi superiore.

«Ho controllato tutto, pure sopra. Non c'è più nulla.»

«Avevo già controllato io» disse Pina asciugandosi gli occhi.

«E allora andiamocene. Non ce la faccio più.»

In realtà il grosso del lavoro lo avevano fatto Federica e soprattutto Pina, ma suo padre ci metteva un tale carico di ansia che davvero si stancava.

«La tua roba sta tutta sul camioncino. Mi raccomando, Federi', vai con loro» disse adesso.

«Non c'è bisogno. Hanno le chiavi e mi portano tutto dentro.»

«Ma che ti fidi? Ti fregheranno le cose da dentro le scatole.»

Lei si mise a ridere. «E che si fregano? Non c'è niente di valore, papà. E poi sono brave persone, sono miei clienti. Stai tranquillo.»

Federica era diventata molto paziente con suo padre, tendeva a tranquillizzarlo come un bambino agitato. «Io vado più tardi. Non ti preoccupare.»

La casa adesso era come spogliata.

Sua madre fece un ultimo giro, quasi di corsa, poi scappò via per non piangere di nuovo.

Italo la seguì per le scale, dopo averle raccomandato di nuovo di non perdere tempo.

Federica, rimasta sola nelle stanze vuote, si spostò da una camera all'altra. I suoi passi risuonavano creando echi che non c'erano mai stati.

Si ricordava quella casa com'era prima, divisa in due appartamenti più piccoli. Si ricordava di Gietta, seduta in cucina a brontolare e a cucinare. Si ricordava di sua madre e di suo padre giovani. Si ricordava di Angie, coraggiosa e bellissima ai suoi occhi di bambina.

Non le veniva però in mente la faccia di suo nonno Raffaele, e neanche quella di zia Ade da giovane, riusciva a vederla solo vecchia e sbiadita, prossima alla fine.

Anche di Nina aveva un ricordo come di una fotografia, in piedi vicino alla finestra, una sigaretta tra le dita e una smorfia annoiata sul viso.

Degli altri non restavano che ricordi imprecisi, storie raccontate, vecchie foto che non dicevano la verità di ciò che era stato.

Si affacciò alla finestra.

Un colombo si era poggiato sul davanzale e se ne volò via.

Il camion grande era già partito, quello piccolo stava per immettersi nella careggiata. La macchina di suo padre non si vedeva più.

Federica rimase a fissare la strada, le automobili che passavano, la gente che passeggiava.

Restò lì senza pensare, solo guardando.

Poi vide Fabrizio che arrivava in una Y10 color amarena. Parcheggiò davanti al palazzo nel vuoto lasciato dai camion e alzò la testa verso la finestra.

Sorrise.

Anche lei gli sorrise, e gli fece segno di aspettare, non voleva che lui salisse e vedesse la desolazione di quella casa.

Fabrizio però stava già entrando dal portone rimasto aperto, quindi lei prese la borsa e uscì di fretta, senza nemmeno guardarsi attorno per l'ultima volta.

Scendendo per le scale saltò i gradini a due a due e fece la girata aggrappandosi alla ringhiera, come faceva da piccola.

Si scontrò contro Fabrizio che stava salendo.

Ma lui l'afferrò al volo. Non caddero.

Rimasero sul pianerottolo del primo piano, i visi vicini e il corpo stretto in quell'abbraccio fortuito.

Vide negli occhi di lui qualcosa di strano, come il lampo di un riconoscimento o di un ricordo.

Ancora Nina, capì.

Era sempre lei che gli veniva in mente, quando stavano insieme.

"Mi merito di più" pensò.

«Fatto tutto?» chiese lui lasciandola andare. «Come va?»

«Così.» Lei scosse le spalle. «Un po' triste ma mi sento anche più libera.»

«È un nuovo inizio.»

«Lo so» sorrise Federica. Non era preoccupata per il futuro, aveva il suo segreto.

«Sono contento che mi hai chiamato oggi. Stavo per farlo io.» Fabrizio lanciò uno sguardo verso la porta dell'appartamento dove si erano dati il primo bacio. Era rimasto vuoto da quando le Mazzullo lo avevano lasciato. «Volevo sapere se avevi bisogno di aiuto.»

«Tutto fatto» disse lei. «Finito.»

«Saliamo di sopra?» chiese lui indicando la rampa. «Ho qualcosa di cui parlare.»

«Ti dispiace se stiamo qui? Mi fa tristezza andare su. Quella non è più casa mia.» Lui lanciò di nuovo un'occhiata veloce alla porta dell'appartamento vuoto. «Vieni, ci mettiamo qui.» Federica sedette sui gradini di marmo e batté con la mano di fianco a lei. «Tanto non sale più nessuno.»

Lui obbedì, stendendo le lunghe gambe davanti a sé.

Sospirò, le mise la mano sulla sua.

A Federica batteva forte il cuore, ma non ritirò la mano.

«Una fesseria piccola così. Sedersi per terra su un gradino» disse lui. «Non lo facevo da anni. È una sciocchezza, però per me significa tanto.»

Ci pensò un attimo a testa bassa, sempre con la mano poggiata sulla sua, poi rialzò il capo e la fissò.

«È una piccolezza come questa che mi fa sentire di nuovo giovane, di colpo. Tu mi fai questo effetto.»

Federica sentiva la propria mano, calda di sopra e fresca di sotto, a contatto col marmo.

«E io ho sempre avuto paura di essere giovane» disse Fabrizio. «Prima ero *troppo* giovane. Volevo crescere, volevo divorarmi la vita, mi sentivo in trappola. Poi sono stato impegnato a essere adulto, per farcela, per resistere, per vivere.»

Guardò davanti a sé, il pianerottolo e la porta dell'appartamento, o forse solo il passato che quella porta rappresentava. L'altra, quella della casa dove aveva abitato lui, non significava niente, pensò Federica.

«E negli ultimi anni ho avuto paura della tua giovinezza» continuò a voce bassa. «Perché mi ricordavi delle cose che volevo dimenticare, e perché – è la verità, Federica – sono troppo vecchio per te.»

Si era girato e la fissava negli occhi, ma la mano non si era mossa.

«A me non sarebbe importato» disse lei, sostenendo il suo sguardo.

Lui distolse il suo. «Devo confessarti un segreto» le disse a bassa voce.

Federica si irrigidì. Fabrizio si accorse del fastidio. Tolse la mano, si girò verso di lei completamente. Sullo scalino stavano stretti, vicini, ma Federica non avvertì più l'intimità di prima.

«È una cosa di tanto tempo fa» cominciò lui. Si vedeva che aveva difficoltà a parlarne.

«Dimmela.»

«Sì.» Ma smise di parlare.

«Fabrizio» lo incitò lei.

«Ti ricordi lo sgabuzzino di quella casa?»

"E come potrei dimenticarmene" si chiese lei.

«Lo so. Non ti ho baciato allora» disse lui come leggendole nel pensiero. «Ma avevo un motivo. Un motivo valido.»

«Lo so, Fabrizio. Non devi dirmi niente» tentò lei. «Ti ricordavo Nina e non volevi mescolare le due cose.»

Ormai non aveva più importanza.

«No, non capisci. Non è questo.» Lui scosse con forza la testa. «Non è stato per questo» ripeté.

Prese fiato poi, come se dovesse buttarsi, cominciò: «In quella casa abitava una donna, te l'ho detto. La signora Trovati. Era una specie di prostituta, ma perbene. Ci trattava con gentilezza, me e Nina. Stavamo spesso da lei, eravamo due ragazzini».

Federica tutto si sarebbe aspettato ma non un racconto di quel genere.

Non in quel momento.

«Un giorno, per sbaglio, per distrazione, chiudemmo la porta di quello sgabuzzino. Non sapevamo che lei, la Trovati, era lì dentro.»

«E che successe?» chiese Federica, curiosa suo malgrado di quella vicenda di tanti anni prima.

«Lei rimase chiusa lì dentro per molti giorni. Nessuno se ne accorse. Era una donna sola.» Fece una pausa, le riprese la mano, la lasciò ricadere. «Nemmeno noi ci pensammo mai, finché non fu ritrovata. Era luglio, qualche settimana dopo.»

Non c'era niente che Federica potesse dire.

«L'abbiamo uccisa noi» disse Fabrizio. «Per errore. Faceva caldo, io volevo baciare Nina.» Parlava con tono monotono. La sua voce sembrava arrivare da molto lontano, da un altro tempo.

«Avevamo sedici anni. Giocavamo.»

«Giocavate?»

«Lei scappava e io le correvo dietro.»

Federica non aveva il coraggio di guardarlo, ma voleva capire.

Lui fissava la porta, pochi metri più giù. «Credo che, correndo, abbiamo sbattuto contro lo sportello dello sgabuzzino. Si è chiuso e dall'interno non si poteva aprire. Non ci siamo accorti di nulla. Ce ne siamo andati. Ed è morta.»

Il silenzio sulle scale era pesante.

Federica sentiva i rumori della vita fuori al palazzo. Automobili, strilla di bambini, un cane che abbaiava.

«Ma è stato per sbaglio» iniziò a dire.

«Non lo raccontammo a nessuno, non ne parlammo nemmeno tra di noi. Solo una volta, ma fu peggio. E questo segreto, il senso di colpa, ci ha avvelenati.» Si alzò in piedi, tornò a mettersi seduto. «Il nostro segreto è ancora nello stanzino della signora Trovati. Anche noi siamo rimasti lì. La nostra vita è rimasta chiusa lì dentro.»

Lei si domandò se per Nina fosse stato lo stesso.

«Se ne avessimo parlato a un adulto, forse sarebbe stato diverso, ma, invece, entrambi abbiamo convissuto con questa cosa, poi ci siamo venuti a patti, ci siamo giustificati, abbiamo deciso di vivere.»

"Parla al plurale ma sta parlando per sé" pensò Federica. Quello che aveva davvero provato Nina non lo avrebbero saputo mai.

Sembrava tutto così sprecato, così ingiustificato.

Un altro carico di ricordi inutili. Di silenzi. Di segreti.

Ma la vita non poteva essere solo quello.

La vita era guardare avanti.

Andare avanti.

Col passato bisognava fare pace e metterlo al suo posto, dietro le spalle. Lasciarlo lì.

Fabrizio si girò verso di lei, le prese entrambe le mani, si alzò di nuovo e la tirò in piedi con sé, contro il muro della scalinata.

«Te lo sto dicendo perché ho capito che non m'importa più» disse tutto d'un fiato. «E non m'importa più nemmeno della nostra differenza d'età.»

«Come?» chiese lei, frastornata dal cambio di argomento.

«Avevo paura. Ho cinquantasette anni, Federica, e tu trenta.» Le prese il viso tra le dita e lei socchiuse gli occhi, ma non si avvicinò per baciarla. «Adesso non ho più paura. Ho deciso di rischiare. E quando non mi amerai più, quando mi tradirai e mi lascerai – perché succederà, lo so – e mi prenderanno in giro perché sarò un vecchio stupido, continuerò a pensare che ne è valsa la pena.» Fece un respiro profondo. «Perché ti amo, Federica. Amo te, perché sei tu.»

Si guardarono.

"Adesso mi bacia" pensò lei, preparandosi. Ma lui non lo fece, rimase fermo, in attesa.

Così era più difficile.

Federica abbassò gli occhi, li rialzò. «Ma io non ti amo più, Fabrizio.»

Ecco, lo aveva detto.

Vide le sue labbra aprirsi, ma lui rimase zitto.

Così dovette continuare lei. «È finita. Non so da quando.»

Non era vero, lo sapeva benissimo, ma questo era parte del segreto che a lui non avrebbe detto.

«Non voglio più stare con te. Io non sono Nina.»

«Lo so, Federica.» Finalmente Fabrizio si riscosse, la strinse per le braccia. «Non sei Nina per me da tanto tempo ormai. Io voglio solo te.»

"Ma io no" pensò lei.

«Sono stata io» disse. «Mi sono confusa con Nina, nella mia testa, fin da quando ti ho conosciuto. Non pensavo di poterti piacere io.»

Era così. Aveva fatto e disfatto tutto da sola.

«Non può funzionare tra noi. Avevi ragione tu. La differenza di età è troppa.»

E c'era il peso del passato, ma questo non lo disse. Però Fabrizio era un uomo intelligente.

Si staccò da lei, scese uno scalino. I loro occhi si trovarono quasi allo stesso livello. Aveva occhi verdi bellissimi.

Era proprio un uomo bello.

«Ti auguro il meglio, Federica.» Lo disse a bassa voce, poi si girò e se ne andò.

Lei ascoltò i suoi passi scendere per gli scalini, il portone aprirsi e chiudersi, il motorino di avviamento della sua macchina, il rombo del motore che si allontanava.

Aspettò altri cinque minuti poi scese le scale anche lei.

Fuori c'era la primavera.

Attraversò la strada e andò verso via Caracciolo.

Voleva vedere il mare che scintillava nitido poco più avanti. Voleva sentire la salsedine.

Si appoggiò al parapetto. Ci sarebbe stata bene una sigaretta, ma aveva smesso.

Le parve di vedere un movimento nelle acque davanti a lei, come un'ombra grossa e scura che si delineava poco sotto la superficie.

Vide anche della spuma, una forma lucida e strana.

Scosse le spalle.

Mostro marino o creatura delle acque, non le fregava niente.

Si girò a guardare la casa lontana, oltre la strada trafficata.

Pareva vibrare un po', per effetto della distanza.

Per un istante pensò che con la casa vibrassero le anime di tutte le donne che ci avevano vissuto, e di tutte le altre persone che erano esistite nella loro memoria. Come se la casa fosse un enorme mostro che le teneva tutte nel suo ventre, come Giobbe nella balena.

Scosse di nuovo le spalle.

Che le importava?

Si sentiva leggera.

Leggera e libera di andare verso la sua vita.

Si toccò la pancia, dove ancora non si vedeva niente.

Fabrizio non lo avrebbe mai saputo. Era il passato e lei aveva bisogno di altro.

Se nasceva femmina, forse l'avrebbe chiamata Angela.

Indice

Certificato PEFC
Questo prodotto è realizzato con materia prima da foreste gestite in maniera sostenibile e da fonti controllate
PEFC
PEFC/18-32-03
www.pefc.it

Mondadori Libri S.p.A.

Questo volume è stato stampato
su carta HOLMEN
con fibra vergine proveniente da foreste sostenibili holmen.com/paper
presso ELCOGRAF S.p.A.
Stabilimento - Cles (TN)

Stampato in Italia - Printed in Italy